KB192663

게임 체인저

닐 셔스터먼 장편소설 이민희 옮김

열린책들

로니 안토니오 패리스, 3세. 제러미 마디스, 6세. 케이머런 프레스콧, 6세. 아이야나 모네이 스탠리존스, 7세. 가브리엘 페르난데스, 8세. 안토니 아발로스, 10세. 노아 콰르토, 4세. 주언 바이먼, 6세. 데지레 바이먼, 7세. 폰다 데이비스, 28세. 리사 바이먼, 26세. 스탠리 알모도바르 III, 26세. 어맨다 알베아르, 25세. 메르세데츠 마리솔 플로레스, 26세. 오스카 아라세나 몬테로, 26세. 시몬 카릴료 페르난데스, 31세. 로돌포 아얄라아얄라, 33세. 알레한드로 바리오스 마르티네스, 21세. 마르티네스 베니테스 토레스, 33세. 안토니오 브라운, 29세. 대릴 버트 II, 29세. 앙헬 칸델라리오파드로, 28세. 후안 체베스마르티네스, 25세. 테빈 크로즈비, 25세. 프랭키 데제수스 벨라스케스, 50세. 데옹카 드레이턴, 32세. 피터 곤살레스크루리, 41세. 프랭

무지함과 편협함의
바퀴벌레들에게 희생당한
수많은 피해자들에게
이 책을 바칩니다.

즈, 22세. 폴 헨크 에르난데스, 라토, 30세. 하비 40세. 제이슨 요자 스티스 30세. 앤서라, 25세. 크리스토 후안 게레로, 22세. 49세. 진 멘데스 페레네 머레이, 18세. 킴니에베스 로드리게스,

27세. 리, 41세 프랭 27세. 미겔 오노어 호르헤레예스, 파트, 19세. 에디 저니 라우레아노 디슬퍼 레이노넨, 32세. 브렌다 마케즈 맥콜스, 35세. 아키라 모벌리 모리스, 37세. 진

27세. 루이스 오카시오카포, 20세. 제럴도 오르티스지메네스, 25세. 에릭 이반 오르티스리베라, 36세. 조엘 라온 파니아라, 31세. 엔리케 리오스 주니어, 25세. 후안 리베라 벨라스케스, 37세. 루이스 콘테, 39세. 일라리 로드리게스 솔라르, 24세. 조너선 카미 베이가, 24세. 크리스토퍼 산펠리스, 24세. 그자비에 에마뉘엘 세라노 로사도, 35세. 지우베르투 라몬 실바 메넨데스, 25세. 에드워드 소토마요르 주니어, 35세. 셰인 톰린슨, 33세. 리로이 발렌틴 페르난데스, 25세. 루이스 대니얼 윌슨언드, 37세. 제럴드 라이트, 31세. 코리 코넬, 21세. 레브 클레멘타 핑크니, 41세. 조지 플로이드, 46세. 신시아 마리 그레이엄, 54세. 에설 리 랜스 70세. 레브 드웨인 미들턴독터, 49세. 티완자 샌더스, 26세. 레브 대니얼 시먼스 74세. 레브 사론다 콜먼싱글턴, 45세. 미라 톰프슨, 59세. 로벤 기니, 56세. 티머시 코크먼, 66세. 지미 스미스크레이머, 20세. 발버르 싱 소디, 51세. 어나타 니키 고든, 63세. 어닐 타루르, 31세. 샌디프 파텔, 25세. 선지에, 34세. 타오 토니 콴, 27세. 게리 리, 22세. 스리니바스 쿠치보틀라, 32세. 와카르 하산, 46세. 바수데브 파텔, 49세. 파쿠지트 카우르, 41세. 사트완트 싱 칼레카, 65세. 파라카슈 싱, 39세. 시타 싱, 41세. 란지트싱, 49세. 수베그 싱, 84세. 스티븐 타이론 존스 39세. 제임스 크레이그 앤더슨 47세. 라쿼 브루스 주니어, 19세. 모리스 스테퍼드, 69세. 비키 리 존스 69세. 드로이스 페일리, 53세. 셀 코크럼, 46세. 미키 피츠제럴드, 45세. 리애 맥콜, 47세. 폴리 일러, 58세. 토머스 윌리스, 57세. 존 크로포드 III, 22세. 브리나 테일러, 26세. 오라 로서, 40세. 저메인인 로번스, 26세. 엘리너 블룸로스, 66세. 자쿠아이온 슬레이턴, 24세. 콰메 존스, 17세. 지미 앳킨스, 21세. 샌드라 제임슨, 21세. 카일라 무드, 41세. 조던 에드워즈, 15세. 우키 데이비스 18세. 스테퍼니 토머스, 19세. 젤리치아 모네느, 25세. 셰러나 안셀리크 벨라스케스 라모스, 32세. 라일라 펠레즈 샌체스, 21세. 알렉사 네그론 루하스, 42세. 조던 안춘도, 24세. 안드레이 안춘도, 23세. 아르투로 베나비데스 62세. 레터드 시페다 감푸스, 41세. 마리엘 에르난데스, 56세. 리플 플로레스, 77세. 마리아 플로레스, 77세. 호르헤 칼빌로 가르시아, 61세. 아돌프 케요스 에르난데스, 68세. 세라 에스더 레갈라도, 66세. 알렉산더 제로히르트트 호르언, 66세. 데이비드 앨버 존스, 63세. 루이스 알폰조 후아레스, 90세. 마리아 유지나 레가레타 로페, 58세. 엘사 멘도사 마르케스, 57세. 아이벨 힐데도 멘사노, 46세. 글로리아 이르로마 마르손, 61세. 버지 레터스, 63세. 하비에르 아마르 로드리게스, 15세. 테레사 산체스 프레데마스, 82세. 앤젤라나 딩글러스비, 86세. 후안 벨라스케스, 77세. 기예르로 메모 가르시아, 36세. 그레그 맥켄드리, 62세. 린다 크래거, 61세. 리키 존 베스트, 53세. 테일러셀러 미르인 남라이어맥, 21세. 블레이크 번스테인, 19세. 존 프레리, 43세. 수키트 쿠미 카팔리, 50세. 모헤다느 차페르, 60세. 엘버트 모플라 32세. 모원모느 나베르 길서, 54세. 이함 아울리에 이폰케 55세.

되고자 하는 모습이 아닌
네 원래 모습 그대로 와.
찾은 것은 챙기고
잃은 것은 버리되,
내 안의 진정한 본질은
잊지 말고 돌려놔.
건너온 다리를 불태워
나아갈 길을 밝혀 줘…….

—커닙션, 「네 원래 모습 그대로 와」

1
마침표

내 이야기를 못 믿을 거다.

아마 내가 미쳤다거나 뇌진탕을 너무 많이 당했다고 하겠지. 아니면 사기를 치는 거라고, 무슨 정교하게 설계한 농담 같은 걸로 당신을 놀려 먹으려는 거라고 확신할 거다. 괜찮다. 마음 편한 대로 믿으시라. 그게 우리의 본능이니까, 안 그래? 작은 거미처럼 빨빨거리며 현실이라는 안락한 그물을 치고, 거기에 매달려 최악의 나날을 견디는 것 말이다.

우리는 험난한 나날을 숱하게 겪었다. 우리 모두. 현실이 흔들리고 세상이 변하면 우리는 굴러떨어진다. 아차 하는 사이 벌어질 수 있는 일이다. 국제선 비행기에서 내린 여행자가 기침을 하는 사이에, 혹은 숨통이 짓눌린 남자가 숨을 멈추는 사이에.[1]

나도 당신과 마찬가지로, 다 보고 들었다. 다만…… 나는

---

[1] 전자는 코로나바이러스 감염증-19 팬데믹 사태를, 후자는 흑인 남성이 경찰의 과잉 진압으로 사망한 사건을 암시한다. 이후 모든 주는 옮긴이의 주이다.

9

그 이상을 안다. 뉴스나 과학자들이 추적할 수 없는, 지구상 누구도 모를 천지개벽할 일들을.

하지만 앞서 말했듯이, 내 이야기를 전혀 믿지 못한다 해도 좋다. 사실, 안 믿는 편이 더 낫다. 그저 지어낸 이야기라 여기고 당신이 친 거미줄 한복판에 앉아 파리나 좀 잡으면서, 그렇게 꿈속에서 계속 살아가시라.

내 이름은 애시다. 그 모든 게 변했어도 내 이름만은 변치 않았다. 그것을 상수로 내 세계의 나머지가 돌아간다. 그나마 감사한 일이다.

딱히 흥미로운 사실은 아니지만, 애시는 애슐리의 약칭이다. 우리 할머니가 몇 번이나 강조했듯이 한때는 아주 남자다운 이름이었고, 할머니의 남동생 이름이기도 했다. 「바람과 함께 사라지다」에 나오는 한 남자 등장인물의 이름을 따서 지은 것인데, 하필 영화가 개봉된 1939년에 태어난 탓이다. 그 영화가 얼마나 인종 차별적인지 다들 인정하기 훨씬 전에 말이다(애슐리 할아버지의 쌍둥이 형제는 이름이 렛[2]이었는데 소아마비로 세상을 떠났다). 여기서 좀 웃긴 사실 하나. 애슐리 윌크스 역을 맡은 배우의 이름은 〈레슬리〉 하워드였다. 현실에서나 허구에서나 이름이 어째 다 그 모양이었는지.

내 이름은 1년에 한 번, 신학기 첫날 정도에만 이목을 끈다. 주로 선생님이 멋모르고 내 이름을 부르며 여자애를 찾을 때다. 대놓고 조롱하는 머저리들에게 배 밖으로 튀어나온 간을 도로 넣어 줬더니, 다들 잠자코 넘어가는 법을 배웠

2 「바람과 함께 사라지다」에 나오는 또 다른 등장인물의 이름.

다. 어쨌거나 나는 애시로 통한다. 애슐리라고 부르는 사람은 할머니뿐이다.

이 이야기는 비록 풋볼로 시작하고 끝나지만, 핵심은 그 사이에 일어난 일이다. 샌드위치 속에 들어 있는 정체불명의 고기와 비슷하다. 소화하기는커녕 삼키기도 어려울 거다. 우유라도 마셔라. 속을 달래 줄 테니.

풋볼이 내 인생의 전부였다고 하면 과장이겠지만, 내 인생 대부분은 풋볼을 중심으로 굴러갔다. 어릴 때 시작해서 지금은 우리 고등학교 팀, 티버츠빌 추나미스[3]에서 선발로 뛰고 있다. 꼬투리 잡지 마라. 내가 지은 게 아니니까. 원래 팀명은 블루 디먼스Blue Demons였는데 몇 년 전 학교 이사회의 어느 고결하신 분께서 불건전하다며 걸고넘어졌다. 그리하여 해맑고 무해한 파란 악마였던 우리 팀 마스코트는 동남아시아에서 80만 명의 목숨을 앗아 가고 일본에서 방사능에 절인 초밥을 탄생시킨 사나운 파도로 바뀌었다. 이편이 더 순하게 느껴지는 건 기분 탓이다. 그나마 헬멧 디자인이라도 멋져서 다행이지.

만약 내가 러닝 백이나 와이드 리시버, 혹은 스타 중의 스타 쿼터백이었다면 풋볼은 내 인생 전부가 되었을지도 모른다. 하지만 나는 그리 빠르지도, 우아하지도 않다. 이른바 〈움직이는 시〉가 아니다. 나는 들이받는 시에 가깝다. 체격은 건장하다고 할 수 있다. 우람하지는 않지만 참나무처럼 단단하다. 디펜시브 태클이 되기에 이상적인 조건이다.

우리 태클과 라인배커는 궂은일을 하고 스포트라이트는

3 tsunamis. 〈지진 해일〉을 뜻하는 tsunami의 복수형.

11

못 받으면서 늘, 언제나 승패의 원인이다. 풋볼 팀이 록 밴드라고 치면, 쿼터백은 제 잘난 맛에 취해 무대가 제 것인 양 누비다가 무대 뒤에서는 까탈을 부리는 리드 보컬이다. 러닝 백과 와이드 리시버는 기타와 베이스다. 그럼 라인맨들은? 우리는 리듬이다. 박자를 주도하지만 늘 뒤편에 물러나 있는 드럼 말이다.

뭐, 상관없다. 어차피 난 주목받는 데 관심 없다. 내가 사랑한 건 날것의 에너지다. 공격 라인을 돌파할 때의 느낌, 헬멧끼리 부딪치는 감각과 소리를 사랑한다. 기억해라, 곧 이 대목으로 되돌아올 테니까.

내 태클은 유명했다. 내 들이받기 기술. 반칙 선언을 받은 적이 거의 없는 게 내 자부심이다. 나는 제대로 했고, 잘했다. 내가 아는 한 상대에게 뇌진탕을 일으킨 적은 없지만 숱한 멍을 입혔고 또 입었다. 상태가 꽤 심각했던 적도 있지만 앓는 소리를 하지는 않았다. 〈털고 일어나라〉가 우리 집 좌우명이다.

「즐길 수 있을 때 즐겨. 네 생각보다 금방 지나갈 테니까.」 언젠가 아빠가 말했다.

우리 아빠도 고등학교 때 풋볼을 했다. 그러다 특기생 장학금으로 대학에 진학하려던 목표가 좌절되자, 미련을 버리고 큰아빠 밑에서 자동차 부품 유통 관리자로 일했다. 털고 일어난 것이다. 아빠와 영양사인 엄마의 벌이로 우리 집은 그럭저럭 버텼다. 부디 정크 푸드에 복이 내리길. 그 덕분에 엄마에게 고객이 끊이지 않았으니까.

그게 내가 알던 세계였다. 의사들이 말하는 〈기준선〉. 그

외 모든 것을 판별하는 데 기준이 되는 선. 모든 게 지옥을 한참 지나 어디론가 가기 전의 원상태.

　우리는 선택을 하거나 선택하지 못하거나 모든 선택지가 떨어질 때까지 두 손 놓고 있을 수 있다. 나는 신경 쓰기 싫은 일이 있으면 방치해 두기 일쑤였다. 그 일이 더는 중요하지 않아지거나 손쓸 수 없이 어그러질 때까지 말이다. SAT 모의고사 접수를 미루다가 놓친 것도 그런 경우였다. 엄마는 화를 냈지만 나는 대수롭지 않게 여겼다. 어차피 엄마에게 등 떠밀려 SAT 준비반에 등록하게 될 텐데, 앞으로 여섯 번이나 보게 될 시험을 미리 연습하느라 기막히게 화창한 토요일을 낭비할 필요 없잖아? 게다가 나는 아빠가 끝내 받지 못한 특기생 장학금을 기대하고 있었다.
　「옆집 제이도 그렇게 장학금에 목매다가 아무 데도 못 갔지.」 엄마가 지적했다.
　「전문대는 언제든 열려 있어.」 언제나 그러듯 엄마와 다른 방안을 제시하며 아빠가 끼어들었다. 「금전 부담도 적고, 2년 뒤에 학비가 만만한 대학으로 편입할 수도 있잖아.」
　그 말에 이미 명문 대학들의 러브 콜을 받는 내 친구 리오 존슨이 떠올랐다. 친구가 잘돼서 기쁘고 그 덕에 스카우터들도 우리 경기에 찾아올 테지만, 나는 그들 눈에 들기 어렵다는 걸 알았다. 그래, 리오에게 주어진 선택권이 부럽긴 했다. 하지만 내게도 기회가 있다고 믿어야 했다.
　그렇다면 그때, 그 뒤틀린 장소에 굴러떨어지기 전에 내게 선택의 여지가 있었을까? 그날 내가 경기를 치른 건 선택의 문제가 아니었다. 내 말은, 죽거나 팔다리가 절단되지 않는 한 제정신이라면 누가 자기 경기를 안 뛰겠느냐는 것이다. 날 필드에서 빼낼 명분은 없다시피 했다. 난 팀원으로서 의무를 다해야 했다. 그 첫날에는 불길한 예감조차 없었다. 돌이킬 수 없는 무언가가 시작되었다는 암시 같은 건 어디에도 보이지 않았다.

어쩌면 오래전 풋볼을 하기로 한 선택이 시발점이었을지도 모른다. 하지만 그게 정말 선택이었나? 풋볼은 아빠가 사랑하는 스포츠였다. 아빠와 나의 연결 고리였고, 그래서 나도 사랑하게 됐다. 어릴 땐 흔히들 그러게 된다. 그게 뭐든 부모님이 식탁 위에 차려 준 대로 먹기 마련이다.

자, 그럼 이제부터 내가 당신을 위해 식탁을 차리겠다. 온 갖 잡탕이 올라올 테니 각오하시길. 때는 9월 8일 금요일, 시즌 첫 경기가 열린 날이었다. 나는 여름 방학 동안 폭풍 성장해서 복귀했고, 지옥 같은 훈련으로 한 주를 보낸 참이었다. 몸은 풀렸다. 서머 타임은 두 달 뒤에야 해제되기에 경기는 늦은 오후의 태양 아래 시작되되 별 볼 일 없는 장면도 흥미진진하게 만들어 주는 눈부신 할로겐 조명 아래서 끝날 터였다.

탈의실은 사나운 기세로 들썩였고, 코치는 그 에너지를 활용해 벽과 쐐기를 만들어야 했다. 그게 코치가 우리에게 바라는 그림이었다. 추나미스의 수비진은 그 무엇도 통과할 수 없는 벽 같은 파도고, 공격진은 진로에 놓인 모든 걸 꿰뚫는 쐐기 같은 급류여야 했다.

나는 장비를 갖춰 입고 리오에게 갔다. 리오와 나는 까마

14

득한 어린 시절부터 단짝이었다. 주니어 풋볼 리그에서부터 함께 뛰었는데, 그땐 보호 장비가 너무 무거워서 바람만 세게 불어도 넘어지곤 했다. 리오는 뛰어난 와이드 리시버로, 손끝에 공을 빨아들이는 초능력이 있는 듯했다. 그리고 우리 팀의 3분의 1을 이루는 흑인 중 한 명이었다. 우리 팀은 우리 학교 인종 구성의 좋은 표본이었다. 백인, 흑인, 라티노가 골고루 섞였고, 늘 일본인으로 오인받는 한국인도 한 명 있었다.

나는 거의 모두와 친했고, 우리는 툭하면 서로 가벼운 인종 농담을 주고받았다.

「네가 조금만 더 하얬다면 전쟁터에서 백기로라도 쓸 수 있었을 텐데.」 언젠가 마테오 수니가가 나에게 에스파냐어 발음을 가르치려다 실패하고서 말했다. 마테오는 카운티를 통틀어 가장 뛰어난 필드 골 키커였다. 비록 내 발음 교정에는 별 도움이 안 됐지만 미각을 키우는 데는 꽤 큰 역할을 했다. 마테오의 엄마가 만든 요리를 먹으면 영적 체험이 가능했기 때문이다. 특히 야식으로 만들어 주시는 포솔레[4]는 경이로웠다.

그 당시 나는 다양한 인종의 친구들과 어울리는 것만으로도 사회적 책임을 다했다고 생각했다. 한 식탁에 다 같이 둘러앉기만 하면 그만이라는 듯이. 늘 〈피부색은 문제가 되어서는 안 된다〉고 배워 왔고, 그렇게 믿었다. 하지만 〈문제가 되어서는 안 된다〉와 〈문제가 아니다〉 사이에는 큰 차이가 있다. 그 차이를 몰라보는 게 바로 특권이다.

4 멕시코의 전통적인 스튜 요리.

탈의실 전체가 사기충천해 있을 때, 리오는 경기 전에 늘 그러듯이 혼자 조용히 집중하고 있었다. 「엔드 존에 도달하려면 머릿속에서는 이미 그곳에 도달해 있어야 해.」 언젠가 리오가 말했다. 하지만 그날은 그게 다가 아닌 듯했다.

「누를 멸종 위기종으로 만들 준비 됐어?」 나는 달아오른 분위기에 리오를 끌어들이려고 물었다(그래, 대전 상대는 훠턴 윌더비스츠였다. 차라리 추나미스가 괜찮게 들렸다).[5]

리오는 씩 웃었다. 「누는 이미 위기종이야. 사육장에서만 번식한다더라.」

웃는 얼굴을 보니 마음이 놓였다. 이번 경기는 리오의 여자 친구가 미시간주로 이사 간 뒤 처음 치러지는 경기였다. 미시간이면 우리에게는 화성이나 다름없었다. 이사 전 몇 주 동안 리오는 미시간 주립대의 수시 전형에 지원하는 데 온 신경을 쏟았다. 둘 사이의 견고함이 시간의 시험을 견뎌 낼 거라 굳게 믿고서. 그러다가 문자 메시지로 이별 통보를 받았다. 비행기에서 날아온 문자 메시지였다. 11킬로미터 상공으로부터 차인 건 아마 리오가 최초일 거다. 추락도 그만큼 길었다.

「걔가 똑똑한 거야. 다시 못 볼지도 모를 남자 친구를 기다리며 고교 졸업반을 보낼 순 없지. 때로는 반창고도 단번에 잡아떼는 게 낫잖아.」 리오가 말했다. 비록 내가 보기에는 가슴털 전체를 잡아떼는 일에 더 가까웠지만.

나는 벤치에서 리오 옆자리에 앉았다. 「이제 관중석에 있는 여자애들이 다 널 주목할걸?」

5 소과 동물인 누는 영어로 윌더비스트wilderbeest다.

「알아. 근데 아직은 때가 아니야. 몇 주 뒤면 모를까.」

높이 살 만한 정신이었다. 다른 애들이면 곧장 다른 여자애 품에 뛰어들 텐데, 리오는 아니었다. 스스로 정한 우선순위를 따랐다.

「뭐, 그럼 너한테 쏠리는 시선들 좀 내 쪽으로 보내 주든지.」내가 말했다.

「그럴게.」그러더니 리오는 한쪽 입꼬리를 올리며 씩 웃었다.「눈이 몹시 나쁜 애들일 텐데 괜찮겠어?」

내가 웃음을 터뜨리자 리오는 더 크게 웃어 댔고, 나는 질세라 그보다 더 크게 웃어 보였다. 우리 사이는 그런 식이었다. 쭉 그럴 거라고 믿었다.

경기 초반 5분은 활기가 넘쳤다. 다들 오랜만에 필드로 돌아와 환호하는 관중들 앞에 서자 흥분했기 때문이었다. 윌더비스츠는 실력은 괜찮았지만 사기가 부족했다. 시즌 초 몸풀기 상대로 적합한 팀이었다. 2쿼터 시작까지 득점은 없었지만 우리는 승리를 자신했다. 그때 레이턴 밴던붐, 우리 팀 쿼터백이 패스 실수로 공을 뺏겼다. 레이턴이 자책하는 사이(이기든 지든 한 주 내내 그럴 터였다) 수비 라인이 출전했다. 참고로 내가 그중 하나였다.

윌더비스츠의 족제비 같은 쿼터백은 심판에게 걸핏하면 딴지를 거는 짓으로 유명했다. 그 족제비를 때려잡는 건 몹시 흡족한 일일 터였다.

양 팀의 라인맨들이 스크리미지 라인에 늘어섰고, 공방전의 막이 올랐다. 공이 스냅되자 나는 출격했다. 웬만하면 어깨로 돌파해야 한다. 헬멧 박치기는 엄격히 금지되지는 않았지만 너그럽게 허용되지도 않았다. 하지만 박치기는 피치 못하게 발생하기 마련이었다. 게다가 나는 머리가 쾅쾅 울리는 느낌을 좋아했기에 조금도 주저하지 않았다. 앞서 말했듯이, 들이받기는 내 주특기였다. 아빠가 못 탄 장학금을 타게 해줄 특기.

하지만 이번 들이받기는 달랐다.

간혹 큰 소리에 깜짝 놀라면 뇌가 오작동해서 그 소리와 더불어 눈앞이 번쩍한다는 걸 아는가? 음, 이건 추위가 엄습한 것 같았다. 찬바람을 맞았거나 오한이 난 게 아니었다. 별안간 내 피가 얼음물로 뒤바뀐 듯했다. 하지만 그 느낌은 순식간에 사라졌고, 나는 잔디에 누워 있었다. 공을 쥔 윌더비스츠 족제비에게 태클을 먹인 뒤였다. 관중들은 환호하고 있었다.

라인맨을 뚫고서 쿼터백을 덮치기까지, 그사이의 일이 기억나지 않았다. 순간 이동이라도 한 것 같았다.

윌더비스츠는 12야드를 잃었다. 족제비는 반칙 선언이 있어야 한다고 투덜거렸지만, 위반한 것이 없으니 반칙도 없었다. 그 플레이에 평소와 다른 점은 없었다…… 그 기묘한 추위를 빼면. 찰나에 사라졌지만 아주 생생했다. 대체 뭐였지?

하이 파이브, 엉덩이 두드리기, 주먹 부딪치기가 이어진 뒤 나는 라인으로 돌아갔다. 그제야 머리가 좀 아팠다. 두통은 아닌데, 그와 비슷했다. 머릿속이 징징 울리는데, 소리로 들리는 게 아니라 몸으로 느껴졌다. 어쩌겠나? 털고 일어나야지. 그래서 그렇게 했다. 생각을 비우고 남은 경기를 뛰었다.

우리는 24 대 14로 이겼고, 나는 승리에 도취돼 송곳 같은 추위의 기억을 거의 잊었다. 다시 떠오른 건 한참 뒤였다.

경기 후에 우리 중 몇몇은 버거를 먹으러 티버츠빌 타운센터Towne Centre로 향했다. 이름에 e를 두 개나 잘못 붙여가며 겉멋을 부린 복합 상가로, 금요일과 토요일 밤의 중심지다. 영화관, 볼링장, 레스토랑뿐 아니라 저렴하게 한 끼 때우려는 사람들을 위한 푸드 코트도 있다. 풋볼이 주류 스포츠인 이 동네의 최강 팀으로서, 추나미스는 금요일 밤 패스트푸드 코너를 점령하다시피 했다.

레이턴은 여자 친구 케이티를 대동했다. 고깃덩이처럼 육중한 팔이 케이티의 어깨를 짓누르고 있었다. 쿼터백과 치어리더 커플 하면 이 한 쌍을 떠올리면 된다. 다만 레이턴이 캡틴 아메리카를 꿈꾸는 전형적인 백인 남자애라면, 케이티는 레이턴이 모르는 가능성이 훨씬 큰 여자애였다. 레이턴은 좀처럼 케이티의 응원 도구 너머를 보지 못했다.

어떤 사람들은 고정 관념을 보고 자라 그 스스로 고정 관념이 된다. 이를 위한 길은 활짝 열려 있을 뿐 아니라 잘 다져져 있다. 거스르는 것보다 따르는 게 훨씬 쉽다. 일부는 그 길을 끝까지 따라가 자신들을 기다리고 있는 상자 속으로 들어간다. 판에 박힌 설교와 플라스틱 꽃으로 이뤄진 종점으로. 그리하여 쿼터백과 치어리더 커플은 모든 학교, 모든 도시에서 앞으로도 영원할지어다, 아멘.

나는 케이티가 치어리더가 된 게 온전히 자기 선택이었다고 생각하지 않는다. 케이티는 지난봄에 테니스를 쳤고, 분명 거기 푹 빠져 있었다. 하지만 엄마와 언니가 치어리더여서 어릴 때부터 그 길로 인도되었다. 아까 말했듯이, 우리는 부모님이 눈앞에 차려 준 대로 먹는다. 여기서 하나 고백하자면, 케이티와 나는 과거가 있다. 오해할 건 없다. 우린 시체 하나를 함께 묻었을 뿐이다. 그 이야기는 차차 하겠다.

오펜시브 라인맨 중 하나인 노리스도 참석했다(여기서 〈오펜시브〉는 중의적이다).[6] 노리스는 툭하면 여자 친구와 붙었다 떨어졌다 했는데 이때는 후자였고 한동안 그럴 모양인지 혼자 왔다. 녀석은 실제로 연애를 하는 것보다 연애라는 〈개념〉을 더 좋아하는 듯했다. 혹은 만성적인 꼴통 짓과 과연 뇌를 거쳤나 싶은 개소리 탓에 이별을 반복하는지도 몰랐다. 노리스 같은 녀석은 주변에 꼭 하나씩 있다. 어디에나 말이다. 신이 분별력을 나눠 줄 때 뒷간에 있었는지 번번이 어리석은 결정을 내리고 말실수를 저지르는 인간. 한번은 웃기지도 않는 멕시코 비하 농담을 하다가 결국 마테오의 주먹맛을 봤다.

우리가 세상의 노리스들을 참는 이유는 첫째, 녀석이 얼간이라는 걸 깨닫기 전부터 이미 친구였기 때문이고, 둘째, 녀석이 효과적인 자괴감 방지턱 같은 존재이기 때문이다. 스스로가 쓰레기처럼 느껴지는 날에도 적어도 난 노리스가 아니라고 위안 삼을 수 있으니까.

그리고 물론 리오도 참석했다. 전 여친이 화성인이 되면

6 offensive. 〈공격〉 말고도 〈불쾌한〉, 〈역겨운〉이라는 뜻이 있다.

서 상실한 사회적 기능을 대신해 줄 여동생 앤절라와 함께. 앤절라는 우리보다 한 살 어렸지만 늘 상급생들과 어울렸기에 다들 앤절라를 리오의 쌍둥이 동기처럼 여겼다. 매력적인 애였지만 데이트 신청을 하기엔 여러 가지가 걸렸다. 일단 단짝의 여동생과 만나는 건 어느 모로 봐도 끝이 좋을 리 없었다. 그리고 인정하기 부끄럽지만, 내가 흑인 여자애와 만나는 걸 알면 우리 할아버지가 두 번째 심장 마비를 일으킬 수도 있었다. 그를 인종 차별주의자라고 하지는 않겠다. 아니, 인종 차별주의자라고 하겠다. 면전에서는 못 해도.

「세대 차이야.」 엄마는 너무 민망해서 뭐라 제대로 말하지 못하고 얼버무리곤 했다. 할아버지가 리오를 걸고넘어진 적은 없지만, 언젠가 리오를 보고 자기 차 잠금 버튼을 누르는 걸 똑똑히 목격했다. 설마 리오가 차를 훔칠 거라고 생각한 건 아니겠지만 흑인 남자애를 보자마자 반사적으로 손이 움직인 거다. 꽉 막힌 노인네. 나는 리오가 늘 대수롭지 않게 넘어가서 속으로는 그 이상으로 불쾌해할지도 모른다는 생각을 미처 못 했다.

그러다 딱 한 번 리오와 인종 문제로 싸웠다. 재작년 사회시간에 내가 적극적 우대 조치[7]에 대해 멍청한 소리를 했을 때다. 나는 리오가 풋볼 팀에서 발군일 뿐 아니라 학급에서 성적이 가장 좋다는 점을 근거로 들며 누구도 인종을 이유로 특혜를 받을 필요가 없다고 지껄였다. 그러자 리오는 자기만큼 운이 좋지 않은, 어딜 가기도 전에 닫힌 문을 마주하

7 Affirmative Action. 입시나 취업에서 여성, 비백인, 장애인, 소수 민족 등을 특별히 우대하는 정책.

게 되는 애가 얼마나 많은지 아느냐며 날 몰아세웠다. 「그 문을 부수느라 시간과 에너지를 쏟아붓고 나면 탈진 상태인 채로 다른 사람보다 한참은 더 뒤처져 있게 되는데, 그게 정 말 공정하다고 생각하냐?」

그렇게 생각해 본 적 없던 나는 미안하다고, 나쁜 뜻은 아 니었다고 말했지만, 경솔한 말은 한번 뱉고 나면 도로 물릴 수 없다. 떳떳한 순간은 결코 아니었다. 하지만 적어도 나는 노리스는 아니었다.

「이 나라는 선의의 무지로 가득 차 있어.」 리오가 말했다. 「그건 감염병이고, 넌 보균자야.」

결국 리오와 나는 일주일 동안 말을 섞지 않았다. 그러다 자연스레 예전으로 돌아갔다. 어쨌거나 리오는 내 단짝이었 다. 고작 인종 갈등 따위가 우릴 갈라놓게 놔둘 수 없었다. 얼마 뒤 나는 백인 경찰의 과잉 진압에 항의하기 위해 직접 만든 팻말을 들고 리오와 함께 흑인 인권 시위에 참여했다. 그만하면 내가 역사의 옳은 편에 서 있다는 걸 보여 주기에 충분하다고 생각했다. 이제 난 다르게 생각한다.

아무튼, 그렇게 여섯 명이 버거를 먹고 있었다. 우리는 승 리의 쾌감과 스포츠가 주는 아드레날린에 취해 있었다. 하 지만 나는 그 아래 깔린 묘하게 불안한 기류를 느낄 수 있었 다. 예감이 아니라 여운이었다. 앞으로 벌어질 일이 아닌, 이 미 벌어진 일에 대한 감각이었으니까. 아직 그게 뭔지 모를 뿐, 뭔가 잘못됐다는 느낌이 들었다. 내 안에서 느껴지는 건 가? 아니면 내 주변에서? 둘 다일지도 모른다. 어쨌거나 나 는 그 느낌을 머리가 이상하게 띵하다고밖에 해석하지 못

했다.

「내가 그렇게 등신 같은 패스를 하다니.」 레이턴이 자책했다.

「야, 삽질 그만해.」 노리스가 말했다. 「우린 윌더비렁뱅이들을 이겼어. 그게 중요하지.」

하지만 레이턴의 표정은 그렇지 않다고 말했다. 그때, 케이티가 레이턴의 팔 아래서 꿈지럭 손을 뻗어 감자튀김을 집어 먹기 시작했다. 그 속도가 얼마나 빠른지, 레이턴은 감자튀김이 동나기 전에 조금이라도 먹으려고 케이티의 어깨에서 팔을 거뒀다.

나는 씩 웃었다. 그게 케이티의 의도임을 눈치챘기 때문이었다. 감자튀김이 먹고 싶어서가 아니라 무거운 팔에서 벗어나고자 레이턴이 팔을 거두게 유도한 것이었다. 내 시선을 깨닫고 케이티가 찔린 눈빛을 하기에 나는 짧은 윙크로 비밀을 지켜 주겠다고 알렸다. 케이티는 시선을 피했지만 웃음을 참는 티가 났다. 나는 한때 케이티가 레이턴과 헤어지고 나와 사귀길 바라는 게 의리 없는 짓인가 했었다. 기회가 있을 때 진작 잡았어야 했는데 그럴 배짱이 없었다. 그렇다고 바로 단념한 건 아니다. 그저 마음 한구석에 미뤄 뒀을 뿐이다. 나는 남의 여자 친구에게 집적거리는 놈이 절대 아니니까. 그런데 레이턴이 케이티를 함부로 대한다는 이야기가 들렸다. 그땐 내가 상관할 일이 아니라고 여기긴 했지만, 그래도 그 소문은 풋볼 시즌이 끝나기 전에 둘 사이가 끝나리라는 나의 기대에 불을 지폈다.

먹으면서 풋볼 이야기를 계속하자 앤절라가 따분해했다.

「너희들, 다른 관심사는 없어?」

「음식, 그리고 섹스.」노리스가 말했다.

「꼭 그 순서는 아니고.」내가 덧붙였다.

「풋볼 이야기 듣기 싫으면 왜 왔어?」리오가 물었다.

「케이티가 해로운 마초이즘 문화 속에서 외롭게 고군분투할까 봐.」

「해롭다니. 풋볼 선수라고 해서 우리가 미개하거나 뭐 그런 것들은 아니거든.」내가 말했다.

「〈뭐 그런 것들〉이라.」앤절라가 놀리듯 말꼬리를 잡았다. 「아직은 봐줄 만한 정도지만 심각해지면 알려 줄게.」

그때 먼발치에서 음식을 나르던 종업원이 쟁반을 떨궜다. 모든 게 빨간 플라스틱 바구니에 담겨 나오는 곳이라 깨진 건 없었다. 쟁반이 떨그럭하고 날붙이가 젱그렁거리는 소리가 났을 뿐이다. 그런데 그 소리에 골이 휘청했다. 한순간 뇌가 자동차 계기판의 바늘처럼 빙글 도는 듯했다. 나는 숨을 들이켜고 두 손으로 테이블을 짚었다. 마치 손바닥으로 견고한 표면을 느껴서 중력이 여전히 같은 방향으로 작용하는지 확인이라도 하듯이. 노리스는 못 먹게 된 음식물을 향해 애도의 박수를 보냈고, 다들 점장이 나오기 전에 허둥지둥 사고를 수습하는 불운한 종업원 쪽을 바라보고 있었다. 날 눈치챈 건 케이티였다. 아까 내가 케이티를 눈치챈 것처럼.

「괜찮아, 애시?」

「어, 괜찮아. 잠깐 어지러워서.」

그러자 레이턴이 케이티를 따라 날 보고 눈썹을 치켜올렸다. 「야, 너 피가 다 어디 갔어? 발가락으로 갔냐? 얼굴이 거의 시첸데? 토할 거 같아?」

「아냐, 그렇진 않아.」

케이티가 나에게 자기 물컵을 내밀었다. 「아마 탈수증일 거야.」

「고마워.」 나는 물을 몇 모금 마셨다. 레이턴이 감염병일 수도 있으니 그 컵을 나 혼자 쓰라고 했다.

현기증은 옅어졌다가도 고개를 빨리 움직일 때면 되돌아왔다. 뇌진탕인가? 전에도 자잘한 뇌진탕을 겪었지만, 이건 달랐다. 왜, 장기를 이식받으면 신체가 거부 반응을 일으킨다고 하지 않는가? 적응시키려면 약물을 써야 하고. 그게 내가 묘사할 수 있는 느낌에 가장 가까웠다. 몸이 뇌를 거부하는 건 아니지만, 그 안의 내용물을 거부한달까? 마치 내 정신이 침입자이기라도 한 것처럼. 당시엔 터무니없다 생각했지만, 돌이켜 보니 그 생각이 얼마나 정확했는지 신통할 지경이다. 하지만 그 순간에는 모르는 척 무시하려 했다. 어쩌겠나? 털고 일어나야지, 망할. 털고 일어나야지.

나는 그날 밤 노리스를 집까지 태워다 줬다. 노리스가 아직 운전면허 시험을 통과하지 못한 탓이었다. 지난번에는 마지막 지점까지 가서 건널목을 건너는 노인을 향해 경적을 울렸다고 한다.

「차량 관리국 놈이 날 엿 먹인 거야. 그 할망구는 첩자가 분명해.」 노리스가 억울해했다.

「네 음모론에 하나 더 추가해.」 내가 말했다. 이미 한두 개가 아니었으니까.

「웃지 마. 진실은 밝혀지게 마련이야!」

바로 그 순간 내가 우리 두 사람을 죽일 뻔했다.

인생을 바꿀 만한 일(세상을 바꿀 만한 일)은 대개 경고 없이 찾아온다. 교차로의 18륜 트럭처럼 옆을 들이받는다. 풋볼에서는 클리핑이라고 한다. 엄하게 단속하는 심각한 반칙. 하지만 우주는 아무런 규칙 없이 플레이한다. 아니면 시간과 물리 법칙의 지배를 받는 우리가 이해할 수 없는 규칙이 따로 있거나.

문제의 트럭은 내 차가 떡하니 들어선 교차로로 돌진했다. 트럭은 경적을 울렸고, 난 여기서 브레이크를 밟았다가는 피범벅 티본스테이크가 될 걸 직감하고 그대로 액셀을 때려 앞으로 튀어 나갔다. 트럭은 조금도 속도를 줄이지 않고 우릴 아슬아슬하게 비껴서 교차로를 쌩 가로질러 갔다.

그제야 나는 브레이크를 밟았다. 멈췄을 때 우리는 교차로를 20미터쯤 지나쳐 있었고, 트럭은 매몰차게 제 갈 길을 간 뒤였다. 나는 완전히 정차하고서도 운전대를 틀어쥔 채 우리가 아직 살아 있는 게 맞는지 몇 번이나 확인했다.

「빌어먹을, 애시, 대체 뭐야?」 한숨 돌리자마자 노리스가 쏘아붙였다. 「우릴 죽이려고 작정했어?」

「아니, 너만. 실패했네.」 내가 말했다. 신랄한 대꾸가 머리를 좀 식혀 주길 바랐는데, 무리였다.

「왜 정지 신호를 무시하고 달리냐고.」

「아니, 정지 신호가 있어야 무시하지.」

하지만 뒤를 돌아보니 익숙한 팔각형 표지판 뒷면이 보였다. 문득 운전 교습 때 강사가 했던 말이 떠올랐다. 교통사고의 원인은 대부분 인적 오류라고. 이날은 나 자신이 인적 오류였던 거다.

나는 내 황당한 실수를 목격한 사람이 있나 싶어 주위를 둘러봤다. 스케이트보드를 탄 작은 체구의 남자가 거리에 있는 유일한 사람이었다. 그 남자는 방금 큰 사고가 날 뻔한 줄 몰랐는지 휙 지나갔다. 실상은 그 반대였으나, 당시의 난 몰랐다. 그는 그저 스케이트보드를 타는 아무개에 불과했다. 무시하기 쉬운, 잊기 쉬운 아무개. 그때까지는.

나는 액셀을 천천히 밟으며 다시 출발했다. 아까보다 훨씬 조심스럽게 차를 몰았다. 그렇게 했는데도 다음 정지 신호 역시 놓칠 뻔했다. 나는 급브레이크를 밟았다. 노리스가 놀라 긴장할 정도로 세게 밟지는 않았지만, 뒷좌석 물건이 바닥으로 굴러떨어지긴 했다. 내가 상황을 파악한 건 그때였다. 앞선 교차로에서 알아채지 못한 건 정지 표지판이 이미 내 뒤에 있었기 때문이었다. 내가 봤던 건 스테인리스강으로 된 표지판의 뒷면뿐이었으니까.

운전하다 보면 저절로 이루어지는 행동들이 있다. 누가 차선을 바꿀 때 백미러를 확인하고 뒤를 살펴야겠다고 매번 생각하나? 자동적으로 그렇게 하게 되는 거다. 그건 제2의 천성이다. 정지 신호가 보이면 브레이크를 밟는 행위도 마찬가지다. 정지 표지판에는 세 가지 촉발 요인이 있다. 운전자가 놓치지 않도록 일부러 유도했을 거다. 먼저 모양. 그리고 〈정지〉라는 문자 자체. 그리고 색깔. 그중 하나라도 빠지면 알아차리지 못할 수도 있고, 그럼 브레이크를 밟지 않게 된다.

「저건 왜 저래?」 내가 표지판을 가리키며 물었다.

「뭐가?」 노리스가 꺼벙하게 물었다.

난 다시 표지판을 가리켰다. 「파란색이잖아.」

그러자 노리스는 어떤 기발한 말장난이라도 기다리는 것처럼 나를 바라보다가 마침내 물었다. 「그래서?」

나는 바보 천치에게 설명하듯이 또박또박 말했다. 「파란색이라서 그냥 지나칠 뻔했어. 세상에 파란색 정지 신호가어딨냐?」

노리스는 다시 아까 같은 표정이 됐다. 「뭐라는 거야? 정지 신호는 원래 파란색이야.」

표지판의 색은 사소한 요소다. 큰 틀에서는 중요하지 않은 세부 사항이다. 남의 집 건물 색처럼. 옆집이 무슨 색이냐는 질문에 확실히 대답할 수 있는 사람은 몇 없을 거다. 왜냐면 그런 정보는 우리의 레이더에 잘 안 걸리기 때문이다. 걸리면 안 되기도 하다. 더 중요한 것들에 신경을 써야 하니까. 정지 표지판 색은 문제가 되어서는 안 된다.

그런데 이젠 문제가 됐다.

우리 부모님은 함께 경기를 보러 왔다가 승리를 축하해준 뒤 바로 귀가했다. 내가 집에 도착했을 때 엄마는 경기장에서 찍은 민망한 사진들을 SNS에 올리고 있었고, 아빠는요즘 푹 빠진 드라마를 보고 있었다.

「엄마,」 나는 신중히 말을 고르며 물었다. 「정지 신호가 정확히 무슨 색이지?」

엄마는 노트북에서 시선을 떼더니, 딱 노리스처럼, 무슨 말장난인지 가늠하는 듯한 표정을 지었다.

「파란색, 그냥…… 평범한 파란색.」

「다른 색도 있지 않아?」 내가 유도했다. 「뭐…… 빨간색이라든지?」

엄마는 눈썹을 치켜들더니 문득 불길한 징조를 읽은 것처럼 헛숨을 들이켰다. 그리고 노트북을 닫았다. 「어디 안 좋니, 애시?」

「멀쩡해. 그냥 질문 하나 한 건데 왜 유난이야?」

엄마는 나와 달리 침착함을 잃지 않았다. 「이상한 질문을 하니까 그러지.」

나는 전혀 이상한 질문이 아니라고 반박하려다 말았다. 방어하려 할수록 이상하게 보일 터였다.

「됐어, 그냥 해본 말이야.」 나는 엄마에게 아무 설명도 하지 않고 내 방으로 갔다. 설명할 방법이 없었으니까. 나는 별거 아니라고, 내가 괜히 엉뚱하게 구는 거라고 속으로 되뇌었다. 그러나 여기엔 더 심오한 진실이 있었다. 세상의 짜임새는 실 한 오라기도 풀릴 여지가 없어야 한다. 모든 게 제대로 작동하거나, 아예 작동하지 않거나, 둘 중 하나다.

완전히 물러가지 않았던 이상한 두통이 다시 존재감을 드러냈다. 진통제를 좀 먹어야겠다고 생각하긴 했지만, 이 한 오라기 실이 못내 거슬렸다. 나는 컴퓨터를 켜고 정지 표지판 이미지들을 검색했다. 아니나 다를까, 모두 파란색이었다. 충격받을 일이 아닌데도, 충격적이었다. 게다가 표지판뿐만이 아니었다. 신호등도 초록, 노랑, 파랑이었다. 운전하는 동안 눈치채지 못했던 건 초록 불만 걸렸기 때문인 게 확실했다.

　그리고 가장 이상한 건 따로 있었다. 보면 볼수록 그럴싸해 보인다는 것이었다. 생각하면 할수록 파란 이미지를 본 기억이 늘어났다. 하지만 그 기억들은 모두 빨간 표지판과 빨간 불빛을 동반했다. 그리고 둘을 동시에 떠올리려고 하면 누가 내 귀에 대고 바람 넣은 풍선을 비틀어 짜듯이 머릿속이 끼익 하고 울렸다. 나는 생각하길 포기하고 침대에 뛰어들었다. 피곤했다. 아마 그래서일 거다. 긴 하루에 지쳐 과부하가 걸린 게 분명했다. 내일이면 모든 게 말이 될 거다. 웃고 지나갈 테지. 아침이면 다른 사람들 말이 다 옳다고 생각하게 될 거다. 정지 신호는 원래 파란색이었고 어쩌다 내 머릿속이 회까닥 돌았을 뿐이다.

2
옆으로

빨강은 피의 색이다. 위험의 색. 그러니까, 나한테 직관이란 게 있다면 사방이 빨갛게 보였어야 했다.

월요일 점심시간은 학교 도서관에서 도로 표지판의 역사를 알아보며 보냈다. 이쯤 되니 집착에 이르렀다. 그냥 그럴 수도 있지 하고 포기하면 쉬울 텐데, 난 포기는커녕 도가 지나치게 물고 늘어지고 있었다.

도로 표지판의 역사는 생각보다 흥미로웠다. 보아하니 파란색은 두 가지 이유로 빨간색 대신 채택된 듯했다. 첫째는 적록 색맹을 고려해서. 둘째는 빨강이 포유류에게 분노를 유발하는 색이라서다. 투우사들이 황소 앞에서 빨간 천을 펄럭이는 것도 이 때문이다. 멈춰 서 있지 않도록, 달려들게 만들기 위해서. 그래서 빨간 등과 표지판도 운전자들의 분노를 자극하리라고 추론되었다. 1954년에 미국 교통관제 시설 편람은 파란색을 정지의 보편적인 색으로 채택했다. 내가 빨간색 정지 표지판을 찾을 수 있는 유일한 곳은 하와이였다. 그것도 개인 소유 도로에서만. 하와이 법에 따르면 공식적인 파란색 표지판은 공공 도로에서만 허용되기 때문이었다.

모두 그럴듯한 논리가 있었다. 단지 그 논리가 나와 내가 안다고 믿었던 세계를 따돌리는 듯했을 뿐이다.

그렇게 점심시간에 검색을 하고 있다가 그 모습을 케이티에게 들켰다. 나는 도로 표지판에 관한 숙제를 하고 있다고 말했다.

「오호,」 케이티가 빈정거리는 투로 말했다. 「그게 무슨 과목인데?」

나는 말문이 막혀 〈거기까진 생각 못 했는데〉라고 하는 듯한 덜떨어진 표정을 지을 뻔하다 겨우 수학이라고 둘러댔고, 그건 내가 실제로 생각이 짧았음을 증명했다.

「수학에 도로 표지판이 나와?」

「어…… 그게…… 교통사고 통계를 내서, 그게 표지판과 어떤 연관성이 있는지 조사하는 거야.」 나는 그럴싸한 답을 쥐어짜 낸 스스로가 대견했다.

「뭐, 대수학보다는 흥미롭겠네.」

그 순간 케이티에게 털어놓고 싶은 충동이 불쑥 올라왔다. 아마 케이티와 내가 이미 비밀 하나를 공유하고 있기 때문일 거다. 비록 시시한 것이지만.

요약하자면, 나는 초등학교 5학년 때 자전거를 타고 학교에 가다 다람쥐를 치었다. 다람쥐가 왜 자전거 바퀴 아래 깔릴 만큼 굼떴는지 모르겠지만, 어쨌든 그랬다. 끼익 멈춰서 확인하러 돌아갈 때까지만 해도 설마 내가 로드킬을 저질렀을 줄은 몰랐다. 두 손으로 들어 올렸을 때 녀석은 아직 살아 있었다. 물에 빠진 것처럼 입을 뻐끔거리며 헐떡였다. 다람쥐는 두어 번 그러다가 부르르 떨더니 내 손 위에서 죽었다. 누군가는 그게 뭔 대수냐고, 날마다 수많은 동물이 죽는다고 할지 모른다. 하지만 동물이 제 눈앞에서 죽는 걸 본 사람이 몇 명이나 있겠나? 사냥 이야기는 꺼내지 마라. 애초에 죽일 작정으로 죽이는 것과는 다르니까. 어떤 생명체가 자기 손에서 죽으면, 그것도 내가 너한테 뭘 어쨌는데, 하고 원망하는 눈으로 쳐다보다가 죽으면 종잡을 수 없는 감정에 휩쓸릴 거다. 나는 별안간 울음을 터뜨렸고, 듣지 못할 녀석에게 흐느끼며 외쳤다. 「미안해, 미안해, 일부러 그런 거 아니야!」 그러다 고개를 들었는데, 케이티가 지켜보고 있었다.

나는 케이티가 〈다람쥐를 죽이다니 네가 인간이냐?〉 따위의 비수를 던질 줄 알았다. 내 꼴사나운 눈물 바람을 비웃거나. 하지만 케이티는 이렇게 말했다. 「우리 개 묻어 주자.」

〈너〉가 아니라 〈우리〉였다. 단어 하나로 케이티는 비극적인 과실 치사를 은폐 공작으로 만들었다.

우리는 이웃집 마당에 다람쥐를 표지 없이 묻었다. 땅을 파헤칠 개가 없는 집을 골라서. 우리 둘 다 그날 일을 입 밖에 내지 않았지만, 그때부터 나는 케이티에게 묘한 유대감을 느꼈다. 순전히 내가 죽은 설치류에게 눈물로 호소하는 걸 보고 아무에게도 말하지 않았다는 이유로.

그러니까 케이티는 아마 이번에도 내 비밀을 지켜 줄 거다. 어쩌면 〈나〉는 다시 〈우리〉가 되어 혼자 끙끙 앓지 않아도 될지 모른다.

나는 케이티 눈앞에 파란 정지 표지판 이미지가 가득한 페이지를 띄웠다. 「웃기는 얘긴데, 난 원래 정지 표지판이 빨간색이라고 생각해 왔어.」 내가 툭 던지듯이 말했다.

케이티는 날 물끄러미 바라봤다. 황당해하거나 어리둥절해하지도 않고, 생각에 잠긴 듯한 표정으로. 그러더니 나를 옆으로 밀치고 컴퓨터 앞에 앉아 직접 뭔가를 검색했다. 화면에 웬 드레스 사진이 떴다.

「얼마 전에 이 드레스 색깔이 뜨거운 논쟁거리였어. 넌 무슨 색으로 보여?」

함정인지 의심스러울 만큼 자명했다.

「흰색 바탕에 금색 줄무늬.」

케이티는 고개를 저었다. 「나한텐 아니야. 내 눈엔 파란 바탕에 검정 줄무늬로 보이거든.」

나는 사진을 다시 봤다. 「말도 안 돼. 뻥이지?」

「아니. 그리고 나만 그런 게 아니야. 인간의 30퍼센트는 나처럼 보고 70퍼센트는 너처럼 본대. 요점은, 사람마다 세상을 다르게 본다는 거지……. 그러니 모두가 파랑으로 본 걸 너 혼자 빨강으로 봤다고 해서 그걸 틀렸다고 할 수 있을까?」

이제까지 중에 가장 위안이 되는 설명이었다. 고맙다고 말하고 싶었지만, 안도한 티를 드러내면 수상해질까 봐 그냥 이렇게 말했다. 「말 되네.」

케이티는 씩 웃으며 자리를 떴고, 나는 나만의 작은 딜레마를 해결한 셈 쳤다. 멀어지는 케이티의 뒷모습을 바라보다 아차 싶어서 주위를 살폈다. 그러고서 숨을 깊이 들이켰다가 내쉰 다음, 이제 전부 내려놓기로 했다. 내가 절대 풀수 없는 수수께끼에 갇혀 있으니 다른 일을 하는 게 나았다. 케이티의 설명은 일리가 있었다. 적어도 잡고 매달릴 수 있을 만큼은.

도서관을 떠나면서 나는 지나가는 학생 한 명을 멈춰 세웠다.

「저기, 네가 입은 그 티셔츠 무슨 색이야?」 내가 물었다.

그 애가 힐끔 내려다봤다. 「빨강?」

내 눈에도 그랬다.

그날 훈련은 격렬했다. 항상 그랬듯이. 하지만 훈련이 아무리 격렬해도 본경기의 에너지 레벨에는 도달하지 않는다. 즉, 훈련은 훈련이다. 미래를 위해 체력과 기량을 갈고닦는 것이다. 하지만 경기는 현재를 사는 것이다. 모든 게 더 날카롭고 매 순간 더 강하게 다가온다. 다시 말해, 훈련에서 아무리 세게 들이받아도 경기에서 들이받는 느낌은 차원이 다르다. 〈세상을〉 바꾸는 느낌이랄까.

그래서 월요일에는 그때의 충격이 반복되지 않았다. 혈관이 얼어붙는 느낌도, 순간 이동도 없었다. 그저 예사롭게 진빠지는 훈련이었다. 하지만 잠시나마 머리를 비울 수 있어 좋았다. 내가 미확인 색맹인지, 아니면 내 뇌가 너무 자주 덜거덕거리는 바람에 나사가 빠졌는지 염려할 겨를이 없었으니까.

그러고는 집에 왔는데 새로운 드라마가 펼쳐졌다.

동생 헌터가 내 워몽거 3 세이브 파일을 날려 버린 걸 발견한 것이다.

「일부러 그런 거 아냐.」 헌터가 호소했다. 「파일 덮어쓰기 하겠느냐는 메시지가 너무 늦게 떴어.」

이건 큰 그림에서 보면 지극히 사소한 일이겠지만, 당시 멋모르던 나의 작은 그림에서는 아주 대수로운 일이었다. 위몽거 3은 몇 년을 기다려야 출시되는 그런 게임이고, 너무 복잡해서 다 깨려면 6개월쯤 걸린다. 나는 5개월째에 접어들고 있었다.

이 게임에는 저장 슬롯이 세 개 있는데 그중 두 개는 이미 헌터가 굴리는 다른 군사 작전들이 차지하고 있었다. 다른 파일 위에 덮어쓰기를 하려고 하면 〈이 파일을 삭제하겠습니까?〉라는 메시지가 뜬다. 〈예〉를 클릭하면 큼지막한 빨간 경고등(아마 이젠 파란 경고등이겠지만)과 함께 굵은 글씨로 이렇게 뜬다. 〈주의! 삭제하면 되돌릴 수 없습니다.〉 따라서 기본적으로 꼴통 중의 꼴통만이 실수로 파일을 지울 수 있다. 그리고 비록 내가 종종 그렇게 부르긴 했어도, 헌터는 그런 꼴통이 아니었다. 그 말은 일부러 그랬을 수도 있다는 뜻이다.

「난 뭐든 읽지도 않고 클릭한다고. 형도 맨날 그렇게 이야기했잖아.」 헌터가 벌겋게 달아오른 얼굴로 멀찌감치 떨어져서 내지르듯 말했다. 내가 덤벼들면 잽싸게 도망치려고 발뒤꿈치를 세운 채였다. 그 벌건 얼굴이 정말 속상해서 그런 건지 아니면 속상한 척하느라 그런 건지 분간이 안 갔다.

내 첫 번째 본능은 녀석을 흠씬 두드려 패는 것이었는데, 그건 참아야 했다. 헌터는 나보다 세 살 어렸다. 딱 세 살. 생일이 같아서다. 우리 둘 다 뭔가를 공유하는 데 큰 뜻이 없기에 못마땅해하는 점이었다. 나는 급성장하는 기간을 지났지만, 녀석은 아직 아니었다. 체격이 훨씬 더 큰 나한테 얻어맞았다간 크게 다칠 수 있었다.

내 두 번째 본능은 헌터의 파일을 싹 다 지우는 것이었다. 하지만 그건 녀석이 진작 예상했겠다 싶었다. 이미 게임에서 손을 털었을 가능성이 상당히 컸고, 그렇다면 내 보복에 아무 타격이 없을 터였다. 오히려 내가 제 손아귀에서 놀아났다며 회심의 미소를 지을 수도 있었다.

이쯤에서 내가 너무하다고 생각된다면, 수동적 공격 성향이 있는 형제가 저지르는 놀라운 짓을 경험해 본 적이 없기 때문일 거다.

적절한 예가 있다. 3개월 전의 일이다.

나는 친구들과 커닙션이라는 밴드의 콘서트를 보러 갈 계획이었다. 커닙션은 공연 다음 날 해체할 예정이었기에, 누구에게든 그들의 공연을 볼 기회는 그날이 마지막이었다.

그런데 내가 티켓을 잃어버렸다.

보통은 문제가 안 될 일이었다. 새로 출력하면 되니까. 하지만 이 밴드의 별난 점 가운데 하나는 로큰롤 초창기를 재현하기 위해 물리적인 장소에 가서 물리적인 줄을 서서 물리적인 티켓을 구하도록 했다는 것이었다. 그리고 그렇게 구한 내 티켓이 온데간데없이 사라졌다.

「그렇게 어지러운 방에서 뭘 어떻게 찾겠어?」 엄마가 말했다. 맞는 말이었지만, 아무리 어지러워도 내가 그 망할 종잇조각을 찾아 토네이도처럼 휩쓸고 난 뒤의 쑥대밭에 비하면 아무것도 아니었다.

결국은 티켓 없이 친구들을 따라 공연장에 가서 사정사정했지만, 역시 입장 도우미들은 날 들여보내 주지 않았고, 심지어 내 말을 믿지도 않았다. 결국 나는 새벽까지 차 안에 홀로 앉아 커닙션 곡들을 들으며, 공연장에서 라이브를 즐기는 척해야 했다.

그러고 일주일이 지나서야 내가 애초에 티켓을 잃어버린 게 아닐지도 모른다는 생각이 들었다.

그날 밤 헌터가 친구 집에 놀러 간 사이, 나는 직감에 따라 녀석의 방을 뒤졌다. 내 방을 뒤집어엎을 때보다 훨씬 조심스럽게. 그리고 티켓을 찾았다. 책상 서랍 속 철 지난 유인물 아래 있었다. 제대로 숨기지도 않은 것이다.

머리끝까지 화가 났지만, 녀석이 집에 왔을 때쯤 내 분노는 착잡함으로 변한 상태였다.

「왜? 왜 그랬어?」

처음에 헌터는 콘서트 후에 발견했다고 주장했지만, 자신도 그 주장에 신빙성이 없다는 걸 알았다. 마침내 녀석은 눈시울을 붉히며 말했다. 「내 티켓도 구해 줄 수 있었잖아. 그런데 나한테 물어볼 생각도 안 했지? 나도 티켓 살 돈 정도는 있었어.」

「그게 분해서 나까지 못 가게 했냐?」

「돌려줄 생각이었어. 좀만 골려 주고서.」 녀석이 우겼다.

「그럼 왜 안 돌려줬는데?」

헌터는 눈을 내리깔았다. 「형이 방 뒤집어엎을 때 내가 말 걸었던 거 기억나? 〈엉뚱한 데를 찾고 있을 수도 있어〉라고 했잖아. 내가 도와줄까 하고.」

기억났다. 그때 나는 신경이 한껏 날카로워져서 녀석에게 꺼지라고 말했다. 그래도 얼쩡거리길래 곰팡이 핀 빵을 던져서 쫓아냈다.

「원래는 책상 뒤로 떨어뜨렸다가, 책상 밀어서 찾게 하려고 했어. 근데 내가 도와준대도 형이 마다했잖아.」

물론 그런 변명이 녀석이 한 짓을 정당화할 수는 없었다. 「헌터, 난 진심으로 가끔 네가 모르는 사람 같다.」 내가 말했다.

녀석의 대꾸는 지금 생각해도 소름이 돋는다.

「그렇겠지. 알려고 한 적도 없잖아.」

부모님에게는 말하지 않았다. 이런 건 형제 사이의 일이니까. 그 대신 나는 내 방문에 조합식 자물쇠를 달았다. 엄마 아빠는 내가 그 안에서 뭘 하는지 수상해했지만, 부모에게 적당히 걱정을 끼치는 것도 자식의 도리다.

사실 누구나 자기 형제를 전적으로 신뢰하지는 않는다. 그게 정상이다. 하지만 정말 중요한 순간에는 뒤를 받쳐 주리라 믿는다. 그러나 헌터와 나는 그만한 믿음도 없었다.

그러니 헌터가 내 위몽거 3 파일을 지운 게 진짜 실수였을까? 나는 모르겠다.

「내 파일 중 하나 써도 돼.」 헌터가 제안했다. 미안하다는 말은 없었다. 「형이 나간 진도에는 한참 달리지만, 아예 없는 것보다는 낫잖아.」

그때까지 나는 허탈함에 몸서리치고 있었다. 내가 낭비한 시간과 또다시 낭비할 그만큼의 시간을 헤아리면서. 한편으로는 헌터가 나를 또 엿 먹였다는 사실에 부아가 치밀었다. 어릴 적 체스 게임을 할 때도 그랬다. 헌터는 내가 한눈팔 때마다 체스 말을 슬쩍 빼돌렸다. 내가 이길 수 있는 유일한 길은 그저 녀석의 승리를 인정하지 않고 자리를 뜨는 것이었다. 그래서 나는 심호흡하고 분노를 삼켰다.

「됐어. 어차피 질리던 참이었어.」

내가 길길이 날뛸 거라 예상했던 녀석은 뜻밖의 반응에 당황했다. 「하지만…… 워몽거 3이 1, 2를 합친 것보다 낫다며.」

나는 어깨를 으쓱했다. 「내가 그랬나? 기억 안 나.」 그러곤 내 방으로 직행했다. 녀석이 내 얼굴에서 속내를 읽을까 봐.

〈그런 건 어디서 배웠어, 헌터?〉 나는 녀석에게 묻고 싶었지만, 묻지 않았다. 아마 아빠한테 배웠을 거다. 고객에게 필요도 없는 자동차 부품을 바가지 씌워 파는 걸 즐기는 사람이니까. 어쩌면 엄마에게 배웠을지도 모른다. 엄마는 작년 크리스마스에 눈보라 소식을 아주 달가워했다. 카리브해로 (우리 집은 결코 감당 못 할) 호화로운 휴가를 떠나려는 이웃들의 값비싼 항공권이 줄줄이 취소되는 소리였으니까.

내가 완전무결하다는 건 아니다. 나 또한 부모님에게서 숱한 단점을 물려받았을 거다. 그래도 남의 불행을 즐기는 기질은 없다. 대전 상대에게 굴욕을 안기는 것만 빼고.

가상 게임 세계 하나쯤 잃는다고 문제 될 건 없지만, 그래도 속이 쓰렸다. 현실 세계에 좀 더 발붙이게 해줄 무언가가 필요했다. 몸과 마음을 모두 달래 줄 무언가가.

리오네 엄마가 주특기 요리인 바닷가재맥앤드치즈를 만들 때 나를 초대하는 건 불문율이었다. 나는 그걸 아무리 많이 먹어도 죄책감을 느끼지 않았다. 아주머니의 말을 빌리자면, 그게 들리는 것만큼 고급 요리가 아니기 때문이다. 긴 공정을 거친 코스트코 냉동 바닷가재 살 한 팩은 4인 가족과 허기진 식객 하나를 거뜬히 먹일 수 있었고 패스트푸드보다도 돈이 적게 들었다.

「바닷가재 요리가 대서양 연안 지방의 극빈자들이 먹던 음식이란 거 알아?」먹으면서 리오가 말했다. 「그러다 누가 묘안을 떠올려 뉴욕 사교계에서 팔기 시작했지. 그렇게 갑자기 부자들이 먹는 음식이 된 거야.」

「모든 건 어떻게 인식하느냐에 달렸어.」리오네 아빠가 말했다. 아저씨는 마케팅 회사의 중역으로, 근거 없이 말하는 게 아니었다. 「누가 먹느냐에 따라 새똥 바른 토스트도 팔 수 있을걸.」

「입맛 달아나, 아빠.」앤절라가 투덜거렸다.

「그냥 그렇다고.」

「좀 덜들 말하고 더들 먹어.」아주머니가 말했다. 「오늘 남기는 건 사양이야. 냉장고에 뭐 하나라도 더 넣으면 터지게 생겼거든.」

저녁 식사 후 리오와 나는 지하실로 내려갔다. 거기엔 꽤 아늑한 남자들만의 아지트가 있는데 앤절라는 늘 자길 은근히 따돌리는 게 짜증 난다며 벽을 분홍색으로 칠하겠다고 협박했다.

「너 분홍색 싫어하잖아.」리오가 지적했다.

「대의를 위해 사소한 희생은 감수해야지.」앤절라가 대꾸했다.

월요일 밤 경기는 진작 시작했다. 콜츠 대 재규어스. 나는 안락의자를 선점해 몸을 묻었다. 그대로 안락함에 빠질 수 있을 줄 알았는데, 아무리 숨으려 해도 찾아오는 것들이 있었다.

「잠깐, 저건 무슨 팀이야?」나는 텔레비전 화면 속 다음 플레이를 준비하는 보라색 팀을 가리키며 물었다.

「콜츠 말고 또 있어?」

「콜츠는 파란색이잖아. 청색, 흰색.」

리오가 날 이상한 눈으로 봤다.「아니, 청색, 흰색은 제츠지.」

「제츠는 녹색, 흰색이고!」

「바이킹스랑 착각했냐?」

나는 안락의자에서 벌떡 일어났다.「바이킹스가 보라색이잖아!」

일어서자마자 머리가 핑 돌고 숨이 턱 막혔다. 나는 눈을 질끈 감은 채 입을 꾹 다물고 두 손에 머리를 묻으며 털썩 주저앉았다. 다시 눈을 떴을 때, 리오가 날 쳐다보고 있었다.

「애시, 괜찮아?」

괜찮지 않았지만, 리오를 끌어들일 순 없었다. 우리의 우정은 거친 바다에 우뚝 선 섬과 같았다. 나는 그 섬이 필요했고, 리오까지 물속으로 끌어내리고 싶지 않았다. 리오는 내가 뇌 손상이라도 입은 듯이 바라봤다. 손상. 의사들이 심각한 뇌진탕을 가리킬 때 쓰는 말이다. 마치 회복세만 잘 타면 괜찮을 거라는 듯이.

42

「그런 거 아니야. 이건 그렇게…… 물리적인 게 아니야.」
내가 말했다.

「그렇다고 한 적 없어.」 리오가 침착하게 말했다. 그래서
나도 침착하게 보이려고 애썼다.

「난 괜찮아. 그냥 좀 헷갈렸을 뿐이야. 누군가의 녹색은 다
른 누군가에게 보라색이잖아, 안 그래?」

리오는 그게 무슨 헛소리냐는 눈으로 날 응시했지만 이내
시선을 거뒀고, 우리는 다시 경기를 시청했다. 아니, 그러려
고 했다. 적어도 재규어스는 여전히 청록색과 금색이었는데,
헬멧에 그려진 고양이가 엉뚱한 쪽을 향하고 있었다. 어느
덧 경기가 광고로 넘어갔을 때, 리오는 볼륨을 줄였다.

「재작년에 앤절라가 척수막염 걸렸을 때 기억나?」 리오가
뜬금없이 물었다.

「응…….」

「그때 우리 다 제정신이 아니었어. 앤절라가 회복한 뒤에
도, 우리 엄마 아빠는 신경과민 상태였고 나도 잠을 잘 못 잤
어. 사소한 일에도 예민해지더라. 비가 오면 허리케인이고,
바람이 불면 토네이도였어. 머릿속이 자꾸 최악의 경우에
어떻게 할지 대비하고, 고비를 넘겨도 계속 그 상태였어. 우
리 가족 다. 미쳤지?」

「이런…… 미안하다, 리오. 몰랐어.」 내가 말했다.

「암튼 그래서, 다 같이 상담을 받으러 갔거든. 심리 치료사
말로는 외상 후 스트레스 장애라더라. 그리고 상담받으면서
많이 좋아졌어. 우리가 한 일 중에 가장 잘한 일이야.」

경기가 재개됐지만, 리오는 볼륨을 더 줄였다. 「애시, 머릿

속을 괴롭히는 게 있으면 밖으로 꺼내도 돼. 꼭 나한테 털어놓으라는 건 아니야. 괜찮아, 이해하니까. 필요하면 그 심리치료사 연락처 줄게.」

나는 텔레비전 화면으로 시선을 돌리며 말했다. 「고마워. 나중에 생각해 볼게.」 하지만 그 어떤 상담도 이 문제를 해결하지 못하리란 걸 알았다. 「근데 일단…… 그…… 화면 색 좀 빼면 안 될까? 옛날처럼 흑백으로?」

리오가 날 빤히 쳐다봤다. 설명을 요구할지도 모른다고 생각했는데 리오는 군말 없이 리모컨을 집어 들었다. 「그러지, 뭐.」

리오가 버튼을 몇 개 누르자 화면에서 모든 색이 싹 빠졌다. 마음이 완전히 놓인 건 아니었지만 스트레스의 범위가 단순한 빛과 어둠으로 좁아졌다.

「자, 흑백이야. 옛날처럼.」

그 후 며칠은 놀랄 만큼 평범하게 흘러갔고, 나는 거짓된 안정감에 빠져들었다. 외면하고 싶은 심각한 문제를 흔히들 〈방 안의 코끼리〉라고 하는데, 나는 이 색깔 문제를 두들겨 패서 방구석의 쥐 같은 것으로 만들었다. 이성적인 세상에 실밥처럼 튀어나온 이변으로 치부했다. 무의식 중에 다음 경기를 두려워했을지도 모르지만, 그 또한 무시했다.

지난 금요일에 겪은 일이 반복되리라고 생각할 이유는 없었다. 3쿼터가 끝날 때까지도 그랬다. 하지만 4쿼터는 완전히 다른 이야기였다.

종료까지 5분도 안 남았을 때다. 상대 팀의 3차 공격 차례로, 엔드 존까지 10야드도 안 남은 상황이었다. 우리는 6점 차로 뒤졌고, 상대 팀 쿼터백은 유도 미사일처럼 패스하고 있었다. 나는 그가 공을 던져 터치다운을 시도하기 전에 쓰러뜨려야 했다.

시작은 평범했다. 아마 다른 모든 선수에게도 그랬을 거다. 공이 스냅되고, 나는 오펜시브 라인맨들과 공방전을 벌이다 기름칠한 멧돼지처럼 그들 사이를 빠져나와 쿼터백을 향해 기관차처럼 돌진했다.

쿼터백에게 태클을 먹이는 순간에 그 일이 일어났다.

나는 충격을 느꼈다. 피가 얼어붙는 순간을 느꼈다. 이번에는 몸이 옆으로 미끄러지는 것까지 느꼈지만, 딱 그 추위처럼, 찰나였다. 어느새 나는 나머지 수비 라인과 함께 필드를 뛰고 있었다. 땅에 부딪친 기억도, 일어난 기억도 없었다. 상대 팀이 펀트로 공격권을 내주고 있으니 내가 쿼터백을 잡은 건 분명했다. 최소 5초에서 10초가 사라진 것이다. 그리고 머릿속에서 이상한 진동이, 그 통증 없는 두통이 되살아났다.

별일 아니라고 속으로 되뇌었다. 경기가 끝나지도 않았는데 딴생각에 빠질 수는 없었다. 그게 뭐든, 뭘 뜻하든, 내 머릿속에 끼어들 때가 아니었다. 어쩌면 이미 다 정상으로 돌아왔고, 이것으로 끝일 수도 있었다.

우리는 서든 데스에서 먼저 득점하며 승리했고, 이로써 두 번의 승리를 거뒀으니 무패 시즌을 달성하리라는 포부에 힘이 실렸다. 상황이 제대로 꼬이기 시작한 건 탈의실에 도착하고부터였다. 헬멧 디자인을 확인했을 때부터. 그래, 지난 20분 동안 팀원들의 헬멧을 못 본 건 아니었다. 하지만 눈여겨보기 전까진 눈치 못 채는 것들이 있다. 내 헬멧에는, 그리고 모두의 헬멧에는 성난 파도가 아닌 활짝 웃는 파란 악마가 있었다.

나는 마른침을 삼켰다. 아무 말도 하지 않았다. 아무에게도 헬멧에 관해 묻지 않았다. 갑자기 탈의실이 평소보다 눅눅하고 후덥지근하게 느껴졌다. 최대한 빠르게 샤워하고, 옷을 입고, 신선한 공기 속으로 나갔다. 〈뭐, 적어도 여전히 파란색이잖아.〉 나는 속으로 중얼거렸다.

주차장에서 팀원들을 기다렸다. 익숙한 사람들과 익숙한 장소에서 익숙한 음식을 먹을 생각이었다. 비록 허기는 느껴지지 않았지만 말이다.

「난 레이턴 차로 갈게.」 내가 기다리는 걸 보고 노리스가 말했다. 「또다시 목숨을 걸고 싶진 않거든.」

그러자 레이턴이 피식 웃으며 케이티를 좀 더 바짝 끌어당겼다. 「그래, 들었어. 실제로 들이받혔다면 얼마나 안타까웠을까. 너희들 말고, 차 말이야.」

나는 의무적인 코웃음을 쳤다. 케이티는 이날따라 화장이 좀 진했다. 실은 이때 처음 눈치챈 건 아니었다. 향수를 지독하게 뿌리는 남자애들이 있듯이, 컵케이크처럼 두껍게 화장하는 여자애들이 있다. 흔히 악취와 떡칠은 요란하고 자극적인 희열을 좇아 끼리끼리 만난다. 하지만 원래 케이티는 뭘 더하느니 빼는 애였다. 꼭 이날처럼 덕지덕지 바르지 않더라도, 요즘따라 무슨 잡지 모델처럼 공들여 화장하는 날이 많았다. 풋볼 경기용이나 푸드 코트용으로는 좀 과했다.

심지어 치어리딩용으로도.

케이티에게 더 신경 쓸 여유는 없었다. 이제는 온통 파란 악마만이 눈에 보였다. 자동차 스티커에도, 티셔츠에도, 필드의 득점판에도. 나는 그저 거기서 벗어나고 싶었다. 내 차를 찾으려고 스마트 키를 눌렀다. 주위에 안 보였기 때문이었다.

내 차는 오래된 구식 도지였다. 하지만 내 스마트 키에 반응한 차는 따로 있었다. 우연이려니 하고 다시 눌렀는데 같은 차가 깜빡이며 삐 소리를 냈다.

「하! 저 BMW, 내 차랑 주파수가 똑같나 봐. 몰고 튈까?」 내가 말했다.

「인마.」 노리스가 고개를 절레절레하며 답했다. 「저거 네 차 맞거든.」

물은 액체일 때보다 고체일 때 밀도가 더 낮다. 그게 얼음이 물에 뜨는 이유다. 다만 아주 살짝 더 낮기에 〈빙산의 일각〉 같은 말이 나온 거다. 대부분은 수면 아래 있고, 보이는 건 극히 일부에 지나지 않으니까.

바뀐 학교 마스코트는 빙산의 일각에 불과했다. 그 순간 나는 우주를 통틀어 가장 빽빽한 밀도를 느꼈다.

나는 매끈하게 빛나는 검은 BMW를 멍하니 바라보며 연거푸 잠금 버튼을 눌렀다. 차는 계속 깜빡이고 삐 소리를 냈다. 뭔가 착오가 있는 게 틀림없다고 생각했다. 리오가 내 손에서 키를 가져가더니 떨떠름하게 웃으며 잠금 해제 버튼을 눌렀다. 잠금이 달칵하고 풀렸다.

「옜다.」리오가 헛웃음을 섞어 말했다.

「아하.」내가 말했다. 「머리를 어디다 놓고 왔는지 모르겠네.」그건 사실이었다. 리오는 날 가만히 바라보다가 시선을 거뒀다. 이 차가 내 차란 걸 알고 다시 보니, 이 차에 대한 기억이 수면 위로 떠올랐다. 이 차를 탄 기억이, 몬 기억이 났다. 지난주 일어날 뻔한 사고? 이 차 안에서 겪었다. 내 구닥다리 도지 역시 기억 속에 있었지만, 더 언저리로 밀려나 있었다.

이쯤에서 나는 속이 뒤집힐 것 같았다. 메스꺼웠다. 한심하지 않나? 만약 이게 1980년대 영화였다면 나는 「백 투 더 퓨처」와 「페리스의 해방」속 주인공들을 조수석과 뒷좌석에 태우고 온 동네를 돌아다니며 제4의 벽을 뚫어 버렸을 거다. 그러나 현실 세계에서 그런 개수작 같은 기이한 일이 벌어지면 그리 팝콘 친화적이지 않다. 지리게 무섭다.

「저기, 나 몸이 좀 안 좋은데. 감기라도 걸렸나 봐. 그냥 집에 갈게.」

나는 작별 인사를 하고 3.1초 안에 시속 1백 킬로미터까지 도달하는 차를 타고 떠났다.

첫 번째 길모퉁이에 있는 정지 표지판은 파란색이었다. 여전히. 묘하게도 그게 위안이 됐다. 그래도 손이 떨리고 속이 조여들어서 음악을 틀었다. 음악 리스트는 그대로였지만 이제 고급 음향 장치를 통해 훨씬 풍성하게 들렸다. 나는 다음 정지 표지판에 멈춰서 잠시 눈을 감고 빙산의 꼭대기에서 중심을 잡으려고 애썼다.

내가 크게 잘못되었거나 세상이 크게 잘못되었거나 둘 중 하나였다. 내가 잘못된 거라면, 믿거나 말거나 훨씬 잘 대처할 수 있었다. 그리고 이를 뒷받침할 근거가 뭐라도 있다면, 이를테면 케이티가 말한 착시 드레스든 심각한 뇌진탕이든, 기꺼이 수긍했을 거다. 하지만 그렇게 간단할 리 없었다. 나는 머리에 과부하가 걸릴까 봐 생각을 멈추고 운전에 집중했다. 승차감은 부드럽고 가죽 시트는 편안했다. 하지만 내가 사는 거리에 다다랐을 때, 나는 그 거리로 접어들지 않았다. 내 안의 일부는 접어들라고 했지만, 또 다른 일부는 그게 실수인 걸 알고 있었다. 왜 그런지 곧 이해했다.

〈그야 열일곱 살에 BMW를 모는 녀석은 지은 지 50년 된 다 똑같이 생긴 주택에서 살지 않으니까.〉 하지만 여기가 아니면 어디서 사는데?

뒤에 오던 차가 경적을 울려서 우선 길가에 차를 세웠다. 느낌상 뇌를 자율 주행 장치에 넣어 버리면 척척 옳은 길을 타서 집이 어디든 찾아갈 수 있을 것 같았지만, 그렇게 하고 싶지는 않았다. 내가 어딜 가는지 알고 가고 싶었다. 그러나 뇌가 그런 식으로 작동하지 않는다는 걸 금세 깨달았다.

나를 움직인 건 스케이트보더들이었다. 두 명. 쌍둥이. 그중 한 명이 차창을 두드리는 바람에 깜짝 놀랐다. 나는 창문을 내렸다. 「무슨 용건 있어?」

「저기, 우리 좀 도와줄 수 있어? 길을 잃은 것 같아서.」 한 명이 말했다.

나는 한숨을 내쉬었다. 「어느 동네 찾는데?」

「캐브러라 드라이브.」 다른 한 명이 말했다.

그 지명이 귀에 꽂혔다. 확. 「나…… 나도 캐브러라 드라이브에 사는데.」 그 순간까지 들어 본 적도 없는 동네인데, 난 내가 거기 산다는 걸 알았다.

「오, 이웃이었네.」 한 명이 말했다.

나는 어차피 가던 길이니 태워 주겠다고 했다.

한 명은 조수석에, 다른 한 명은 뒷좌석에 올랐다. 비록 「백 투 더 퓨처」와 「페리스의 해방」 주인공들은 아니지만, 나 혼자인 것보다 나았다. 나는 더 이상 내 머리를 신뢰할 수 없었다.

쌍둥이는 둘 다 창백하고 깡마른 편이었다. 어디선가 본 듯한데 콕 집을 수 없었다.

「농담 하나 할까?」 조수석이 말했다. 「똑똑.」

「누구세요?」 나는 순순히 받았다.

「네가 어떤 문을 여느냐에 달렸지.」

뒷좌석이 낄낄거렸다. 뭐가 웃기지? 나는 농담을 못 알아듣는 걸 싫어했다.

조수석이 내 어깨를 툭 쳤다. 「몰라? 『미녀일까, 호랑이일까』 같은 거잖아.」

「아아, 그거, 읽어 봤어.」 내가 기억하기로, 남자가 선택한 문 뒤에 있던 게 사람 잡아먹는 호랑이인지 아름다운 여성인지는 아무도 모른다. 문을 여는 순간에 이야기가 끝나니까. 나는 마지막 페이지를 샅샅이 훑고 나서 작가의 목을 비틀어 버리고 싶었다.

「근데 만약 호랑이라면…….」 뒷좌석이 말했다. 「산 호랑이였을까, 죽은 호랑이였을까?」

「슈뢰딩거의 호랑이라면 둘 다겠지.」 조수석이 말했다.

「맞아.」 나는 무슨 말인지 알아듣고 내심 뿌듯해했다. 「하지만 그건 문을 열기 전까지지. 만약 안 죽었다면 내가 호랑이한테 물려 죽는 거고.」

참고로 슈뢰딩거는 상자를 열어 보기 전까지 그 안의 고양이가 살아 있는 상태와 죽어 있는 상태로 공존한다고 주장한 과학자다. 나는 수업에서 슈뢰딩거가 틀렸다고 주장했다. 고양이가 죽었다면 냄새가 나서 굳이 상자를 열어 볼 필요도 없으니까.

어느 동네로 접어들며 길이 이리저리 휘어졌다. 마치 그 끝이 어디든 서두를 필요가 전혀 없다는 듯이. 잔디는 드넓고 나무는 무성했다. 지나치는 집마다 눈에 익었지만, 일단 한번 보고 나서야 그랬다. 그게 이 요지경이 작동하는 방식인 것 같았다. 기억은 촉발돼야 떠올랐다. 어느새 우리는 외부인 출입 제한 주택 단지 정문에 이르렀다.

「넌 후문 쪽에 살지?」 뒷좌석이 물었다.

「어, 맞아.」 내가 말했다. 그게 사실인 것은 확실한데, 집 자체는 여전히 떠오르지 않았다.

「우린 여기서 내리면 돼.」 조수석이 말했다. 내가 차를 세우자 둘은 내렸다.

「나중에 또 봐.」 하나가 말했다.

「고마워, 애시.」 다른 하나가 말했다. 그리고 둘은 스케이트보드에 올라타고 쌩 멀어졌다.

한참 뒤에야 나는 그들에게 내 이름을 말해 준 적 없다는 걸 깨달았다.

3
코카인과 크레용

내가 아는 바는 이러하다.

우리 가족은 출입 제한 단지 내 멋들어진 고급 저택에서 산다. 아빠가 전액 장학금을 받고 노터데임 대학에 들어갔고 댈러스 카우보이스에 입단해 6년 동안 라인맨으로 뛰다가 엉치뼈 골절로 은퇴했기 때문이다. 비록 선수로 이름을 떨치지는 못했지만 6년 동안 큰돈을 모았고, 그 돈으로 건강 기능 식품 사업에 뛰어들어 성공했다. 이제 아빠는 고객에게 필요 없는 자동차 부품을 부풀려 파는 대신 고객에게 필요 없는 비타민 보충제를 부풀려 팔고 그보다 훨씬 더 많은 돈을 번다.

아빠는 고향에 돌아와 지역 사회에 영향력을 행사했고, 심지어 교육 위원에 선출됐다. 얼마 뒤 한 고결하신 위원께서 우리 학교 마스코트를 없애려 하자 우리 아빠는 그를 옆 카운티로 반쯤 보내 버렸다. 추나미스가 역사 속에 묻혔다고는 할 수 없다. 역사가 되려면 실존해야 했으니까. 이제 나 말고는 누구도 우리의 성난 파도 마스코트, 채미를 모른다. 엄마는 여전히 영양사다. 그건 변하지 않았다. 다만 이제 엄마는 책을 몇 권 냈고 우리 가업을 위한 전매특허 영양제를 제조한다.

나는 이 모든 걸 기록했지만, 꼭 그럴 필요는 없었다. 어차피 한번 기억나면 도로 잊을 수 없으니까. 차고 안에 보관한 상자처럼 말이다. 열기 전에는 안에 뭐가 들었는지 몰라도 펼쳐 보면 하나하나 떠오른다. 그렇게 이제 머릿속에 새로운 기억들이 차올랐다. 하지만 그렇다고 그 이전의 세상, 우리 집이 부유하지 않던 세상, 빨강이 정지 색이었던 세상이 지워진 건 아니었다.

가장 이상한 순간은 우리 집 앞에 차를 세울 때였다. 그곳이 목적지인 걸 다다라서야 알았다. 나는 내 차만 달라진 게 아니란 걸 금방 알아차렸다. 엄마의 애물단지 기아와 아빠의 찌그러진 혼다가 서 있던 우리 집 진입로는 독일 자동차 공학 전시장이 되어 있었다. 또 다른 BMW가 한 대, 메르세데스가 한 대 있었다. 맞춤형 자동차 등록 번호판 문구는 이전 그대로였다. 엄마 차는 EATRYT,[8] 아빠 차는 PGSKN♥R[9]였다(이건 늘 약간 소름 끼쳤다). 그리고 내 차는 물론 QBSACKR[10]였다.

차에서 내려 현관으로 걸어가며 받은 느낌은 말로 표현할

8 eat right, 〈바르게 먹어라〉의 준말.
9 pig skin lover, 〈돼지가죽 애호가〉의 준말. 여기서 돼지가죽은 풋볼 공을 가리킨다.
10 quarterback sacker, 〈쿼터백잡이〉의 준말.

수 없다. 그거 아나? 지진 해일이 밀려오기 전에 해안에 펄떡이는 물고기들을 남기고 바닷물이 고요히 빠져나가는 섬뜩한 현상을. 나는 잘 안다. 왜냐면 그 〈고요한 썰물〉이 우리 팀이 출전할 때의 관중 응원 방식이었으니까. 수백 명이 쉿쉿 하며 몇 초간 침묵하다가, 팀이 뛰어나가는 순간 격렬한 함성으로 경기장을 쓸어 버린다. 현관 앞에 이르렀을 때 물고기들은 모두 펄떡이고 있었다. 그대로 지진 해일이 덮치길 기다렸지만, 오지 않았다. 내 곁에는 공허함만 맴돌았다. 나는 몸 안에 갇힌 채 유체 이탈을 겪는 것 같았다.

「왔어, 형?」 내가 부엌에 들어서자 헌터가 쾌활하게 말했다. 헌터는 과카몰레에 나초를 찍어 먹고 있었다. 부엌 한복판에 놓인 화강암 아일랜드 식탁에서. 하긴 그 넓은 공간을 달리 무엇으로 채우겠나? 「경기는 어땠어?」

「우리가 이겼어.」 내가 말하자 헌터는 주먹을 내밀었다. 나는 조금 머뭇거리며 주먹을 맞부딪쳤다. 이제껏 헌터와 그런 행동을 주고받은 적이 없었기 때문이다. 헌터는 과카몰레 그릇을 내 쪽으로 밀었다. 원래의 헌터라면 내가 오기 전에 그걸 다 먹어 치우거나 숨겼을 거다. 하지만 공정하게 말하면 나도 그렇게 했을지 모른다. 나는 과카몰레에 나초를 찍어 먹었다. 엄마표 과카몰레였다. 나트륨은 적고 묘한 향신료가 가득한.

나는 직감에 따라 머릿속 모래를 좀 파봤다. 펄떡이는 물고기들 아래 커닝션 콘서트의 기억을 발굴했다. 나는 그 콘서트에 갔을 뿐 아니라 헌터도 데려갔다. 우리는 집에 오는 길에 「네 원래 모습 그대로 와」를 따라 불렀다. 불현듯, 확인할 것도 없이, 내 위몽거 3 파일이 날아가지 않았다는 것도 깨달았다.

헌터는 나를 힐끗 보더니 눈썹을 살짝 찌푸렸다. 「얼굴이 좀 창백한데. 괜찮아?」

「아, 응.」 나는 얼버무렸다. 「오늘 좀 세게 들이받았거든. 그래서 그래.」

「시력 좀 확인하자. 지금 내 손가락 몇 개야?」 녀석은 가운 뎃손가락을 들어 올렸다.

「두 개. 평화의 브이 고맙다.」

헌터는 낄낄거리고 나는 씩 웃었다. 이런 게 형제애인가? 헌터와 내가 한 번도 나눈 적 없는 감정이었다.

「농담 아니라, 골 흔들리면 바로 엄마한테 말해. 귀찮아질 수도 있지만, 나중에 후회하는 것보다 미리 조심하는 게 낫잖아?」 그러고서 헌터는 뭐든 대체 현실 속 형제가 할 만한 일을 하러 유유히 떠났다.

위층으로 올라가 내 방에 틀어박히자 마침내 파도가 밀려왔다. 나는 베개에 얼굴을 묻고 목이 쉬도록 소리를 질렀다. 잠시 후 기겁했던 뇌세포들이 전부 탈진하고 나서, 나는 몸을 뒤집어 천장을 바라보며 욱신거리는 머리를 부여잡고 진지하게 생각했다.

그래, 이곳에서의 기억을 겨우 한 꺼풀쯤 벗겼을 뿐이지만, 여기서 나는 딱히 더 행복하지 않았다는 걸 직감했다. 그렇다고 해서 또 덜 행복한 것도 아니었다. 내 말은, 이날까지 삶에 완벽하게 만족한 적이 없었다는 것이다. 하긴, 세속적인 재산을 모두 포기한 채 취미 삼아 무소유 엉덩이를 공중에 띄우려는 불교 승려가 아닌 이상, 누가 현실에 완벽하게 만족하겠나? 아니, 그 공중 부양 승려들마저도 무아의 경지든 뭐든 무언가를 갈망한다. 이곳에서의 나는 이전과 동일한 욕망과 고뇌를 지닌 듯했다. 단지 모든 게 더 화려한 테두리에 둘러싸여 있을 뿐.

그러니 근본적으로 변한 게 없다면, 이게 대체 무슨 일이든, 그렇게 나쁜 상황이라고 할 수 있을까?

내 새로운 삶에는 수영장과 당구대가 있었다. 지하에는 8인석 홈 시네마가 있고, 옷방에는 명품 옷이 즐비했다. 랭글러 청바지나 마트 티셔츠는 한 장도 없었다. 굳이 거부할 필요가 있나? 어쩌면 아빠가 입버릇처럼 말하듯 예외를 담담히 받아들여야 할지도 모른다. 게다가 다른 선택지가 있긴 하나? 이전 삶이 그리운 것도 아니다. 사회 경제적 지위부터 동생과의 관계까지 모든 게 개선됐다. 혹시, 기존의 현실이 잘못된 것이었다면? 어쩌면 이게 내가 살아가야 할 삶이었는데 우주가, 아니면 신이, 혹은 그 비슷한 존재가 뒤늦게 바로잡기로 한 거라면?

관점만 바꿔도 상황은 놀랍도록 나아질 수 있다. 〈이 삶에 적응하면 돼.〉 나는 속으로 중얼거렸다. 사실, 얼마든지 적응할 수 있었다. 리오네 아빠가 말한 대로 모든 건 어떻게 인식하느냐에 달렸으니까.

10시 반쯤 헌터가 내 방문을 살며시 두드렸다. 나가려는지 외출복 차림이었다.

「뭐야, 통금은?」내가 물었다.

헌터가 어깨를 으쓱했다. 「엄마 아빠는 내가 나간 거 모를 걸. 들켜도 내가 알아서 할게.」

하긴 이렇게 큰 집에서는 눈에 안 띄고 나가기 쉬울 거다.

「내가 커버 쳐줄게.」 내가 말했다. 내심 헌터의 작은 일탈이 기꺼웠다. 전에는 있음 직하지 않았던 일이다.

「고마워. 그리고 좀 꽂아 줄 수 있어? 애들한테 약속했거든.」

「엉?」

「엑스 몇 개. 그리고 팟 1그램 정도.」[11]

나는 헌터를 빤히 바라봤다. 녀석이 무슨 말을 하는지 정확히 아는 스스로를 외면하며. 나도 모르게 시선이 책상으로 향했다. 정확히는 두 번째 서랍으로. 손을 뻗어 서랍을 열고, 공책을 치우자 밀폐 용기가 모습을 드러냈다. 안에는 알약, 분말, 말린 잎이 든 지퍼 백들이 들어 있었다. 새로운 기억들이 날 휩쓸었다. 이날 저녁의 두 번째 파도였다.

「월요일에 돈 줄게. 제발, 형. 문제없어.」

헌터가 안달을 내기 시작했다. 난 당장 이 상황에 대처할 준비가 안 돼서 서랍을 닫고 말했다. 「오늘은 안 돼.」

헌터는 마치 뺨이라도 맞은 듯한 표정으로 날 쳐다봤다. 「농담이지?」

「물량이 달려.」 그리고 나는 한마디 덧붙일 수밖에 없었다. 「게다가 고1을 약쟁이로 만들 순 없어.」

「언제부터?」

「지금부터.」

11 엑스는 엑스터시, 팟은 마리화나의 은어다.

헌터는 날 노려보며 내 마음이 바뀌길 기다렸지만, 그럴 일은 없었다. 「잘 들어.」 나는 형으로서 진지하게 충고했다. 「넌 진짜 친구들과 널 이용하려는 녀석들을 구분해야 해.」

「이미 약속했단 말이야!」 헌터가 우겼다.

「가서 말해. 우리 형이 쓰레기라고.」

헌터는 날 쏘아봤다. 「그래, 딱 그렇게 말할게.」 그러고서 내 방을 뛰쳐나갔다.

어쩌다 이렇게 됐는지, 내가 이처럼 어엿한 쓰레기가 된 이유가 뭔지, 경위는 이러하다.

아빠 가게의 건강 보조제 납품업자 중 하나가 나에게 스테로이드 분말을 끼워 판 것이 발단이었다. 나는 그걸 사업 기회처럼 생각했다. 작년에 학교에서 싸구려 선글라스들을 팔아 쏠쏠한 재미를 본 것처럼. 그러다 스테로이드가…… 그…… 〈다른〉 품목들로 이어졌다. 매주 아빠의 본점 창고로 2.5리터짜리 단백질 분말 통에 다양한 물건이 담겨 들어왔다. 나는 그 통의 내용물을 챙기고 지난주에 번 돈의 20퍼센트를 내 몫으로 뺀 나머지를 넣었다. 그러고 나서 새 공급품을 소분해서 파티, 학교 복도, 뒷골목 곳곳에서 팔았다. 손쉬운 일이라서, 할 수 있는 일이라서 했다. 아빠가 가게에서 날 아르바이트로 쓰면서 남들과 시급을 똑같이 주는 것에 반항심이 들어서 그랬다.

어차피 할 애들은 어떻게든 구할 거라고, 나는 합리화했다. 그러니 꼭 나를 통하면 안 될 이유라도 있나? 그리고 점점 더 많은 곳에서 점점 더 많은 약이 합법화되고 있는데,

나쁘다고 해봤자 뭐 얼마나 나쁘겠는가? 〈난 좋은 놈이야.〉이 세계의 난 속으로 자부했다. 적절한 금액을 받았고, 남용 문제가 심각해 보이는 사람에게는 절대 안 팔았다. 젠장, 길 브레스 씨에게 코카인을 공급하기도 했다. 늙은 히피인 그는 내 영어 선생님이었다. 교육자도 괜찮다는데 그렇게 나쁠 리가 있나? 그러고 보니 내 방의 디지털 자물쇠는 동생의 침입을 막는 장치가 아니었다. 내 불법 약재상을 부모님이 적발하지 못하게 예방하는 장치였다. 하긴 그럴 가능성도 없었다. 아빠는 전국으로 출장을 다니며 새 지점들을 여느라 바빴고, 엄마는 매일 밤 레드와인을 한 병 마시고 나면 헤로인 한 궤짝이 지붕을 뚫고 떨어져도 몰랐다. 물론 내가 그 물건을 취급했다는 건 아니다. 나는 헤로인과 필로폰에는 절대 손대지 않았다. 그게 내가 좋은 놈이라고 자부하는 이유 중 하나다. 나는 마약상이 아니라 그저 취미 사업가였다.

이런 삶을 살아온 내 반쪽은 이 모든 게 합당하다고 생각했다. 또 다른 반쪽은 그 반쪽을 흠씬 때려눕히고 싶어 했다. 스스로도 몰랐던 자신의 더러운 이중생활을 어떻게 받아들여야 할까? 하이드의 만행을 알게 된 지킬 박사의 심정이었다. 〈이 대체 현실 속의 나는 내가 아니야!〉 나는 계속 자기 암시를 걸었지만, 쉽지 않았다. 내가 정말 이렇게 살았고, 이런 환경에서 자랐다면…… 그래, 이건 내가 맞다. 그래도 거부하고픈 마음이 희망을 줬다. 원래의 내가 더 우세하다는 뜻이니까. 내 본질은 온전했다.

하지만 과연 언제까지 그럴 수 있을까? 왜냐면, 알고 보니 훨씬 더 많은 기억이 잭 인 더 박스[12]처럼 내게 덤벼들 준비를 하고 있었기 때문이다.

다음 날 나는 최신형 BMW를 모는 약 파는 놈들이 토요일 아침에 뭘 하는지 알게 됐다. 우리는 잠옷 차림으로 스포츠 경기를 보고, 심심한데 마땅히 할 일이 없다고 투덜거린다. 빛의 속도처럼, 어떤 세상에서도 변치 않는 것들이 있다.

나는 헌터와 함께 소파에 앉아 경기에 한 번씩 추임새를 넣는 것 말고는 조용히 있었다. 하프 타임 때 헌터가 〈어젯밤 말인데〉 하고 운을 뗐다. 「형이 옳았어. 누가 친구고 누가 아닌지 알겠더라.」

「미안하다.」

「아니, 오히려 잘됐어.」 헌터가 말했다. 비록 홀가분해하는 말투는 아니었지만.

「네 기분이 좀 나아질지 모르겠지만, 난 이제 거래에서 손 뗄 거야.」

헌터는 미심쩍은 표정을 지었다. 「맨날 그렇게 말하잖아.」

「그래, 근데 이번엔 진심이야.」

「그것도 맨날 하는 말이고.」

반박할 수 없어서 답답했다. 「그건…… 내가 아니야.」

헌터는 어깨를 으쓱했다. 「알아. 그냥 형이 하는 일일 뿐이지.」

「했던 일이지. 이제 지난 일이니까.」

「뭐, 그래.」 헌터는 대강 대꾸하며 대화를 끝냈다. 여전히

12 뚜껑을 열면 인형이 튀어나오는 장난감.

내 말을 안 믿는 티가 났다. 괜찮다. 말보다 행동이니까. 조만간 내 진심을 보게 될 거다.

그날 아침 늦게, 케이티에게서 전화가 왔다. 유념하길 바란다. 죽은 설치류를 함께 묻은 사이임에도 이전 현실에서 우리는 한 번도 통화한 적이 없었다. 몇 번인가 케이티가 문자로 레이턴의 행방을 묻긴 했지만 그게 다였다. 나는 망설이다가 전화를 받았다.

「저기, 네가 말한 정지 신호에 대해 좀 생각해 봤는데.」케이티가 대뜸 말했다.

「잠깐.」나는 감자칩 부스러기를 뒤적거리다가 소파에 쏟고 말았다.「그게 기억나?」

「기억이 왜 안 나겠어?」

내가 왜 그렇게 놀랐는지 모르겠다. 아마 〈이〉 나와 〈그〉 내가 딴판이라서, 기억들이 뒤죽박죽이라서 그런 듯했다. 내가 지난주에 이 세계에서 뭘 했는지 헷갈렸다.

「정지 신호 말고도 또 벌어진 일이 있어.」내가 말했다.

「이를테면?」

「전화로 할 이야긴 아닌데.」실은 아예 이야기하고 싶지 않았지만, 왠지 케이티에게는 터놓게 될 것 같았다. 그렇게 되면 이제 케이티가 흰 가운을 입은 남자들을 불러 날 보호 시설로 데려가게 할 수도 있었다. 내 가장 큰 적이 바로 나라는 걸 아무도 모르니까.

「우리 집으로 올래?」케이티가 물었다.「네게 보여 줄 게 있거든.」

케이티네 집에 가본 건 딱 한 번, 파티 때였다. 이전 삶의 기억으로는 그 파티에서 맥주를 좀 마셨다. 이번 삶에서는 맥주를 좀 마시고 케이티의 사촌들에게 약을 팔았다. 다행히 케이티는 몰랐다.

케이티네 집은 이전의 우리 집보다 좀 더 좋았지만, 큰 차이는 없었다. 케이티를 포함해 내 친구들 모두가 날 금수저로 여겼다. 아마 나는 우리 출입 제한 단지 내에서 학비가 비싼 사립 학교에 안 다니는 유일한 애일 것이다. 모교에 충실한 아빠 덕분에. 그리고 새 체육관이 아빠 이름을 따서 지어졌기 때문에.

「우리가 그 이야기를 안 했다면 난 이걸 대수롭지 않게 여겼을 거야.」 케이티가 날 부엌으로 이끌며 말했다. 「근데 한 번 보니까 자꾸 생각나더라고.」

식탁에 마주 앉자 케이티는 어린이용 색칠 공부책을 펼쳤다. 의인화된 동물들이 굵은 선으로 그려진 밑그림이 가득했다. 케이티는 책장을 후루룩 넘겨 교통사고를 희화화한 (정말이다) 장면을 펼쳤다. 성난 오리가 당황한 양에게 소리를 지르고 판다 경찰관이 애써 중재하는 장면이었다. 그 페이지는 색칠이 되어 있었다. 양은 오줌색, 오리는 구토색, 하늘은 보랏빛이 도는 밝은 파란색으로 대충 칠해져 있었다. 어떤 색도 선 안에 얌전히 머물지 않았다.

「내 동생 거야. 다섯 살이거든.」 케이티가 책을 내 쪽으로 더 밀었다. 「자, 이 그림에서 뭐가 잘못된 거 같아?」

교차로라서 세로 신호등이 있었다. 맨 아래는 연초록색, 가운데는 양처럼 누런색, 맨 위는 보라색이었다.

「왜 보라색이지?」 내가 물었다.

「자세히 봐.」

다시 보니 애초에 보라색이 아니었다. 케이티의 동생은 맨 위를 빨간색으로 칠했다가 파란색으로 덮었다. 두 색이 섞인 것이었다.

「본능적으로 빨갛게 칠한 거야.」 케이티가 말했다. 「그런데 실수한 걸 깨닫고 고친 거지.」

「왜 그랬는지 물어봤어?」

「응. 근데 어깨만 으쓱하더라고.」

나는 그 그림을 다시 보고 다른 페이지도 훑어봤지만, 정지 표지판이나 신호등은 또 나오지 않았다.

「우연치고는 좀 이상하지 않아?」 케이티가 말했다.

이상했다. 애초에 우연이 아닐지도 몰랐다. 나 혼자만의 문제가 아닐 수도 있다니 안도감이 들면서도 두려웠다.

케이티는 내가 이 수수께끼를 풀 만한 답변을 주길, 아니면 어떤 행동 방침이라도 내놓길 기대하는 얼굴로 나를 쳐다봤다. 그러고 보니 이날따라 케이티의 얼굴이 수수했다.

「근데 레이턴은 어딨어? 너희 둘은 항상 붙어 있는 줄 알았는데.」

케이티는 시선을 돌렸다. 「주말 낚시 갔어.」

나는 고개를 끄덕였다. 「아, 그래서 그렇구나.」 속으로만 생각한 말이 튀어나왔다.

케이티는 눈을 가늘게 뜨고 나를 바라봤다. 곧 한랭 전선이 몰려온다는 뜻이었다. 「뭐가 그래서 그렇다는 거야?」

취소하거나 수습할 재간이 없었다. 내가 뱉은 말에 책임을 져야 했다.

「그냥, 오늘따라 좀 더 너다워 보여서.」내가 말했다. 가는 눈이 원래대로 돌아오지 않기에 나는 한숨을 쉬고 말을 보탰다. 「화장 안 했길래. 뭐, 내가 참견할 일은 아니지만, 넌 안 해도 돼.」

그 말은 한랭 전선을 막는 데 아무 도움도 안 됐다. 케이티는 눈을 부라렸다. 「아, 진짜? 어쩌지? 화장했거든. 네 눈썰미가 그렇게 뛰어나진 않은가 봐.」

「맞아, 형편없지. 네 말이 맞아. 내가 오지랖이 넓었네. 미안.」

「미안해해야지.」

「진심이야.」

⟨적어도 멍을 감추기 위한 화장은 아닌가 보다.⟩ 이번에는 눈치껏 속으로만 생각했다. 나는 이제껏 레이턴이 화려하게 꾸미는 애들한테만 끌리는 줄 알았는데, 보아하니 그렇게 꾸미도록 요구하는 모양이었다. 그 생각에 짜증이 났다. 케이티처럼 주관이 뚜렷한 애가 왜 레이턴이 자기 외모에 이래라저래라 하게 내버려 두는 걸까?

케이티의 눈빛은 딱히 누그러지지 않았다. 그저 가라앉았다. 자기 냉기에 자기도 영향을 받은 것처럼 싸늘하게. 「네가 모든 걸 안다고 생각하지 마.」케이티는 단호하게 말했다. 「착각이니까.」

반박할 수 없어서, 나는 화제를 돌렸다.

「내가 ⟨아는⟩ 건 이래. 난 어제까지 아랫동네에 살았어. 곰팡이로 골치 썩는 오래된 주택에.」

내 뜬금없는 말에 케이티는 당황했다. 「그게 뭔 소리야?」

「우리 아빠는 자동차 부품을 팔았고, 프로 리그에서 뛴 적도 없어. 나는 BMW는커녕 모두가 공포의 도가니라고 부르는 차를 몰았지.」

케이티는 대꾸하지 않았다. 내가 웃음을 터뜨리길 기다리는 내색이었다. 내가 웃지 않자, 케이티는 동생의 그림으로 눈길을 돌렸다.

「어제까지 그랬다고?」 케이티가 물었다.

나는 고개를 끄덕였다.

케이티는 색칠 공부책에서 눈을 떼지 않고 생각에 잠겨 있다가 마침내 물었다. 「레이턴은 어제 그대로야?」

「뭐, 거의. 응.」

케이티는 말을 더 잇지 않았지만…… 표정을 보니 무슨 생각을 하는지 알 듯했다. 다른 세상에서라면 레이턴이 지금과 달랐을까 하는 생각.

4
호러 코미디인데 거의 호러에 가까운

일요일 밤, 나는 몇몇 친구들을 홈 시네마로 초대했다. 실제 영화관처럼 리클라이너 좌석과 구식 팝콘 기계까지 갖춘 공간이었다. 지루한 얼굴로 티켓을 수거하는 직원만 없을 뿐.

하지만 이날 밤 영화 관람은 고문이 뭔지 보여 주는 완벽한 예였다. 이유는 차차 드러난다.

이날 밤의 출연진은 리오와 앤절라, 초대하지 않았지만 입병처럼 주기적으로 찾아오는 노리스, 내가 잘 모르는 노리스의 데이트 상대 센드라, 그리고 나에게 수학 과외를 해 주는, 그 보람 없는 일로 얻을 수 있는 모든 혜택을 누릴 자격이 있는 동급생 폴이었다. 케이티에게도 물어봤지만, 자기 혼자 초대할 수는 없다는 말이 돌아왔다. 케이티와 레이턴은 한 세트였고, 이미 다른 계획이 있다고 했다. 무슨 계획이냐고 물었더니 케이티는 내가 상관할 바 아니라고 잘라 말했다.

노리스는 센드라와 함께 제일 먼저 도착했다. 물론 운전은 센드라가 했다. 우리 집 진입로는 쓸데없이 큰 원형 진입로라서 센드라는 다른 차들을 위해 가장자리에 바짝 주차했다. 거기까진 좋았는데, 노리스가 내리자마자 우리 엄마가 가꾼 수국 길을 자길 위해 깐 꽃길인 양 거리낌 없이 짓밟았다.

「호러! 센드라는 호러가 좋대.」노리스가 외쳤다.

호러는 이미 자기 데이트 상대로 충분하지 않나 싶었지만, 나는 굳이 지적하지 않았다.

「사실 내가 말한 건 코미디였는데.」센드라가 말했다.

「그래, 그럼, 호러 코미디로 가자. 〈좀비랜드〉 같은 거.」

센드라는 어깨를 으쓱하며 절충안을 받아들였다. 나는 그걸 상영 후보에 올렸다.

폴은 치킨을 한 통 들고 나타났다. 「음식을 가져올까 말까 고민했는데, 아무튼 자, 포화 지방산과 발암 물질 좀 기부할게.」

「그냥 와도 되는데, 주면야 고맙지.」내가 말했다.

나는 약간 초조한 마음으로 리오와 앤절라를 기다렸다. 내가 풋볼 유니폼과 관련해 멘털 붕괴를 겪은 뒤로 리오가 일주일 내내 나를 연약한 꽃처럼 대했기 때문이었다. 그러고 보니 그건 아예 다른 세상에서 겪은 일이었다. 내가 이 세상에서도 멘털 붕괴를 겪었던가? 내 기억은 〈아마도〉라고 답했다. 기억이 할 수 있는 가장 쓸모없는 답이었다.

이윽고 리오는 앤절라와 함께 나타났지만, 나에게 〈좀 괜찮아졌냐〉 하는 표정을 던지지 않았다. 다만 심기가 몹시 불편해 보였다.

「쟤 왜 저래?」 나는 앤절라에게 물었다.

「출입구에 새로 온 경비원 때문에.」 앤절라가 말했다.

그건 문제가 되지 않아야 했다. 내 친구들은 모두 이 단지를 드나들 수 있는 손님용 통행증이 있었다. 차라리 출입구가 자동화되면 좋을 텐데, 과학 기술보다 훨씬 더 큰 문제를 일으킬 수 있는 인간이 거길 지키고 있었다.

「그 경비원이 뭐라고 했는지 알아?」 리오가 으르렁거렸다. 「응?」 리오는 쿵쾅대며 현관을 가로지르다가 내 앞으로 돌아왔다. 「우릴 힐끗 보더니 이러더라. 〈근로자 출입은 6시까지입니다.〉」

「그래서, 욕이라도 좀 갈겼어?」

「그랬다면 그 망할 경비원은 나한테 최소한 전기 총을 갈겼을걸.」

나는 고개를 저었다. 「야, 픽업트럭에 잡동사니를 가득 싣고 다니니까 그러지. 네가 무슨 시공업자인 줄 알았나 봐.」

「진짜 그렇게 순진해 빠졌냐, 너?」

앤절라가 중재하려 끼어들었다. 「드라마는 영화에 양보하자. 그만하고 영화 이야기나 해.」 하지만 리오는 할 말이 더 있었다.

「넌 차안대 쓴 경주마나 다름없어. 남의 관점으로는 볼 생각도 못 하니까.」

인정하려니 부끄럽지만, 사실 그땐 내가 굳이 왜 녀석의 관점으로 봐야 하나 싶었다. 그렇게 시시때때로 발끈하는 놈의 관점으로.

우리는 그쯤 해두었지만, 리오의 기분은 분노에서 우울로 바뀌었을 뿐 좀처럼 나아지지 않았다. 어쩌면 그 경비원에게 쏘아붙였어야 했을 말들을 곱씹는지도 몰랐다.

우리는 영화를 보기 전에 포켓볼을 치며 치킨을 해치우기로 했다. 무슨 영화를 볼지 의견이 갈려서 나는 세 팀 토너먼트를 제안했다. 먼저 두 판을 이긴 팀이 영화를 고르는 것으로. 우리는 보고 싶은 장르에 따라 팀을 나눴다. 센드라는 노리스와 떨어져서 역시 코미디를 원했던 폴에게 합류했다. 폴은 살짝 난처해졌다. 리오와 노리스는 호러 팀, 나는 앤절라와 SF 팀이 됐다.

첫판에서는 노리스가 도중에 8번 공을 넣으면서 센드라와 폴에게 승리를 안겼다.

「치킨 때문에 손에 기름이 너무 많이 묻었어.」 노리스가 투덜거렸다. 「그리고 8번 공은 왜 제멋대로 움직이냐?」

앤절라와 나는 호러 팀이 퍼붓는 야유 속에서 폴과 센드라를 상대했다. 앤절라는 포켓볼에 약했다. 포켓에 당구공 넣기보다 네트 너머로 배구공 넘기기에 훨씬 소질이 있었다.

「큐를 그렇게 잡으면 하나도 못 넣어.」 리오가 앤절라에게 훈수를 뒀다.

「그 입 다물지? 패배자의 조언은 필요 없거든.」 앤절라가 쏘아붙였다.

「큐 잡는 방식 때문이 아니야.」 내가 끼어들었다. 「잘 조준해야 해. 자, 내가 보여 줄게.」

나는 각도를 잡아 주고자 앤절라의 어깨에 팔을 둘렀고, 그렇게 몸이 닿은 찰나, 나만이 느낄 수 있는 전류에 감전되어 펄쩍 뛰었다.

왜냐면…… 알았으니까.

의심의 여지는 조금도 없었다. 그 짧은 접촉만으로 전부 알았다. 앤절라가 날 이상하게 쳐다봤다. 「왜 그래?」

「아무것도 아냐. 나 잠깐…… 화장실 좀 다녀올게.」나는 허겁지겁 자리를 뜨다가 노리스를 넘어뜨릴 뻔했다.

「앞 좀 보고 다녀, 인마!」노리스가 뒤에서 외쳤다.

나는 화장실 문을 잠근 뒤, 셔츠가 다 젖도록 얼굴에 찬물을 연거푸 끼얹었다.

내 원래 세상, 내가 속했던 세상에서 리오의 동생 앤절라는 나에게도 동생 같은 존재였다. 결코 흑심을 품을 대상이 아니었다. 하지만 〈이〉 세상에서, 우리는 지난봄에 비밀리에 몸을 섞었다. 아는 사람은 우리 둘뿐이었다.

나라는 존재는 정말로 누구일까? 과학은 우리가 그저 경험의 총합일 뿐, 그 이상의 무엇도 아니라고 한다. 종교는 우리를 삶의 우여곡절과 분리되어 존재할 수 있는 불꽃이라고 말한다. 나는 이런 것들을 깊이 생각해 본 적 없다. 가끔 야심한 밤에 친구들이 죄다 형이상학자가 되어서 이 우주가 더 큰 우주의 밑바닥에 깔린 벌레에 불과할지도 모른다고 떠들 때도 끼어들지 않았다. 나는 항상 어차피 파악할 수 없는 건 생각할 필요도 없는 무의미한 문제라고 보는 쪽이었다. 그 시큰둥한 태도는 형이상학적 위기의 한복판에 덩그러니 놓인 지금의 나에게 분명 불리했다.

나는 어떤 버전의 나도 여전히 나다울 거라 믿었다. 착각이었다. 이 세상의 나는 내가 질색하던 부류의 저속한 인간이었고, 그 사실에 찬물을 뒤집어쓴 기분이었다. 이전의 내가 완벽했다는 건 아니다. 시험에서 커닝한 적도, 곤경을 모면하기 위해 거짓말을 한 적도 많았다. 하지만 내가 알던 나는 결코 마약 거래를 할 리 없었다. 절대, 결코, 1백만 년 후에도, 단짝 친구의 뒤에서 그 동생과 붙어먹을 리 없었다.

하지만 정말 그럴까? 〈천성 대 환경〉이라는 개념이 있다. 우리는 얼마만큼 선천적이고, 또 얼마만큼 후천적일까? 애초에 상황이 달랐더라면, 우리 아빠가 오래전에 장학금을 받았다면, 그래, 나는 이런 놈이 됐을 것이다. 그 싹은 이미 내 안에 있었다. 적어도 그 싹을 억누를 만큼 심지가 굳지 않았다. 내가 환경에 따라 어떤 인간이 될 수 있는지 똑똑히 보고 나니 겸허해지는 한편 소름 끼쳤다. 물론 이전의 내가 아직 건재하니, 거부할 수는 있다. 긍정적인 변화들을 이뤄 내서 나름 떳떳하게 살 수 있다. 하지만 그렇다 해도 내게 산업폐기물 같은 놈이 될 자질이 있다는 건 여전했다. 구역질이 났다. 복숭아를 한 입 깨물고 나서야 그 안에 득실거리는 구더기를 발견한 느낌이었다.

화장실에서의 나 홀로 타임아웃은 도움이 되지 않았다. 다시 나가 누구의 얼굴이든 똑바로 볼 자신이 없었다. 하지만 밤새 화장실에 처박혀 있을 수도 없었다. 기어이 누군가가 화장실 문을 두드렸다.

「금방 나가.」 내가 외쳤다.

「나 폴인데, 괜찮아? 진저에일 좀 마실래? 속 가라앉히는데 좋아.」

나는 문을 열었다. 폴이 내 흠뻑 젖은 몰골을 보고 물었다. 「토했어?」

「아니, 괜찮아. 치킨이 좀 이상했나 봐.」

폴은 고개를 끄덕이며 진저에일을 건넸다. 그러고서 주위에 누가 없는지 살피더니 조용히 물었다. 「음…… 혹시…… 너 리오의 동생이랑 뭐 있어?」

수학 과외 선생 아니랄까 봐 계산이 빨랐다. 부인해도 됐지만, 객관적인 제삼자에게 털어놓을 필요가 있다면 지금이 그 순간이었다. 나는 심호흡했다. 「몇 달 전에, 딱 한 번이었어. 근데 오늘 문득…… 생생히 떠올라서.」

폴은 고개를 끄덕이고 잠시 뜸을 들이더니 말했다. 「그러고 보니 나도 치킨 때문에 속이 좀 메스꺼운 것 같다. 애들한테도 그렇게 말할게. 좀 괜찮아지면 나와.」

그래서 나는 몇 분 더 마음을 추슬렀다. 애써 거울 속 내 눈을 피하지 않고 셔츠를 대강 말리고 나서, 겨우 무리에 다시 합류했다.

당구대는 내가 떠날 때 그대로였지만, 다들 내기에 흥미가 떨어진 듯했다. 노리스는 초조한 듯 서성거렸다. 「그럼 치킨이 잘못됐다는 거야? 나 다섯 조각쯤 먹었는데, 구토 유도라도 해야 하나?」

「넌 이미 하고 있어.」 리오가 말하자 센드라가 웃음을 터뜨렸다. 데이트 상대가 할 반응은 아니었다.

「지금 아무렇지 않으면 괜찮을 거야. 애시랑 나만 좀 안 좋은 부위를 먹었나 봐.」

나는 앤절라와 눈을 마주칠 수 없어서 자리를 옮겨 영화를 보자고 했다. 어떤 영화든 좋았다. 수치심에 얼룩진 얼굴이 안 보일 만큼 어두운 장소에 가는 게 급선무였다. 상황이 상황이니만큼, 우리는 바보 같은 코미디를 보기로 합의를 봤다. 그게 속이 뒤집힐 가능성이 가장 적었으니까. 그렇게 본 영화는 제목이 뭐였는지, 어떤 내용이었는지 지금도 기억이 안 난다.

영화가 끝났을 때 나는 서둘러 모임을 파하려고 애썼다. 제일 먼저 자리에서 일어나 잡담을 던지며 모두를 현관 쪽으로 몰고 갔다. 다만 이제 내 입에서는 잡담조차 가볍게 나오지 않았다.

「폴, 넌 뼛속까지 이과잖아. 대체 우주에 대해 아는 거 있어?」

「게임 이야기야?」 폴이 물었다. 「나 데스 패럴랙스 게임 전문가거든. 다중 우주에 대해 가르쳐 줄 수 있어. 무료로.」

「아니, 현실 세계 이야기야.」

「흠.」 나는 그 〈흠〉의 진의를 파악할 수 없었다. 아마 내가 그런 질문을 하다니 의외라는 뜻일 거다. 「끈 이론에 따르면 10차원이나 11차원이나 26차원이 있어. 근데 가끔 난 노벨상 수상자들이 그저 다른 수상자들을 엿 먹이려고 아무 숫자나 고르는 게 아닌가 싶어.」

그때 노리스가 천왕성에 블랙홀이 있다며 끼어들었다. 그건 이 밤의 끝을 알리는 신호였다.

나는 문 앞에서 잠시 틈을 타 폴에게 정말 고맙다고 했다. 「알잖아, 치킨 말이야.」

「천만에.」 폴이 내 의도를 바로 알아챘다. 「좀 괜찮아지길 바라.」

노리스는 센드라와 함께 떠났다. 나는 다른 어떤 우주에서도 그 둘에게 두 번째 데이트는 없으리란 걸 알았다.

리오와 앤절라가 마지막으로 떠났다. 작별 인사를 할 때 나는 내가 봐도 부자연스러웠지만, 속이 안 좋은 탓으로 돌릴 수 있었다. 치킨 때문이 아니라 정말 속이 좋지 않았다. 하지만 둘이 떠난 지 1분도 안 돼서 나는 당구대 옆에 놓인 앤절라의 지갑을 발견했고, 때마침 초인종이 울렸다. 지갑을 들고 문 앞에 나갔지만, 그건 상한 치킨처럼 꾐수일 뿐이었다. 앤절라가 일부러 놓고 간 물건이었다.

「대체 뭐가 문제야, 애시?」 현관에서 지갑을 내미는 내게 앤절라가 물었다. 대답을 듣기 전에는 돌려받지 않겠다는 의지가 보였다. 「뭘 잘못 먹었다는 말은 안 통해.」

그래, 진실이 있었다. 〈더 큰 진실〉도. 더 큰 진실은 꺼낼 수 없지만, 작은, 그러니까 사적인 진실은 꺼낼 수 있었다. 비록 내 방어 본능은 나에게 그냥 닥치라고 했지만.

「아까 너한테 팔 두를 때 갑자기 떠올랐어…….」 내가 운을 뗐다. 「지난 5월에 있었던 일 말이야. 그런 일이 있어서는 안 됐는데, 미안해.」

앤절라는 얼빠진 얼굴로 날 올려다봤다. 「농담하는 거지?」

「아니…… 아니, 진심이야.」

앤절라는 눈알을 굴렸다. 「맙소사. 애시, 날 무슨 비련의 여인 취급하지 마. 먼저 하자고 한 건 네가 아니라 나잖아, 잊었어? 네가 평소와 다르게 그날 밤엔 다정하게 굴었거든. 그래서 마음이 동한 거야.」

하지만 나는 그저 고개를 가로저으며 그때의 기억을 통으로 몰아내려 애쓸 뿐이었다.

「그런 일이 벌어지기 전에 멈췄어야 해. 내가 나이가 더 많고—」

「그래, 11개월.」 앤절라가 지적했다. 내가 말을 할수록 짜증이 치미는 듯했다. 「그리고 우리 둘만 놓고 보면, 내가 너보다 정신 연령이 훨씬 높고 말이지.」

「미안해. 난 그냥—」

「그만!」 앤절라가 두 손을 내저었다. 「애시, 이미 벌어진 일이야. 그리고 있잖아, 난 별로 나쁘지 않았어……. 하지만 그렇게 좋지도 않았지. 그냥…… 그저 그랬어. 난 아무렇지 않은데 왜 너 혼자 땅을 파?」

「왜냐면…… 난 내가 더 나은 사람인 줄 알았으니까.」

앤절라는 어깨를 으쓱했다. 「착각하셨네. 하지만 괜찮아. 혹시 알아? 이제 더 나아졌을지도.」

「네가 괜찮다면…… 나도 괜찮은 것 같다.」

앤절라가 안도의 한숨을 내쉬었다. 「다행이네. 너도 오빠가 알게 되는 것만은 원치 않을 테니까.」

「뭘 알게 돼?」 앤절라 뒤로 리오가 문간에 나타나며 말했다.

우리는 인생이 아주 작은 사건에 좌우될 수 있다는 점을 간과하곤 한다. 사건이라고 부를 수도 없을 만큼 사소한 일에 말이다. 무심코 왼쪽이 아닌 오른쪽을 봐서 운명의 사랑을 지나친다거나, 마트에서 간발의 차로 대장균에 감염되지

않은 고기 팩을 집어 든다거나, 문 앞에 도착한 순간 들어서
는 안 될 소리를 듣는다거나.

적색경보(어쩌면 청색경보)가 울렸다. 앤절라도 나도 할
말이 없었다. 분위기를 읽은 리오가 낯을 굳혔다. 「뭐야, 그
파티 후 너희 둘 일, 내가 모를 줄 알았어?」

그건 앤절라도 나도 예상치 못한 반응이었다.

「알고 있었어?」 내가 얼떨떨하게 물었다.

「내가 등신이냐?」

「그런데 어떻게 아무 말도 안 해?」

「내가 뭐라고 하겠어? 내 동생 건드리지 말라고?」 리오는
날 쏘아보다가 한층 누그러진 시선으로 앤절라를 봤다. 「네
일에 간섭할 생각 없어. 네 선택을 존중하니까. 그게 아주 멍
청한 선택이라도.」

누가 봐도 비꼬는 말이었고, 앤절라는 적절히 받아쳤다.
「고마워. 아주 눈물이 난다.」 그러더니 앤절라는 내 손에서
지갑을 낚아채고 홱 떠났다. 리오와 나를 서먹한 상태로 남
긴 채.

「리오 ──」

「그냥 입 다물어. 뭔 말을 해도 참작 안 될 테니까.」

하지만 가만있을 수는 없었다. 마디마디 내 무덤을 파더
라도 무슨 말이든 해야 했다. 「리오…… 만약 내가 한 짓을
되돌릴 수 있다면 그렇게 할 거야.」

리오는 어깨를 들썩였다. 으쓱한다기보다 열이 오른 몸을
추스르는 듯한 몸짓이었다. 「참고 살아야지 뭐. 이제껏 그래
왔는걸.」

「내가 꼴도 보기 싫대도 이해해.」

리오는 표정을 풀지 않았다. 날 선 눈빛도 마찬가지였다. 「또 그런 적 있어?」

「아니, 없어.」

리오는 고개를 끄덕였다. 「나도 그렇게 생각했어.」 그 말에 긴장이 풀렸다. 아주 조금이나마. 「저 녀석 몇 년 동안 널 좋아했어. 너도 알지? 근데 이젠 미련이 없는 것 같아. 알고 보니 그렇게 푹 빠지진 않았었나 봐. 그냥 호감이었겠지. 더는 아니야. 정리한 거 같아.」

나는 여전히 책임감을 느꼈지만, 리오와 앤절라 둘 다 나보다 그릇이 컸다.

「만약 네가 걜 울렸거나 어떤 식으로든 상처 줬다면 이렇게 안 끝났어. 내가 죽사발을 만들었을 거야.」 리오가 말했다. 「반대로 너희 둘이 사귀게 됐다면? 뭐, 그건 괜찮아. 적어도 네가 걜 소중히 여길 거 아니까.」

「맞아, 리오. 내가 그럴 거 알잖아.」

「솔직히, 네가 이렇게 설설 기며 뉘우치는 꼴을 보니 마음이 좀 풀리네.」 리오는 친근감이 느껴질 만큼 가벼우면서도 살짝 아플 정도로 세게 내 팔을 두드렸다. 「그러니까 좀 더 괴로워하고, 월요일에 보자.」

5
출구 전략

고소 공포증이 있는 나는 도전에 직면했을 때 언제나 그러듯 나만의 방법으로 대처했다. 그건 바로 정면 돌파였다. 몇 년 전에 휴가를 갔을 때 일이다. 금수저 버전의 세계였을 거다. 이전 세계에서는 엄두도 못 낼 호화 휴양지였으니까. 초고층 호텔 두 동 사이에 집라인이 있었다. 내가 상상할 수 있는 끝판왕, 최악의 도전 과제였다. 그래서 무작정 신청했고, 두려움의 엉덩이에 발등을 꽂아 넣었다.

나는 출발할 때부터 도착할 때까지 매초 죽음을 확신하며 어린애처럼 비명을 내질렀다. 내가 상상할 수 있는 가장 끔찍한 일은 아래를 내려다보는 것이었고, 그래서 기어이 내려다봤다. 내 뇌의 어리석은 부분은 오랜 사용으로 검증된 장비의 안정성(비록 아빠가 사고 면책 동의서에 서명해야 했지만)을 끝내 믿지 못했다.

우리 뇌의 그 어리석은 일부는 원래 가장 귀중한 부분이었다. 그 덕에 우리 조상들은 검치호에게 잡아먹히거나 불

구덩이에 손을 집어넣지 않았다. 이제 그 일부는 주로 우리를 괴롭히고 심심찮게 곤경에 빠뜨리는 역할을 한다. 왜냐면 빌어먹게 어리석으니까.

그런데 월요일에 등교하기 전부터, 나의 멍청한 뇌가 자꾸만 내가 곧 죽을 거라고 속삭였다. 우주가 날 갖고 놀다 질렸고, 금요일 경기까지 기다리지도 않을 거라고. 그 전에 학교의 온갖 것들을 활용해 날 죽일 거라고. 환풍기를 떨어뜨려 두개골을 쪼개거나, 학교 식당 핫도그로 질식시키거나, 과학 실험 중 폭발 사고를 낼 거라고 말이다. 나는 비이성적으로 최악의 경우를 대비하고 있었다. 그날 리오가 자기 집 지하실에서 했던 말처럼 말이다.

하지만 난 해야 할 일을 했다. 속으로는 비명을 질렀지만 그러지 않는 척하며 학교에 갔다. 평범한 월요일처럼.

그런데, 정말로 평범한 월요일이었다. 얼마나 평범한지 오히려 김이 샐 지경이었다. 나는 영어 숙제를 늦게 낸 것을 어설픈 변명으로 무마하고, 수학 과외 덕분에 수학 쪽지 시험에서 간신히 B를 받고, 평소에 어울리는 애들과 점심을 먹고, 질식하지 않았다. 내가 아는 한은 모든 게 평상시 같았다.

그리고 그날 밤, 나는 이 세상의 내가 월요일 밤마다 하는 일을 했다. 힌트, 「월요일 심야 풋볼」 프로그램 시청은 아니다. 바로 마약 거래였다. 나는 마약상이었다. 이렇게 말하는 게 지금도 실감이 안 난다. 어떤 비참한 삶을 사는 인물이 내뱉는 대사 같다.

그 「월요일 심야 풋볼」 때문에, 월요일 밤은 아빠가 가게에 불쑥 나타날 리 없는 유일한 시간대였다. 나는 파티나 학교 복도에서 거래할 때가 아니면 손님을 우리 가게로 오게 했다. 7시가 넘으면 근무 직원은 나밖에 없었다.

이날 첫 손님은 7시 정각에 방문한 또래 남자애였는데, 우리 학교 애는 아니었다. 「안녕, 애시.」 남자애가 1달러 지폐 뭉치를 건네며 말했다. 「평소대로 줘. 원한다면 세어 봐.」

「그래, 앨릭스.」 보고 나서야 얼굴이, 말하고 나서야 이름이 기억났다. 그런데 평소대로? 내 손이 저절로 비타민 C 한 병을 꺼내자 불현듯 그 안에 코카인 1그램이 든 게 떠올랐다. 「세어 보긴. 단골인데.」 내가 말했다.

「고맙다, 친구.」

나는 지폐를 주머니에 넣었다. 앨릭스가 떠나면서 문 위의 작은 종이 딸랑거렸다. 나는 내가 방금 한 짓에 새삼스러운 혐오감을 느끼며 이 짓을 평소와 다름없는 장사로 보는 또 다른 자아와 맹렬히 부딪쳤다.

그 후 일반 손님과 특별 손님이 두서없이 오갔다. 미리 후자를 가려낼 수 있는 것도 아니었다. 변호사로 보이는 한 남자는 특제 비타민 C 두 병을 요청했다. 가장 잘 나가는 품목이었다. 테니스복 차림의 우리 엄마 연배로 보이는 여자는 자기 애들을 차 안에서 기다리게 하고 전매특허 에키나시아 제제를 주문했다. 에키나시아＝엑스터시. 그리고 상냥하지만 굼뜨고 지쳐 보이는 할머니는 우리 가족의 안부를 물으며 최상급 오르니틴 영양제를 달라고 했다. 오르니틴＝옥시코돈. 손님을 내 대체 자아가 얼마나 잘 아느냐 정도의 차이만 있을 뿐, 이 거래에 초짜는 없었다.

나는 이 상황에 대처하는 유일한 방법이 그저 나 자신을 떠나 육체의 눈으로 사태를 관망하는 것임을 깨달았다. 몸은 저절로 움직였기에, 애써 두뇌 회전을 멈추고 엉망진창인 놀이 기구에 탑승해 있다고 상상했다. 이 놀이 기구가 날 어디에 데려다 놓을까? 그리고 그다음 목적지는 어딜까? 정지 신호가 여전히 파란색인 걸 보면 바뀐 세상들은 서로 상쇄되지 않고 〈중첩되는〉 듯했다. 그렇다면 아마 다음 세상에서도 우리 가족은 여전히 부유할 테고 나는 여전히 마약을 거래할 테다.

아니, 어쩌면, 이번이 끝일지도 모른다. 이 현실에 갇혀서 최선을 다해야 할지도 모른다. 만약 내가 이 인생의 추잡한 면을 씻어 내고 손을 털 수 있다면, 나는 괜찮을 거다. 문제는 추잡함이 집 앞 진입로에 얼룩진 기름때와 같아서, 아무리 씻어 내도 콘크리트 사이로 계속 스민다는 것이다.

수요일마다 내 마약 저장고는 뉴트로퀘스트 단백질 보충제 업체의 배달원, 랠스턴에 의해 새로 채워졌다. 그는 내 전용 통을 다른 단백질 분말 통들 뒤에 숨겨 놨다. 재고가 한꺼번에 동나기 전에는 절대 들킬 리 없었다. 때로는 뻔히 보이는 곳이 가장 좋은 은닉처다.

나는 원래 수요일 저녁에는 일하지 않았지만, 이번 주는 특별히 다른 직원과 교대해 랠스턴이 나타나길 기다렸다. 그는 먼저 도착해서 물건을 내리기 전이었다. 찾아 보니 가게 뒷문 근처에서 전자 담배를 피우고 있었다. 역겹도록 달콤한 풋사과 향이었다. 풋사과 향 담배라니, 세상이 대체 어떻게 되려는 걸까?

「이런, 이런, 이게 누구신가.」 그가 친근하게 악수를 청하며 말했다. 의례적인 안부를 나눈 뒤, 나는 목청을 가다듬고 유통망에서 빠져나가기 위한 밑밥을 깔았다.

「곰곰이 생각을 좀 했어. 꼬박 1년 동안 해온 일이고, 벌이도 제법 쏠쏠하다는 거 알아. 돈이 아쉬워서 그러는 건 아니고, 이제 우리 거래를 끝내야 할 때가 되지 않았나 싶어.」

랠스턴이 나를 보고 연기를 뿜으며 사과 향 구름 뒤로 모습을 감췄다. 구름이 걷히자 그가 말했다. 「손 떼고 싶다는 거야?」

「그래, 손 떼고 싶어.」

랠스턴은 고개를 끄덕였다. 「그래, 출구 전략은?」

「출구 전략.」 나는 꺼벙하게 되풀이했다.

「출구 전략.」 그가 반복했다.

「음…… 그냥…… 거래 중단?」

랠스턴이 웃었다. 진짜 웃음이 아니라 헛웃음이었다. 아니나 다를까 그는 거들먹거리며 설교를 하려 들었다.

「이 사업이 어떻게 돌아가는지 설명해 줄게.」 랠스턴이 말했다. 「자, 네가 있고, 내가 있지. 그리고 내 위에 누가 있어. 그리고 그 위에 다른 누가 있어. 그 위에 또 누가 있고, 그 위에 적어도 한 놈은 더 있어. 맨 윗선은 나도 잘 모르고 알고 싶지도 않아. 하지만 장담하건대 아주 거물이고 아주 악랄해. 그 바로 밑에 있는 놈은 그보다는 덜 거물이고 덜 악랄하지. 그런 식으로 쭉 내려와서 나, 썩 괜찮은 놈과 너, 꽤 건전한 꼬마에 이르는 거야.」 랠스턴은 내가 자기 말을 소화하도록 잠시 뜸을 들였다. 「이제 꽤 건전한 꼬마가 썩 괜찮은 놈에게 손을 떼고 싶다고 하면 어떤 일이 벌어질 거 같아?」

나는 대답하지 않았다. 요점만 알고 싶었다. 내가 답이 없자 그는 말을 이었다.

「나, 썩 괜찮은 놈은 내 윗선, 딱히 안 괜찮은 놈에게 보고해야 하고, 그놈은 자기 윗선, 상당히 소름 끼치는 놈에게 보고해야 하고, 그렇게 쭉 올라가겠지.」

나는 이야기가 어떻게 흘러가는지 알고 울컥했다. 「협박하는 거야?」

「아니. 내 말 잘 안 들었구나. 난 썩 괜찮은 놈이라고 했잖아. 널 해치진 않을 거야. 하지만 내 윗선? 이 사실을 알면 누군가를 보내 널 두들겨 팰 거야. 왜? 그의 윗선이 알면 코뼈를 주저앉힐지도 모르니까. 왜? 또 그의 윗선이 알면 다리를 부러뜨릴지도 모르니까. 왜? 또 그의 윗선이 알면 대가리에 총알을 박을지도 모르니까. 왜? 맨 윗선이 알면 일가족을 죽여 버릴지도 모르니까. 그리고 이 모든 건 네가 손을 떼기로 해서 벌어지는 일이지. 따라서 이 매우 불쾌하고 분별없는 일련의 사건을 방지하려면 실행 가능한 출구 전략을 세우는 게 모두에게 최선 아니겠어?」

「그냥 경찰서에 가서 당신이 미성년자들한테 약을 댄다고 말한다면?」

랠스턴은 얼굴을 찡그렸다. 「이봐, 내가 체포되면 맨 윗선이 네 존재를 알게 될 텐데, 그것만큼은 피하고 싶지 않아? 날 믿어. 그가 누구든 간에, 넌 그가 네 존재를 알게 되길 절대 원치 않을 거야.」

나는 입을 다물었다. 갑자기 겁이 났다. 살면서 한 번도 기

싸움에서 진 적이 없었는데, 이 깡마르고 추잡한 남자한테는 주눅이 들었다.

「그래서, 정 손을 떼고 싶으면 말이야.」랠스턴이 절친한 친구처럼 내 어깨에 팔을 걸치며 말했다. 「너처럼 유능하면서도 좀 더 열정적인 친구를 구할 때까지, 지금처럼 물건을 받고 값을 치르도록 해. 그리고 네 영업 노하우를 그 친구에게 몽땅 전수해. 그 친구는 들어오고, 넌 나가고. 짜잔. 출구 전략 수립 완료.」

「내 친구를 마약상으로 만들라고?」

「맞아. 간단하지.」

전혀 간단하지 않았다.

랠스턴이 떠난 뒤, 나는 수렁에 빠진 기분이었다. 버둥거릴수록 더 깊이 빠질 테고, 탈출하려면 남의 등을 밟고 나가는 수밖에 없었다.

가게로 들어가면서 내 주변에 날 대신할 만큼 탐욕스럽고, 멍청하고, 순진한 놈이 누가 있는지 헤아렸다. 어쨌거나 적어도 이 현실에서 나는 그 세 조건을 충족했고, 분명 나 같은 등신들이 또 있을 터였다. 문제는 마약상이 아니었던 세상 속 나의 양심이 발목을 잡았다는 거다. 이 일이 어떤 진흙탕인지 알게 된 마당에 어떻게 내가 좋아하는 친구에게 떠넘길 수 있겠는가? 싫어하는 녀석에게 떠넘긴다 해도 위험했다. 왜냐면 그 감정이 상호적이라면 그 녀석이 날 경찰에 찌를지도 모르니까.

내가 후임자를 찾지 못할 시 닥칠 결과에 대해 랠스턴이 한 말은 빈말이 아닐 거다. 그저 홧김에 하는 말이 아니었으니까. 만약 내가 그 일련의 흐름을 방해한다면 나는 랠스턴, 자길 썩 괜찮은 놈이라 믿는 녀석보다 더 비열한 자식들에게 얻어터질 거다.

가게 문을 닫은 것은 막 9시가 넘었을 때였다. 차를 향해 가는데, 폴리우레탄 바퀴가 아스팔트 노면을 구르는 소리가 들렸다. 고개를 돌리자 그때 그 쌍둥이 스케이트보더들이 내 쪽으로 다가오고 있었다. 나는 가끔 내가 그러듯이 아둔하게 그러려니 했다. 그리 큰 동네도 아니라 툭하면 아는 사람을 마주쳤으니까.

「어이, 애시!」 그중 하나가 오랜 친구처럼 반갑게 불렀다. 보드에서 폴짝 뛰어내리더니 그걸 툭 차올려 겨드랑이에 끼웠다. 다른 하나도 똑같이 했다.

「어이.」 나는 건성으로 대꾸했다. 둘의 이름도 몰랐고, 그때만 해도 알고 싶은 마음도 없었다.

「이런, 문 닫았네.」 한 명이 말했다. 「글루코사민 좀 살까 했는데. 무릎에 좋은 거 알지?」

나는 가게를 돌아봤다. 계산대는 마감했고 느려 터진 포스 단말기는 로딩에만 10분이 걸렸다. 나는 이 하루를 단 1초도 연장하고 싶지 않았다.

「미안, 한번 마감하면 다시 못 열어.」

「괜찮아, 다음에 올게.」

그런데 둘은 스케이트보드를 타지 않고 그 자리에 서성였다. 날 빤히 보며.

「또 태워다 줘?」 내가 물었다.

「아아, 괜찮아.」 한 명이 말했다. 「두통은 어때?」

나는 깜짝 놀랐다.「내가 두통 있는지 어떻게 알아?」

그는 어깨를 으쓱했다.「금요일 경기에서 꽤 심하게 부딪치지 않았어?」

「맞아, 네가 우릴 집에 태워다 줄 때 머리가 아프다고 했어.」다른 하나가 말했다.

「내가?」

「그럼 우리가 어떻게 알겠어?」

두 기억 주머니가 내 머릿속에서 우위를 점하려고 싸웠지만, 단순히 까먹은 것일 가능성이 농후했기에 나는 그 말을 받아들였다. 그래도 웬 어수룩한 놈들에게 이러쿵저러쿵 말하기도 싫어서, 아직 머리가 이상하게 욱신거리는데도 이젠 괜찮아졌다고 했다.

「정말? 괜찮다고?」

이쯤 되니 성가셨다.「너희가 무슨 상관이야? 그리고 날 어떻게 알아? 내 이름 말한 적 없잖아.」

「우린 풋볼 팬이거든.」한 명이 씩 웃으며 말했다.「우린 추나미스 선수들 이름 다 알아.」

「그래. 뭐, 난 간다.」

돌아서는 순간, 둘 중 더 말 많은 쪽이 내 팔을 붙잡더니 속삭임에 가까운 말투로 말했다.「칼륨 보충제 있지, 그거 몇 통을 달걀 껍데기 한 사발과 함께 갈아. 그리고 박하 추출물 한 병이랑 뜨거운 물에 풀어서 목욕해. 우리 가문의 전통 치료법이야. 분명 두통에 도움이 될 거야.」

그러고서 둘은 스케이트보드를 타고 나란히 멀어졌다. 그때 그 모습이 좀 이상해 보였던 게 기억난다. 둘은 조금도 움직이지 않고 그저 둘을 둘러싼 나머지 세계가 움직이는 듯 보였다.

　나는 딱히 목욕을 즐기는 편이 아니었지만, 속는 셈 치고 쌍둥이의 조언을 받아들이기로 했다. 우리 집은 늘 미네랄 보충제가 넘쳐 났기에 칼륨은 문제없었고, 나머지는 사야 했다. 마트에서 열두 개들이 달걀 네 팩과 박하 추출물 한 병을 들고 계산대에 서자 계산원이 묘한 눈으로 날 힐끔거렸다.

　어째서 잘 알지도 못하는 놈이 전수한 두통 완화법을 내가 따르고 있는지 이해할 수 없었다. 게다가 내 두통은 일반적인 두통도 아닌데. 지푸라기라도 잡는 심정이었나 보다. 그래서 집에 도착하자마자 달걀을 전부 깨서 내용물은 따로 용기에 모아 두고(누가 어디에든 쓰지 않을까 싶었다) 껍데기와 칼륨 보충제를 믹서에 넣고 갈았다.

　칼륨은 뜨거운 물에 녹았지만 달걀 껍데기는 욕조 바닥에 고운 모래처럼 가라앉았다. 박하 추출물은 물을 희미한 녹색으로 물들였고, 생각보다 훨씬 더 고약한 냄새가 욕실 가득 진동했다. 10분쯤 몸을 담그고 나니, 꽉 찼던 머리가 좀 가벼워졌다는 걸 인정할 수밖에 없었다. 그럼에도 혹사당한 뇌의 회백질에서 여전히 무언가가 핀볼처럼 통통 튕겨 댔다. 그러다 마침내 그것이 툭 떨어졌다.

　〈우린 추나미스 선수들 이름 다 알아.〉

　뜨거운 물에 몸을 담그고 있는데 오한이 난 적 있는가? 별로 유쾌한 기분은 아니다. 어찌나 벌떡 일어섰는지 욕조 밖으로 물이 절반쯤 넘쳤다. 나는 별안간 균형을 잃고 바닥에 쿵 넘어졌다. 나는 비명을 지르고 욕을 지껄였다. 아파서만이 아니었다. 너무 늦게 깨달았기 때문이었다. 추나미스는 이 세상에 존재하지 않는다는 걸! 이 세상에서 우리 팀은 쭉 블루 디멘스였다. 우리 아빠 때도. 〈그 보더들은 대체 누구지?〉

수건을 두르고서, 하지만 여전히 물을 뚝뚝 흘리며, 욕실을 나왔다. 엄마가 내 앞을 가로막았다.

「방금 무슨 소리였어? 넘어졌어?」

「괜찮아.」

욕실을 한번 들여다보고 냄새를 맡은 엄마가 말했다. 「여기서 무슨 짓을 한 거야? 크리스마스 요정이라도 죽였니?」

「새 향수야. 블리천이라고 해.」 나는 대화를 끊고 다급히 내 방으로 향했다.

방에 들어오자마자 핸드폰을 집어 들었다. 주말 이후로 말을 건 적 없지만, 케이티는 내가 이 이야기를 한다 해도 나를 미쳤다고 보지 않을 유일한 사람이었다.

〈새로운 국면이야.〉 나는 문자 메시지를 보내고 나서 가만히 답장을 기다릴 수 없어서 옷을 챙겨 입었다.

방에서 나와 아래층으로 내려가려다가, 헌터의 방에서 낯선 소리가 나서 우뚝 멈췄다. 헌터는 전기 기타를 치고 있었다. 이전 세상에서 헌터는 기타도 없고, 기타를 연주한 적도 없었다. 우리 둘 다 음악에는 소질이 없었다. 헌터가 고개를 들어 날 발견했다.

「형, 이것 좀 들어 봐.」 헌터가 복잡한 악절을 연주했다. 감상을 물으려 고개를 든 헌터가 내가 걸친 혼란스러운 표정과 외투를 보고 물었다. 「뭐야? 어디 가?」

이전 삶이었다면 네가 상관할 바 아니라고 말했을 거다. 하긴, 〈그〉 헌터라면 물어보지도 않았겠지. 나는 망설이다가, 내 세상의 문을 살짝 열어 보였다. 「너한테 이야기하면, 날 미쳤다고 생각할 거야.」

「평소와 딱히 다를 게 있나?」

나는 핸드폰을 확인했다. 케이티는 답이 없었다. 이젠 나와 말을 섞기 싫은지도 몰랐다. 아니면 레이턴과 함께 있어서 나한테 답장할 자유가 없을지도. 어느 쪽이든, 마냥 기다릴 수는 없었다. 당장 뭐라도 해야 했다. 나는 헌터에게 사정을 이야기하는 대신 그냥 이렇게 말했다. 「같이 갈래?」

「좋아. 따분해 죽을 뻔했거든.」

헌터는 기타를 내려놓고 후드 티를 집어 들었다. 무슨 일인지 묻지도 않고 날 따른다는 게 이곳의 헌터가 어떤 애인지, 우리가 어떤 형제인지 말해 줬다. 그리 달콤한 장밋빛 현실은 아니었지만 이 세상이 더 나을지도 모른다는 생각이 들게 한 게 있다면 헌터뿐이었다. 돈도, 차도, 홈 시네마도 아니고, 비로소 형제처럼 느껴지는 형제였다. 이전에는 원수지간까지는 아니어도 서로 간신히 참아 주는 수준이었다. 〈사랑한다고 해서 꼭 좋아해야 할 필요는 없잖아〉의 전형. 어릴 때 헌터가 실제로 그렇게 말한 적이 있다. 그리고 우리 엄마는 꼭 싸움 뒤에 억지로 포옹하게 했다.

「어디 가는데?」 내 차에 오르며 헌터가 물었다. 「내가 길 가르쳐 줘야 하는 데야?」

「스케이트보드장.」 내가 말했다.

「형이? 스케이트보드장이라고? 형은 스케이트보드도 없

잖아?」

그건 모든 현실에서 사실이었다. 상대의 균형을 무너뜨리는 건 내 주특기지만 나 자신의 균형은 의심스러웠다. 적어도 바퀴 위에서는 확실히.

「누굴 좀 찾아야 해. 정확히는 스케이트보더 둘.」

「알겠어. 어떻게 생겼는데?」

「서로 똑 닮았어. 쌍둥이거든.」

「왜 찾는데? 형한테 빚졌어?」

나는 헌터를 힐끗 봤다. 아마 이 일이 내 밀거래와 관련 있는 거라고 짐작한 모양이었다. 나는 헌터가 그렇게 오해하는 게 신경 쓰였다. 「돈은 아니고, 설명을 빚졌지.」

지역 커뮤니티 센터에 딸린 스케이트보드장은 센터에서 자정까지 운영되는 유일한 장소다. 불량 청소년들을 환한 곳에 모이게 하면 음지 활동이 줄어들리라는 발상이었는데, 하나 간과한 건 가장 불량한 애들은 어디에서나 음지를 찾아낸다는 것이다.

나는 아는 애건 모르는 애건 모두에게 물어봤다. 쌍둥이 보더를 봤다는 애는 없었다. 단 한 명도. 이 동네에 살고 스케이트보드를 탄다면 누군가는 알아야 했다. 안 그런가? 가장 이상한 점은 따로 있었다. 누군가가 인상착의를 물어볼 때마다, 나는 말문이 막혔다. 머리카락이 무슨 색이었나? 짧았나, 길었나? 여드름이 났나? 교정기를 꼈나? 뚜렷한 특징이 있었나? 기억이 안 났다. 인종조차 가물가물했다.

그런 게 있다고 들었다. 얼굴 인식 불능증. 얼굴을 알아보지 못하는 증상. 자기 엄마를 마주쳐도 목소리를 듣기 전까지 몰라본다고 한다. 쌍둥이에 대한 느낌도 그와 비슷했다. 둘의 얼굴은 내 머릿속에 아무런 잔상도 남기지 않았다.

「어떻게 생겼는지 모른다면 못 도와주겠구나.」 스케이트 보드장 관리자는 그렇게 말하고 가버렸다.

반대쪽에서 물색하던 헌터가 돌아왔다. 역시 수확은 없었다.

「이 동네에 안 사나 봐.」 헌터가 말했다.

핸드폰을 확인했지만 기대하던 답장은 없었다. 난 무엇보다 케이티와 이 이야기를 하고 싶었다. 하지만 문자를 더 보내지는 않기로 했다.

「걔들을 왜 찾아야 하는데? 얼굴은 왜 모르는데?」 헌터가 물었다.

그야말로 핵심을 찌르는 질문이었다.

「됐어. 별로 대단한 일도 아니고.」

그런데 내가 발걸음을 돌리는 순간 헌터가 날 잡고 멈춰 세웠다. 「하지만 중요한 일 맞지? 뭔지 모르겠지만…… 분명 보통 일이 아니라는 느낌이 들어. 그러니까…… 그러니까…….」

무슨 말을 하려는 건지 몰라도, 헌터는 시원하게 뱉지 못했다. 나오려는 말을 삼키듯이 울대뼈가 들썩였다. 「그러니까 아마…… 뭔가…… 잘못됐기 때문이지?」

헌터도 감지한 것이다. 이건 또 다른 국면이었다.

그래, 뭔가가 매우 잘못됐어, 하고 말할 수 있었지만, 마음의 준비가 필요했다. 나는 신중히 패를 골랐다. 나뿐 아니라 헌터의 온전한 정신을 위해서도. 「그게 무슨 뜻이야?」 나는 애써 아무것도 모르는 척 물었다.

「몰라.」헌터가 말했다. 스스로 답답해하는 티가 났다. 원래 자기가 터무니없이 군다는 자각과 싸우는 건 쉽지 않다. 「그냥 느낌이야. 이상한 건…… 형이 옆에 있을 때만 그런 느낌이 든다는 거야.」

나는 전혀 이해되지 않는 느낌을 이해하려고 끙끙대는 헌터를 바라보고만 있었다. 헌터는 답을 원했지만, 나는 어떤 답도 줄 수 없었다. 내가 줄 수 있는 건 헌터를 더더욱 뒤흔들 의문뿐이었다. 어쩌면 헌터에게 당장 필요한 건 답이 아니라 그저 위로일지도 몰랐다.

「착각은 아닐 거야.」나는 그렇게만 말했다. 그 정도에도 헌터는 안도 섞인 한숨을 푹 내쉬었다.

그러자 작은 깨달음이 왔다. 나는 이때껏 동병상련이란 말이 크게 와닿은 적이 없었다. 하지만 이제는 안다. 막막한 미지의 상황에 직면했을 때 그걸 견디게 해주는 것은 공감뿐이라는 걸.

6
적지

〈어쩌면〉에 집착하는 사람들은 끊임없이 마음을 졸이며 산다. 잘못될 수도 있는 모든 일, 대개 절대 오지 않을 끔찍한 내일들을 걱정하느라.

그런가 하면 어제에 발목 잡힌 사람들이 있다. 〈했더라면〉 파. 기회를 놓치고 어리석은 결정을 내린 것에 대해 후회하고 거기서 평생 벗어나지 못한다. 되돌릴 수 없는 어제를 다시 사느라 에너지를 끌어다 쓴다.

그리고 나 같은 부류가 있다. 나는 현재를 살려고 한다. 그게 우리가 해야 할 일 아닌가? 인생이 펼쳐지는 대로 경험하는 것. 매일 매 순간을 충실하게 보내는 것. 하지만 여기에도 단점이 있다. 그렇게 살면 딱히 생각이란 걸 안 한다.

어떤 도인들은 생각이 독이라고 말한다. 자기 치유를 한다는 어떤 인간은 장장 2년 동안 공원 나무 아래 앉아 생각을 비우는 데만 몰두했다고 한다. 인간보다 수풀에 가까워지려는 양. 물론 생각이 후회나 불안으로 치달으면 독이겠지만, 그게 아니라면 생각하는 것이야말로 우리가 하는 가장 중요한 일이다. 우리를 수풀이나 민달팽이와 구별하는 요소다.

수풀 인간들은 동의하지 않을지 몰라도, 생각은 우리의 힘이다. 우리가 생각을 부려야지, 생각이 우리를 부리게 해서는 안 된다. 하지만 내 삶에서, 아니 판이 뒤집히기 전의 내 삶에서 나는 생각하기보다 행동하는 편이었고, 따라서 내 뇌는 평범한 3차원의 너머를 다룰 준비가 되어 있지 않았다.

1교시 전 복도에서 케이티에게 다가가 말을 걸었다. 그리 좋은 타이밍은 아니었지만, 뜬눈으로 밤을 새우고 나니 내 딜레마를 풀어 주진 못하더라도 이해해 줄 사람이 절실했다.

「문자 봤어. 무슨 일이야?」 케이티가 말했다.

「보여 줄 게 있는데, 보고 눈에 익은지 말해 줘.」

케이티가 주위를 둘러보더니, 내가 엉덩이라도 보여 줄 것처럼 반쯤 의심하는 표정으로 답했다. 「그래, 알았어.」

나는 그림에 젬병이지만, 등교 전에 나 나름대로 티버츠빌 추나미스의 마스코트였던 성난 파도 채미를 연습장에 그려 냈다.

「이런 거 본 적 있어?」 나는 그림을 펼쳐 보이고서 케이티의 반응을 주의 깊게 살폈다. 그리고 잠시, 아주 잠시, 케이티의 눈에 무언가가 스쳤다. 혼란에 가까운 무언가가. 「아니…… 잠깐…… 아니.」 케이티는 마침내 답을 정했다. 「아니, 모르겠어. 화난 마법사 같은데?」 케이티가 파도의 꼭대기를 가리키며 말했다. 마법사의 모자로 본 모양이었다. 말했듯이, 나는 그림에 젬병이다.

「방금 좀 머뭇거린 것 같았는데…….」

내 말에 케이티가 눈을 치떴다. 내가 자길 그렇게 쉽게 읽는 게 거슬렀는지도 모른다. 「별거 아냐. 그냥 데자뷔 같은 거였어.」

「같은 거?」내가 말꼬리를 잡았다. 「데자뷔는〈본 적 있다〉는 뜻인 거 알지? 라틴어로.」

「프랑스어야.」케이티가 정정했다. 「하지만 맞아.」

「그럼 본 적 있다는 거네. 왜냐면 이게 ―」

「마스코트!」케이티가 불쑥 외쳤다. 「다른 학교 스포츠 팀 마스코트, 맞지? 그리고 화난 마법사가 아니라 그게……그…….」

나는 잠자코 기다렸다. 그리고 케이티가 꺼낸 말은 ―

「나무?」

「파도야.」내가 참다못해 말했다. 「파란색이잖아! 파도라고.」

그러자 케이티는 씩 웃었다. 「빨간색 아닌 거 확실해?」

한 방 먹었다. 「뭐, 그러면 크림슨 타이드[13]겠지. 티버츠빌 추나미스가 아니라.」비록 앨라배마 크림슨 타이드의 마스코트는 코끼리지만 말이다. 그 부조화가 말이 되는 세상도 있을까?

「티버츠빌?」케이티가 말했다.

나는 고개를 끄덕이고 이번에는 케이티가 나무보다 나은

13 심한 적조(赤潮). 앨라배마 대학교의 스포츠 팀 명칭이기도 하다.

답을 내놓길 바라며 기다렸다.

「우리 마스코트라고?」

나는 다시 고개를 끄덕였다. 「지난주에는.」

케이티는 그 그림과 나를 번갈아 봤다. 「어디 아프냐고 묻고 싶은데, 볼수록 뭔가 기억날 듯 말 듯 해.」

케이티는 그림을 빼앗아 들었다. 「이를테면 여기 —」 그러더니 파도에 달린 두 손을 가리켰다. 파도에 손이 달린 이유는 묻지 마라. 난들 알겠는가. 「손가락 네 개가 아니라 원래 세 개 아니야?」

맞다. 케이티의 말대로였다.

「이거 나 가져가도 돼?」

「물론.」

케이티는 종이를 접어 자기 사물함에 넣었다. 때마침 레이턴이 스텔스 폭격기처럼 소리 없이 나타나 케이티의 허리에 팔을 감았다. 「무슨 일이야?」 레이턴이 유쾌하게 물었다. 「내가 걱정해야 할 일이라도?」

케이티는 한 박자도 주저하지 않았다. 「애시가 너 어디 있는지 아느냐고 묻더라.」

레이턴은 케이티를 더 바짝 끌어당겼다. 뼈가 으스러질 듯한 애정으로. 「나 여기 있는데.」

「그게…… 과학 필기한 것 좀 빌릴 수 있나 해서.」 나는 케이티가 그랬듯이 잽싸게 없는 말을 지어냈다. 「내 건 욕조에서 떨구는 바람에.」

「네 태블릿 방수 된다며. 맨날 뼈겼잖아.」

「아, 아니, 난 종이 공책 말한 거야.」

내가 종이 공책을 쓴다니까 레이턴이 비웃었다. 이전 삶에서 나는 방수가 되는 전자 기기가 없었다. 툭하면 화면이 나가는 구세대 아이폰과 메모리 문제가 있지만 그나마 상태가 괜찮은 중고 맥북뿐이었다.

「네 그 똑똑한 친구 누구더라, 피터, 걔한테 빌리지 그래?」

「폴이야.」내가 말했다.

「그래, 걔한테 물어봐. 내 필기보다 나을걸.」

그러더니 레이턴은 케이티를 옭아맨 채 유유히 수업을 들으러 떠났다. 케이티는 날 돌아보지도 않았다. 레이턴이 신경 쓰여서였을 수도, 아니면 헤드록에 가까운 자세에 움직일 수 없어서였을 수도 있다.

그날 오전의 두 번째 임무는 쌍둥이 스케이트보더들의 정체 알아내기였다. 나는 수업 전에 학교 행정 직원의 마음을 사로잡는 일부터 시작했다. 은근슬쩍 잡담을 하면서 귀걸이와 손톱 색이 잘 어울린다는 가벼운 아첨을 끼워 넣었다. 그리고 분위기가 이상해지기 전에 얼른 본론을 꺼냈다.

「혹시 저 좀 도와주실 수 있을까요? 유전학 숙제가 있는데, 우리 학교의 모든 일란성 쌍둥이들을 인터뷰해야 하거든요.」

전교생 중에 내가 아는 일란성 쌍둥이는 두 쌍이었다. 먼저 극과 극인 토마시니 자매. 브론윈은 짧게 친 머리, 문신, 요란한 피어싱이 특징이었고, 베스는 늘 붉은 머리에 유니콘을 좋아했으며 경비원의 열쇠 뭉치 같은 행운의 팔찌를 차고 다녔다. 그리고 허드슨 형제는 서로 똑 닮았지만, 이선은 좋은 녀석이었고 마크는 얼간이였다. 둘은 입을 열었을 때만 구별이 됐다. 세 마디마다 비속어가 섞인다면 그건 마크였다.

행정 직원은 컴퓨터를 들여다보지도 않고 그 두 쌍이 전부라고 말했다.

「졸업생 중에는요? 아니면 중퇴한 사람은요?」 내가 물었다.

「애, 난 그렇게 깊게 파고들 만큼 월급을 많이 받지도 않고, 그럴 권한도 없어.」

실패. 그럴 줄 알았다.

일요일 밤 이후로 리오나 앤절라를 통 못 만났다. 일부러 피한 건 아니지만, 그럴 의도가 아예 없다고도 할 수 없었다. 나는 훈련에서나 몇몇 수업에서 리오와 마주쳤지만 서로 말을 섞지 않았다. 전에는 없던 거리감이 생겼다. 같은 교실에 있는데 아예 다른 학교에 다니는 느낌이었다.

목요일 점심시간에 앤절라가 다가와 내 앞에 앉았다. 그때까지 난 혼자 앉기를 택했다. 전에는 한 번도 없던 일이지만, 모든 건 변하기 마련이다.

「오빠가 전하래. 속죄를 했으니 다시 품어 주겠다고.」 앤절라가 말했다.

「너는?」 내가 물었다.

「난 너 미워한 적 없어.」 앤절라는 잠시 입을 다물었다가 뗐다. 「번복해도 되나?」

나는 의무적인 웃음을 지었는데, 그 때문에 분위기가 나아지기는커녕 더 어색해졌다.

「아무튼, 그거 때문에 온 건 아니고, 케이티랑 이야기했다며?」앤절라가 말했다.

난 한숨을 쉬었다. 어째서 이 학교 애들은 언제나 남의 일을 훤히 알고 있을까?「어, 요즘 걔가 좀 예전 같지 않아서.」

「나도 그래. 케이티는 괜찮다고 하지만, 내 눈에는 안 괜찮아 보여. 레이턴이 좀…… 강압적이잖아.」

「완곡한 표현이네.」

「케이티가 너한테는 뭐래?」

나는 고개를 저었다.「나나 잘하래.」

앤절라는 어깨를 툭 늘어뜨렸다.「케이티는 레이턴을 사랑하면서 두려워해. 그건 아주 나쁜 조합이야.」

「레이턴이 폭력을 쓰는 건 아닐 거야. 그러니까, 육체적으로는.」

「아직은 말이지. 하지만 사람을 멍들게 하는 방식은 여러 가지야, 알지?」

그 말에 레이턴이 케이티를 바라보는 방식이 떠올랐다. 마치 아끼는 그림이 벽에 약간 비뚜름하게 걸린 것 같아서 이리저리 끊임없이 바로잡는 느낌이었다.

「다른 녀석을 만나는 게 나을 거야. 그게 누구든.」내가 말했다.「젠장, 차라리 노리스를 만나는 게 나을지도.」

내 말에 앤절라가 웃었다. 하긴 케이티와 노리스의 만남은 이 동네판『미녀와 야수』일 거다. 결말에서 야수가 왕자가 아닌 똥으로 변할 뿐.

앤절라는 손끝으로 입가를 두드렸다. 어떤 생각이 막 떠올랐다는 듯이. 딱 봐도 시늉이었다.「그게 누구든 더 낫다면…… 너는?」

다 떠나서 앤절라가 주선자 노릇을 하는 것만큼은 사절이었다. 「그건, 상황에 도움이 안 될 거야.」 내가 말했다.

「그럼 레이턴한테 이야기라도 좀 해봐.」

「내가 뭐라고 하겠어?」 나는 케이티와 레이턴이 몇몇 커플과 함께 앉아 있는 테이블을 힐끗 돌아봤다. 충분히 행복해 보였다. 〈보였다〉가 핵심이다. 딴 사람은 몰라도 레이턴은 만족이란 걸 몰랐다. 녀석이 보는 세상에는 늘 흠잡을 거리가 있었다.

「일단 두고 보자.」 내가 말했다. 「상황을 지켜보자고.」

하지만 앤절라는 그 접근 방식에 동의하지 않았다. 「왜 남자들은 뭔 일이 터질 때까지 물러서서 지켜보기만 하지?」

내가 뭐라고 대꾸하기도 전에 앤절라는 자리를 박차고 떠났다. 나는 앤절라에게 그런 게 아니라고 말하고 싶었다. 효과적인 전략을 세우려면 일단 상황이 어떻게 돌아가는지 봐야 한다. 우리의 스타 쿼터백에게 무턱대고 비난을 퍼부으면 역효과가 날 수도 있다. 왜냐면 레이턴이 잘못할 리 없다고 믿는 사람이 대부분이니까. 케이티가 레이턴을 떠난다면 상황은 케이티에게 불리하게 돌아갈 거다. 물론 나는 케이티 편에 서겠지. 뒤에서 받쳐 줄 뿐 아니라 앞에서 막아 주기까지 할 거다. 하지만 그건 지금 케이티가 탄 열차가 아니었다. 케이티는 전교생과 마찬가지로 레이턴 밴덤붐 급행열차의 탑승객이었고, 이 열차는 내릴 수 있을 만큼 속도가 줄지 않았다.

그날 저녁 훈련을 마친 뒤, 리오와 나는 앤절라와의 관계를 들킨 후 처음으로 대화를 나눴다. 이미 리오가 알고 있었으니 따지자면 들킨 것도 아니었지만, 이제 리오가 안다는 걸 아니까 껄끄러웠다. 나는 모두가 아무것도 모르던 때가 그리웠다.

우리는 서먹한 분위기를 풀고자 풋볼 이야기부터 했다. 리오는 내일 원정 경기를 치를 구장의 잔디 질이 얼마나 구린지, 얼마나 미끄럽고 탄력 없는지 이야기했다.

「우리 괜찮은 거 알지?」 리오가 마침내 말했다.

「진심이야?」

내가 되묻자 리오가 인상을 썼다. 「네가 애냐? 내가 언제까지 안심시켜 줘야 해?」

「그야 내가 네 입장이라면, 안 괜찮을지도 모르니까.」

「애시, 그게 너와 나의 차이야. 나는 마음이 워낙 넓어서 큰 그림을 볼 수 있거든. 반면에 넌 머리가 똥구멍에 박혀 있어서 한 치 앞도 못 보지.」

그 말에 비로소 진짜 웃음이 났다. 「때로는 그 안이 제일 안전하거든.」

「안전한 게 꼭 좋은 건 아니야. 그냥 예전으로 좀 돌아가면 안 되겠냐?」

그게 바로 내가 원하는 일이었다. 정상으로 돌아가는 것. 부디 다른 상황들도 그랬으면 했다. 「그럼 우린 여전히 친구지?」

「좋든 싫든, 그건 당연하지.」 리오가 말했다.

하지만 당연한 것들도 얼마든지 빼앗길 수 있다.

이번 주 경기는 적지에서 열렸다. 우리 팀 응원객도 있었지만 홈 팀에 비하면 턱없이 적었다. 홈 팀의 마스코트는 피닉스였다. 영원히 죽지 않는다는 전설의 새. 다들 꽤 괜찮다고 생각했을 거다. 피닉스의 복수형이 피니시스[14]란 걸 깨닫기 전까지는. 확성기가 자랑스럽게 〈피니시스가 필드에 입장했습니다!〉 하고 외칠 때 우리 중 누구도 표정 관리가 안됐다. 어쩌면 심리 전술의 일부였을지도 모른다. 우리를 웃게 해서 약하게 만들려고.

농담은 제쳐 두고, 그들은 강한 팀이었다. 절대 만만치 않은 우리를 상대로 피니시스는 말 그대로 불사조처럼 날아올랐다.

4쿼터가 시작됐을 때, 우리는 20 대 14로 밀렸다. 레이턴은 그런 일을 일어나게 한 자기 자신에게 화를 냈고, 동시에 모두를 탓했다. 나는 내가 평소처럼 전력을 다하지 않고 몸을 사리고 있다는 걸 알았다. 세상이 또 옆길로 샐까 봐 두려워서 몸놀림에 제동이 걸렸다. 그 말은 만약 우리가 진다면 어느 정도는 내 탓이라는 것이었다.

사실 애초에 여기까지 오면 안 됐다. 유니폼이 아직 파란색이었을 때 그만두고 태클 없는 삶을 살았어야 했다. 그러면 이 현실이 아무리 꼬였어도 고칠 수 있었을 테니까. 쉽진 않겠지만 가능한 일이었다. 새로운 거처에서 예전의 나로 살 수 있었다. 만약 무슨 일이 벌어질지 알았다면 그렇게 했을 거다. 하지만 나는 어리석었다. 오만했다. 리오가 짚어 줬듯이, 나는 해도 달도 별도 들지 않는 곳에다 머리를 박고 있

14 음경penis의 복수형 penises와 발음이 비슷하다.

었다.

경기 시간이 8분 남은 상황에서 공수가 교대됐다. 다른 수비수들과 함께 출전하면서 나는 남은 경기를 헛되이 보내지 않겠다고 다짐했다.

자리를 잡았다. 공이 스냅됐다. 나는 화물 열차처럼 돌진했다. 상대 팀 라인맨이 그릇된 판단으로 내 허를 찌르려 했다. 내가 확 밀치고 지나가자 그는 지하철 개찰구 회전 봉처럼 빙빙 돌았다. 쿼터백은 뒤로 물러나 공을 패스할 리시버를 찾고 있었다. 눈이 휙휙 돌아가는 게 보였다. 그러다 패스를 포기하고 공을 가지고 달리려는 듯했다. 나는 그의 무게중심이 기우는 걸 거의 직감으로 알아차렸고, 움직이기도 전에 어느 방향으로 뛸지 눈치챘다. 나는 그쪽으로 달려들었다. 내가 그를 쓰러뜨린다면 피니시스는 상당한 야드를 잃을 터였다. 나는 그를 거칠게 들이받았다.

충돌하는 순간, 그 일이 또 일어났다.

이번에는 차원이 달랐다. 추위는 한순간이 아니었다. 아예 얼음물에 잠긴 것 같았달까? 타이태닉호에서 뛰어내린 사람들이 차가운 대서양에 빠지는 순간 받았을 느낌이었다. 난 움직이고 있었다. 넘어지는 게 아니라 미끄러지고 있었다. 어느 방향으로도 아니었다. 앞으로도, 뒤로도, 위로도, 아래로도, 심지어 옆으로도 아니었다. 나는 존재하지도 않는 방향으로 미끄러지고 있었다. 이전보다 훨씬 심각한 사태라는 걸 본능적으로 알았다. 폐에서 공기가 빠져나가는 찰나 생각했다. 바로 이거다. 내가 두려워하던 것. 집라인 케이블이 끊어지는 것. 망각의 구덩이로 곤두박질치는 것.

그러고서 나는 숨을 헐떡였다. 헐떡였을 뿐 아니라 두 번 크게 들이마시기까지 했다. 먼 우주에서 막 돌아왔다는 느낌이 들었지만, 그 자리에 얼마나 누워 있었는지는 알 수 없었다. 나는 애써 숨을 고르며 일어섰다. 분명 그리 오래 누워 있던 것은 아니었다. 아무도 눈치 못 챈 기색이었으니까. 모두가 다음 플레이를 준비하고 있었다.

모든 게 평범해 보였다. 문제없어 보였다. 하지만 꼭 그렇진 않았다. 내 머리는 여전히 그 존재하지도 않는 틈새의 울림을 느끼고 있었다. 이전까지의 환각 같은 두통과는 차원이 달랐다. 분명 거대한 변화가 있었다. 여기, 필드 한복판에서는 아직 볼 수 없었을 뿐.

그래서 나는 할 일을 했다. 내 소임을 다했다. 다시 라인에 섰다. 쿼터백을 또 한 번 쓰러뜨리지는 않았지만, 내 강력 태클 이후로 그는 연달아 소심한 패스를 했고, 피니시스는 펀트로 공을 넘겼다. 우리 공격 라인이 자리를 잡으면서 나는 필드에서 물러났다.

사이드라인에 이르자, 이상한 점이 눈에 들어오기 시작했다. 내 주변 애들 등판에 적힌 이름이 먼저였다. 필드 안에서는 눈치 못 챘다. 우리는 얼굴을 가리는 헬멧과 안면 보호대를 포함해 중무장한 채였으니까. 다들 헬멧을 벗고 나서야, 그중 절반 정도는 아예 모르는 애들이란 걸 깨달았다. 아니, 모르면서 알았다. 원래의 나에게는 얼굴도 이름도 생소했지만, 일단 이름을 얼굴에 연결 짓자 이 새로운 현실에서의 기억들이 떠오르며 골을 아프도록 요란하게 울렸다.

「야, 괜찮아?」 등판에 젱킨스라고 적힌, 10분 전만 해도 없었던 팀원이 물었다. 「아까 몸통 박치기 장난 아니던데.」

「아, 고마워.」 나는 머릿속이 쟁쟁 울리는 감각에 움찔하지 않으려고 애쓰며 대꾸했다.

필드에서 레이턴이 공을 스냅하자 플레이가 활기를 띠었다. 리오가 깊숙이 들어갔고, 레이턴이 패스했다. 우리 편 관중과 팀원들의 함성에 맞춰 리오가 공을 낚아챘다. 근처에는 아무도 없었다. 리오는 그대로 끝까지 달려, 터치다운!

리오가 엔드 존에서 돌아왔을 때에야 비로소, 나는 이 의기양양한 그림이 단단히 잘못됐다는 걸 깨달았다.

「죽이네.」 젱킨스가 말했다. 「저 녀석은 월급날 분평만큼 빠르다니까!」

「뭐만큼 빠르다고?」 하지만 젱킨스는 내 말을 듣지도 않고 큰 소리로 휘파람을 불며 리오에게 받아 마땅한 찬사를 보냈다.

그런데 문제는…… 그 애가 리오가 아니라는 것이었다.

리오의 등판에 적힌 이름은 이즐리였고, 헬멧을 벗으니 리오보다 피부색이 1백만 배쯤 밝은 붉은 머리 녀석이 모습을 드러냈다. 주변을 둘러보니, 팀에 꺼림칙한 유사성이 있었다.

백인. 모두 백인이었다. 다양한 인종으로 구성되어 있던 이 팀에서, 이제 까무잡잡한 얼굴은 하나도 없었다. 관중석을 올려다보니 양쪽 모두 창백한 인파가 넘실거렸다. 그리고 나는 내가 당장 느끼는 메스꺼움이 점점 심해지리란 걸 알았다.

7
선글라스 같은 나의 무지

내가 아는 바는 이러하다.

1950년대에 일명 〈브라운 대 교육 위원회〉라는 대법원 재판이 있었다. 미국 연방 대법원이 비슷한 소송 다섯 건을 합쳐 판결했다. 사회 시험 문제라서 알고 있던 내용이다. 그토록 중요한, 기념비적인 사건이 이때껏 내 머릿속에서 달랑 인덱스카드 한 장으로 남아 있었다니 부끄러운 일이다.

그 판례는 당시엔 합법이던 인종 차별에 관한 것이었다. 미국 남부에서는 이른바 분리 평등 원칙[15]에 따라 백인 애들은 백인 학교에 다니고 흑인 애들은 흑인 학교에 다녔는데, 물론 그 어디에도 평등은 없었다.

대법원은 만장일치로 인종 차별이 위헌이며 따라서 이 원

---

15 미국 연방 대법원이 1868년에 〈인종 분리 정책이 미국 수정 헌법 제 14조(평등 보호 조항)에 어긋나지 않는다〉는 판결을 내리면서 등장했다. 학교와 공공시설, 대중교통, 의료 시설, 주거 시설 등에서 시설과 서비스의 질이 유사하다면 인종에 따라 사용 구역을 분리해도 된다는 원칙이다.

칙이 불법이라고 판결했다. 그렇게 만장일치가 되기까지는 긴 시간이 걸렸지만 결국 이뤄 냈고, 법은 바뀌었다.

물론 변화를 싫어하는 사람들은 반발했다. 앨라배마 주지사는 흑인 학생 두 명의 수업 등록을 막으려고 학교 교문을 막아섰다. 버지니아주의 한 카운티는 공립 학교를 통합하는 대신 장장 5년 동안 폐쇄했다. 실화다. 내가 지어낸 이야기가 아니다. 이런 쓰레기 같은 과거가 내 현실 속에 존재했다. 내 원래 현실에. 하지만 그 모든 반발에도 인종 차별을 철폐한 대법원의 결정은 끝없는 전쟁에서 중요한 승리였다.

여기선 대체 무슨 일이 그걸 다 망쳤을까?

알고 보니, 이 새로운 세상에서 대법원 판결은 만장일치가 아니었다. 오히려 반대였다. 3 대 5. 다섯 명의 대법관이 분리를 지지한 것이다.

그 판결이 모든 걸 바꿨다.

역사는 방향을 틀었다. 인종 차별은 여전히 국법으로 남았다. 그리고 분평이라는 그 표현? 그건 알고 보니 〈그쪽〉 동네에 살고 〈그쪽〉 학교에 다니는 사람들을 비하하는 말이었다. 〈분리하되 평등하면 된다〉의 줄임말.

정신력이 꽤 강한 나조차도 멘털이 무너졌다. 내가 알던 미국도 이미 충분히 어두운 시대와 싸우고 있었다. 자유의 여신상이 든 횃불이 다 쓴 전구처럼 깜빡이는 시대. 하지만 〈이〉 미국에서 그 횃불은 진작 물벼락을 맞고 완전히 꺼져 있었다.

경기 후에 늘 가던 대로 타운 센터로 향했다. 몸이 저절로 움직였다. 충격이 너무 커서 습관적인 행동 말고는 아무것도 할 수 없었다. 이 세상에서의 나에 대한 기억은 머릿속에 도사리고 있고, 파고들자면 얼마든지 떠오르겠지만, 나는 알 준비가 안 된 상태였다. 그래서 다이빙할 용기가 생길 때까지, 되도록 표면에서 스케이트만 탔다.

하지만 심지어 타운 센터도 내가 알던 모습이 아니었다. 낯선 식당들, 대체 우주에서 제작된 영화들, 그리고 구역이 나뉜 푸드 코트. 여기서부터 이 세상의 진면목이 드러났다. 푸드 코트에는 백인 구역과 비백인 구역이 따로 있었다.

「애시, 여기야!」 팀에서 리오의 포지션을 맡았던 붉은 머리 리시버가 불렀다. 조시 이즐리. 기억의 힌트에 따르면, 이 세상에서의 내 단짝이었다. 조시는 노리스를 포함한 무리와 앉아 있었다. 그중 몇몇은 이전 세상에도 있었고, 몇몇은 이 세상에만 있었다. 아니, 이전부터 존재했을지도 모르지만, 팀원은 아니었다.

「주문 좀 할게.」 나는 그렇게 외치며 백인 구역에 앉아야 하는 순간을 미뤘다.

나도 이때 그냥 자리를 떴다고 말하고 싶다. 이 분리된 놀이터에서 놀기를 거부했다고 말하고 싶다. 하지만 결국 나는 버거를 사 들고 그리로 갔다.

조시 이즐리, 나도 몰랐던 내 단짝이 내가 앉을 자리를 마련해 줬다. 그게 원망스러웠다. 녀석이 원망스러웠다. 리오와 앤절라의 부재가 내 속을 벌레처럼 갉아먹고 있었기 때문이었다. 나는 혹시 그 둘이 있을까 싶어서 계속 건너편을 살폈지만, 그런 행운은 없었다.

테이블에는 레이턴도 있었다. 케이티와 함께. 케이티는 이 사막의 오아시스였다. 하지만 내가 아는 그 케이티가 맞을까? 알 도리가 없었다.

오늘 경기의 패배로 자기 연민에 빠진 레이턴이 우리를 끌어들였다. 「우리가 그 구린내 나는 피니시스에게 지다니!」 레이턴이 말하자 노리스가 킥킥 웃었다. 노리스는 피니시스 앞에 어떤 수식어만 붙어도 키득거렸다. 「뭐야, 넌 그게 웃겨?」 레이턴이 왈칵 성을 냈다. 「너희들이 조금만 더 열심히 뛰었다면 지금쯤 우린 자책이 아니라 자축을 하고 있었을 거야.」

레이턴이 버거를 잡아 들고 분노에 차서 우적우적 씹자 내용물이 반쯤 삐져나왔다. 녀석은 빵이 너무 작다고 욕했다. 노리스는 또다시 키득거렸다.[16]

나는 케이티를 쳐다봤지만, 케이티는 눈을 마주치려 하지 않았다.

「강한 팀이었어. 쉽지 않을 거 알았잖아.」 이즐리 녀석이 말했다.

「그래, 실컷 변명해.」 레이턴이 으르렁거렸다. 그러더니 그 연민 파티에 끼지 않으려고 최선을 다하는 케이티를 보고 말했다. 「정말 그 어니언링을 한 바구니 다 먹게? 벌써 얼마나 먹은 거야? 그게 칼로리가 얼마나 높은지 알아?」 질문보다 비난에 가까운 말에 내가 다 울컥했다.

「네가 시켰잖아!」 케이티가 따졌다.

「야, 레이턴, 좀 내버려 둬. 왜 그쪽에다 화를 내.」 이즐리

16 버거용 빵을 뜻하는 bun의 복수형에는 엉덩이라는 뜻도 있다.

가 말했다.

레이턴은 입술을 말아 물고 코로 길고 느린 숨을 내쉬었다. 「그래, 이건 그냥……」

여자 친구에게 먹는 걸로 뭐라고 한 걸 어떻게 수습할지 다들 지켜봤지만, 레이턴은 수습할 생각도 없었다.

「신경들 꺼.」 레이턴은 툴툴거리더니 케이티에게 말했다. 「먹고 싶은 만큼 먹어. 상관없으니까.」

하지만 케이티는 어니언링을 밀어냈다. 「입맛 떨어졌어.」 그러고는 일어나서 성큼성큼 화장실로 갔다.

케이티가 떠나자 레이턴은 우릴 향해 씩 웃으며 고개를 절레절레했다.

「여자들이란. 안 그래?」

「말해 뭐 해.」 노리스가 맞장구쳤다. 노리스에게 레이턴은 늘 우상이자 참된 남자의 기준이었다. 나는 속이 부글부글 끓었다. 롤 모델감으로 치면 레이턴은 쿼터백이 아니었으니까. 그러긴커녕, 필드에 나갈 자격조차 없었다.

「케이티한테 화풀이할 건 더 없냐?」 내가 과감히 말했다. 「시험 망한 거? 아니면 그 셔츠에 묻은 케첩?」

「말 가려서 해라.」 레이턴이 을러댔다.

「그래야지. 네 꼴 나기 전에.」

나는 마지막 말을 강조해 내뱉곤 그 자리를 떠났다. 케이티를 따라가지는 않았다. 케이티를 더 괴롭게 만들고 싶진 않았으니까. 내가 그리로 가는 걸 레이턴이 본다면 시련을 되로 안길 터였다. 물론 케이티가 괜찮은지, 내가 알던 케이티가 맞는지 확인하고 싶었지만, 케이티를 레이턴과 나의 유치한 기 싸움에 끌어들일 수는 없었다. 그건 케이티를 무시하는 또 하나의 방법일 뿐이었다.

나는 비백인 구역 누구와도 눈을 마주치기가 부끄러워서 푸드 코트를 빠르게 돌아 나왔다. 그러다 다른 두 구역보다 작은 세 번째 구역을 발견했다. 눈에 덜 띄는 한 귀퉁이에 있는 그 구역은 원래 세상과 좀 더 비슷해 보였다. 백인과 비백인이 섞여 있었다. 절망의 구렁텅이 속 정상(正常)이라는 오아시스였다.

「애시.」 누군가가 불렀다. 고개를 돌리니 폴 피셔, 내 친구이자 수학 과외 선생님이 이 통합 구역에 가족과 함께 앉아 있었다. 백인 가족이지만 이쪽에 앉기로 한 거다. 갑자기 폴이 훨씬 더 좋아졌다.

「어디 가던 중인지 까먹은 것처럼 서 있네.」

「어, 그게, 어디 갈 데가 있었던 건 아니야.」 내가 말했다.

「배고프면 여기 앉지 그러니.」 폴의 엄마가 말했다. 「안 그래도 너무 많이 시켰거든.」

식욕은 전혀 없었지만 어쨌든 그들 곁에 앉았다. 이 세상에서 처음으로 초대받은 곳이었으니까. 잡담을 하면서 나는 속으로 감사했다. 폴은 자기 부모님에게 우리 집 홈 시네마에 대해 거창하게 설명했고, 나는 별거 아니라고 말했다. 폴의 여동생은 자기 부리토가 영 맛이 없다고 투덜거렸다. 그럴 만도 했다. 이 세상이 게워 낸 멕시코 식당에는 멕시코인처럼 보이는 사람이 아무도 없었다.

나는 이번 세상에 라티노 친구도 없다는 걸 깨달았다. 라티노라는 단어는 존재하지도 않았다. 나는 곧장 기억을 더

111

듣었다. 기이할 정도로 트럼프와 똑 닮은 대통령이 수십 년에 걸친 쇄국 정책 덕에 코로나바이러스의 유입을 막을 수 있었다고 의기양양하게 주장했다. 그러다가 거의 1백만 명은 되는 미국인이 죽었지만, 남아메리카는 계속 청정 지역으로 남았다. 알고 보니 우리의 쇄국 정책은 바이러스를 못 들어오게 한 게 아니라 못 나가게 한 거였다. 우리 할아버지도 이 세상에서 그렇게 죽었다. 인종 차별주의자 덩컨 할아버지. 그래도 이 생에서는 갓 반죽한 밀가루 속 효모처럼 기를 펴고 살았으리라.

나는 그 기억을 떨쳐 버리고, 슬쩍 화장실 쪽을 돌아봤다. 어느새 화장실에서 나온 케이티를 붙잡고 레이턴이 주절거리고 있었다. 무슨 내용인지 안 들어도 뻔했다. 절절한 사과에 지친 케이티가 마침내 용서하자, 레이턴은 케이티의 어깨에 팔을 두르고 떠났다. 자신은 진심에서 우러나온 사과라고 생각할지 모르지만, 여자 친구를 그딴 식으로 대하는 놈의 진심에 얼마나 깊이가 있겠는가? 바닥까지 한 뼘이나 될까?

레이턴의 얄팍한 뉘우침에 그나마 좋은 점이 있다면 녀석이 남은 하루 동안, 어쩌면 주말 내내 케이티에게 잘하리라는 것이었다. 그사이에 나는 뭐라도 방안을 마련해야 했다. 왜냐면 이제 앤절라가 옳다는 걸 깨달았으니까. 가만히 물러서서 지켜보고만 있을 수는 없었다.

「대안에는 처음이야?」 폴이 물었다.

「뭐?」

「이런 데 말이야. 대안 식사 공간.」

「아아, 응. 근데 앞으로도 그러려고.」내가 말했다.

「잘됐구나!」폴의 엄마가 말했다.「너처럼 저명한 집 아이가 대안 구역에 앉으면 의미가 크지. 아마 많은 사람에게 자극이 될 거야!」

「그냥 괜찮은 사람이 되고 싶어서요.」내가 말했다.

「너희 학교에 분리 반대 동아리가 있지 않니? 거기에 들면 어때?」

나는 폴을 보고 물었다.「넌 들었어?」

「아직.」폴은 약간 멋쩍은 듯이 말했다.「근데 네가 들면 나도 들게.」

그렇게 나는 인종 차별 철폐 동아리에 가입하기로 했다. 백인 학교에 다니는 백인 애들이 무신경한 인파에 맞서서 뭘 할 수 있을지 모르겠지만, 남은 선택지가 아무것도 하지 않는 거라면 불어닥치는 폭풍에 대고 소리라도 지르는 편이 나았다.

그날 밤 풋볼 팀원 중 누구도 나더러 집에 태워다 달라고 하지 않았다. 어쩌면 내가 자기들이 아는 애시와 뭔가 다르다고 느꼈을 수도 있고, 어쩌면 대안 구역을 기웃거리고 싶지 않았을 수도 있다. 툭하면 태워다 달라던 노리스마저 내쪽으로 다가오지 않았다. 내가 레이턴, 우리의 전형적인 미국 인기남에게 무례를 범했기에 나와 거리를 두려는 것이었다. 〈전형적인 미국인〉이라는 표현이 종종 백인을 암시한다는 걸 아는가? 리오에게 들었던 말이다. 당시에는 그저 리오가 예민하게 군다고 생각하고 흘려들었다. 이제 리오가 했던 모든 말에 훨씬 신뢰가 갔다. 「네 무지는 멍청한 선글라스 같아. 빛을 보게 하려면 벗겨 내야 하지.」 언젠가 리오가 말했다. 그래서 리오는 지금 대체 어디에 있는 거지?

나는 혼자 차를 몰고 집으로 향했다. 강철 차체 안에 있으니 한결 마음이 놓였다. 나는 이 세상에 대해 더는 알고 싶지 않았다. 무엇보다 내가 이 세상에서 어떤 사람인지, 어떤 사람이었는지 알고 싶지 않았다.

「힘든 경기였어.」 집에 도착한 내게 헌터가 말했다. 「형은 잘 싸웠지만 말이야. 쿼터백을 그렇게 때려눕히다니. 그 쿼터백, 다신 못 일어나는 줄 알았잖아.」

그때 거실에서 아빠가 말했다. 「다신 못 일어나게 했어야지. 그랬다면 이겼을지도 모르는데.」

처음엔 농담인 줄 알았는데, 곧 아니란 걸 깨달았다. 내 원래 아빠라면 하지 않을 말이었다. 비열함이 인종 차별과 손을 잡고 온 게 분명했다.

나는 적어도 헌터와 내가 여전히 사이좋은 형제라는 사실에 약간의 위안을 얻었다.

헌터가 자기 전에 당구 한 게임 하자고 했다. 게임 도중에, 나는 감히 답을 알기 겁나는 질문을 던졌다.

「헌터, 혹시 리오와 앤절라 존슨 알아?」

헌터는 잠시 생각에 잠겼다. 그때, 헌터의 얼굴에 뭔가 떠오른 듯한 기색이 스쳤다. 내 형편없는 채미 그림을 본 케이티처럼 머뭇거리는 기색이었다. 비록 찰나에 사라졌지만. 「모르는 것 같은데, 왜?」

「흑인 남매야.」 내가 답을 유도했다.

114

「아, 누구 밑에서 일하는데?」

나는 헌터에게 화를 내지 않으려고 이를 악물었다. 〈헌터의 이 버전은 이 세상의 산물이다.〉 나는 속으로 중얼거렸다.

「일하는 애들은 아냐. 내 친구들이야.」

헌터가 눈을 치켜떴다. 거부감이 아니라, 놀라서였다. 「형한테 흑인 친구가 있는지 몰랐는데.」

「넌 있어?」 내가 물었다.

「요즘은 없지.」 하지만 헌터는 또 생각에 빠졌다. 의문이 든 거다. 뭔가 잘못됐다는 느낌이 드는데 콕 집을 수 없어서.

그때 갑자기 내 뇌가 정확한 주파수에 초점을 맞췄고, 더 많은 기억이 의식 속으로 흘러들었다. 댐의 갈라진 틈새로 질척한 썩은 강물이 새어 나오는 듯한 느낌이 기묘한 두통을 불러일으켰다. 나는 두 손으로 머리를 감쌌다. 그래야만 두개골이 반으로 쪼개지지 않을 것처럼.

나는 눈을 감고, 밀려드는 기억을 처리하려고 애썼다. 비로소 이 세상의 내가 어떻게 생겨 먹은 인간인지 알았다. 그 끔찍한 진실은 이랬다.

나는 딱히 다르지 않았다.

흑인이나 라티노 친구가 없는 것만 빼면, 나는 지난 세상들의 나와 같았다. 나는 이 버전의 내가, 이 분리 정책의 산물이, 유령의 집 거울에 비친 듯 왜곡된 모습일 줄 알았다. 그러나 나는 전보다 더 무지하거나 둔감하지 않았다······ 이미 충분히 무지하고 둔감했으니까. 무지는 감염병이라는, 멍청한 선글라스라는, 리오가 내 눈을 뜨게 하려고 외친 모든 말은 효력이 없었다. 왜냐면 나는 보고 싶은 것만 봤으니까. 보기 쉬운 것만. 편리한 것만.

그러니 이 세상이 내 원래 세상에서 멀어 봤자 얼마나 멀겠나?

「또 두통이야?」 헌터가 물었다.

나는 고개를 끄덕였다. 「겪은 중에 최악이야.」

「혹시 이게 도움이 될까? 형이 찾고 있던 쌍둥이 스케이트보더들을 내가 찾은 것 같거든. 정확히 말하면 세쌍둥이지만.」

스케이트보더들 이야기로는 조금 후에 돌아오기로 하고, 먼저 이 세상에 대해 간단히 묘사하겠다. 가장 적절한 표현은 침체다. 고인 물이 어떻게 썩는지 아는가? 먼저 악취가 나고, 바이러스에 감염된 모기들로 가득 찬다. 비록 내 원래 세상에서 정의가 강물처럼 흐르지는 않았지만, 적어도 수문에 압력을 가하기는 했다. 하지만 이 세상에는 그런 게 없었다. 미국 전역에서 부패가 뚜렷했다. 무자비한 쇄국 정책은 더 나은 삶을 추구하려는 이주 노동자들을 막았고, 이는 농업 붕괴와 경제 실패로 이어졌다.

그 여파는 예상치 못한 곳으로도 흘렀다. 이를테면 음악. 내 최애 밴드 커닙션은 이 세상에 존재하지 않았다. 검색해보니 자체 제작 싱글을 발매했다가 망한 뒤로 더는 소식을 찾을 수 없었다. 발견한 건 그들의 음악이 귀에 너무 거슬린다는 평가뿐이었다. 하지만 내가 떠나온 곳에서 그 평가는 로큰롤 스타 반열에 오르기 위한 필수 조건이었다.

이 세상 속 내 음악 리스트에는 내가 이전 세상에서 들어

본 적 없는 밴드들이 있었다. 아마 거기선 존재하지도 않았을 거다. 그도 그럴 것이, 그들의 음악은 지루하고 공허했다. 그래, 무미건조했다. 치과 의사가 어금니에 구멍을 내는 동안 흐르는 잔잔한 배경 음악처럼, 열정도 추진력도 없이 그저 단조로운 영역을 맴돌기만 했다.

나는 몇몇 흑인 음악 채널을 찾았지만, 이 세상에 랩과 힙합은 등장한 적도 없는 모양이었다. 그저 모든 게 과거에 갇혀 있는 것처럼 느껴졌다. 있는 거라곤 50년 동안 진화하지 않은 솔 뮤직의 재탕뿐이었다.

이곳에서 주류 미국 문화로 통하는 것들은 흥도 멋도 없었다. 모든 분야가 마요네즈를 뿌린 듯 밍밍했다. 그래서, 내 충격에는 연민이 추가됐다. 이 세상을 고향으로 여기는 사람들이 불쌍했다. 더 나은 걸 상상해 본 적도 없는 사람들이.

나는 토요일 오전 내내 인터넷에서 리오를 찾아 헤맸다. 혹시 영영 못 찾을까 봐, 존재하지 않을까 봐 두려웠다. 하필 평범하기 그지없는 이름이라서 SNS에는 리오 존슨이 수백 명이나 떴다. 상당수는 프로필에 위치를 표시해 놓지 않았기에 찾기 더 어려웠다. 몇 시간에 걸친 수색 끝에 결국 리오를 발견했지만, 안심이 되면서도 심란했다.

리오는 여전히 여기 티버츠빌에 살았고, 마트에서 일했다. 그 정도가 내가 알 수 있는 전부였다. 어느 마트인지 알아내는 데는 품이 좀 들었다. 동네의 백인 구역에 있는 체인점인 퍼블릭스였다. 리오는 그곳에서 장을 볼 수 없지만 일할 수는 있었다.

그날 오후, 나는 리오를 찾으러 갔다.

퍼블릭스는 우리 가족이 장을 보는 마트 중 하나로, 익숙한 곳이었다. 다른 모든 것들과 마찬가지로 그저 좀 달라 보였을 뿐. 나는 주차할 용기가 안 나 그 주위를 대여섯 번은 맴돌았다. 그사이 내 현재 음악 리스트에선 앰버 웨이브라는 밴드의 노래가 나왔다. 차라리 피 그린 헐이라고 부르는 게 나을 듯했다.[17] 그만큼 형편없었으니까. 마침내 나는 음악을 끄고 주차장에 차를 세웠다. 그런데도 차에서 내리는 건 마치 고공 다이빙을 하는 것 같았다. 문을 열고 뛰어드는 데까지 각오가 필요했다.

매장 안에 들어서자 리오가 바로 보였다. 3번 계산대의 계산원이었다. 그 모습에 가슴이 내려앉았다. 단지 아르바이트가 아니란 걸 알았으니까. 리오의 소셜 미디어 프로필에는 학교 이름이 없었다.

나는 카트 하나를 잡고 눈에 걸린 물건들을 던져 넣었다. 그야 빈손으로 계산대에 설 순 없으니까. 이온 음료 한 병. 매대에 쌓인 쿠키 한 상자. 책장 크기로 줄어든 농산물 코너에 있는 값비싼 오렌지 하나. 그러고 보니 물건이 많을수록 리오와 대화할 시간도 늘어날 터였다. 그래서 나는 여러 통로를 지나며 쓸데없는 물건들을 카트에 가득 채웠다. 그러고서 3번 계산대에 줄을 섰다. 누군가가 빈 줄로 손짓했지만 꿈쩍도 안 했다. 나는 컨베이어 벨트에 물건들을 쌓아 올렸다. 앞 손님이 떠나자 리오가 내 물건을 계산하기 시작했다.

「안녕, 리오.」

「안녕하십니까.」 리오가 기계적으로 인사했다. 나에게 당

---

17 앰버 웨이브는 〈호박색 물결〉, 피 그린 헐은 〈녹두색 구토〉라는 뜻.

치 않은 깍듯함을 담아. 아마 내가 자기 명찰을 보고 말을 걸었으려니 했을 거다. 리오는 계산을 이어 갔다. 베이크트빈스, 쌀 한 봉지, 땅콩버터.

「여기서 일한 지 얼마나 됐어?」내가 물었다.

리오는 나를 힐끗 보았지만 눈이 마주치긴 했나 싶을 만큼 짧은 순간이었다. 「2년 되어 갑니다.」 리오는 다음 물건을 스캔했다. 이번엔 바코드가 안 찍혀서 번호를 일일이 입력해야 했다.

잊어서는 안 된다. 그는 수많은 대학교에서 전액 장학금을 주고 데려가려던 친구였다. 나는 그 앞에 펼쳐진 기회들을 부러워했었다.

「앤절라는 잘 지내? 아직도 배구 하나?」내가 물었다.

리오는 물건을 스캔하다 멈칫했다. 이번엔 날 제대로 봤다. 얼굴에 떠오른 빛은 의심이었다. 아니, 그보다 나빴다. 내가 이해할 수 없는 비통함이었다.

「실례지만, 제 동생에 대해선 말하고 싶지 않습니다.」 그러고서 리오는 마지막 물건을 스캔했다. 「필요한 건 다 찾으셨습니까?」

「뭐? 아아, 응. 다 찾았어.」그건 사실이었다. 내가 찾던 건 오직 리오였으니까. 「내가 누군지 정말 모르겠어?」나는 케이티와 헌터가 그랬듯이 내 단짝에게도 짧게나마 인식의 빛이 떠오르길 간절히 바라며 물었다. 하지만 소용없었다. 날 바라볼 때 〈날〉 보지 않았으니까. 리오는 내 겉껍데기를 봤다. 내가 이 세상에서 표상하는 것을.

「당연히 알죠.」리오가 쌀쌀맞게 말했다. 「이 동네에서 보먼 일가를 모르는 사람은 없으니까요.」

「우린 그보다 서로를 더 잘 아는 사이야, 리오.」내가 리오의 팔을 잡으며 말했다. 「정말이야. 네가 기억 못 해서 그래.」

리오는 내 손을 뿌리쳤다. 「무슨 소린지 모르겠군요. 제가 아는 건 손님 뒤에 기다리는 줄이 있다는 것뿐인데요!」

「하지만 앤절라 —」

「내 동생 이야긴 입에 담지 마!」리오가 윽박지르더니 주위를 살폈다. 점장이 지켜보는지 확인하는 듯했다. 그러더니 상체를 기울여 나지막이 말했다.

「걔가 너랑 무슨 관련이 있는지 모르겠지만, 부디 들쑤시지 말고 편히 잠들게 해 주면 고맙겠어.」

「잠들다니?」

그러자 리오는 나에게 끔찍한 진실을 전했다. 「앤절라는 죽었어. 1년 전에 척수막염으로.」

8
기억 속 기억

우리의 인지 능력은 몹시 제한적이다. 종의 차원에서도 그렇고, 하나의 개체로서도 그렇다. 저마다의 욕망과 두려움에 눈이 멀어서, 미래는 물론이고 현재도 있는 그대로 보지 못한다. 하지만 무엇보다 최악의 맹시(盲視)는 자신의 행동이 어떤 결과를 불러오는지 내다보지 못한다는 것이다.

나는 앤절라와의 그날 밤 일이 일어난 적 없는 세상을 원했다. 그리고 실제로 그런 세상에 떨어졌다. 나는 리오가 가진 모든 게 부러웠다. 혹시 내 질투심이 우릴 여기로 떠밀고 리오에게서 모든 걸 앗아 가는 데 한몫한 걸까?

흔히 말이 씨가 된다고 하는데, 그거 아는가? 말조심하는 것만으론 부족하다. 이제 우리는 함부로 욕망하고 얻어 내는 모든 것에 대가가 따른다는 것을, 우리가 충분히 고려하지 않은 결과가 초래될 수 있다는 것을 알아야 한다.

난 퍼블릭스 계산대에 서서 방금 들은 말을 애써 부정했다. 그저 리오를 바라보며 고개를 절레절레 계속 내저었다.

「회원 카드 있으시면 스캔해 주십시오.」리오가 말했다.

앤절라가 죽었다니. 그 애가 죽었다니. 안 돼! 그건 받아들일 수 없었다. 그런 일은 인정할 수 없었다!

「맙소사, 미안, 리오. 정말, 정말 유감이야…….」

「조의는 넘치게 받았습니다. 이제 결제하시죠.」

나는 강수를 둬야 했다. 그래야 했으니까. 그래야만.

「몇 시에 퇴근이야? 할 이야기가 있어.」

「외람되지만, 저는 손님과 할 이야기가 없습니다.」

「중요한 이야기야!」

리오가 나를 불같이 노려봤다. 나는 주춤 물러서다가 사탕 진열대를 쓰러뜨릴 뻔했다.

「네가 뭐 하는 놈인지 내가 모를 거 같아? 뭘 파는지? 그리고 너 같은 놈들이 내 동생 같은 여자애들을 어떻게 대하는지? 나는 지금도, 앞으로도 너랑 엮일 일 없어, 절대!」

점점 많은 사람들이 우릴 기웃거렸다. 손님들뿐 아니라 다른 계산원들도. 멀리서 점장이 이쪽으로 다가오자 나는 리오가 해고당할까 봐 초조한 와중에 생각했다. 〈뭐 어때? 리오에게 이 일은 맞지 않아. 리오가 더 잘할 수 있는 일은 따로 있는데.〉하지만 그럴 수 없다면? 만약 리오가 가진 재능이 이곳에선 아무런 의미가 없다면?

「제발, 리오. 네가 생각하는 그런 이야기 아니야.」나는 숫제 빌고 있었다.

마침내 리오가 내 목소리에 어린 진심을 읽은 듯했다. 어쩌면 내가 눈시울을 좀 적셨는지도. 그래, 솔직히 적셨다. 그리고 그걸 리오가 봤다. 앤절라를 위한, 리오를 위한, 잃어버린 모든 것을 위한 눈물을. 리오의 눈빛이 누그러들었다. 리오가 막 입을 여는데 다른 목소리가 끼어들었다.

「거 적당히 하지.」 내 뒤에 선 남자였다. 「누군 시간이 남아도는 줄 아나!」

그 순간 그를 때려눕힐 수도 있었다. 내 모든 감정을 주먹에 실어 그 남자를 다음 주 특가 목록으로 반쯤 날려 버릴 수도 있었다. 하지만 다음 주가 어떻게 될지 누가 알겠는가? 나는 충동을 다스렸다. 눈물이 흘러내리기 전에 훔치고, 지갑을 뒤적여 리더기에 카드를 밀어 넣었다.

그때 리오가 말했다. 「때 되면 퇴근할 거야. 이야기할 게 있으면 그때까지 밖에서 기다리든지. 이제 그만 가.」

그게 내가 얻을 수 있는 최선이었고, 그만하면 충분했다. 나는 쓸모없는 식료품들을 챙겨 들고 내 차로 갔다. 거기서 몇 시간 동안 기다렸다. 내가 탈 자격도 없는 차 안에서, 내가 좋아하지도 않는 음악을 들으며, 해가 지고도 한참이 지나도록.

퇴근한 리오를 놓칠 뻔했다. 녀석은 날 찾는 시늉도 안 했다. 리오에게 나는 그저 점장에게 된통 깨지게 한 별꼴 진상이었던 거다. 무시하는 게 최선인 골칫거리. 내가 리오를 발견한 건 녀석이 어둠이 깔린 주차장을 반쯤 지났을 때였다. 나는 차에서 내려 리오를 불렀다. 리오는 이쪽을 한번 돌아봤으나 걸음을 멈추지 않았다. 나는 헐레벌떡 버스 정류장까지 따라갔다. 녀석은 벤치에 앉아 날 적극적으로 무시하며 버스를 기다렸다. 나는 앉지 않았다. 영역을 침범해도 된다는 허락을 얻어야 할 것 같았다. 뭐, 이미 충분히 침범했지만.

「그래서, 내가 퇴근할 때까지 죽치고 기다렸냐?」

「그래.」 내가 말했다. 「더 오래 기다릴 수도 있었어. 필요하다면 밤새도록이라도.」 나는 내가 얼마나 진지한지, 이 사안이 우리 둘에게 얼마나 중요한지 전하고 싶었다. 비록 말이 좀 묘하게 나왔지만.

「머리에 심각한 문제가 있나 보네.」 리오의 말에 나도 모르게 피식했다. 우리가 친구인 세상의 리오가 할 법한 말이라서.

「앉아. 사람 불안하게 하지 말고.」 리오가 말했다.

나는 고분고분 옆에 앉았다.

「날 왜 찾아왔는지 말해. 마음에 안 들면 바로 뜰 거야.」

「버스 안 타고?」

내가 아는 리오라면 한 방 먹었다고 했을 텐데, 그는 그저 이렇게 답했다. 「아무튼.」

나는 숨을 깊이 들이마셨다. 지난 몇 시간 동안 아픈 머리를 부여잡고 할 말을 수없이 되뇌었건만, 막상 입을 떼려니 어떤 말도 적절한 것 같지 않았다. 무슨 말을 해도 리오는 걸어서든 뛰어서든 가버릴 것 같았다. 그래서 나는 머릿속을 뒤적여, 있는 줄도 몰랐던 기억을 꺼냈다.

「너 그 왼손, 아기 때 오븐 문짝에 데서 그렇게 된 거지.」 내가 말했다. 손바닥의 흉을 보고 이 세상에 넘어온 일이란 걸 알았다. 「넌 항상 그걸 신이 주신 작은 선물이라고 했어.

살갗이 적당히 거칠어서 공을 더 잘 잡을 수 있으니까.」

리오는 시큰둥했다. 「그건 날 아는 사람이면 다 아는 이야기인데. 누구한테 들었어? 설마 학교 신문에서 읽었냐? 그게 얼마나 오래된 기사인데. 잊힌 기사이기도 하고. 그게 무슨 의미가 있기도 전에 중퇴했으니까.」

나는 참담한 심정을 애써 감췄다. 리오의 마음을 두드리려면 더 깊이 파고들어야 했다.

그때 리오의 왼쪽 뺨에 난 작은 흉터가 눈에 들어왔다. 「너 여덟 살 때, 자전거 타다가 음주 운전자한테 치였지. 뺑소니. 갈비뼈 몇 대 나가고 그 흉터도 그때 생긴 거잖아. 그 인간은 도주했는데 네가 그 차 번호판 숫자 세 자리를 외워서 1년 넘게 동네를 뒤진 끝에 찾아냈지. 결국 그 인간 유죄 판결받고 감방 갔잖아.」

리오는 무심함을 유지하려 했으나 동요하는 티가 났다. 목에 담이 온 듯 어깨를 들썩이는 몸짓에서 알 수 있었다. 불편한 심기를 숨기려고 할 때 나오는 버릇이었다.

「틀렸어.」 리오가 입을 뗐다. 「그놈을 찾아내긴 했는데, 감방엔 안 갔어. 선처를 받아 사회봉사로 끝났지.」 리오는 헛숨을 터뜨렸다. 「믿을 수 있겠어? 자전거 탄 꼬마를 치고 내뺀 놈한테 고작 사회봉사 처분이라니. 애써 찾지나 말걸.」

「그게, 내가 있던 곳에서는 징역살이했거든.」

그러자 리오가 날 봤다. 「넌 대체 어디서 왔는데?」

나는 대답하지 않기로 했다. 아직은. 한 번 더 두드려야 했다. 나만 아는 일화를 생각해 내야 했다. 리오가 나 말고 아무에게도 말하지 않은 내용을. 그 순간 불쑥 떠오른 기억에 미소가 나왔다. 이 세상에서도 있었던 일이길 바랄 뿐이었다.

「너 7학년 때 머리 박박 밀었지. 멋져 보일 줄 알고.」

이제 리오의 눈은 의심으로 빛났다. 어쩌면 약간의 공포와 함께. 하지만 내 이야긴 아직 끝이 아니었다.

「근데 막상 밀고 보니 영 아니어서, 다시 자랄 때까지 한 달 동안 야구 모자 쓰고 다녔어.」

리오는 슬슬 겁이 나는 눈치였다. 결정타는 따로 있었다.

「그런데 삭발한 뒤통수에 웬 덩어리가 만져졌지. 부모님한테는 말 안 했지만, 넌 그게 사라질 때까지 뇌종양이라고 확신했어.」

리오는 날 사납게 노려봤다.

「네가 그걸 대체 어떻게 알아?」

「그야 네가 그걸 네 단짝한테 털어놨고, 네 단짝은 그 작은 혹이 종양이 아니라 뇌라고 놀려서 너한테 한 대 맞고 일주일 동안 팔뚝에 멍을 달고 다녔으니까.」 나는 눈가가 촉촉해졌다. 리오도 그랬다.

「아무한테도 말한 적 없어. 친구들한테도, 누구한테도 — 너한테도 물론 절대 아니고!」

「근데 왠지 있었던 일 같지 않아? 어쩌면 네가 —」

「그냥 꿈꾼 게 기억난 거야. 누군가한테 말하는 꿈을 꿨나 보지.」

「네가 꿈꾼 걸 내가 어떻게 알겠어?」

리오는 입을 다물었다. 반박할 수 없어서.

「대체 넌 뭐야?」

〈누구〉가 아니라 〈뭐〉냐고 물은 건 좋은 징조였다. 이 상황이 우리 둘을 넘어선다는 걸, 차마 무시할 수 없는 무언가가 있다는 걸 감지했다는 신호였다. 그래서 나는 위험을 무릅쓰고 리오의 질문에 답하기로 했다.

「내가 있던 곳에서 너랑 나는 단짝이야. 넌 퍼블릭스 계산원이 아니라 여전히 풋볼 유망주지. 1지망은 서던 캘리포니아 대학교. 네 인생은 내가 꿈만 꿀 수 있는 방향으로 가고 있어.」

내 말에 리오는 한참 자기 안에 틀어박혔다. 버스가 왔다. 문이 열렸다. 운전사가 리오를 지그시 쳐다보자 리오는 손을 흔들어 보냈다. 문이 닫히고 버스가 떠났다. 시끄러운 엔진 소리가 심야의 소음 속으로 사라지고 이미 노랗게 물든 나뭇잎들이 바스락거렸다.

「말도 안 돼.」 리오가 눈물인지도 모를 무언가를 닦으며 말했다. 순식간이어서 제대로 못 봤다. 「나한테 서던 캘리포니아 대학교는 달나라나 마찬가지야.」

「기언 블루퍼드. 우주에 간 첫 아프리카계 미국인. 달까지는 아니지만 가까이 갔지.」 나는 그게 이 세상에서도 사실일지 궁금했다. 그렇다고 믿고 싶었지만 자신 없었다. 「네가 알려 준 사실이야.」

리오는 고개를 저었다. 「아프리카계 미국인? 여기선 그냥 흑인이나 검둥이, 아니면 분평이야. 더 심하거나.」

나는 리오에게 유감이라고 말하고 싶었다. 전부 다. 인생이라는 게임에서 리오가 가진 쓰레기 같은 패들에 대해. 앞으로도 쭉 그런 패들만 주어질 현실에 대해. 하지만 다른 현실의 다른 리오는 그곳에서의 패들도 썩 낫지 않음을 내게 상기시키곤 했다. 그 차별과 빼앗긴 기회는 그곳에서도 은근히, 또는 대놓고 존재했다.

「미친 소리처럼 들리는 거 너도 알지?」리오가 말했다.

나는 어깨를 으쓱했다. 「근데 아직 듣고 있잖아.」

「어쩌면 나도 너만큼 미쳤나 보지.」

그러더니 리오는 입술을 깨물었다. 「그럼 네가 왔다는 곳에서…… 내 동생은 어떻게 됐어?」

나는 신중히 말을 고르고 천천히 꺼냈다. 「살아 있어, 리오. 척수막염을 앓았지만, 이겨 냈어. 아마 더 나은 의료진을 만났나 봐. 앤절라는 티버츠빌 고교 2학년이야. 배구 팀이고.」

리오는 이제 눈물을 주체하지 못했다. 숨기려 하지도 않았지만, 그 사이로 여전히 씁쓸한 웃음이 흘렀다. 「티버츠빌 고교? 개소리 작작 해.」

「통합이야, 리오. 모든 학교가. 적어도 그게 법이거든.」

리오는 잠시 침묵했지만, 역시 받아들이기 어려운 모양이었다. 「그래, 그럼 우린 흑인 대통령도 있고 애완용 드래건도 있겠네.」

「흑인 대통령은 있었어. 8년 동안. 드래건은 없지만.」

리오는 묵묵히 내 말을 곱씹더니, 이내 날 놀라게 했다. 「여전히 미친 소리처럼 들리지만, 밤이라서인지, 그저 피곤해서인지, 네가 없는 말을 지어낸 것 같진 않네.」

하지만 나는 그게 다가 아니란 걸 알았다. 케이티와 헌터가 내 주위에서 어떻게 반응하는지 보고 알았다. 기억 속의 기억이 맴돌고 있었다. 언젠가 아빠가 들려준 오래된 카세트테이프가 떠올랐다. 1980년대 믹스 테이프였다. 구시대의 플레이리스트. 곡 사이사이 기존 음원, 즉 녹음을 덧씌우기 전 원곡의 희미한 자취를 들을 수 있다. 나는 그 원곡을 알아내려고 볼륨을 끝까지 높여 봤지만 끝내 무리였다.

「만약 네가 하는 말이 모두 사실이라면, 그래서 우리가 뭘 어떻게 해야 하는데?」 리오가 물었다.

「나도 몰라, 리오. 전혀 모르겠어.」

「그럼 대체 여기 왜 온 거야?」 리오가 왈칵 성을 냈다. 「왜 내가 살 수도 없는 세상에 대해 쓸데없는 이야기를 늘어놓은 건데?」

「네가 날 도와주면 다시 현실이 될지도 모르니까.」

그 후에는 별말 없었다. 리오도 더 이상 질문하지 않았다. 결국 나는 리오에게 내 전화번호를 불러 줬고, 리오는 마지막 숫자 두 자리를 듣기도 전에 맞혔다. 추가 증거였다. 곡과 곡 사이의 정적 속에 더 많은 음조가 깔려 있었다.

다음 버스가 오자 리오는 일어섰다.

「연락 기대하지 마.」 리오가 말했다.

하지만 나는 리오가 연락하리란 걸 알았다. 나는 리오를 아니까. 녀석이 어떤 세상에 있든지.

이제 스케이트보더들 이야기로 돌아가자. 바로 여기가 그들이 특유의 기묘한 타원 궤도로 재진입하는 지점이다. 어느새 거의 텅 빈 퍼블릭스 주차장에 있는 차로 다시 걸어가고 있을 때, 폴리우레탄 바퀴가 아스팔트 위를 요란하게 구르는 소리가 들렸다. 애초에 나는 그 스케이트보더들을 찾아 헤맬 필요가 없었다. 그들이 날 찾아왔으니까.

헌터가 말했듯, 그들은 그냥 쌍둥이가 아니라 세쌍둥이였다. 일란성 세쌍둥이. 일란성 세쌍둥이가 태어날 확률은 6만 분의 1이다. 퀴즈 쇼 「제퍼디!」에 나온 답이라서 알았다. 꼭 신발 밑창에 달라붙은 휴지 조각처럼 아무짝에도 쓸모없는 사실들이 날 성가시게 한다.

그들을 보고 안심한 건 인정하겠다. 나는 쌍둥이들이 이 현실 이동과 어떤 식으로든 관련이 있다는 걸 알았다. 어쨌거나 그들은 추나미스를 기억했다. 그건 내게 뭐라도 답을 줄 수 있다는 뜻이었다.

똑같이 생긴 세 명의 스케이트보더들이 내 주위를 돌기 시작했다. 나는 그들이 탄 보드가 영구 운동 기구란 걸 금세 파악했다. 즉, 그들은 추진력을 얻기 위해 발을 한 발짝도 구를 필요가 없었다. 내리막길에서 보드를 타는 것처럼 말이다. 나는 그들의 이름은 끝까지 알아내지 못했기에, 편의상 그들을 에드, 더블디, 에디라고 부르겠다.[18] 만화 채널에 낭비한 내 어린 시절을 기리기 위해.

「이번엔 제대로 망쳤지, 안 그래, 애시?」 에드가 말했다.

「뭐 좀 아는 거 있어?」 내가 물었다. 그저 녀석의 태도에 장단을 맞추려는 게 아니라 정당한 질문이었다.

「우린 우리가 아는 걸 알아.」 더블디가 말했다.

「그건 우리가 모르는 것보다 훨씬 적지.」 에디가 말했다.

셋이 내 주위를 빠르게 도는 통에 누구 하나에게 집중할

18 미국 애니메이션 「에드, 더블디 앤드 에디」에 나오는 에드워드 삼인방.

130

수 없었다. 「너희가 누구인지부터 말해 보는 게 어때?」

「그냥 너희 동네 흔한 스케이트보더들이지.」에드가 씩 웃으며 말했다.

「우릴 아는 사람한테 물어봐.」더블디가 덧붙였다.

「아, 맞다, 아무도 우릴 모르지.」에디가 끝맺었다.

슬슬 패턴이 보였다. 에드가 서열이 제일 높은지 계속 제일 먼저 입을 뗐다. 더블디가 조롱하는 투로 뒤를 이었고 에디가 마무리 투수였다.

「날 괴롭히러 온 거야? 아니면 도와주러 온 거야?」

그러자 셋은 한마디씩 번갈아 말하면서 날 더 어지럽게 했다.

「우린 널 괴롭힌 적 없어.」

「시험하고 있었지.」

「네가 얼마나 빠릿빠릿한지.」

「별로던데.」

「그래도 비교적 빠른 축이었지.」

「맞아. 하지만 난 감흥 없었어.」

「나도.」

「그래도 최악은 아니잖아.」

나는 누구 하나를 스케이트보드에서 끌어 내려 무슨 단서라도 뜯어내고 싶었지만, 역효과를 내리란 걸 알았다. 충동을 조절하는 게 관건이었다. 나는 심호흡을 하고 마음을 곱게 먹으려 했다. 적어도 덜 험하게.

「그래, 나도 뭔가 망했다는 거 알고, 내가 망친 것도 알겠어. 그걸 바로잡을 방법을 알려 준다면 뭐든 귀 기울여 들을게.」

그러자 세 사람은 도는 것을 멈췄다. 일제히 보드에서 뛰어내려 보드를 겨드랑이에 끼우고 가만히 섰다. 그런데 어쩐지, 여전히 세상이 내 주위를 빙빙 도는 듯했다. 그래, 착시 현상처럼.

「물론 귀 기울여 들어야지.」더블디가 비꼬는 기색이라곤 없이 말했다. 「방심하면 큰일 날 텐데.」

나는 떨리는 숨을 내뱉었다. 더블디는 무섭도록 진지했다.

「도대체 이 상황은 뭐야?」나는 세 쌍의 시선을 받아 내려 애쓰며 물었다. 「나도 알 자격이 있지 않아?」

세 사람은 잠시 날 뜯어보며 침묵했다. 리더가 나머지 둘의 시선을 받고 한 걸음 나섰다. 에드는 한숨을 쉬었다. 「네 상황에 대한 최선의 설명은 아마 우리가 인간에게 할 수 있는 최악의 이야기일 거야.」

「알겠어.」나는 마음을 다잡고 말했다. 「어쨌든 말해 줘.」

에드는 나머지 둘을 번갈아 봤다. 둘은 마지못해 동의하는 눈치였다. 그러자 에드가 다시 날 보고 말했다.

「애슐리 보면, 넌 우주의 중심이 됐어.」

9

일어나지 않은 모든 일

우주의 중심. 누구나 내심 자신이 그런 위치에 있다고 상상할 거다. 그럴 리 없다는 걸 알면서도 무의식의 영역에서는 얼마간 그렇게 느끼기 마련이다. 아기일 때 우리는 자신과 세상을 구별하지 못한다. 세상 만물은 그저 자신의 일부다. 제대로 걷지 못하는 다리나 제대로 쥐지 못하는 손처럼 비협조적인 부속물. 그러다 걷고 말하는 걸 배우면서 자기 몸 밖에 있는 것들의 이질성을 인식하지만, 그럼에도 자신이 그 모든 것의 중심이라고 느낀다. 그 시기를 끝내 넘지 못하는 사람도 간혹 있지만, 우리 대부분은 나이를 먹고 철이 든다. 자신이 우주의 중심이라고 생각하지 않는 척하는 법을 배운다. 하지만 마음속 아주 깊은 곳에서는 여전히 그렇다고 믿을 거다. 증거가 필요하다면 복권을 사거나 도박을 하는 사람들을 보라. 그들은 모든 논리와 수학적으로 증명된 확률에도 불구하고 행운이 제 앞으로 굴러오리라 믿는다. 은연중에 자기가 우주의 중심이라고 생각하기 때문이다.

그리고 나는 실제로 내가 우주의 중심이라는 말을 들었다. 그런데 왜 복권에 당첨된 듯한 기분이 들지 않았을까?

어쩌면 우주의 중심이 되는 건 기대치가 높은 집안의 외동아이가 되는 것과 같기 때문일지도 모른다. 뭘 해도 눈에 차지 않는 아이.

그렇다면 스케이트보더들은 뭘까?

이쯤에서 눈치챘겠지만, 그들은 스케이트보더가 아니다. 「우린 눈에 띄지 않는 형태로 네 세상에 투영된 다차원적 존재야.」 그들이 말했다.

아무도 그들에게 세쌍둥이 스케이트보더가 썩 감쪽같은 위장은 아니라고 말해 준 적 없는 모양이었다.

「우리의 목적은 혼란을 다스리는 거지.」 에드가 말했다.

「그럼 너희는 신의 치료사 같은 거야?」 내가 물었다.

「신이 있다면, 꼭 있다는 건 아니지만, 치료가 필요 없을 거야.」 더블디가 말했다.

「신이 없다면, 꼭 없다는 건 아니지만, 우주 역시 치료가 필요 없을 거야.」 에디가 말했다.

「우리는 소동을 가라앉혀. 그냥 그렇게만 알아 둬.」 에드가 말했다. 「이제 우릴 따라와. 중간에 길 잃지 말고.」

올드처치 로드에 버려진 토이저러스[19]가 있었다. 폐점한 뒤 그대로 방치된 곳이었다. 철조망 울타리 안에 위치한 그곳은 잡초가 가득한 주차장과 더불어 공포 영화 배경이 되기 제격이었다. 거기가 에드워드 쌍둥이들이 날 이끈 장소

19 세계적인 장난감 체인점.

였다.

「차는 두고 와.」 그러더니 그들은 한 곳을 가리켰다. 「울타리 저쪽에 기어들어 갈 구멍이 있어.」 하지만 그들은 그 구멍을 이용하지 않았다. 울타리를 그냥 통과했다. 꿀렁거리며 철조망을 빠져나가는 모습이 유령이라기보다는 놀이용 점토 같았다. 그 덕분에 의심은 사라졌다. 그들은 분명 이 행성의 존재가 아니었다.

돌아선 에드가 내 표정을 보고 말했다. 「별거 아냐. 이건 3차원 울타리잖아. 보기엔 어떨지 몰라도 우린 그저 다른 차원으로 걸었을 뿐이야. 원한다면 어떻게 하는지 보여 줄게.」

「어…… 고맙지만 사양할게.」 나는 아직 그들을 따라갈 준비가 안 돼 있었다.

「걱정 마. 우린 널 해치지 않아. 해치고 싶어도 못 해. 우리의 본성이 아니거든.」

뒤돌아 달리고 싶었지만, 이 지극히 비이성적인 현실에 대한 지극히 이성적인 공포를 억누르고 11미터쯤 걸어서 울타리에 난 구멍 사이로 기어들어 갔다.

초대형 장난감 매장의 내부는 살풍경했다. 붙박이가 아닌 설비는 모두 뜯겨 나가고, 색색의 텅 빈 선반들만 에드워드 쌍둥이들이 설치한 희미한 조명에 겨우 드러났다. 굴러다니는 솜 인형 몇 개와 바비 인형 머리 몇 개를 제외하곤 볼 게 없었다……. 레고 특별관에 이르기 전까지. 그곳은 알록달록한 레고 도시가 아니라 에드워드 쌍둥이들의 임시 거처였다. 가구. 텔레비전. 냉장고. 가전은 모두 무동력으로 작동했다.

「인간도 아니면서 이런 것들이 왜 필요해?」 내가 물었다.

「로마에서는.」 에드가 반쪽짜리 표현으로 답했다. 그 표현의 나머지 반을 안다고 해서 이해되는 문제는 아니었다.

은신처는 그리 깔끔하지 않았다. 패스트푸드 포장지가 곳곳에 널려 있었다. 더블디는 내 표정을 보고 나에게 눈을 부라렸다.

「문제 있어?」

「그런 건 아닌데, 쓰레기도 제대로 못 치우는 존재들이 어떻게 우주의 혼란을 바로잡는다는 거지?」

「쓰레기 아니거든. 이 우주에 쓰레기처럼 투영될 뿐이지.」 그러면서도 더블디는 주섬주섬 쓰레기를 주웠다.

그동안 에디는 소파에 앉아 텔레비전을 켜더니 게임 컨트롤러처럼 보이는 물건을 붙잡고 비디오 게임을 하기 시작했다. 그들 말로는 비디오 게임이 아니라 양자 차원 간 조사 도구, 줄여서 쿼트라고 했다. 「쿼트가 널 현재 우주의 중심이라고 지목했어.」 에드가 말했다. 「전문 용어로는 주관적 중심부. 줄여서 주심. 넌 주심인 동안 현실을 재정의하고 〈그런〉 것을 〈그렇지 않은〉 것으로 만들지. 아니면 적어도 네가 그렇게 만들기까지는 〈그렇지 않았던〉 것으로 말이야.」

「그렇다면…… 내 강력 태클은 이 세상의 리모컨을 누르는 거네.」

「그래.」 더블디가 말했다. 「네 가차 없는 몸통 박치기가 바로 메커니즘이야. 주심이 지닌 재주에 따라 다르지.」 그는 마치 나의 그 재주가 별거 아닌 것처럼 말했다. 더블디는 곧바로 가장 마음에 안 드는 놈이 되었다.

에디가 컨트롤러를 이리저리 조작하자 텔레비전 화면에 판독할 수 없는 데이터가 어지러울 만큼 빠르게 지나갔다.

「일어나지 않았던 모든 일, 모든 선택, 흐지부지된 모든 가능성이 다시 가능해져. 사실 꽤 흥미진진한 일이야.」에드가 말했다.

하지만 더블디는 고개를 저었다. 「주심이 이렇게 암울한 세상을 소환하면 이야기가 다르지.」녀석은 내가 일부러 이런 혐오스러운 세상을 불러오기라도 한 것처럼 날 바라봤다.

「아직 훈련이 안 됐잖아.」에드가 나를 변호했다. 「우리가 도와주면 세상에 긍정적인 영향을 미칠 수 있을 거야.」

그 둘은 서로를 바라봤다. 무언의 의사소통을 하는 듯했다. 마음을 읽는다기보다는 서로가 하는 말의 속뜻을 읽는 느낌이었다. 나한테는 알려 주지 않고 진행되는 일이 따로 있는 눈치였다.

그래서 나는 중요한 질문을 던지기로 했다. 「왜 하필 나야?」

그들은 또다시 정신없게 한마디씩 하기 시작했다. 내 질문에 당황하기라도 한 것처럼.

「너면 안 될 건 뭐야?」

「우린 무작위라고 생각해.」

「오히려 원리가 있는지도 모르지.」

「두 가능성 모두 뒷받침할 증거가 있어.」

「그래, 배심원단은 아직 안 나왔어.」

「진짜 배심원단이 있다는 건 아니고.」

「비유적 표현이야.」

「설마 그게 뭔지 모르는 건 아니지?」

「우린 네가 배심원단이 있다고 생각하지 않았으면 해.」

나는 두 손을 들었다. 「알았어! 그러니까 판단하긴 이르다는 거지. 그냥…… 내가 언제까지 그 주관적 중심부라는 것이어야 하는지만 말해 줘.」

「상황에 따라 달라.」 에드가 말했다. 「다섯 번, 어쩌면 여섯 번 점프할 수 있는데, 네가 더는 주심이 아니게 되면 세상은 쭉 그 상태로 머물지.」

그러더니 에드는 위로하듯 내 어깨에 손을 얹고 다중 우주의 간략한 역사랄까, 적어도 그것이 나와 무슨 상관이 있는지를 알려 줬다. 「우주적 관점에서 네 상황이 그렇게 특이한 건 아니야. 이런 일은 항상 일어나. 주심은 어딘가에 항상 있어.」

에드에 따르면 우주는 온 우주에 흩어져 있는 지적인 종(즉, 지적인 사고가 가능한 종)의 개체를 주심으로 삼는 경향이 있다. 그리고 대부분의 변동은 수백만 광년 떨어진 곳에서 일어나기 때문에 우리 지구인들에게는 어떤 영향도 미치지 않는다.

「지적 생명체가 나타난 이래 지구에는 주심이 약 마흔 개체 정도 있었어.」 에드가 말했다. 「그중 절반은 돌고래였지만.」

바로 그때 에디가 벌떡 일어나 소리를 질렀다. 그 바람에 더블디는 기껏 주운 쓰레기들을 후드득 떨어뜨렸다.

「찾았어!」 에디가 말했다. 「이번 현실의 분기점!」

「그 분기점, 나도 뭔지 알아.」 내가 드디어 처음으로 지적 생명체가 된 느낌으로 말했다. 「내가 알아냈어. 브라운 대 교육 위원회 재판. 대법원이 끝내 인종 차별을 철폐하지 않았지.」

「그건 결과였고.」에디가 말했다.「발단은 그 전이야. 조의 실패 때문이지.」

「조가 누군데?」내가 물었다.

「조는 누구가 아니라 무엇이야.」에디가 설명했다.「1949년 8월 29일. 네 이전 현실들에서 소련의 핵 실험이 최초로 성공한 날이지. 일명 조-1. 하지만 이 세상에서 조-1은 처참히 실패했고, 그로 인해 소련의 핵 개발이 10년쯤 후퇴했어.」

나는 순식간에 지적 생명체가 아니게 된 느낌이 들었다.

「소련의 핵 개발이 미국의 인종 차별이랑 대체 무슨 상관이야?」

「상관없는 건 없어. 모든 건 서로 연결돼 있지.」에드가 말했다.

에드는 컨트롤러를 집어 들고 이리저리 눌러 퀴트의 언어를 영어로 설정했다. 그러고는 이 세상에서 일어난 사건들과 내가 자란 세상에서 일어난 사건들의 목록을 보여 줬다. 알고 보니 원래 내 세상에서는 냉전이라는 이름으로 진행된 소련과의 군비 경쟁이 미국에 많은 압박을 가했다. 소련이 핵무기 개발에 성공하자 미국은 가능한 한 많은 국가를 자기편으로 만들기 위해 혈안이 되었는데, 전 세계에 널리 알려진 미국의 인종 불평등 문제는 부끄러운 걸림돌이었다. 그래서 인종 분리 안건이 대법원에 이르렀을 때 그것이 수정 헌법 14조의 평등 보호 조항을 위반했다고 판결한 것이다. 대법관 중 넷은 그것이 옳은 일이라서 투표했지만, 나머지는 미국의 치부를 도려내지 않으면 핵무기를 가진 소련에 도덕적 우월성을 부여할까 봐 두려워서 철폐에 투표했다.

하지만 여기, 이 현실에서 미국은 1954년에 다른 국가들의 눈치를 보지 않았다. 소련 핵무기의 공포가 드리워지지 않아서였다. 압박이 가해지지 않자 변화를 위한 투쟁은 현상 유지에 만족하는 사람들에 의해 기각됐다.

이어서 에디가 이곳에서의 1960년대 평등권 운동이 어떻게 진행되었는지 보여 줬다. 거리 시위는 번번이 실패했고, 격앙된 연설은 듣는 이 없이 모두 허망하게 흩어졌다. 에디가 암울한 그림을 완성하기 전에 나는 컨트롤러를 빼앗고 홈 버튼을 때려 화면을 멈췄다. 그럴 리 없다는 걸 알면서도 순간적으로 그 홈 버튼이 나를 집으로 보내 주길 바랐다. 핵무기가 내 머릿속에 떨어진 것 같았다. 좋든 나쁘든 수많은 역사가 생각지도 못했던 몇몇 요인들에 좌우될 수 있다니. 그럼 혹시 로마 제국의 몰락도 어느 황제가 쓰러진 검투사를 향해 엄지를 까딱 내려 죽음으로 몰아넣은 순간에 결정된 걸까? 그럼 현재는? 오늘은? 당장은 별로 중요하지 않아 보이는 높으신 분들의 말 몇 마디가 내일의 끔찍한 풍경이 될 토대를 마련하고 있지는 않을까?

「내가 이런 걸 어떻게 알고 그랬겠어?」 내가 불쑥 외쳤다.

「너야 당연히 알 수 없지. 맹목 비행 중이었으니까.」 에드가 말했다.

「하지만 봐.」 에디가 쿼트 화면을 다차원 그래프 같은 것으로 바꾸면서 말했다. 「네가 다른 어딘가로 유입될 때마다 그 정도가 더 깊어졌어.」

「그래서 얘가 더 위험하다는 거지!」 더블디가 말했다.

「아니야.」에드는 항상 더 긍정적이었다. 「이건 단지 더 능숙해졌다는 뜻일 뿐이야. 이제 그걸 조절할 수 있으면 돼.」

더블디는 그 말에 더 답답해했다. 「쟤를 봐! 쟤가 뭘 조절할 수 있을 것 같아? 쟨 그냥 무기야!」

「칼날은 무기가 될 수도 있지만 수술칼이 될 수도 있지.」에드가 말했다.

「그럴지도 몰라. 하지만 쟤가 총알이라면?」 더블디가 말했다.

「야!」 내가 끼어들어 외쳤다. 「난 수술칼도 아니고 총알도 아니야. 난 태클이야. 스스로 판단할 수 있다고. 그러니까, 방법을 알려 주면 상황을 원래대로 되돌릴 수 있어.」

세 사람은 나를 보고, 다시 서로를 보았다. 더블디가 단념하고 성큼성큼 멀어졌다. 「좋아. 몽둥이를 부메랑으로 바꿀 수 있을 것 같다면, 어디 해봐.」

나는 숨을 크게 들이마시고 자신감을 끌어모아 말했다. 「난 할 수 있어.」

에드가 씩 웃었다. 「나도 가능성이 있다고 믿어.」

「그 과정에서 죽을지도 몰라……」 에디가 경고했다.

「그 정도 위험은 감수할 거야.」 에드가 날 보며 말했다. 내가 〈물론이지!〉 하며 맞장구치리란 듯이.

「그 과정에서 죽은 주심이 얼마나 되는데?」 내가 물었다.

「지구에서? 약 스물.」 에드가 답했다.

「맞아. 그중 절반은 돌고래였어.」 에디가 덧붙였다.

에드워드 쌍둥이들과 헤어진 뒤, 나는 내 차에 앉아 그들이 한 말을 차근차근 곱씹었다. 희망이 있었지만, 위험도 있었다. 어떤 것들은 내가 통제할 수 없지만, 또 어떤 것들은 통제할 가능성이 있었다. 나는 혼자가 아니었다. 에드워드 쌍둥이들만이 아니었다. 나는 그들과 헤어지기 전에, 왜 어떤 사람들은 우주가 변하기 전의 기억을 드문드문 지니고 있는지 물었다. 케이티가 채미를 떠올린 일 말이다. 그들은 놀라지 않았다. 오히려 그 현상을 가리키는 명칭도 있었다. 그들에겐 뭐든 명칭이 있었다.

「그건 근접 효과라고 해. 누군가가 주관적 중심부에 가까울수록 길 잃은 기억을 지닐 가능성이 크지. 심지어 그 누군가와 가까운 또 다른 누군가까지.」가깝다는 게 물리적 거리인지 감정적 거리인지 알 수 없었지만, 어느 쪽이든 그것으로 리오, 케이티, 게다가 케이티의 동생까지 기억들을 번뜩 떠올린 이유가 설명됐다. 또 누가 그럴지는 아무도 모른다.

집으로 차를 몰기 전에 케이티한테 문자 메시지를 보냈다. 다른 현실들에서 우리가 나눈 대화들이 이 현실로도 넘어왔다고 믿어야 했다. 헌터와 스케이트보더들에 관해 말이 통했듯이. 생각할수록 머리가 빙빙 돌았지만, 바뀐 세상마다 내 점프들이 이어져 왔다는 증거가 있었다. 다시 말해, 이 현실에서도 한때 정지 신호는 빨간색이었고, 한때 나는 금수저가 아니었다. 그 말은 내가 이곳의 케이티에게도 점프에 관해 털어놨으리라는 뜻이었다. 적어도 그랬길 바랐다. 알아내려면 직접 묻는 수밖에 없었다.

〈혹시 티버츠빌 추나미스와 빨간 정지 신호에 관해 들어

본 적 있다면 답장 줘. 상황을 파악했거든. 아니라면 무시해.〉

그리고 기다렸다. 체감상 10분은 기다린 것 같지만 솔직히 2분도 안 됐을 거다.

〈안녕 케이틀린 그거 대박이네!〉

나는 뭔 소리냐고 따지려다 이어서 온 문자에 멈칫했다.

〈레이턴이 안녕이래.〉

그래, 그러니까 레이턴이 옆에 있어서 말을 섞기 곤란하다는 뜻이었다. 애초에 뭘 염두에 두고 내 번호를 케이틀린이라고 저장해서 레이턴의 눈을 따돌릴 생각을 했는지 궁금했다. 케이티는 분명 몇 수 앞을 내다보고 있었다. 나는 그런 사람의 도움이 필요했다. 선견지명이라곤 쥐뿔도 없었으니까. 바로 그래서 체스를 더럽게 못했고 오히려 잘하는 놈들을 비웃었다. 인간의 유구한 습성 아니던가? 자신이 잘하는 것으로 스스로를 정의하고, 못하는 것에는 오줌을 갈기는 건? 분명 이런 덜떨어진 습성의 기원은 우리가 하등 포유동물이었을 때로 거슬러 올라갈 거다.

〈월요일 수업 전에 봐.〉

케이티가 문자 메시지를 보냈다.

〈체육관에 수학 책 두고 왔는데, 같이 좀 찾아 줘.〉

아! 수업 전에 체육관에서 만나자는 말이었다. 나는 꼴통처럼 굳지 않은 스스로에게 박수를 보내고 케이티에게 엄지 척 이모티콘으로 답했다.

집에 도착했을 때쯤, 누가 헤드록이라도 걸어 주지 않으면 머리가 폭발할 것 같았다.

「기억 피로로 두통이 심할 거야.」에드워드 쌍둥이들이 말했다. 「다른 모든 사람의 기억은 거의 대체되지만 주심은 다르지. 넌 전부 기억하니까.」그러니까 변화가 일어날 때마다 내 뇌에서 서로 다른 일평생의 기억들이 자리싸움을 벌인다는 거였다. 「좋은 소식은 인간의 두뇌에 약 25페타바이트의 저장 공간이 있다는 거야. 환산하면 약 2천5백만 기가바이트야. 대부분 사용되지 않는 용량이지. 나쁜 소식은, 한 번 점프할 때마다 수십만 기가바이트의 저장 공간을 태운다는 거야.」

그 말은 점프를 몇 번 하고 나면 뇌의 용량이 다한다는 뜻이었다. 그 후엔 뇌가 붕괴해 최소 뇌사 상태에 빠질 터였다. 최악이 뭔지는 감도 안 왔다. 하지만 그들은 그동안 달걀 껍데기와 박하와 칼륨을 섞은 물로 목욕하는 게 도움이 될 거라고 장담했다. 「박하는 뇌 기능을 강화하고, 칼륨은 뇌에 산소를 더 많이 공급하고, 달걀 껍데기는 사실상 모든 면에서 요술을 부리지.」

집에 와서 곧장 부엌으로 향했다. 뭘 먹으려는 건 아니었다. 출출하지도 않았다. 그저 두통 완화 목욕을 위한 달걀 껍데기를 구하기 위해서였다. 나는 달걀을 챙기다가 헌터가 불쑥 나타나는 바람에 놀라서 두 알을 바닥에 떨궜다.

「형 일은 내가 커버 쳤어.」헌터가 말했다.

「뭘 커버 쳐?」

「형 임무.」

심장이 엇박자로 뛰었다. 「네가 내 임무를 알아?」

헌터가 날 묘한 눈으로 봤다. 「응, 가게 근무.」

「아, 맞다.」내가 헛다리를 짚은 거였다.

「아빠한테는 형이 코치들을 도와 주니어 리그에서 유망주를 발굴한다고 둘러댔어. 풋볼 변명이 통할 거 같아서.」

나는 한숨을 쉬었다. 「헌터, 집어치우고 원하는 걸 말해.」

헌터는 당황했다. 「아니, 난 그냥…… 형이 어디 있었는지 궁금해서.」

그제야 〈이〉 헌터가 어떤 대가를 바라고 나를 도운 게 아니라는 생각이 들었다. 도울 마음이 우러나와서 도운 거다. 오해해서 부끄러웠다. 갑자기 눈시울이 달아올라서 헌터를 볼 수 없었다. 그래서 허리를 굽혀 깨진 달걀 껍데기를 줍고 내용물을 닦았다.

「내가 어디 있었는지는 모르는 게 나을 거야.」그렇게 말했지만, 헌터는 내 말을 믿지 않았다.

「그 리언이라는 친구 찾으러 갔었지?」

「리오야. 그리고 맞아. 찾았어.」그러고서 나는 눈을 감았다. 두통 때문이 아니라 앤절라를 향해 묵념하기 위해서였다. 떠난 이를 위한 잠시의 침묵. 그래도 다시 데려올 수 있다는 희망에 슬픔이 조금 누그러졌다. 앤절라의 죽음은 딱 이 세상만큼만 현실적이었고, 그것도 내가 조만간 비현실로 만들 터였다.

그때 헌터가 그냥 지나칠 수 없는 말을 했다.

「있잖아, 형. 나 요즘 이상한 꿈 꿔.」

「무슨 꿈?」

헌터는 어깨를 으쓱했지만, 분명 뭔가 있었다. 「우리가 산 적 없는 집에서 살고, 본 적 없는 사람들이랑 한 적 없는 일

145

을 하는 꿈.」

나는 숨을 깊이 들이마셨다. 「꿈이 아닐지도 몰라.」

「그럼 뭐겠어?」

나는 대답하지 않았다. 뭐라고 하겠는가? 헌터는 그 기억들을 이해할 바탕도 없이 근접 효과를 겪고 있었다.

「그게 뭐든, 금방 지나갈 거야.」

「그래, 아마도.」 헌터는 딱히 믿지 않는 투로 말했다.

나는 달걀 껍데기를 믹서에 넣었다. 헌터가 이상하게 쳐다봤지만, 설명할 기분이 아니었다. 엄마 아빠는 어디에도 안 보였다. 하긴 집이 워낙 크니 어딘가에 있을지도 몰랐다. 이 집에서는 서로 얼굴 한번 보지 않고도 며칠을 보낼 수 있었다.

「아무튼, 고맙다, 헌터.」 나는 그제야 헌터가 나 대신 가게를 맡아 준 것에 고마움을 표했다. 「시급은 보상할게.」

「그럴 거 없어.」 그러더니 헌터가 말을 이었다. 「형의 특별 고객들도 좀 응대했어.」

나는 뻣뻣이 굳었다. 「뭘 어쨌다고?」

「걱정 마. 조심했으니까. 그 물건들 어디에 보관하는지 알았거든. 저번에 형이 한번 보여 줬잖아. 기억 안 나?」

나는 귀가 홧홧해질 만큼 화가 치밀었다. 헌터에게가 아니라 나 자신에게. 동생에게 마약 은닉처를 자랑하듯 보여 준 걸 기억하는 또 다른 나에게.

「다시는 그러지 마. 알았어? 절대!」 내가 으름장을 놓았다.

「별거 아니야. 나도 형 사업에 끼어들 생각 없어.」 그러더니 헌터가 덧붙였다. 「형이 원한다면 모를까.」

146

「안 원해!」내가 잘라 말했다. 이때껏 다른 세상들에서는 그저 벗어나고 싶기만 했다면, 이제는 아예 존재하지도 않게 만들어 버리고 싶어졌다. 내가 비록 한 치 앞을 못 본다 해도, 헌터가 결국 자기 형처럼 마약 거래를 하는 모습이 어렵지 않게 상상됐으니까.

「잘 들어, 헌터.」나는 분쇄한 달걀 껍데기를 한곳에 둔 채 헌터의 어깨에 두 손을 얹고 힘겹게 눈을 맞췄다. 「내 사업은 실수였어. 아마 내 인생 최악의 실수겠지. 난 네가 그런 어리석은 선택을 하지 않았으면 해.」

헌터는 어깨를 으쓱하며 내 손을 툭 떨궜다. 「그게 그렇게 나쁜 일이면, 맨날 말로만 하지 말고 진짜 손 털지 그래?」

나는 랠스턴이 했던 말들을 떠올렸다. 은근하면서도 그리 은근하지 않았던 협박을. 「그렇게 간단한 일이 아니야.」

「아니긴.」헌터는 아직 어려서 뭘 몰랐다. 「그냥 그만두겠다고 해. 설마 죽이기야 하겠어.」

10
평행 세계 속 치즈버거

원래 우리 학교 옆에는 농장이 있었다. 딱히 눈여겨본 적 없어서 뭘 기르는지도 몰랐지만, 이제 상관없다. 농장은 사라지고 그 부지에 보면 체육관이 들어섰으니까. 우리 가족, 정확히는 아빠의 이름을 따서 지어진 학교 부속 최첨단 스포츠 시설.

케이티가 언제 나타날지 몰라서 한 시간 일찍 도착했다. 체육관 안은 이미 활기가 넘쳤다. 화요일과 목요일에는 풋볼 팀이 새벽 근력 운동을 했는데, 월요일에는 어떤 팀이 그 공간을 차지하는지 전혀 몰랐었다. 알고 보니 체조 팀과 배구 팀이 드넓은 호화 체육관을 함께 쓰고 있었다. 앤절라가 소속됐어야 했을 배구 팀. 가슴 한구석이 욱신거렸다.

「애시! 여기…….」

나는 속삭이는 듯한 부름을 따라 텅 빈 관중석으로 향했다. 개폐식 관중석 뒤 공간에 케이티가 있었다. 거미가 출몰하지만 애들이 몰래 키스하는 장소로 유명한 곳이었다. 나는 가장자리를 돌아 철제 구조물의 그늘 안으로 쏙 들어갔다.

「과연 이게 좋은 생각일까?」 나는 케이티에게 다가가 씩 웃으며 말했다. 「만약 누가 작정하고 찌르면 우린 작년 그 9학년 둘처럼 가루가 될 수도 있어.」

케이티는 어깨를 으쓱했다. 「비밀 회담은 원래 위험한 법이야.」

그 9학년 둘이 정말 가루가 된 건 아니다. 몰래 키스하다 들켜서 곤욕을 치렀을 뿐이다. 비록 본인들은 희귀종 거미를 찾고 있었다고 우겼지만. 불현듯 온몸에 소름이 돋았다. 나는 그 일을 진짜 기억처럼 떠올리고 있었다. 원래의 진정한 내 기억이 아니라 풋볼 스타 아빠를 둔 금수저 버전의 기억인데. 언젠가 기억들을 서로 구분할 수 없는 때가 오리란 걸 깨닫자 덜컥 불안해졌다.

「그래서 뭘 알아냈는데? 궁금해서 못 견디겠어.」 그러더니 덧붙였다. 「나도 왜인지는 모르겠지만.」

나는 망설이다가 에둘러 말할 재주가 없다는 걸 깨닫고 그냥 내뱉었다.

「다중 평행 우주는 실재해.」

「그래……」 케이티가 떨떠름하게 말했다.

「내가 어떤 애들을 만났는데…… 뭐, 걔네 말로는 자기들이 다차원적인 존재래. 스케이트보드를 타고 다니는데, 실제로는 스케이트보드가 아니야.」

「그래……」 이번 반응도 똑같이 떨떠름했다.

「아무튼, 걔들 도움을 받아서 세상을 원래대로 되돌릴 수 있을 거야.」

케이티는 용케 기겁하며 물러나지 않았다. 잠자코 내 뒷말을 기다렸다. 하지만 나는 지금까지 던진 말로도 과하다는 걸 알았다. 내가 현재 우주의 중심이라는 이야기는 얹지 않는 편이 나았다.

케이티가 반박할 수 없는 증거를 제시하는 게 나았다. 자기 머리에서 떠오른 것이라면 반박할 수 없을 터였다. 「눈 감아 봐.」 내가 말했다.

「왜?」

「날 믿어.」

케이티는 순순히 날 믿고 눈을 감았다. 사소한 일이지만 나로서는 퍽 감동이었다.

「네가 모르는 사람을 떠올려 봤으면 해.」 내가 말했다.

「어떻게 하는 건데?」

나는 질문을 무시하고 이렇게만 말했다. 「앤절라 존슨을 떠올려 봐.」

케이티는 얼굴을 살짝 찡그렸다가 폈다. 「흑인, 맞지? 사우스사이드 고등학교 체육 선수고?」

「아니, 이 학교 선수야.」

그러자 케이티는 눈을 뜨고 나를 심각한 표정으로 바라봤다. 「우리 학교…… 원래 흑인 학생들도 있어야 하는 거지?」

나는 고개를 끄덕였다. 「우리가 있던 곳에서는 그래.」

케이티는 허공을 응시했다. 나는 잠자코 기다렸다. 케이티는 마치 어떤 결심을 캐내기 위해 자기 안으로 뛰어든 것 같았다. 마침내 케이티가 입을 열었다. 「내가 어떻게 도와주면 돼?」

케이티의 지지와 동참 의사를 얻자 마치 천하를 얻은 것 같았다. 「너의 선견지명이 필요해.」 내가 말했다.

케이티가 헛웃음을 터뜨렸다. 「나한테 그런 게 있다면 애초에 레이턴과 사귀지 않았겠지.」 그 뒤에는 그렇게 말한 것을 후회하는 듯 보였다.

이어진 침묵 속에서, 나는 정말이지 어리석은 짓을 저질렀다. 때때로 우리는 중력에 떠밀려 추락하곤 한다. 나는 몸을 기울여 케이티의 입술에 내 입술을 포갰다.

케이티는 키스를 받아들였다. 고개까지 기울였다. 하지만 그것도 잠시, 퍼뜩 몸을 물렸다.

「하지 마.」 케이티가 말했다.

나는 즉시 후회했지만, 그 어떤 세상에서도 되돌릴 수 없는 일이었다. 「미안해. 생각이 짧았어. 다시는 안 할게.」

「다시 하지 말란 말은 안 했어.」 케이티가 날 보지도 않고 말했다. 「그냥 지금 하지 말라고.」 그러더니 자리를 떴다. 나는 홀로 남아 그 말이 무슨 의미인지에 대해 1백만 평행 우주를 헤아려야 했다.

위험한 장소, 특히 극성 학부모들로부터 소송 대상이 된 적 있는 장소에서 밀회를 나눌 때의 문제는, 그곳을 소송의 재발을 막기 위해 지속적으로 감시한다는 점이다.

그 이야기로는 곧 돌아오겠다.

먼저 점심시간의 일이다. 월요일 점심에는 분리 반대 동아리, 일명 분반 동아리가 모임을 가졌다. 폴에게 가입한다고 말해 뒀고, 비록 허점투성이 인간이긴 해도 나는 스스로

뱉은 말은 지키는 편이었다. 게다가 나는 우리 학교에 현상 유지에 반대하는 애들이 있다는 것에 감사했다. 나는 학교 식당에서 폴을 만나 모임 장소인 데버니 선생님의 교실로 향했다.

「네가 정말 가입할 줄은 몰랐어.」 학교 식당을 나오며 폴이 말했다. 「그냥 예의상 한 말인 줄 알았는데.」

「내가 그렇게 예의 바른 놈인 줄 알았어?」

「좋은 지적이야.」

데버니 선생님은 학생들에게 인기가 좋았다. 목공과 도자기 공예를 가르쳤는데, 딱 봐도 그의 진정한 본업은 고등학생들의 엉성한 정신을 아름답게, 또는 조금이나마 쓸모 있게 빚어내는 것이었다. 교실 안에는 학생들이 스무 명쯤 모여 있었다. 일부는 아는 애들, 일부는 모르는 애들, 그리고 일부는 분명 지난주까지는 존재하지 않았던 애들이었다.

기대한 만큼의 인원은 아니어서 아쉬웠다. 내심 인종 차별 철폐를 지지하긴 해도 동아리에 가입할 만큼은 아닌 애들이 훨씬 많았을 거다. 이제껏 반대 때문이 아니라 미지근한 지지만 있었던 탓에 어그러진 중요한 대의들이 얼마나 많았을까?

그리고 무익한 방법들 탓에.

오늘 모임의 안건은 〈분리 반대 의식 고취 및 기금 마련〉을 위한 빵 판매 계획을 논의하는 것이었다. 어떤 여자애가 검정색과 흰색으로 이루어진 쿠키를 만들자는 의견을 내자 또 다른 여자애가 바로 그 이분법적 특성이 분리를 강화한다고 반박했고, 그때부터 본격적으로 디저트의 상징성이 어쨌느니 의도치 않은 메시지가 어쨌느니 하며 논쟁이 벌어졌다.

「저기…….」 내가 손을 들어도 아무도 눈치 못 채는 듯해서 그냥 입을 열었다. 「물론 쿠키는 맛있겠죠. 상징성이 있건 없건 말이에요. 그런데 빵 판매가 정말 사람들의 의식을 고취하는 데 최선일까요?」

모든 시선이 쏠리고 나서야 나는 더 할 말이 없다는 걸 깨달았다. 제대로 된 의견이라곤 없이 딴죽만 건 셈이었다.

데버니 선생님은 침착하게 상황을 통제했다. 「이건 우리가 꽤 오래전부터 계획한 일이란다, 애시.」 내가 이 모임의 신입이란 걸 상기시키는 그만의 방식이었다. 하지만 신입으로서 나는 새로운 시각으로 볼 수 있었다.

「좀 더 판을 키우면 어떨까요?」 내가 모두에게 물었다. 「그러니까, 이를테면…… 등교 거부 시위를 벌이거나, 시의회 회의를 소집해서 정의를 요구하는 거예요. 뉴스에 나와서 많은 사람을 설득할 수 있도록요. 뭐, 무슨 무도회 같은 행사를 열 거면 빵 판매도 나쁘지 않지만…….」 나는 거기서 할 말이 떨어져 입을 다물어야 했다.

아득한 침묵이 흐르다가 누군가가 입을 열었다. 「좋은 생각인 것 같아요.」 쿠키 아이디어를 낸 여자애였다. 내 열변이 통했구나 싶어 뿌듯한 미소를 지으려는 찰나, 그 애가 이어서 말했다. 「빵 판매 수익금으로 인종 화합의 무도회를 여는 거예요!」

그러자 졸지에 내 아이디어로 둔갑한 새 아이디어에 다들 신이 나서 한마디씩 보탰다.

「야.」폴이 어깨를 으쓱하며 내게 말을 걸었다. 「어쩌면 네가 말한 대로 뉴스에 나올지도 몰라. 다른 학교에서 따라 할 수도 있고.」

나는 쓸데없는 것들만 잔뜩 성취한 기분으로 모임을 나서야 했다.

「실망할 거 없어.」폴이 말했다. 「이 지역의 분리 반대 의식은 넓긴 해도 깊이랄 게 없거든.」

나는 요즘 학교 공부를 너무 놓고 있었다는 자각이 들어서 폴과 수학 과외 약속을 잡은 뒤 헤어졌다. 또 다른 국면이 펼쳐진 건 마지막 수업을 마치는 종이 울리고 나서였다.

「애시, 잠깐!」

레이턴이었다. 내가 사물함 문을 막 닫았을 때 녀석이 케이티를 데리고 내 쪽으로 달려왔다.

「훈련 전에 만나서 다행이다. 우리가 할 말이 있어서.」

「우리가?」케이티가 말했다. 이 만남에 대해 상의한 바가 없다는 뜻이었다.

「아, 내가 이야기 안 했나?」그러더니 레이턴은 핸드폰을 켰다. 「이 새 앱에 대해 혹시 들어 봤어? 공공의 눈이라는 앱인데 말이야. 전국의 모든 공공 감시 카메라 영상을 볼 수 있거든. 범죄자를 체포하는 데 도움이 될 내용을 발견해 보고하면 비트코인으로 보상도 해줘.」

「그래?」나는 대화가 어디로 흘러가는지 몰라 꺼벙하게 대꾸했다. 하지만 케이티는 똑똑히 짐작했는지 긴장한 기색이 역력했다.

「그래.」레이턴이 말을 이었다. 「이걸로 돈벌이하는 사람들도 있다니까. 그런데 가장 훌륭한 건 이게 공익사업이라는 거야!」

눈치 없는 나는 그 앱이 내 이전 세상에도 있었는지, 아니면 이 세상에만 있는지 따위나 궁금해하고 있었다. 정말로 알아볼 생각은 딱히 없었던 것 같다.

「진짜 대박이지. 아무튼, 내가 오늘 아침에 뭘 발견했는지 봐 봐!」

레이턴이 앱을 열어 영상 하나를 재생하고서야 나는 상황을 파악했다. 체육관 내 감시 카메라 영상이었다. 사각지대에 숨어드는 밀애 중인 커플이나 거미에 심취한 애들을 잡아내려고 설치한 카메라. 공공의 눈은 케이티와 내가 관중석 뒤에서 나오는 모습을 비춰 줬다.

「진짜 놀라운 앱 아냐?」레이턴이 한껏 목청을 돋우어 말했다. 내용과 달리 무시무시한 말투였다. 「아, 이참에 왜 너랑 내 여자 친구가 공공연한 키스 구역에서 어울렸는지 설명해 주지 그래?」

내가 적절히 반응하지 못하자 케이티가 나섰다.

「내가 설명할게.」케이티는 한숨을 푹 쉬더니 날 슬픈 눈으로 바라봤다. 「미안, 애시. 난 이제 못 하겠어. 이해해 주면 좋겠다.」그러더니 레이턴에게 눈을 돌렸다. 「애시는 어떤…… 심각한 심리적 문제를 겪고 있어. 어쩌면 뇌진탕 때문일지도 몰라.」

입이 떡 벌어졌다. 만화에서나 보던 표현이 과장이 아니란 걸 실감했다.

「무슨 문제?」 레이턴이 물었다.

케이티는 망설이지도 않았다. 「자기가 다른 우주로 이동할 수 있다고 믿나 봐. 원래 정지 신호는 빨간색이고, 우리 학교는 지난주까지 분평들이랑 통합이었다더라. 그리고 무슨 다른 차원의 존재들이 스케이트보드를 타고 자길 따라다닌다는 거야.」

배신감에 영혼이 와르르 무너지는 느낌이었다. 나는 겨우 한마디를 만들어 내뱉었다. 「진짜 스케이트보드는 아니라고 했잖아……」

케이티는 애써 레이턴의 시선을 잡아끌었다. 어쩌면 자기가 내 눈을 피하려는 방편인지도 몰랐다. 「그래서 내가 학교 상담 선생님한테 몇 번 조언을 구했는데, 그분이 애시가 자기한테 직접 털어놓을 수 있게 설득해 달라고 하셔서……」 그러더니 마침내 케이티가 날 보고 말했다. 「실망했다면 미안해, 애시. 난 그저 널 돕고 싶었을 뿐이야.」

레이턴의 얼굴이 안도감으로 물들었다. 마치 먹구름이 갈라지며 그에게로 햇빛이 쏟아진 듯했다. 「그래서 요즘 상담실에 들락거린 거야?」

「당연하지. 내가 거기 갈 일이 뭐 있겠어?」

한층 더 긴장이 풀린 레이턴이 평소처럼 팔을 둘러 케이티를 옭아맸다.

「야, 인마.」 레이턴이 갑자기 진지하게 말했다. 「케이티가 그렇게 생각한다면 넌 정말 도움이 필요한 거야. 하지만 학교 상담사는 걸러라. 차라리 병원에 가는 게 나아.」

나는 어떻게 반응해야 할지 몰랐다. 마치 풍선이 슬로 모

선으로 터지듯, 내가 조각조각 쪼그라들어 흩날리는 것 같
았다. 그걸 레이턴도 알았다. 내가 쪼그라들수록 녀석은 부
풀어 올랐다.

「내가 괜한 오해를 했네.」레이턴이 쾌활하게 웃으며 말하
더니 몸을 기울여 속삭였다. 「하지만 케이티와 단둘이 있는
게 한 번 더 내 눈에 띈다면, 네가 누구 아들이건 가만 안 둘
거야.」

평소라면 그런 위협을 참지 않았을 거다. 받은 만큼 되돌
려 줬을 거다. 하지만 반격하려면 디딤대가 있어야 한다. 발
을 디뎌 중심을 잡고 공격 태세를 갖춰야 한다. 그 순간엔 그
런 게 어디에도 없었다. 그래서 레이턴이 케이티를 데리고
떠날 때 아무 말도 못 하고 서 있었다.

풋볼 훈련은 영혼이 무뎌질 만큼 고됐다. 피니시스에 패
배한 것에 대한 벌이었다. 나쁘지 않았다. 영혼을 좀 마비시
킬 필요가 있었으니까. 게다가 수비 훈련을 따로 진행해서
공격 선수들과 마주칠 필요도 없었다. 나는 레이턴과 멀리
떨어져 있는 것으로 만족했다.

사실 레이턴은 내 친구라고 할 수 없었다. 단지 풋볼 팀원
이고 우리의 주장 격인 쿼터백이었기에 존중할 뿐이었다.
나는 여간해선 사람을 미워하지 않지만, 솔직히 말해 내 인
생에서 레이턴보다 싫은 사람은 없었던 것 같다. 나를 모욕
하고 위협해서만이 아니라, 케이티를 대하는 방식 때문에도
그랬다. 케이티는 비록 배신감을 안겼으나 유일하게 날 도
와주려 한 친구였다.

훈련이 끝나자마자 나는 샤워도 안 하고 자리를 떴다. 샤워는 집에서 할 생각이었다. 이왕이면 두통 완화 목욕이 나을 듯했다. 차를 향해 주차장을 가로지르는데, 노리스가 내 뒤를 쫓아왔다.

「애시, 기다려!」

집에 태워다 달라는 용건인 듯했지만 오늘은 녀석이 주절대는 소리를 들어 줄 기분이 아니었다. 그래도 대놓고 무시할 수는 없었기에 발걸음을 좀 늦췄다.

「노리스, 나 오늘 몸이 좀 안 좋거든.」 내가 말했다. 「감기일지도 모르니까 웬만하면 거리를 두지 그래.」

노리스는 잠시 멈칫하더니 말했다. 「뻥치지 마. 왜 요즘 자꾸 이상하게 굴어?」

나는 녀석의 눈썰미에 놀랐지만 반박할 여력이 없었다. 「용건이 뭐야?」

「그냥 너 괜찮나 확인하려고.」 노리스가 말했다. 「그게, 레이턴이 네가 무슨 환각 같은 걸 겪고 있다길래.」

레이턴이 더 싫어질 수 있으리라곤 상상도 못 했는데, 가능한 일이었다. 「그래? 레이턴이? 또 뭐라고 지껄이던?」

「사실이야?」 노리스가 물었다.

「어. 날아다니는 코끼리와 말하는 쥐가 보여. 여기가 혹시 디즈니랜드인가?」

「진지하게 묻는 거야, 인마.」

「인생에서 단 하루도 진지한 적 없던 네가 갑자기 무슨 바람이 불어서?」

노리스가 성큼 물러섰다. 나도 그렇게 쏘아붙일 것까진 없었는데, 녀석이 제 이타심을 테스트해 볼 날을 잘못 골랐다.

「친구들 잃고 싶으면 계속 그렇게 해, 애시.」노리스는 그 말을 남기고 뛰어갔다.

내가 이미 한 세상 전에 친구들을 잃은 줄도 모르고.

훈련 뒤에는 월요일 저녁 근무가 있었다. 거래의 대부분이 이뤄지는 날. 하지만 나는 가게에 혼자 남겨지자마자 문을 잠그고서 〈종교적 이유로 문을 닫습니다〉라는 팻말을 걸었다. 차를 몰고 출발하기 전, 혹시나 하는 마음에 이날에 종교적 의미가 있는지 확인했다. 알고 보니 유대교의 속죄일인 욤 키푸르였다. 내 특별 고객들이 해로운 습관을 뉘우치기에 완벽한 날이었다.

나는 에드워드 쌍둥이들을 만나러 갔다. 존재적 조작 기술을 터득하기 위한 나의 첫 공식 훈련이 예정되어 있었다. 그들은 이미 준비를 마친 상태였다. 오래전 토이저러스의 스타 워스 구역이었던 자리에는 주변 장식과 꼭 어울리는 크고 흰 캡슐이 누워 있었다. 고대 이집트인들에게 플라스틱 제조 기술이 있었다면 파라오의 관이었을 법한 모양새였다.

「차원 간 이동 장치?」내가 농담 반 두려움 반으로 물었다. 「설마 아마존 사이트에서 구한 건 아닐 테고.」

「차원 간 이동과는 관계없어.」에드가 말했다. 「감각 박탈 탱크야.」

더블디가 뚜껑을 툭 열어젖혔다.

「옷 다 벗고 들어가.」

이 비슷한 걸 들어 본 적이 있다. 탱크 안에 든 물의 온도는 체온과 같고 사해처럼 염분이 많아 몸이 둥둥 뜨고, 소리와 빛이 차단되어 자신의 정신에 입력된 것 말고는 외부 자극이 전혀 없는 상태가 된다. 언젠가 건너 건너 아는 애의 아빠가 취한 채로 물탱크에 들어가 우주와 하나가 되었다는 이야기도 들었다. 그 안에서 심장 발작으로 유명을 달리했다는 뜻이다.

그래서, 당연히, 나는 망설였다.

「무서워할 거 없어.」 에드가 말했다. 「집중력을 높이고 시각화를 하기 위한 장치일 뿐이야.」

「알파 상태. 그렇게들 부르지?」 내가 말했다.

「들어가기만 한다면 마음대로 불러도 돼.」 더블디가 짜증스럽게 말했다. 에드가 손을 들어 더블디를 조용히 하게 했다. 「잠금장치 같은 건 없어, 애시. 원한다면 언제든 나올 수 있지만, 막상 들어가면 나오고 싶지 않을 거야.」

나는 그 이유를 곧 알 수 있었다. 뚜껑 열린 안쪽에서 강렬한 박하 냄새가 후끈한 공기에 실려 나왔다. 그건 소금물로 채워진 탱크가 아니라 궁극의 두통 완화 욕조였다.

그래서, 비록 버려진 토이저러스의 물 찬 관에 들어가는 게 어느 우주에서도 좋은 생각 같지는 않았지만, 승낙했다. 옷을 벗고 들어가서 따뜻한 물에 얼굴을 위로 하고 누웠다. 뚜껑이 닫히자 내부는 완전한 암흑이었다. 마찬가지로 정적도 찾아왔다. 들을 수 있는 소리라곤 내 심장 박동뿐이었다. 그게 다가 아니었다. 나를 늘 괴롭히던 두통도 몇 초 만에 자취를 감췄다.

몇 분간 침묵이 흐른 뒤, 수중 스피커를 통해 에드의 목소리가 울려서 화들짝 놀랐다.

「긴장 좀 풀렸지?」

「아아, 응.」나는 쉰 소리를 냈다.

「좋아. 이제 네가 이동했던 순간 중 하나를 떠올려 봐. 집중해서 상상해.」

시키는 대로 했지만, 아무것도 얻지 못했다. 그 점프들은 순간적이면서 지속적이었다. 마취 상태 같을까? 그 전과 후가 다르다는 건 알지만, 그 중간으로 끼어들 순 없었다.

「무의미한 짓이야.」

「계속 시도해 봐.」

나는 한숨을 내쉬고 몸을 살짝 틀었다. 잔물결이 느껴졌다. 긴장한 걸 깨닫고 다시 사지에 힘을 풀었다. 그러자 문득 머릿속에 어떤 파문이 일었다. 간혹 뜬금없이 꿈의 한 조각이 떠오를 때 있지 않은가? 최근도 아니고 오래전에 꿨는데 문득 기억나는 꿈. 그와 비슷했다. 그 중간의 순간이 거기 있었다. 나는 진정하고 감각에 몸을 맡겨야 했다.

곧 나는 다시 그곳에 이르렀다. 에드워드 쌍둥이들이 〈다른 어딘가〉라고 부르는 곳. 섬광과 소리가 떠올랐다. 모스 부호처럼 불규칙했다. 형언할 수 없는 운동 감각도 떠올랐다. 동시에 좌우 앞뒤로 움직이는 감각이 느껴졌다.

「느낌 왔어.」내가 거칠게 말했다.「느낌 왔어!」

「천천히.」에드가 말했다.「받아들여. 그 느낌을 그대로 두고, 주변에 뭐가 있어?」

하지만 내 정신은 어딘가로 표류하더니, 이제 머릿속엔

치즈버거들이 보였다. 배가 고팠기 때문이다. 그렇게 말했더니 예상과 달리 에드는 화를 내지 않았다.

「그게 네 정신이 현실을 해석하는 과정이야.」에드가 말했다.「그냥 마음을 따라. 치즈버거 하나를 골라.」

「어떤 거?」

「제일 맛있는 거.」

「뭐가 제일 맛있는지 어떻게 알고 골라?」

그건 말하자면 영화 「스타 워스」에서 오비완 케노비가 루크에게 포스를 사용하라고 말하는 순간이었다. 하지만 상상 속에서 치즈버거를 고르는 일은 제다이 마스터의 시간을 죄다 낭비하는 일 같았다.

나는 하나를 선택했다. 하지만 먹지는 못했다. 그것이 먼저 날 집어삼켰기 때문이었다. 그 버거는 선택되자마자 나를 뒤덮었다. 상한 패티에서 역겨운 악취가 났다. 하지만 도망치기엔 너무 늦었다. 나는 순식간에 통제력을 잃고 내가 이 세상에 떨어질 때의 감각을 다시 느끼고 있었다. 쿼터백에게 태클한 뒤 필드로 소환될 때의 감각이었다. 보기도 전에 망했다는 걸 알았다.

나도 모르게 벌떡 일어나 뚜껑을 열고 탱크에서 기어 나와 바닥에 쏟아지듯 드러누웠다. 몸에서 물이 뚝뚝 떨어지고 숨이 찼다.

「흠, 돌파구를 찾은 것 같네.」에드가 말했다.

11

두 번 다시는

그날 밤은 잠을 못 이뤘다. 머리가 아파서는 아니었다. 두통은 심뇌부 완화 요법으로 씻은 듯이 물러갔으니까. 불면의 원인은 리오였다. 나에게 리오는 언제나 자존감의 결정체였는데, 이제 리오의 모든 기대치는 단순 생존 수준으로 떨어졌다. 하루하루를 버텨 내기 위해 번번이 자존심을 희생해야 하는 수준으로 말이다.

인간의 기본적인 존엄성이 박탈된다는 건 내 의식의 끝자락에나 겨우 걸쳐진 개념이었다. 내 삶과 동떨어진 삶을 사는 사람들은 다른 행성에 사는 사람들이나 마찬가지였다. 우리 부모님이 빈곤 지역 기아들을 위한 자선 단체 광고가 나올 때마다 채널을 돌리듯이, 그건 〈내 문제가 아니야〉를 넘어 〈내 세계가 아니야〉의 차원인 것이다.

하지만 누군가의 미래가 내 눈앞에서 박탈되면 어떻겠는가? 내가 사랑하는 사람의 삶이 좌절되면? 단어 선택이 좀 그렇지만, 우정도 어떤 의미로는 사랑의 한 갈래 아닌가?

화요일에 리오가 전화했다. 내가 학교에 있을 때 음성 메시지를 남겼다. 리오는 내가 아는 사람 중에 유일하게 음성 사서함을 이용하는 애였다. 내가 알던 리오 같아서 위안이 됐다.

〈리오 존슨이야. 퍼블릭스에서 일하는.〉 내가 까먹기라도 했을까 봐. 〈아무튼, 오늘 4시에 세인트클레어 공원에서 만나.〉

그건 풋볼 훈련을 빠지라는 말이었다. 변명도 할 수 없는 위반 행위를 저질러야 했다. 하지만 내 우선순위는 이미 바뀐 지 오래였다.

세인트클레어 공원은 사실 추모 공원이었다. 공동묘지. 앤절라가 묻힌 곳. 먼저 도착해 있던 리오가 앤절라의 무덤으로 날 안내했다.

「보여 주고 싶었어.」 리오가 말했다. 「왠지 모르겠지만, 그냥 보여 줘야 할 거 같았어.」

앤절라의 묘비는 분홍색이었다. 보자마자 고통스러울 정도로 현실감이 들었다. 묘비에 적힌 날짜에 따르면 앤절라는 1년 반 전에 죽었다. 만우절에. 우주의 짓궂은 농담처럼.

「데려와 줘서 고마워.」 실은 전혀 고맙지 않았다. 하지만 리오가 그래야 한다고 느낀 그 마음을 존중했다. 리오의 마음이 조금이라도 편해진다면 악몽 몇 번쯤은 견딜 수 있었다. 「분홍색인 걸 알았다면 질색했을 텐데.」 내가 말했다.

리오가 웃었다. 「맞아. 근데 우리 엄마 아빠는 언제나 걔를 작은 공주로 봤지.」 그러더니 다시 심각해졌다. 「요즘 일어난 적 없던 일들이 자꾸 떠올라. 별거 아닌 것들이지만.」

「어떤?」

「혹시, 너 무슨 생일 파티에서 팔 부러진 적 있냐?」

「하!」 나로서는 잊고 싶은 기억이었다. 「노리스 그 개자식이 피냐타[20] 터뜨리려고 막대기를 휘두르다 놓쳤거든.」

「노리스가 누군데?」 리오가 물었다.

「우리 친구,」 내가 말했다. 「라고 할 수 있는 놈.」

리오는 반박하지 않았지만 딱 봐도 노리스에 대한 기억은 없는 듯했다.

「분명 어디서 주워들은 이야기일 거야. 그게 내가 생각할 수 있는 가장 그럴듯한 설명이야.」

「그래, 그렇겠지.」 나는 리오를 이해할 수밖에 없었다.

「그런데 있잖아, 그 과학자 말이야, 스티븐 호킹. 죽기 전에 발표한 논문에서 평행 우주가 존재할 가능성이 있다고 했대. 그 논문으로 노벨상까지 탈 수 있었는데, 죽은 사람은 못 탄다더라.」

「그럼 이제 내 말을 믿는다는 거야?」

리오는 한숨을 내쉬었다. 「거기까진 가지 말자. 일단 현실에 집중하자고. 우리가 확실히 아는 것에 말이야. 그리고 내가 확실히 아는 건 이거야.」 그러더니 리오는 가방에서 풋볼 공을 꺼냈다. 「던지고 받기 어때?」

「지금? 공동묘지에서?」

「죽은 사람은 개의치 않을 거야. 아빠랑 가끔 와서 하는데 여기 관리인들도 우릴 알아. 앤절라에 대해서도 알고. 게다

20 사탕이나 장난감으로 속을 채운 종이 인형. 주로 아이들 생일 파티에서 사용된다.

165

가 네가 누구 아들인지 알면 여기서 공을 가지고 놀든 말든 내버려 둘걸.」

우리 아빠의 영향력이 그렇게 큰 줄 몰랐던 나는 그저 얼떨떨했다.

「생각을 좀 해봤어.」리오가 말했다. 「검정고시를 보고 전문대에 들어가서 다시 풋볼을 할 수 있지 않을까 하고. 이 지역 전문대들도 꽤 괜찮은 팀이 있잖아?」

「그래, 리오.」나는 뿌옇게 흐려지는 두 눈을 깜빡거리며 말했다. 「괜찮은 팀 있지.」나는 뒤로 물러나 적당히 거리를 벌렸고, 우리는 망자 너머로 공을 주고받기 시작했다. 그게 극히 자연스러운 일인 것처럼. 그렇게 해가 지고 나서야 관리인이 정중한 손짓으로 우릴 내보내고 출입구를 닫아걸었다. 하지만 나는 떠나기 전에 앤절라의 묘비에 손을 얹고 묵념하며 이대로 두지 않겠다고 약속했다.

「네가 말하는 그 일에 내 도움이 필요하다면, 연락해.」리오가 말했다.

그러고서 우리는 각자의 길을 갔다,

나는 저녁 식사 시간에 딱 맞춰 집에 도착했다. 오랜만에 한 식탁에 둘러앉아 하는 식사였다. 내 원래 세상의 변변찮은 집에서는 함께 먹는 게 일상이었지만 이 세상의 우리 가족에게는 드문 일이었다. 이곳에서는 활동 시간이 제각각이어서 주로 포장 음식을 먹거나 전날 먹고 남은 포장 음식을 먹었다.

하지만 오늘 저녁은 우리 집 가사 도우미 카라가 제대로 된 식사를 준비했다. 손가락감자를 곁들인 바비큐였는데, 늘 조금 무시무시하게 들리는 메뉴였다. 카라는 흑인이었다. 개인 접시마다 음식을 덜어 주길래 나는 스스로 덜어 먹겠다고 고집했다. 헌터도 나를 따라 했다.

「일찍 퇴근해요, 카라. 피곤할 텐데.」 엄마가 말했다.

「감사합니다, 선생님. 맛있게 드세요.」 카라가 답했다.

나는 그녀가 우리 엄마를 〈선생님〉이라고 부르는 게 싫었다. 자기 가족을 위해서가 아니라 우리 가족을 위해 요리하는 게 싫었다. 카라가 떠난 뒤에도 불편한 마음이 가시지 않았다. 이 세상에서의 내가 그걸 당연하게 여겼다는 사실이 제일 불편했다. 그놈은 카라에게 가족이 있는지조차 몰랐다.

식사하면서 부모님은 잡다한 대화에 헌터와 나를 끌어들였다. 하지만 우리는 단답형 대답의 귀재들이었다. 학교는 어땠니? 나쁘지 않았어. 재밌어? 그럭저럭. 코치가 너무 힘들게 하진 않아? 딱히. 결국 엄마 아빠는 자기들끼리 말을 주거니 받거니 했다. 오늘의 대화 주제는 아이슬란드의 난민 위기(이 세상 특유의 문제였다)와 전해질을 첨가한 구기자 단백질 파우더가 보충제 시장에서 성장세를 보이는지 여부였다.

나는 기어이 방정맞은 입을 열고 말았다.

「구기자가 아이슬란드에서 자라?」 내 물음에 대화가 뚝 끊겼다.

「모르겠는데, 아마 아닐걸. 왜?」 엄마가 말했다.

「어떻게 한 나라의 내전 이야기가 그깟 단백질 파우더 이야기로 튀나 해서.」

아빠가 날 노려보다시피 했다.「모든 게 복합적으로 우리 삶에 영향을 미치지.」

「말이 나와서 말인데, 혹시 우리가 아이슬란드 난민을 한 가정이라도 거둘 수 있지 않을까?」엄마가 제안했다.「우리 별채에서 머물게 하는 거야.」

그러자 아빠가 말했다.「한번 알아볼게. 그거…… 의미 있는 일이 되겠네.」

나는 이 세상의 부모님에 대한 기억을 파고들었다. 둘 다 상당한 자선가였다. 가치 있는 대의에 돈과 시간을 기부했다. 하지만 대의도 대의 나름이었다. 난민 가족을 받아들이는 건 우리 부모님의 영역을 넘어선 일인 듯 보였지만, 이때만 해도 난 깊이 생각하지 않았다.

헌터는 빠르게 제 몫을 해치우고 자리를 떴다. 나도 불과 몇 초 뒤에 식사를 마쳤지만, 엄마 아빠는 내게 잠시 앉아 있으라고 했다.

「왜? 디저트 있어?」

하지만 그 이유는 식사와는 전혀 관계없었고, 애초에 우리가 식사를 함께 한 목적에 있었다. 날 몰아세우기 위해서였다.

「네가 학교에서 웬 사회 활동 동아리에 가입했다고 들었는데.」아빠가 말했다.

나는 대번에 신경이 날카로워졌다.「누구한테 들었어?」

아빠는 어깨를 으쓱했다.「그냥 여기저기서.」

그때 엄마가 끼어들었다.「사회 문제에 관심을 가지는 건 훌륭한 일이야, 애시. 우린 단지 네가 진심으로 원해서 참여한 게 맞는지 알고 싶을 뿐이야.」

「그리고 충분히 생각했는지.」아빠가 말을 보탰다.

내가 무슨 동아리에 가입했는지 아는 게 분명했다. 나는 이 대화를 이어 가고 싶지 않았다.「이야기 다 끝났어?」나는 의자를 뒤로 밀며 물었다. 두 사람이 안 끝났다고 해도 난 더 할 말이 없다는 의사 표시였다.

아빠가 한숨을 내쉬었다.「애시, 나도 분리를 지지하는 건 아니야. 누구나 자기가 원하는 학교에 갈 수 있어야 한다고 생각해. 하지만 그렇게 느끼지 않는 사람들도 있어.」

「그리고 우린 그런 감정들도 존중해야 해.」엄마가 번개를 좋는 천둥처럼 덧붙였다.

「난 그런 사람들을 존중할 생각 없어.」내가 말했다.

「그건 네 권한이야. 하지만 네 행동은 네가 고려하지 않은 결과를 불러올 수 있어.」아빠가 말했다.

「어떤 결과?」

아빠는 잠시 침묵했다.「시장 선거 출마를 고려 중이야.」드디어 본론이었다.「내가 지지를 기대하는 사람들은 대부분 세상이 급변하는 걸 좋아하지 않거든…….」

「변화 자체를 좋아하지 않는 거겠지.」

「내 말은, 먼저 사람들의 호감을 얻어야 그들의 인식도 바꿀 수 있다는 거야. 얼마더라? 이제 여섯 개 주가 인종 분리 금지를 추진하고 있대. 거기서 성공하면 분명 더 많은 사람이 따를 거야. 그동안 우리는 상황을 현실적으로 봐야 해.」

외계 생명체가 인간의 신체를 강탈해 인간인 척 살아간다는 내용의 옛날 영화가 있다. 거대한 꼬투리를 까고 나왔다고 해서 포드 피플이라고 불리는 존재들이다. 겉모습은 똑같지만 어딘가 심하게 뒤틀려 있다. 방심했다가는 누구나 포드 피플이 될 수 있다. 인간미 없는 우리 엄마 아빠처럼.

「만약 나하고 제일 친한 친구가 흑인이면?」 내가 불쑥 말했다. 「걔가 다른 걸 시도할 기회가 없어서 학교를 중퇴하고 마트 계산원으로 일하고 있다면?」

「그럴 리가.」 아빠가 말했다. 「우린 네 친구 다 알거든.」

「이 친구도 엄마 아빠가 한때 알던 애야…….」 나는 희미한 인식의 빛을 기대하며 넌지시 떠봤지만, 소용없었다. 사고가 자기들 쪽으로만 트이고 다른 쪽으론 닫혀 있어서 근접 효과가 안 먹히는 듯했다. 시야가 너무 좁아서 보는 것만 보이는 것이다.

「우린 네가 그렇게 훌륭한 대의에 나서서 기뻐.」 엄마가 대화를 원점으로 되돌렸다.

「하지만 그 에너지를 다른 데 써도 될 거야.」 아빠가 덧붙였다.

그러더니 엄마가 협상안을 내밀었다. 「우리가 아이슬란드 가정을 받아들이는 걸 도와주면 어떨까?」

아이슬란드 난민들이 안타깝지 않은 건 아니었지만, 이 포드 피플식 해결법은 명백히 부조리했다.

「장난해? 이 동네 반대편에도 어려운 가정이 수두룩한데 거길 내버려두고 굳이 아이슬란드에서 온 사람들을 돕자고?」

내가 벌떡 일어나자 아빠도 일어섰다.

「애시, 인종 분리처럼 민감한 문제에 내 아들이 목소리를 내면 선거 운동이 몹시 어려워질 거야.」

「그럼, 그 에너지를 다른 데 써야겠네.」

「다 들었어.」계단을 올라 헌터 방을 지나는데 녀석이 말을 걸었다.「난 형이 하는 일 꽤 멋지다고 생각해. 아빠한테는 쥐약이겠지만.」

「고맙다, 헌터.」

헌터는 잠시 뜸을 들이다 말했다.「나는…… 흑인 애들이랑 같은 학교에 다니면 좀 어색할 것 같긴 해. 그래도 원래 중요한 일은 불편함이 따르는 거잖아, 안 그래? 내 말은, 편한 일만 하려고 하다 보면 다들 소파에 붙어 있게 되지 않겠느냐는 거야. 나도 인종 분리에 맞서서 뭐라도 할까 봐.」

「타운 센터 같은 데 있는 대안 구역에 앉는 것부터 시작해.」내가 제안했다.「다가오거나 멀어지는 친구들이 있을거야. 그러다 보면 새 친구도 생기겠지.」

헌터가 씩 웃었다.「간단하네?」

그러자 헌터가 간단하다고 했던 또 다른 문제가 떠올랐다. 그래서 나는 헌터에게 조건을 걸고 약속했다.「네가 그렇게 하면, 나도 두 번 다시 마약 안 팔게.」

헌터는 그 말을 고려했다.「나한테도?」

「특히 너한테.」

헌터는 저울질을 마치고 고개를 끄덕였다.「그러지, 뭐.」

다음 날 저녁에 또 다른 식사 자리가 있었다. 다행히 우리집에서 우리 가족과 함께는 아니었다. 리오의 집에서 날 초대한 거였다.

「별거 아니야.」 리오가 말했다. 「엄마한테 너랑 공 좀 주고 받았다고 했더니 자꾸 데려오라고 성화잖아. 아마 내가 거짓말을 하는지 확인하려는 걸 거야.」

나는 초대에 응했지만, 내심 두려웠다. 리오가 이 세상에서 어떻게 사는지 보고 싶지 않았다. 알고 보니 리오는 이전 세상과 같은 곳에 살았다. 하지만 집 생김새도 다르고 동네 분위기도 달랐다. 잘 관리되었던 집들이 이젠 전부 수리가 시급해 보였다. 축 늘어진 처마, 벗겨진 페인트칠, 볼품없는 마당. 누군가는 지나가다 눈을 흘기며 이 동네 주민들이 게으르다고 말할지도 모르지만, 난 그게 사실과 거리가 멀다는 걸 알았다. 먹고살기도 빠듯한데 어떻게 지붕을 갈겠는가? 겹벌이를 뛰면서 어떻게 집에 페인트칠을 하겠는가? 물론 그건 내 원래 세상의 이면이기도 했지만, 특권에 찌들었던 나는 이때까지 생각해 본 적이 없었다.

하지만 가까이 들여다보면 곳곳에 나름대로 자부심의 흔적들이 보였다. 쑥대밭 같은 마당 한구석의 작지만 잘 가꾼 화단, 옆구리는 움푹 들어갔지만 구석구석 때 빼고 광낸 차.

내 세상에서 리오의 부모님은 현관 포치를 새로 지었는데, 이곳은 쉰 번쯤의 여름을 견디다 못해 푹 꺼져 있었다. 하지만 그 위로는 아기자기한 풍경 수십 개가 저녁 바람에 반짝이며 쨍그랑거렸다. 그래, 이게 리오의 집이었다.

「너희 엄마가 만든 것들이지? 부업으로.」 내가 풍경들을 가리키며 말했다.

「맞아, 우리 엄마가 만든 거야. 부업은 아니지만. 어쩌다 한 번씩 교회 바자회에서 팔기도 하는데 대부분은 그냥 나

172

뉘 줘.」리오는 잠시 틈을 두고 덧붙였다.「더 많이 나눠 줬으면 좋겠어. 저 빌어먹을 것들 때문에 시끄러워서 밤에 잠을 못 잔다니까.」

리오네 엄마 존슨 아주머니가 문 앞에서 조금 어색하게 나를 맞이했다.「애시 보면. 만나서 반갑다. 맥앤드치즈 좋아하면 좋겠구나.」

「시중에서 파는 거 아니야.」리오가 급히 덧붙였다.「소스까지 직접 만든 거야.」

나는 리오네 엄마와 악수하며 미소 지었다.「아주머니의 맥앤드치즈는 사랑이죠.」그러고서 아차 싶어 헛기침했다.「저는…… 집에서 만든 요리라면 환장하거든요. 그리고 아주머니가 만든 건 뭔가 특별할 것 같네요.」

꽤 괜찮은 임기응변이었다. 리오가 곁눈질로 쏘아보긴 했지만.

「네가 리오한테 풋볼 다시 해보라고 했다며? 걸출한 집 자제가 마음 씀씀이도 남다르구나.」

우리 집과는 상관없다고 말하고 싶었지만 그런 말은 안 하느니만 못했다.「재능은 주목받아야 하니까요. 제 눈엔 보였거든요.」내가 말했다.

아주머니는 리오를 힐끗 보고 부엌으로 돌아갔다. 리오의 얼굴은 자칫하면 민망할 만큼 자부심에 차 있었다.

내 세상에서 존슨 아주머니는 지역 병원의 인사과장이었다. 이곳의 리오에게 듣기로는 여전히 병원에서 근무하지만, 환자들에게 식사를 배달하는 일을 한다고 했다. 10달러 미만의 최저 시급을 받고. 집 안 곳곳에 앤절라의 사진이 있었다. 죽었다는 것만 빼면 내가 기억하는 앤절라와 똑같았다. 리오의 아빠도 수많은 사진에 담겨 있었지만 저녁 식사에 참석하지는 않았다. 「야간 근무를 하시거든.」 리오가 말했다. 나는 무슨 일을 하시는지는 묻지 않았다.

「블루 디먼스는 올해 좋은 성적 거두고 있니?」 다 함께 식탁에 앉자 아주머니가 물었다.

「그럭저럭요. 2승 1패예요. 아직 말하긴 이르죠.」

나는 맥앤드치즈를 먹기 시작했다. 바닷가재 대신 그냥 가재가 들어 있었는데, 내 입에는 똑같은 맛이었다. 궁극의 솔 푸드. 나는 아주머니에게 맛있다며 찬사를 보냈다. 그때 리오가 한 말에 눈앞이 아찔해졌다.

「혹시 너희 집 시간제 요리사 안 필요하냐?」

뱉을 뻔한 음식을 겨우겨우 삼켰더니 딸꾹질이 나왔다. 존슨 아주머니가 우리 집 부엌에서 우리 엄마를 선생님이라고 부르며 일하는 모습을 상상하니 체할 것 같았다.

딸꾹질 덕분에 대답할 필요가 없었다. 리오는 레모네이드를 더 따라 주었다. 나는 그걸 죽 들이켰다. 딸꾹질을 가라앉히기 위해서가 아니라 화제가 바뀌었으면 해서였다. 우리 가족을 위해 일하라는 게 아주머니한테 얼마나 모욕적인 건지 내 입으로 말할 필요가 없도록.

「더 일할 시간도 없어.」 아주머니가 말했다. 「요리법 적어줄 테니 갈 때 챙겨 가렴.」 다행히 화제는 일상적인 것들로 옮겨 갔다. 영화, 스포츠, 날씨.

식사를 마치고 일어난 나는 무의식적으로 지하실 문을 열었다.

「거긴 왜 열어?」 리오가 물었다.

「아. 그냥 내려가서 놀 줄 알고.」

존슨 아주머니가 날 이상하게 쳐다봤다. 「지하실에? 그 아래는 주님 품으로 돌아간 벌레들이랑 빨랫감 말곤 아무것도 없는데.」

나는 뻘쭘하게 문을 닫았다.

아주머니가 적당히 멀어지자 리오는 씩 웃었다. 즐거우면서도 고통스러워 보이는 미소였다. 「네가 있던 곳에서 내가 저 밑에 아지트를 갖춰 놓고 있었다곤 하지 마라.」

「기억나?」

「빌어먹을, 아니! 그게 아니면 네가 뭐 하러 지하실에 내려가려고 하겠어? 혹시 나도 너처럼 BMW라도 있는 거 아니야?」

나는 고개를 저었다. 「아니, 네 차는 너희 아빠한테 물려받은 오래된 스바루야.」

리오는 잠시 내 말을 곱씹었다.

「스바루…….」 리오가 어둠 속을 한번 노려봤다. 「혹시 차 색깔이…… 녹색이었어?」

「맞아!」

리오가 픽 웃었다. 「망할. 내가 지금 네 머리를 세게 때리면 우리 다 거기로 갈 수 있냐?」

「그렇다면 제대로 때려눕혀야 할걸.」

리오는 잠시 고민하다 고개를 저었다. 「아니다. 친구를 그렇게 팰 순 없지. 맞아도 싼 짓을 했다면 모를까.」

나는 입꼬리가 올라갔다. 리오가 날 친구라고 불러서.

「이야기 좀 해봐.」 리오가 말했다. 「내가 믿었으면 하는 세상에 대해.」

쉽게 답할 수 없었다. 마치 세 살 이후로 본 적 없는 큰할아버지가 찾아와 〈어떻게 지냈니?〉 하고 묻는 것 같았다. 그러니까, 어디서부터 시작한담?

「뭐…… 전에 말했듯이, 내 세상에서 너는 중퇴하지 않았어. 사실, 넌 풋볼뿐 아니라 학교 성적도 좋아서 전액 장학금으로 대학에 진학할 수 있었지. 서던 캘리포니아 대학의 러브 콜을 기다리고 있었지만 클럽슨 대학에서도 스카우트—」

「아니!」 리오가 손을 들어 내 말을 막더니 눈을 감고 오만상을 찌푸렸다. 「그거 말고. 그 얘긴 듣고 싶지 않아.」

그제야 알았다. 리오가 여기서 가질 수 없는 꿈을 늘어놓는 게 얼마나 무신경한 일이었는지.

리오는 손을 내려놓고 잠시 감정을 갈무리했다. 「세상이 어땠는지를 이야기해 봐. 너랑 나만 아는 일이라든지. 네 동화 속 나라에서 우린 어땠어?」

동화 속 나라? 내가 정말 리오에게 그런 식으로 약을 팔았나? 부끄러웠다. 수치심과 자괴감은 쓸모없는 감정이라고들 한다. 아무런 행동도 하지 않고 이불만 차게 하니까. 의미 있는 행동으로 나아가는 첫걸음은 진실을 말하는 것이다. 리오에게 할 이야기가 바로 떠올랐다. 하고 싶은 게 아니라 할 필요가 있는 이야기였다.

「예전에 너랑 같이 시위에 참여한 적 있어.」 나는 운을 뗐다. 무슨 시위냐고 묻길 기다렸지만 리오는 잠자코 뒷말을 기다렸다. 「백인 경찰이 또다시 흑인 남자를 죽였거든. 참다 못한 사람들이 들고일어났지.」

리오는 숨을 깊이 들이마시고 몸을 뒤로 젖히며 팔짱을 끼었다. 여전히 아무 말이 없었다.

「근데 시청까지는 너무 멀고, 우린 아직 면허가 없었어. 게다가 시위는 점점 격해지는데, 넌 이미 흥분한 엄마를 걱정시키고 싶지 않았지.」

「거기도 다를 게 없었네. 그래서 우린 어떻게 했는데?」 리오가 말했다.

나는 뒷이야기를 들려줬다. 우리는 티버츠빌 구시가지에 있는 마켓 스트리트로 향했다. 오래된 건물들이 세 블록쯤 늘어서서 고풍스러운 척하는 거리였다. 지금은 옷 가게가 된 은행, 몇몇 작은 가게, 눈 깜빡하면 놓칠 작은 마을 회관이 있을 뿐, 사람들이 모일 만한 곳은 아니었다.

「거기 1백 명 정도 모였어. 우린 길모퉁이에 서서 팻말을 들고 구호를 외쳤지.」 나는 말을 잇기 전에 잠시 숨을 골랐다. 「넌 화가 났어. 사람들이 무슨 파티를 여는 것처럼 보여서. 무슨 단체 응원처럼 말이야. 즐길 일이 전혀 아닌데. 그때 내가 이렇게 말했지. 〈리오, 좋게 생각해. 지나가는 차마다 경적을 울리며 지지하잖아.〉 그랬더니 네가—」

「〈인종 차별이 싫으면 경적을 울려라〉는 해결책이 아니야. 차라리 아무것도 하지 않는 게 나아.」

「기억하네!」

리오는 멈칫하더니 미간을 좁히고 한숨을 쉬었다. 「잠깐 스쳤는데, 이제 사라졌어.」

하지만 사라지지 않았다. 여전히 내 머릿속에 있었다. 내 기억 속에. 나는 리오 몫까지 그 기억을 잡아 둬야 했다. 리오가 다시 찾을 때까지. 그 시위에서 나는 리오가 뭘 봤는지 몰랐다. 내가 본 건 그저 지지를 표현하는 사람들이었지만, 리오가 본 건 시위자들에게 엄지를 치켜세우는 것으로 시민의 책임을 다했다고 여기는 사람들이었다. 〈흑인 목숨도 중요하다〉는 구호를 인정하는 것만으로 홀가분해졌다는 듯이. 얼마 후 뉴스가 주요 도시에서 일어나는 폭동과 방화를 중점적으로 보도하자 나는 〈리오가 원하는 게 이런 일인가?〉 하고 아둔하게 생각했다. 경적을 울리는 것과 불을 지르는 것 사이에 선택지가 얼마나 많은데.

「네가 옳았어, 리오. 처음부터 옳았는데, 나는 끝까지 이해 못 했어. 미안해.」

목소리가 갈라졌다. 심장이 쥐구멍이라도 찾는 느낌이 들었다. 리오는 울지 않으려고 애쓰다 못해 화가 난 표정이었다.

「뭔가 힘이 될 만한 이야기를 해줘야 하는 거 아냐? 하늘을 나는 자동차라든지 싱싱한 채소라든지.」

「넌 진실을 알 자격이 있으니까……. 내가 있던 곳은 동화 속 나라가 아니야. 결코.」

리오는 잠시 먼 곳을 보다가 다시 내게 시선을 돌렸다. 「뭐, 그래. 그렇다 해도 보고 싶어. 아무리 병들었어도 희망이 존재하는 세상에서 사는 게 나으니까.」

리오의 지지가 있고 없고는 하늘과 땅 차이였다. 의욕이 치솟았다. 나는 매일 밤 에드워드 쌍둥이들과 훈련을 계속

했다. 하지만 첫 번째 돌파구를 찾은 이후 진전은 더디기만 했다. 머릿속이 어수선해서 좀처럼 집중할 수 없었다. 때로는 따뜻한 물에 둥둥 뜬 채 잠이 들기도 했다. 겨우 〈다른 어딘가〉의 기억에 접속하더라도 다양한 현실의 버전들이 의미 있게 나타나지 않았다. 뒤집힌 카드들만 놓인 테이블, 회색 공만 가득한 볼 풀 같았다. 나는 매번 이 침울한 세상에 떨어지는 순간을 다시 겪는 것 외엔 아무것도 하지 못했다.

「네가 지닌 기억을 넘어서야 해.」쌍둥이들이 말했다. 「전에 하지 않았던 선택을 해.」

나는 노력했다. 정말로. 하지만 뇌가 협조하지 않았다. 목요일 밤, 그러니까 금요일 경기를 치르기 전 마지막 훈련에서 내 머릿속은 까마귀들에 사로잡혔다. 요즘 영문학 시간에 배우는 에드거 앨런 포의 시 때문이었다. 다중 우주가 무수한 까마귀 떼로 나타나 일제히 〈이젠 끝이야〉라고 외쳤다. 그놈들을 전부 목 졸라 죽이고 싶었다.

나는 좌절감과 정신적 피로에 휩싸인 채 탱크를 기어 나왔다. 에드가 수건을 건네며 안타까운 한숨을 내쉬었지만 나머지 둘은 그만큼 날 측은하게 여기지 않았다.

「시간 낭비야. 아무래도 얘는 역부족이야.」더블디가 말했다. 「노새에게 나는 법을 가르칠 순 없잖아.」

「노새가 날 수 있는 우주도 있을걸.」에드가 말했다.

하지만 쿼트 화면 속 숫자에만 열중하던 에디도 컨트롤러를 내려놓고 말했다. 「그냥 되는대로 하게 맡기고 정정 전에 빠져나가야 할 것 같아.」

「동의해. 그리 큰 손실은 아닐 거야.」더블디가 거들었다.

뭔지 몰라도 내 귀에 썩 좋게 들리진 않았다. 「그 〈정정〉이라는 게 뭔데?」

「네가 걱정할 건 아니야.」 더블디가 말했다. 하지만 딱 봐도 걱정할 것이 맞아서, 난 언제나 더 솔직한 편인 에드를 쳐다보며 설명을 요구했다.

에드는 마지못해 입을 열었다.

「주심이 현실을 중대한 초차원적 전환점 너머로 보내 버리면 우주는 스스로 궤도를 조정해.」

「쉽게 설명해! 1차원적 인간인 나도 알아들을 수 있게.」

내 말에 에디가 토를 달았다. 「1차원적으로 보이긴 하는데, 엄밀히 말하면 넌 3차원적 존재야.」

나는 무시하고 에드의 대답을 기다렸다.

「우주는 때때로 주심과 주심이 영향을 미친 모든 것을 정정함으로써 스스로를 보호해.」

「〈정정〉은 또 뭐야? 그리고 〈모든 것〉이라니?」

에드는 한숨을 쉬었다. 「행성 소멸. 혜성 충돌이나 자연적인 블랙홀에 의해 전멸하지.」

「블랙홀 쪽이 깔끔해.」 에디가 덧붙였다. 「아무 흔적도 안 남기고 항성계 전체를 빨아들이거든. 혜성 타격을 유도하면 지저분해지고.」

「본 적 있어?」

「블랙홀은 아무도 못 봐. 걱정도 뭐가 보여야 하지.」 더블디가 말했다.

「전에도 그런 일이 있었어?」 내가 물었다. 그러자 셋 다 방어적으로 변했다.

「과거엔 연연하지 말자.」

「우리 잘못도 아닌걸.」

「우린 최선을 다했어.」

「하지만 누구에게나 한계가 있지.」

나는 심호흡하고 눈을 감았다. 물어본 게 죄였다. 까마귀들의 암울한 외침이 부디 예언이 아니길 바랐다.

「다시 해볼게.」 결의를 다진 내가 수건을 세게 던졌다. 더블디가 얻어맞고 비틀거릴 만큼. 나는 다시 탱크 안으로 미끄러져 들어갔다.

나는 그들에게 이제 나를 코치하지 말고 내버려 두라고 했다. 내가 뭘 해야 하는지는 분명했다. 숨 쉬고, 긴장 풀고, 기억하기. 숨 쉬고, 긴장 풀고, 기억하기. 정신을 어지럽히는 모든 것들을 밀어 낸 채 숨 쉬고…… 긴장 풀고…… 기억하기.

어느새 나는 다시 그곳이었다. 〈다른 어딘가〉. 빛과 어둠이 서로 경쟁하듯이 기묘한 섬광이 번쩍였다. 이제 곧 무수한 대체 현실들이 내 잠재의식에서 길어 낸 특정한 형태로 발현될 터였다. 그때 문득 생각했다. 그걸 내가 조금이나마 주도할 수 있다면? 그 세계들을 내가 더 쉽게 읽을 수 있는 형태로 표현할 수 있다면? 그렇게 의지를 품자 그렇게 됐다. 어느새 나는 현실들의 집합체를 시각화하고 있었다. 어떻게? 이모티콘으로.

어처구니없게 들릴지 모르지만, 실제로 효과가 있었다. 각각의 이모티콘은 무언가를 전달했다. 무언가를 의미했다. 비록 통용되는 의미가 내 생각과는 다른 이모티콘도 있을 테지만, 그건 중요치 않았다. 내 잠재의식에서 나온 것이기 때문에 정확히 내가 이해하는 대로를 의미했다.

나는 화난 이모티콘, 우는 이모티콘, 아픈 이모티콘 따위를 건너뛰었다. 특히 똥 이모티콘 쪽은 거들떠보지도 않았다.

나는 내 최애 이모티콘인 선글라스를 낀 웃는 얼굴을 골랐다. 친숙하고 편안한 느낌이었다. 그리고 기꺼이 그쪽으로 몸을 던졌다. 이모티콘이 몸집을 불렸다. 나는 선글라스 렌즈 한쪽으로 쑥 들어갔다. 별안간 해냈다는 느낌이 들었다. 큰 경기에서 이겼을 때의 느낌은 아니고, 스스로 신발 끈을 처음 묶은 어린애의 뿌듯함에 가까웠다.

물론, 이건 단지 훈련이었다. 진짜 기회가 왔을 때 눈앞에 이모티콘들이 펼쳐지진 않겠지만, 세상들이 주는 감각은 똑같을 터였다. 신발 끈의 느낌을 기억할 필요가 있었다. 단순하고 친숙한 성취감을. 그리고 집으로 돌아가는 기쁨을.

12
우리는 누구인가

「행운을 빌어.」

금요일 경기 전, 탈의실로 향하는데 케이티가 내 앞을 막아서고 말했다. 레이턴은 이미 탈의실에 들어간 게 분명했다. 그러지 않았다면 나한테 말을 걸 기회가 없었을 테니까. 케이티는 월요일부터 줄곧 날 피해 다녔다. 실은 나도 케이티를 피해 다니고 있었다.

「안 빌어도 돼.」 내가 딱 잘라 말했다. 「토킹턴 스토크스는 리그 최약체거든.」

「그 이야기가 아니야.」

그걸 누가 모르나. 「아, 그럼 내 망상증 이야기구나.」 나는 빈정거렸다. 「그쪽에도 운은 필요 없어. 내가 필요한 건 약이지. 레이턴 말대로.」

케이티가 날 노려봤다. 「애시, 그날 내가 말한 게 정말 진심이라고 생각하는 거야?」

「아주 설득력 있던데.」

「당연하지! 그래야 했으니까! 레이턴은 아무것도 몰라. 그 래서 진실을 적당히 섞어서 말한 거야. 전부 거짓말이면 티 가 났을 테니까.」 그러더니 케이티는 잠시 망설이다가 레이 턴에게는 보여 주지 않은 걸 내게 보여 줬다. 바로 진실을.

「네가 말한 것들이 비현실적으로 들리긴 해. 처음엔 네가 제정신이 아니라고 생각했는데…… 네가 그렇다면 나도 그 렇겠지. 왜냐면 나도 추나미스를 기억하니까. 앤절라 존슨 이 누군지 아니까.」 케이티는 연필로 그린 그림을 꺼냈다. 앤 절라였다. 눈매가 좀 다르긴 했지만 몰라볼 정도는 아니었 다. 케이티가 기억 속 기억에서 앤절라를 완전히 끌어낸 것 이다.

「이렇게 생긴 애 맞지?」

나는 할 말을 잃은 채 고개를 끄덕였다.

「찾았어? 나도 개랑 이야기 좀 해보게. 개도 뭔가 기억하 는지 알고 싶어.」 케이티가 말했다.

「이야기 못 해.」

「왜?」

지금 할 이야기는 아니었다. 진실을 말하기 괴롭기도 했 다. 「이제 여기 안 살아.」

케이티는 실망한 기색이었지만 더 따지지 않았다. 「오늘 밤에 다시 상황이 바뀔 거 같아?」 케이티가 물었다.

나는 고개를 끄덕였다. 「그럴 거라 믿어.」

「그럼 뭐가 달라졌는지 꼭 이야기해 줘. 내가 안 믿더라도, 믿게 만들어 줘.」

20분 뒤, 우리 팀은 경기장으로 나갔다. 밝은 불빛 아래 환호하는 관중이 보였다. 흰 얼굴의 물결. 단단히 잘못된 풍경이었지만, 곧 바뀔 터였다. 우리 부모님과 헌터도 보였다. 그리고 그 아래, 전망 좋은 곳에 에드워드 쌍둥이들도 있었다. 그중 하나가 격려하듯 엄지를 치켜들었다. 에드가 분명했다.

나는 바짝 기합이 든 한편 두렵고 떨렸다. 여러 감정이 룰렛처럼 돌고 돌아서 동시에 여러 방향으로 움직이는 것 같았다. 나는 뭐가 잘못될 수 있는지 알고 있었다. 각각의 결과는 알 수 없어도 위험성은 인지하고 있었다. 준비되었으면서도 결코 완벽하게 준비될 수 없었다.

국가가 나오는 동안 선수들은 나란히 서 있었다. 감히 무릎을 꿇어 국민의례를 거부할 선수는 이 세상에 없었다.[21] 동전 던지기로 선공이 결정됐다. 우리가 공격, 스토크스가 수비였다. 킥오프 뒤, 선발 수비진이 출전했다.

하지만 달려 나가려는 나를 코치가 막아세웠다.

「애시, 넌 오늘 선발 아니야.」 그러더니 코치는 2군에서 막 올라온, 무릎만 들썩이는 후보 선수에게 손짓했다. 「스벡! 네가 노즈 태클이다. 나가!」

스벡은 덩치 큰 강아지처럼 벌떡 일어나 필드로 달려갔다. 나는 다리가 휘청거렸다. 이게 대체 무슨 상황이지? 「장난해요? 스벡이 노즈 태클이라고요?」

---

21 경찰의 과잉 진압에 의한 흑인의 사망 사건이 잇따라 발생하자 2016년 내셔널 풋볼 리그의 스타 쿼터백 콜린 캐퍼닉이 경기 전 국가가 연주될 때 인종 차별에 대한 저항의 표시로 무릎을 꿇고 기립하지 않았다. 그 후 무릎 꿇기 저항이 스포츠계를 넘어 사회 전반으로 확산되었다.

「자, 애시. 스토크스잖아. 우리 밥이나 마찬가지야. 네 후배들이 이번 시즌에 뛰어 볼 유일한 기회라고.」

비록 내가 눈치가 썩 좋은 편은 아니지만 최근에는 좀 늘었다. 코치는 입에 침도 안 바르고 거짓말을 하고 있었다. 그이유도 짐작이 갔다. 나는 눈으로 레이턴을 찾았다. 녀석이 나한테 문제가 있다는 말을 코치와 팀원들에게 흘린 걸까? 뇌진탕을 하도 당해서 내 머리가 이상해졌다고? 〈애시는 정밀 검사를 받아야 할지도 몰라요.〉 아마 그렇게 말했을 거다. 〈당분간 벤치에서 쉬게 하는 게 걔한테도 나을 거예요.〉

나는 사이드라인에 있는 레이턴에게 달려갔다. 「뭐라고 말했냐?」 내가 따졌다. 「바른대로 불어라.」

「다짜고짜 뭔 말이야?」 레이턴이 말했다.

시치미를 떼는 게 분명한데 말투나 몸짓으로는 잡아낼 수 없었다.

레이턴은 빈정거렸다. 「풋볼 스타 2세라도 선발 한번 못뛸 수도 있지. 그러려니 해, 보면. 팀원이면 팀원답게 굴어.」

나는 녀석에게 주먹을 날리려다가 멈칫했다. 불현듯 떠오른 게 있었다. 나는 눈을 들어 관중석에 있는 부모님을 찾아냈다. 팔짱을 낀 채 무뚝뚝하게 앉아 있는 우리 아빠를. 애초에 배후는 레이턴이 아니었다.

하프 타임까지 우리는 스토크스를 20 대 3으로 이기고 있었다. 스벡은 수비진에서 꽤 활약했다. 하지만 지금 필요한 건 눈부신 활약이 아니었다. 지금은 세상을 바꿀 강력한 태클이 필요했다.

나는 하프 타임 격려 연설을 마친 코치를 대면했다. 스벅이 후반전에서 빠지고 또 다른 신입이 나 대신 투입됐기 때문이었다. 그게 내 짐작에 불을 지폈다.

「우리 아빠가 뭐랬어요?」 내가 코치에게 물었다. 「대답해 보시죠.」

코치는 두 손을 들었다. 「애시, 난 정말 이 일에 끼고 싶지 않다.」

이로써 짐작은 확신이 됐다. 「정말 아빠였네요.」

코치가 한숨을 쉬었다. 「네가 무슨 잘못된 선택을 했다고 하시더구나. 난 그게 뭔지 모르지만, 네 행동의 결과가 어떤 건지 네가 이해할 필요가 있다고 느끼시는 모양이야.」

「제 행동의 결과요?」 내가 목소리를 높이자 코치의 목소리는 더 낮아졌다.

「난 그렇게 들었다. 그리고 난 빚이 있어, 애시. 알다시피 너희 아빠 덕분에 내가 이 자리에 있는 거잖니. 내가 뭘 어쩌겠어?」

「싫다고 했어야죠! 코치로서 내 팀은 내 소관이라고 했어야죠!」

「나라고 이런 처지에 놓이고 싶겠냐? 무슨 일인지는 몰라도, 알아서 해결하고 와라.」

코치는 후반전을 위해 자리를 떴다. 나는 코치에게 화를 더 내고 싶었지만, 뭐 하러 그러겠는가? 이건 그의 잘못이 아니었다. 그는 뭐가 걸린 일인지도 몰랐다. 그리고 우리 아빠…… 원래 세상에서도 이렇게 교활하고 이기적인 면이 있었나? 내 세상에서 아빠의 삶은 쓰라린 후회투성이였다. 스스로를 실패자로 여겼지만, 나름대로 친절하고 좋은 사람이었다. 저녁마다 집에 와서 가족과 함께하던 사람이었다. 나는 성공이 만들어 낸 아빠가 싫었다. 차라리 실패자 아빠가 나았다.

3쿼터에서 우리는 두 번 더 터치다운을 기록했고, 스토크스는 골대에 맞고 들어간 추가 필드 골로 3점을 얻었다. 총 스코어는 디먼스 34점, 스토크스 6점, 나 0점.

나는 코치에게 마지막으로 간청했다.

「한 번만 뛸게요! 반성할 만큼 했어요. 한 번도 못 뛰면 굴욕이라고요.」

「얌전히 앉아서 기다려.」 나는 코치의 말대로 했다. 티버츠빌이 터치다운을 한 번 더 기록할 때까지, 뒤이은 플레이에서 레이턴이 신처럼 경이로운 기량을 펼칠 때까지. 유일한 위안은 녀석이 기분 좋게 경기를 끝내서 케이티에게 화풀이하지 않으리라는 것이었다.

2분 경고에 드디어 코치가 날 내보냈다. 노즈 태클이 아니라 라이트 엔드로. 포지션은 아무래도 좋았다. 라인에 서기만 한다면야. 기회는 한 번뿐이었다. 단 한 번. 망칠 순 없었다.

공이 스냅됐다. 나는 말 그대로 우주의 기세로 스토크스의 허술한 공격 라인을 뚫었다. 그리고 패스하려고 뒤로 물러나 있던 쿼터백을 향해서 소리를 지르며 달려들었다. 그리고—

콰!

나는 미끄러지고 있었다. 피가 얼어붙었다. 머릿속이 흔들거렸다.

1초 사이에 그 모든 일이 일어나고 있었지만, 난 그것을 늘렸다. 시간을 앞으로 가게 하는 대신 옆으로 가게 했다.

그러자 전에 보지 못한 것들이 보였다.

웬 구덩이가 있었다. 그 가장자리에서 내가 미끄러지듯 달리는데 자꾸 균형을 잃고 휘청거렸다. 나는 본능적으로 그 안에 빠지면 끝이란 걸 알았다. 나건, 내 세상이건, 둘 다건.

날 둘러싼 풍경은 치즈버거나 이모티콘처럼 간단하지 않았다. 형체 없이 고동치는 것들이 자리다툼을 벌였다. 각각의 잠재 현실들이 어떤 식으로든 살아 존재하려고 기를 쓰는 것이었다.

일부는 사악하고 일부는 유순했다. 나는 익숙한 것들을 감지했지만 그것들은 점점 밀려나고 있었다. 그것들에 가닿으려면 다른 것들을 비집고 들어가야 하는데, 그러려면 구덩이에 빠질 위험을 감수해야 했다. 게다가 다른 것들이 문어처럼 나를 붙잡고 매달렸다. 그리고 그렇게 상상함과 동시에 실제로 그렇게 됐다. 수많은 문어가 날 향해 발을 뻗고, 나를 사로잡고, 옭아맸다.

그때 한 현실이 내 앞에 나타났다. 나쁘지도, 좋지도, 밝지도, 어둡지도 않았다. 그것은 스스로 궁금해했다. 실재하게 되면 어떨지 절실히 알고 싶어 했다. 나는 이 현실이 크고 심오한 변화를 불러오리란 걸 직감했다. 어떤 변화일지는 몰라도, 인과응보식 현실은 아니었다. 내가 알던 세계로부터 나를 훨씬 더 멀리 데려갈 현실이었다.

그것은 날 덮치려 했지만, 나는 그렇게 둘 수 없었다. 또다시 정체불명의 세계에 꼼짝없이 잡아먹힐 수 없었다. 내가 통제할 것이다. 잡아먹히지 않고 잡아먹을 것이다.

그래서 나는 팔을 둘러 그것을 껴안았다. 내 안에 끌어들였다. 마치 수류탄 위로 몸을 던지는 군인처럼. 하지만 그것은 폭발하는 대신 힘을 탁 풀었다. 거처가 생겨 기껍다는 듯이 내 안 깊은 곳에 웅크리고 자리 잡았다. 그것의 만족과 안심, 마침내 현실이 된 것에 대한 기쁨이 느껴졌다.

나는 눈을 떴다.

잔디 위였다. 코치가 날 내려다보고 있었다.

「애시, 여기 봐.」 코치는 검지를 들어 좌우로 까딱였다. 「눈을 따라 움직여.」 내가 시키는 대로 하자 코치는 한시름 놓은 듯했다. 「일어나 앉을 수 있겠어?」

그렇게 했지만, 세상이 내 주위를 빙빙 돌았다. 뇌가 성난 여드름처럼 건드리면 터질 듯했다. 제대로 생각하긴커녕 이 세상을 채운 어떤 기억에도 접근할 수 없었다. 잠시 기다리자 세상이 회전을 멈췄다. 나는 잔디를 딛고 일어나서 몸을 가눴다. 서서히 주변이 눈에 들어왔다.

스토크스의 쿼터백은 아직 뻗어 있었다. 의식 없이. 그쪽 팀이 그의 헬멧을 벗겼다. 코치와 트레이너로 보이는 이들이 무릎을 꿇고 쿼터백의 상태를 확인했다. 이제 보니 난 그를 그냥 때려눕힌 게 아니었다. 박살을 낸 것이었다. 설마 죽었나? 내가 그렇게 세게 들이받았나? 끔찍한 자각이 밀려들려는 순간, 그가 신음을 토하며 눈을 끔뻑거렸다.

우리 코치가 안도의 한숨을 내쉬고 나를 바라봤다. 「그런 태클은 처음 봤다.」흐뭇한 말투는 아니었다. 「맙소사, 애시. 상대는 망할 스토크스야. 최선을 다하는 건 좋은데…… 꼭 그랬어야 했어?」

의식이 반쯤 돌아온 쿼터백에게 사람들이 손과 발을 차례로 움직여 보라고 했다. 그리고 내게는 들리지 않는 몇 가지 질문을 한 뒤, 그를 부축해 필드 밖으로 나갔다. 격려의 박수가 이어졌다.

코치는 나에게도 나가라고 손짓했다. 「트레이너한테 가서 뇌진탕 검사 받아. 절차 알지?」 코치는 이미 한 번만 뛰게 해달라는 내 요청을 들어줬다. 스토크스는 대체 쿼터백을 투입했고, 경기는 재개됐다.

사이드라인에 있던 트레이너는 내 상태가 괜찮다고 판단했지만, 주말 동안 푹 쉬며 뇌진탕의 징후를 살피라고 했다. 말 못 할 그 두통 같은 증상들을 말이다. 트레이너가 떠나자 나는 지끈거리는 머리를 무시하고 달라진 점을 찾아내려고 두리번거렸다. 어떤 변화를. 하지만 모든 게 예전과 똑같아 보였다. 관중석은 여전히 흰 얼굴의 물결이었다. 빌어먹을! 하지만 내 눈에 안 보일 뿐 무언가 변했다는 건 분명했다.

왜냐면 관중석의 에드워드 쌍둥이들을 보니 그들은 세 명이 아니었기 때문이다. 이제 네 명이었다.

우리가 누구인지 정의하는 요소는 많다. 가족, 친구, 유전자, 자신에게 일어난 좋은 일, 충격적인 일 등등. 그리고 자신을 끊임없이 재정의하더라도 변치 않는 부분이 있다. 물론, 우주와 우주 사이를 이동하지 않는 한 말이다.

나는 경기 후에 촉각을 곤두세우고 사람들을 살피며 변화를 해독하려고 했다. 부족하나마 관찰에 의존해 달라진 점을 찾아내려 했다. 내가 보고, 듣고, 맛보고, 냄새 맡을 수 있는 모든 건 직전 세상과 똑같았다.

하지만 뭔가 다르다는 걸 느낄 수 있었다.

이제까지의 현실 이동과는 달랐다. 지금까지는 내가 새로운 세상에 떨어지기만 했지, 그 세상이 나에게 떨어지진 않았다. 〈다른 어딘가〉에 다녀왔더니 몸도 피곤하고 머리도 무거웠다. 생각하기도, 판단하기도 힘겨웠다. 시도만 해도 어지러웠다. 코치나 부모님에게 말할 생각은 없었다. 그저 그런 뇌진탕이 아니었으니까. 내 머릿속은 이제 풀리지 않은 또 다른 잠재 기억들로 가득 찬 상태였다. 나는 서두르지 않기로 했다. 때가 되면 세상이 스스로 드러낼 테니.

나는 탈의실에서 경기 후 잡담을 또 한 번 마다하고 혼자 집으로 향했다. 이번엔 노리스도 날 잡지 않았다. 이번 주 내내 녀석과 말도 잘 안 섞었다. 아예 평소 무리와 어울리지 않았다. 리오가 더는 그 무리의 일원이 아니었으니까. 이 세상의 단짝인 조시 이즐리는 내가 왜 그러는지 궁금해했다. 그래, 나는 조시와의 우정을 기억하지만, 왠지 그들과 거리를 두어야 할 것 같았다.

차에 시동을 걸자 무미건조한 음악이 쩌렁쩌렁 울렸다. 바로 음악을 껐다. 주차장은 출구 하나에 차량 1백 대가 동시에 기어 나가느라 북새통이었다. 에드워드 쌍둥이들은 안 보였다. 이미 스케이트보드를 타고 사라졌거나 아직 이 주변 어딘가에서 날 찾고 있을지도 몰랐다. 난 그들을 마주할 준비가 안 돼 있었다. 그들에게 들볶일 정신 상태가 아니었다. 그저 조용한 욕실에서 뜨끈한 두통 완화 목욕을 하고 싶었다. 이 세상이 어떤 모습을 보여 줄지 알고 싶은 동시에 꼭 그만큼 알고 싶지 않았다. 나는 집으로 돌아가는 데 실패했고, 현재로선 그것만으로 벅찼다. 그냥, 이번만은, 하룻밤 푹 자고서 생각하고 싶었다. 어쩌면 이 세상이 꿈속에 찾아와 다음 주를 어떻게 보내야 할지 전부 알려 줘서 두통 없이 깨어날지도 모르니까.

차량 행렬에 섞여 내 차는 엉금엉금 나아갔다. 몇몇 스토크스 팬들이 자기 차를 찾아 느려 터진 걸음으로 내 앞에서 얼쩡거렸다. 한 남자는 쌀쌀한 날씨에 안 맞게 반바지 차림이었다. 종아리 근육이 멋진 걸 보니 스피드 스케이팅이나 육상 선수인 듯했다. 머릿결도 좋았다. 나는 남자와 그의 연인으로 보이는 여자를 비키게 하려고 짧게 경적을 울렸다. 그들을 약간 지나쳐 백미러로 힐끔 보니 남자는 머릿결과 종아리 빼곤 별로였다. 앞모습에서 눈에 띄는 건 여드름과 울대뼈뿐이었다.

간신히 주차장을 벗어났지만 집에 가는 길도 만만치 않았다. 번번이 파란불에 걸려 멈춰야 했다. 마침내 집에 도착했을 때, 내 방으로 올라가기도 전에 초인종이 울렸다. 나는 외시경을 확인했다. 상대하고 싶지 않은 사람이면 조용히 들어가 무시할 생각이었다. 이미 목욕 중인 척하면 되니까. 문 앞에 있는 사람은 폴이었다. 분명 누구와도 어울리고 싶지 않았는데, 폴의 얼굴을 보니 왠지 반가웠다. 그래서 문을 열었다.

「안녕.」폴이 말했다. 「좀 어떤가 보려고 들렀어. 아까 꽤 세게 들이받힌 것 같던데, 괜찮아?」

「들이받힌 게 아니라, 내가 들이받은 거지.」내가 말했다.

「뭐, 어느 쪽이든, 너 완전 인사불성이 될 뻔했어.」폴은 한 발짝 안으로 들어서서 주위를 둘러보며 말했다. 「다들 어디 갔어?」

「아직 안 왔어.」부모님과 헌터는 어디 들러 포장 음식을 가져오나 보다 했다.

폴은 자기 뒤로 현관문을 닫았다. 「잘됐네.」그러고는 빙 그레 웃으며 나에게 다가왔다. 마치 우리가 개인적 공간을 공유하는 것처럼, 그러다가 그 영역 자체가 지워질 때까지.

여기서 잠시 이 상황을 받아들일 시간을 주겠다. 그 당시 에 내가 갖지 못한 시간을. 하나, 둘, 셋. 됐다. 이제 가보자.

그 키스는 내 뇌를 초토화했다. 그건 이 세상의 모든 문을 한꺼번에 여는 마스터키였다. 나는 정신을 못 차렸다. 완전 히 얼어붙어 꼼짝도 못 했다. 내 안의 일부가 비명을 질렀다. 〈으악, 이게 뭐야? 싫어!〉하지만 또 다른, 좀 더 본능적인 일 부는 이렇게 외쳤다. 〈싫기는 개뿔, 온종일 이 순간만 기다렸 으면서!〉

이 세상의 기억들이 밀려들었다. 지금은 우리 학교의 상 징이 아니게 된 지진 해일처럼, 저항하면 휩쓸려 죽으리란 걸 알았다. 내 두 손이 본능적으로 폴을 감싸 안았다. 그리고 떨어지지 않았다.

〈이건 내가 아니야!〉

〈이게 나야!〉

〈난 이걸 즐기고 있지 않아!〉

〈이런, 즐기고 있나 봐!〉

어느새 같은 성에게 끌리는 일부가 날 장악하면서 남자라곤 거들떠보지도 않았던 일부는 점점 작고 약해졌다. 양쪽 모두 깨달았다. 이 지진 해일에서 살아남을 유일한 방법은 물살에 몸을 맡기는 것뿐이란 걸. 그래서 나는 폴에게 더 격렬하게 키스했다. 우리 둘 다 비틀거리다가 현관문에 부딪혔다.

「갑자기 왜 그래?」폴이 빙긋 웃으며 말했다.「숨 좀 돌리자.」

그러든지. 폴이 잠시 숨을 고르자, 나는 다시 입술을 겹쳤다.

13
무지는 바퀴벌레다

내가 아는 바는 이러하다.

나는 아홉 살 때 같은 반 아이를 좋아했는데, 고백하진 않았다. 사실 초등학교 때 그런 식으로 몇 번 남자애한테 반했다. 같이 노는 친구였던 적은 없다. 매번 잘 알지도 못하는 아이한테 마음을 뺏겼는데, 알아 가자니 좀 겁이 났다. 그게 뭘 뜻하는지 고민하기에는 너무 어렸던 것 같다. 어렴풋이는 알았으나 파고들지 않았다.

열두 살 때, 탈의실에서 가끔 아랫도리가 서곤 했다. 잘 숨겨서 눈치챈 사람은 없었다. 눈치챘는데 모른 척했거나.

열세 살 무렵, 현실을 직시했다. 나는 남자가 좋고, 따라서 게이란 걸. 그리고 친구들과 섞이려면 이성애자로 통해야 했다. 나는 남성성이 강한 게이였기에 그리 어렵지는 않았다. 이전 버전의 나는 그런 부류가 있는지조차 몰랐다. 이성애자였던 나는 게이가 모두 특정한 투로 말하고 행동한다고 생각했다. 그리고 세상에도 그런 무지가 판을 쳤기에 나는 이제껏 이성애자로 통할 수 있었다. 그리고 계속 그런 척하면 그렇게 되리라고 생각했다. 이 이상 성향은 한때일 뿐이고 언젠가 사라지리라고.

물론 그러지 않았다.

9학년 때, 다음 날 멀리 이사 간다는 한 친구와 첫 키스를 했다. 우리 둘 다 키스해도 안전하다고 느꼈을 거다. 일이 잘못된다 해도 어차피 다시는 못 볼 사이니까. 우린 서로의 성 정체성을 까발릴 수 없었고 매일 복도에서 마주칠 필요도 없었다. 열다섯 살의 나는 그렇게 고등학교를 졸업할 때까지 성 정체성을 철저히 숨기기로 했다.

그러다 11학년이 되어 폴에게 수학 과외를 받기 시작했다. 좀 친해졌을 무렵, 폴이 유난히 어려운 대수학 문제를 풀다 말고 자기가 게이라고 말했다. 나는 아무렇지 않게 받아넘겼고, 우린 계속 방정식을 풀었다. 그리고 2주 뒤, 실은 나도 그렇다고 고백했고, 나머지는 아는 대로다. 폴은 나보다는 커밍아웃에 열려 있었지만 말하려고 결심하는 단계는 아니었다. 사실, 내가 아니었다면 이미 커밍아웃을 했을지도 모르겠다. 나는 그러길 원치 않았다. 폴이 드러나면 나도 들킬 테니까. 이기적이란 거 안다. 나도 부끄럽다. 나는 어떤 면에선 강심장이면서 어떤 면에선 겁쟁이다. 공식적인 게이 운동선수가 되려면 나에게는 없는 용기를 내야 했다.

폴과 나는 서로 사랑하는 것 같았다. 〈같았다〉는 건, 사랑이 확신하기 어려운 감정이기도 하지만, 특히 그 감정이 다른 부담들에 눌려 있었기 때문이다. 부모님이 어떻게 생각할까 하는 두려움, 이 성향이 언젠가 사라질지도 모른다는 비이성적인 믿음, 내가 정상성이라는 틀에 맞지 않는다는 분노, 그리고 미래가 어떻게 될까 하는 불안. 하지만 폴과 단둘이 있을 땐 그 모든 게 사라졌다. 그래서 사랑이 아닐까 싶었다.

그렇긴 해도, 내 마음을 온전히 이해할 수 없었다. 그러니까, 나는 〈남자 친구〉라는 말을 혼잣말로도 못 했다. 얼마나 비겁한가? 폴이 내 단짝이라는 말이 내가 할 수 있는 최대치였다.

그래서 이 현실에서, 폴과 나는 틈만 나면 둘만 있을 장소를 찾았다. 우리를 둘러싼 나머지 세상이 존재하지 않는다는 듯 굴 수 있는 곳을.

그럼 이제 다시 현관에서 키스하는 우리에게 돌아가자. 이전 세상들에서 폴은 단지 나에게 수학을 가르쳐 주는 친구였을 뿐, 한 번도 폴을 매력적이라고 느낀 적 없었다. 이제는 자명했다. 그동안 어떻게 몰랐지? 나는 어쩌면 인간이 느낄 수 있는 모든 감정을 한꺼번에 느끼고 있는지도 몰랐다. 좋은 쪽과 나쁜 쪽 모두. 마치 벼락을 맞은 발전소가 된 기분이었다. 번쩍이며 우르릉대는 에너지의 타격에 고압 전선들이 툭툭 끊어졌다. 나는 자제력을 잃고 녹아내렸다.

그때 차고 문이 열리는 소리가 들렸다. 우릴 멈추게 할 수 있는 유일한 소리였을 거다. 그제야 나는 폴에게서 떨어졌다. 「그럼…… 나…… 샤워 좀 하고 올게.」 내가 말했다.

「찬물로 하는 게 좋겠어.」 폴이 씩 웃으며 말했다.

「아주 재밌네.」

위층으로 올라간 나는 부모님과 헌터가 들어와 폴에게 인사하는 소리를 듣자마자 화장실 문을 닫았다. 우리 가족에게 폴은 여전히 내 친구이자 과외 선생일 뿐이었다. 나는 가족들이 달리 생각할까 봐 늘 노심초사했다.

두통 완화 목욕에 쓸 재료는 준비하지 못했지만, 이젠 할 생각도 없었다. 한 시간 가까이 폴을 아래층에 혼자 둘 수는 없었다. 그래서 폴에게 말한 대로, 간단히 샤워만 했다. 물이 뜨거운지 찬지 미지근한지도 몰랐다. 정신이 다른 데 팔린 상태였으니까.

나는 이전과 다른 세상을 마주한 게 아니었다. 안 그런가? 이 세상은 이전 그대로 참혹했다. 이번엔 변하지 않았다. 변한 건 나였다. 이 새로운 렌즈로 내 삶을 돌아보는 건 쉽지 않았다. 내가 했던 모든 거짓말, 내가 쓴 모든 가면. 그리고 수치심을. 게이라서 부끄러운 게 아니라 그런 나를 받아들이지 못해서 부끄러웠다. 떳떳하게 말할 용기가 없어서.

「언젠가 마음의 준비가 될 거야.」 언젠가 폴이 말했다. 「적당한 때가 올 거야. 괜찮아. 커밍아웃은 모두 자기 방식대로 해야 해.」 그러고는 덧붙였다. 「네가 하면, 나도 할게.」

그 말은 내가 폴을 붙잡고 있다는 자각에 힘을 실었다. 비록 폴은 그런 뜻으로 한 말이 아니었겠지만.

예전에 폴이 잘 어울린다고 칭찬한 청바지와 티셔츠를 입고 아래층에 내려왔을 때, 폴은 헌터와 함께 거실에 앉아 텔레비전을 보고 있었다. 원래 세상에선 존재하지 않았던 시트콤이었는데, 존재하던 시트콤들만큼이나 시시했다.

「왜 그러고 서 있어?」 헌터가 날 보고 물었다. 「음침하게.」

그래서 나는 폴 옆에 앉았다. 우리 사이의 울타리를 지나치게 의식하며 재미없는 시트콤에 시선을 뒀다.

다 같이 한 화면을 응시하고 있으면 마음이 차분해지는 효과가 있다. 비록 생각과 감정이 정돈되지는 않았지만, 살짝 멍해지긴 했다. 남동생과 남자 친구 옆에 가만히 앉아 있는 것만으로 위안이 됐다. 그래, 남자 친구. 이전엔 말하지 못 했지만 이제 그 표현을 쓸 것이다.

「자고 갈 거니, 폴?」 30분쯤 뒤 엄마가 물었다. 「손님방 하나 준비해 줄까?」 그건 초대가 아니라 이제 떠날 때가 됐다는 엄마식 완곡어법이었다.

폴은 무덤덤한 표정으로 날 힐끗 보며 말했다. 「아니요, 이제 가야죠.」

다른 친구들은 종종 손님방을 이용했지만, 폴은 아니었다. 어쩌면 내가 초대해 주길 기다렸는지도 모른다. 하지만 난 한 번도 제안한 적 없었다. 복도 끝자락에 있을 폴을 생각하면 밤새 한숨도 못 잘 테니까.

그렇게 생각하자 잠시 내 안의 이성애자가 신음했다. 내가 사귀었거나 적어도 좋아했던 여자애들, 그리고 이 낯선 시야에서 떨어져 나간 모든 욕망을 향한 사무친 그리움으로. 어떤 느낌이었는지 머리로 기억은 하지만, 실제 느낌은 사라졌다. 마치 미각을 바꾸는 신비의 열매를 삼킨 것 같았다. 단지 바뀐 게 미각이 아니라 본성일 뿐. 쓰던 것이 이제 달았고, 한때 달았던 것이 밍밍했다.

현관 앞에서 폴을 배웅할 때 폴이 말했다. 「오늘 너 좀 이상한 것 같아. 괜찮은 거 맞아?」

「그냥 좀 피곤해서. 괜찮아질 거야.」내가 말했다.

「그럼…… 일요일에 봐? 늘 보던 시간에?」

나는 빙그레 웃었다. 폴은 모든 세상에서 일요일마다 나를 가르쳤다. 심지어 이 세상에서도 수학 과외는 수학 과외였다.

「그때 보자.」우리는 주먹 인사를 나눴다. 남들보다 주먹을 좀 더 오래 맞댔다. 간절히 원하면 손가락 관절만으로도 많은 걸 느낄 수 있다. 폴은 자기 차로 향했고, 나는 현관문을 닫았다. 예전의 나는 안도했지만 새로운 나는 벌써 폴이 그리웠다.

세상엔 내가 이해할 수 없는 것들이 널려 있다. 누구나 그럴 거다. 아무리 똑똑한 사람이라도 자신이 알아야 할 모든 걸 알 수는 없다. 하지만 그런 것들에 하염없이 골몰하면 미쳐 버리고 말 거다.

대개는 이해할 수 없어도 그러려니 한다. 어깨를 으쓱하며 불가사의를 받아들이고 제 할 일을 한다.

하지만 모두가 그렇진 않다. 어떤 사람들은 이해할 수 없는 일을 공격으로 간주하고 짓밟아 으스러뜨려야 한다고 느낀다. 그래야 제 안의 번뇌가 하나 줄어든다는 듯이. 그것은 전쟁, 대량 학살, 인간이 할 수 있는 최악의 일 그 배후에 있는 힘이다.

우리가 매일 마주치는 불의의 원인이기도 하고.

언젠가 아빠가 할아버지 이야기를 해줬다. 할아버지는 어릴 때 왼손잡이였는데, 초등학교 1학년 때 아주 고리타분한 선생님을 만났다. 그는 할아버지가 왼손으로 크레용을 잡을 때마다 커다란 자로 왼손을 철썩 때려 오른손으로 바꿔 잡게 했다. 옛날에 왼손잡이는 부끄럽고 잘못된 것이었다. 교정만이 해결책이었다.

그런데도 할아버지는 왼손으로 야구를 했다. 야구 선수로서 왼손잡이는 높이 평가받았기 때문이다. 하지만 학교에서 강제로 오른손을 쓰게 된 뒤로 심각한 악필이 됐고 말까지 더듬게 됐다. 그것들이 인과 관계가 없다곤 하지 마라.

중세 암흑시대에 왼손잡이들은 사악하다고 여겨진 거 아는가? 불길한, 사악한이라는 뜻의 단어 〈sinister〉는 라틴어로 왼쪽을 의미하고 악마는 왼손잡이로 묘사되며 왼손잡이는 마녀로 몰려 죽임을 당하기도 했다. 그렇게 무지막지한 세상을 상상할 수 있겠는가?

안타깝게도 그건 어려운 일이 아니다. 비록 세부 사항이 바뀐다 해도 무지는 결코 박멸되지 않는 바퀴벌레니까. 그것은 어둡고 퀴퀴한 곳에 숨어 있다가 쏜살같이 튀어 나간다.

내가 지금 처한 상황이 그걸 일깨웠다.

나는 동성애가 뭘 의미하는지 안다고 생각했다.

같은 성에게 끌리는 성적 지향. 간단하지 않나? 왼손잡이나 파란 눈과 같은 개인의 특징. 하지만 나는 이때껏 전체적인 그림을, 총체적 인간을 보지 못했다. 대다수에게 성적 지향은 단순히 자신을 이루는 일부가 아니라 자신이 누구인지를 정의하는 본질에 가까웠다. 그렇다면, 누군가가 나의 본질을 거부하면 얼마나 참담할까?

결국 두 가지 선택을 마주하게 된다. 자신의 본질을 받아들이고 주변 사람들에게도 그러기를 요구하거나…… 자포자기한 채 조용히 숨기며, 심지어 스스로 부정하기도 하며 살아가는 것이다. 누구도 그렇게 살아서는 안 된다. 하지만 지금도 어딜 가나 마녀사냥꾼이 있다. 그리고 그중 일부는 자기 안에 있다.

내 예전, 아니 원래 세상에서 나는 항상 스스로를 열린 사람으로 생각했고 꽉 막힌 사람들과는 거리를 두려고 했다. 하지만 친구들의 편협함은 합리화하거나 못 본 척했다. 친구가 하지 말아야 할 농담을 하면? 딱히 걸고넘어지지 않았다. 별일 아닌 척 넘겼다.

별일이라는 걸 알면서도.

학교에서 공개적으로 커밍아웃한 애를 내 친구가 비웃거나 〈완전 구려that's so gay〉 따위의 말을 해도 그냥 무시했다. 맞장구치진 않았지만 저지하지도 않았다. 그냥 내버려뒀다. 그리고 이 새로운 세상의 기억이 밀려들자 나는 내가 여기서도 그랬다는 걸 깨달았다. 다만 이유는 달랐다. 목소리를 내면 들킬까 봐 두려웠던 것이다. 이 세상에서 나는 자포자기한 채 살아가는 쪽이었다.

그리고 케이티. 케이티는 어떻게 이 모든 걸 셈에 넣었을까? 내 새로운 기억들에 따르면 케이티는 이번에도 내 상황을 파악했다. 여기서도 우리는 체육관 관중석 뒤에서 비밀스러운 대화를 나눴다. 다만 이 세상에서 나는 케이티에게 키스하지 않았다. 이 세상에서 우리 관계는 비슷했지만, 성적 긴장감은 싹 빠져 있었다. 나는 어제와 다름없이 암울한 현실에 사는 리오를 떠올렸다. 이제 나는 리오를 어떤 방식으로든 이전과 달리 보게 될까? 난 이 세상의 감각을 조금씩, 한 사람씩 더듬어 나가야 했다.

다음 날 아침 나는 에드워드 쌍둥이들을 찾아갔다. 앞서 말했듯이, 넷째 에드워드가 있었다. 그를 에드와도라고 부르겠다.

「이쯤 되면 눈치챘겠네.」 에드와도가 말했다. 「사실 우린 쌍둥이가 아니야.」

「그럼 뭔데?」 나는 얼추 답을 짐작하면서도 물었다.

「우리의 본체는 동일해.」 에드가 말했다. 「서로 다른 네 개의 시공간 연속체에서 왔지.」

보아하니 현실 이동이 이루어질 때마다 새 에드워드가 나타나는 모양이었다. 자기만의 스케이트보드 아닌 스케이트보드를 타고. 그리고 툭하면 서로 티격태격하는 것으로 보아 각자만의 사고방식도 있었다.

이 세상에 대해 모든 걸 아는 에드와도는 에디와 함께 밤새 정보를 교환하며 이 세상이 이전 세상과 어떻게 다른지 알아내려고 애썼다. 그야 너무나 똑같아 보였으니까. 둘은 내가 말하기 전까지 단서조차 못 찾았다. 넷은 새 소식에 흥분했다.

「와! 그럼 네가 스스로 변화 자체를 흡수한 거야?」

「뭐, 그렇지.」

「그게 네 성 정체성에 영향을 미쳤고?」

「영향 정도가 아니야.」

204

「말도 안 돼!」

「내 말이.」

에드워드들은 성(性)과 무관한 존재였기에 내가 처한 상황에 대해서는 딱히 공감하지 못했다.

「거기서 거기겠지 뭐.」

에디와 에드와도는 쿼트 앞으로 가서 새 정보를 토대로 새로운 계산을 했다.

「그래도 네가 해낸 일은 놀라워.」에드와도가 말했다. 「지난 이동들과는 판이하잖아. 이번엔 완전히 통제했어!」

나머지도 동의했다. 심지어 더블디마저 인정했다. 「재앙 수준까진 아니네.」

「올바른 방향으로 가는 중대한 걸음을 뗀 거야.」에드가 말했다. 「네가 변화를 흡수하지 않고 밖으로 내보냈다면 온 인류의 성적 지향이 뒤집혔을 가능성이 커.」

「그랬다면 흥미로웠을 텐데.」에디가 말했다.

더블디는 눈살을 찌푸렸다. 「인류의 최대 10퍼센트가 주로 동성에게 끌리는 건 정상이야. 비정상이었다면 존재도 안 했겠지. 하지만 그걸 뒤집으면 10퍼센트 이하만 이성에게 끌린다는 말이야. 파장이 어마어마할걸.」

「생명은 어떻게든 살길을 찾아내.」에드와도가 지적했다.

「맞아. 하지만 인간 사회는 아주 다른 모습일 거야.」더블디가 말했다.

「흠, 그게 보고 싶은데.」에디가 말했다.

내 인내심은 빠르게 줄어들고 있었다. 「혹시 모르지, 다음 생애에는.」내가 말했다. 「하지만 지금은 우리가 여기 모인 목적에 집중하자고. 모든 걸 원래대로 되돌리는 일 말이야. 나를 포함해서.」

에드와도가 날 지그시 바라봤다. 「개인적인 변화는 되돌리기 어려워. 만약 세상을 원상태로 되돌렸는데 너만 지금 모습 그대로 남는다면 받아들일 수 있겠어?」

내 일부는 〈있어〉라고 외치고 다른 일부는 〈없어〉라고 외쳤기에 나는 에둘러 답했다. 「가장 중요한 건 〈다른〉 모든 걸 되돌리는 거지.」

「숭고하네.」 에드가 말했다. 「자신보다 세상을 우선시하다니.」

나는 그리 숭고하게 느껴지지 않았다. 그저 길을 잃은 듯했다. 「난…… 이 세상을 어떻게 살아가야 할지 모르겠어.」 나는 솔직한 심정을 털어놓았다. 「당장 월요일에 학교에 가면 어떨지…….」

에드가 내 어깨에 위로의 손을 얹었다. 「애시, 넌 이미 이 세상에서의 모든 기억을 지니고 있잖아. 그저 지금의 너를 이전의 너와 합치면 돼. 그래도 너는 여전히 너야.」

「그냥 변신했다고 생각해.」 에드와도가 제안했다.

「겉이 아니라 속으로.」 에디가 덧붙였다.

「숨지 말고 경험해 봐.」 에드가 말했다. 「여러 삶을 경험하는 게 네가 할 수 있는 가장 중요한 일이니까.」

14
근데 있잖아……

「어떻게 됐어? 어젯밤부터 계속 문자 메시지 보냈는데.」

에드워드 쌍둥이들을 떠나 차에 타자마자 케이티에게 온 전화를 받았다. 나는 케이티에게 이야기하는 걸 피한 게 아니라 그저…… 케이티에게 이야기하는 걸 피한 거다.

「핸드폰을 꺼놨었어.」 내가 말했다. 그건 사실이었다. 케이티가 연락할 걸 알아서였지만.

「뭐가 있긴 있었나 보네!」

「어느 정도.」

케이티는 내 말을 긍정으로 받아들였다. 「좋아. 그럼 12시에 공공 도서관에서 보자.」

「왜 거기서?」

「이 동네에서 레이턴과 마주칠 가능성이 가장 낮은 장소니까.」

도서관에는 비분리 정책이 있어서 인종에 상관없이 누구

나 원하는 자리에 앉을 수 있었다. 하지만 사람은 습관의 동물이라 정책이 어떻든 같은 피부색끼리 모였다. 원래 세상에서도 흔히 보이던 일이다. 내가 도서관에 도착했을 때, 놀랍게도 케이티는 혼자가 아니었다. 리오와 함께였다. 케이티가 스스로 리오를 찾아낸 것이다.

「앉아, 애시.」케이티가 말했다.

나는 두 사람을 마주 보고 앉았다. 다른 테이블에서 신문을 읽던 한 노인이 곁눈으로 우릴 힐끔 봤다. 비난하는 시선인지 의미 없는 시선인지 알 수 없었다. 잠시 후 그가 자리를 떴다. 우리 셋이 함께 있는 모습이 불편해서였을까? 그저 떠날 때가 돼서 떠난 걸까? 그게 인종 차별 문제에서 사람을 돌게 만드는 요소였다. 긴가민가할 수밖에 없다는 것.

「리오한테 이야기 들었어. 앤절라에 대해…… 전부.」

「덕분에 나도 기억이 좀 났어.」리오가 말했다. 「너랑 같은 팀에 있던 기억. 내가 풋볼 스타의 아들과 함께 경기를 뛰었다니.」

「사실, 내가 원래 있던 곳에서 우리 아빠는 풋볼 스타가 아니었어.」

「안타깝네.」리오가 말했다.

「별로.」

나 없이 둘이 이야기를 나눈 건 잘된 일이었다. 머리 셋이 머리 하나보다는 나은 데다, 둘이 내 편이 되니 그리 외롭지 않았다.

「그래서 세상이 어떻게 변했어?」케이티가 말했다. 「공개해.」

흥미로운 어휘 선택이었다. 「꼭 세상이 변했다고 할 수는 없어.」내가 말했다.

「무슨 대답이 그래. 맞으면 맞고, 아니면 아닌 거지.」리오가 말했다.

「그래, 변화가 있었어.」

「어떻게?」케이티가 재촉했다.

난 잠시 둘을 번갈아 봤다. 아무래도 피할 도리가 없었다. 그래서 그냥 털어놨다.

「난 게이야.」

케이티는 뒷말을 기다리듯이 계속 날 바라보다 말했다. 「그래서?」

「그래서라니. 그게 다야.」

「애시.」케이티가 피식 웃었다. 「그건 그리 놀랄 일이 아닌데…….」

이 세상에서의 나를 전혀 모르는 리오는 현명하게 침묵을 지키며 나와 케이티를 지켜봤다.

「뭐야…… 알고 있었다고?」내가 물었다.

「짐작했지.」

나는 이 세상 속 기억을 뒤졌다. 그동안 꽤 잘 숨겼다고 생각했는데. 「어떻게 알았어?」

「글쎄…… 네가 〈안전한〉 여자애들만 만나서? 그리고 파티에 올 때마다 잘생긴 남자애들한테 먼저 말 걸어서?」

「그건 그냥 친목이지!」내가 우겼다.

「그래. 어쨌든, 걱정할 필요 없어. 눈치챈 사람은 아마 나밖에 없을 거야. 사람들은 남한테 그렇게 관심 없으니까.」

아. 그렇다면 케이티가 눈치챈 이유는……. 「넌 관심이 있었다는 뜻이야?」

「아마도. 그런데 어차피 의미 없잖아?」

나는 숨을 깊이 들이마셨다. 「지난 세상들에선 의미 없지 않았을 거야.」 그리고 덧붙였다. 「직전 세상에서 우린 키스했어.」

케이티는 잠시 내 말을 곱씹었다. 그 키스가 기억났을 수도 있고 아닐 수도 있다. 「그랬다면 분명 아주 골치 아픈 문제들이 생겼을 텐데, 지금은 감당할 필요가 없어서 다행이네.」 케이티 말이 백번 옳았다.

그동안 가만히 앉아 상황을 파악하던 리오는 마침내 고개를 절레절레하며 웃었다. 「그러니까 정리하자면, 티버츠빌의 자랑스러운 유명인 아빠를 둔 듬직한 풋볼 라인맨이…… 게이라는 거지.」

「그래.」 나는 방어적으로 변했다. 「무슨 문제 있어?」

리오는 두 손을 들어 보였다. 「문제는 무슨. 난 그저 멀찍이 떨어져서 구경하고 싶을 뿐이야. 네가 커밍아웃을 한다면…… 굉장한 불꽃놀이가 될 테니까.」

그 말에 케이티가 물었다. 「너희 부모님은 알아?」

「이 세상의 우리 엄마 아빠는 자기들밖에 몰라. 남들은 안중에도 없어. 자기 아들들도 자기들 보고 싶은 대로만 봐. 완전히 무신경해.」 말하고 보니 원래의 나 역시 그런 인간이었다는 생각이 들었다. 적어도 현실 이동을 겪기 전까지는.

「부모님들은 보기보다 눈치가 빨라.」 케이티가 말했다. 그 말이 옳을지도 모른다는 생각에 마음이 찜찜해졌다.

「맞아.」리오가 맞장구쳤다. 「자식 일이라면 일단 걱정부터 하지. 애가 괜찮은지, 그리고 그 일이 자기들한테 어떤 영향을 미칠지. 순서가 다른 집도 있겠지만.」

그 후 며칠 동안 나는 에드워드 쌍둥이들의 조언대로 내변화를 대담하게 받아들였다.

시작은 일요일에 폴의 집에 수학을 배우러 간 것이었다. 그 집 문 앞에 선 것만으로도 떨렸지만 아무렇지 않은 척했다. 초인종을 필요 이상 많이 누른 것 같긴 해도.

「왔어?」폴이 내 예상보다 훨씬 촉촉한 모습으로 문을 열었다. 「아빠랑 테니스 치고 이제 막 왔거든.」

「안녕, 애시.」폴의 아빠가 부엌에서 인사했다. 얼음물 한잔을 들이켜는 아저씨는 폴보다 땀을 더 많이 흘린 듯했다.

「안녕하세요, 아저씨. 폴이 호락호락하지 않았나 봐요.」내가 말했다.

「말도 마라.」

곧 폴이 계단 쪽으로 한 발 떼며 무심하게 말했다. 「샤워할건데, 같이 들어갈래?」

나는 그야말로 펑 터졌다. 귀며 코며 벌겋게 달아오르는게 느껴졌다. 「아니, 어…… 아니.」나는 더듬거렸다. 「그냥여기서 기다릴게.」나는 부엌 쪽을 살폈다. 폴이 그 말을 했을 때 아저씨는 내 시야에 안 보였다. 하지만 그리 멀리 있지 않았다면? 폴의 엄마도 어딘가에 있을 텐데, 둘 중 하나는 들었을지도 모른다.

내 반응을 본 폴은 발걸음을 멈추고 씩 웃으며 돌아섰다.

「미안.」 폴이 소리 낮춰 말했다. 「농담이었어.」

내가 좀 더 작게 말했다. 「진심이 은밀히 담겼다면 농담이라고 할 수 없지.」

「하지만 정말 농담이었어. 우리 가족이 다 있는 집에서 네가 위층에 올라오는 일은 다른 우주에서나 가능할 테니까.」

심장이 두 번이나 떨어질 줄은 몰랐다. 「우주? 그게 무슨 뜻이야, 우주라니?」

폴은 피식 웃었다. 그제야 그냥 한 말인 걸 깨달았다. 「애시, 넌 진짜 이상한 놈이야.」 폴이 말했다. 「그래서 마음에 들어.」

그러고서 폴은 샤워하러 갔다.

문제는 폴이 종종 이런 농담을 던진다는 것이었다. 너무 아무렇지 않게 던져서 나 말고는 아무도 깊이 생각하지 않을 농담. 그리고 내가 당황해서 어쩔 줄 몰라 하는 모습을 즐겼다. 물론 나도 내심 즐긴다는 걸 아는 선에서였다. 하지만 그 선 너머가 아무리 끌려도 나는 내다볼 엄두를 못 냈다.

나는 한 번 더 두리번거렸다. 아무도 안 보였다. 집 안 어딘가에서 아저씨가 누군가와 통화하는 소리가 들렸다. 폴은 부모님에게 커밍아웃을 하지 않았지만 이미 두 분이 알고 있다고 확신했다. 그렇다면 나에 대해서도 알지 않을까? 케이티가 눈치챘듯이 간접적으로? 그렇다면, 알고도 괜찮아하는 거라면, 나도 긴장을 풀어야 하지 않을까? 하지만 그런 생각을 하는 것만으로도 온몸이 경직됐다.

「넌 평소에도 라인에 서서 공이 스냅되길 기다리는 것 같아 보여.」 언젠가 폴이 말했다. 그러고서 내 반바지 허리춤에 손가락을 걸고 툭 튕겼다. 학교 복도 한복판에서. 나는 당황했고, 화가 났고, 내심 즐겼다.

맙소사, 이 기억들! 나는 거실에 앉아 폴이 내려오길 기다리며 혼자 웃다가, 움츠리다가, 또 웃었다. 나는 이 세상의 조각들을 하나씩 받아들이고 있었다. 폴과 관련된 것뿐만이 아니라 이곳에서의 인생 자체가 머릿속에 휘돌았다. 거의 같으면서도 생판 달랐다. 같은 사건을 겪고, 같은 파티에 참석했는데 기억하는 내용이 딴판이었다. 뇌리에 깊이 박힐 만큼 내게 타격을 준 것들이 떠올랐다. 어떤 대화. 어떤 표정. 그 모든 걸 떠올리고 나니 내가 나를, 나라는 사람의 본성을 어떻게 보호했는지 이해할 수 있었다. 나는 그것을 놓칠까 봐 쿼터백처럼 꽉 붙들고 있었다. 깨지기 쉬운 도자기처럼 뽁뽁이로 겹겹이 싼 채. 아무도 그 안에 뭐가 들었는지 몰랐고 깨뜨릴 수도 없었다. 폴? 폴은 그 뽁뽁이의 공기 주머니를 한 알씩 터뜨리는 짓궂은 손이었다. 나는 공기 주머니가 모두 사라지면 어떻게 될지 궁금했다.

이렇게 해서 이전의 나와 더 이전의 내가 새로운 나를 알게 됐다. 에드워드 쌍둥이들이 계속 분열하는 동안 나는 그 반대로 해야 했다. 여러 자아를 하나의 〈나〉로 합쳐야 했다. 물론 억누르고 진압해야 할 자아도 있었다. 마약을 거래하고 남들을 업신여기던 자아 말이다. 하지만 이 자아, 성 소수자 자아는 딱히 잠재우고 싶지 않았다. 무지개 위에서 뛰놀고 싶은 건 아니어도, 그를 알아 가는 건 나쁘지 않았다. 나는 지금 내 모습에 만족하는 법을 배우고 있었다. 새로운 나는 원래의 나보다 입체적인 모습이었다.

폴이 내려오고 나서 우리는 수학 문제를 풀었다. 어렵지 않았다. 그야 폴은 학교 수학 선생님보다 더 잘 가르치니까. 어쩌면 과목과 상관없이 폴이 설명을 잘하는 것일 수도 있다. 그 후에 우리는 아저씨와 함께 풋볼 경기를 시청했다. 우리는 함께 경기를 볼 때마다 감자칩 그릇 안에서 손을 부딪히곤 했다. 처음엔 우연이었는데 이제는 거의 주먹 인사가 됐다. 아무도 끼어들 수 없는 우리 둘만의 수신호였다.

얼마 후 폴의 부모님이 저녁을 먹으러 집을 나가자, 우리는 소파에서 서로 기대앉았다. 그게 다였다. 그저 조용히 친밀감을 느꼈다. 우리 사이에는 추잡한 생각만 하는 사람들이 뻔히 예상하는 감각만 있는 게 아니었다. 유대감이 가장 컸다. 함께 있고 싶은 사람과 가까이 있는 게 무엇보다 중요했다.

내 이성애자 자아는 유대감의 개념을 제대로 이해하지 못했다. 원래 세상에서 난 여러 여자애와 사귀었다. 작년에는 에이미 앤더스와 거의 한 학년을 함께 보냈다. 걔가 날 버리고 망할 토론 팀 주장한테 가기 전까지 말이다. 그땐 주장 녀석이 빼어난 말솜씨로 에이미의 마음을 뺏었다고 생각했는데 돌이켜 보니 애초에 내가 에이미를 받아들이지 않았던 것 같기도 하다. 나는 한 번도 그런 유대 관계를 맺은 적이 없었다. 만약 내가 원래의 세상, 원래의 나로 돌아간다면 이 유대의 감각을 가져가고 싶었다. 어쩌면 그곳에서 유대감을 찾을지도 모른다. 어쩌면 그게 케이티일지도 모른다.

하지만 그렇게 되면 나는 폴과 나눈 감각을 잃게 될 터였다. 애초에 원한 적도 없건만, 잃는다고 생각하니 마치 상처가 벌어지는 것 같았다.

내가 감정적으로 막다른 곳에 내몰린 걸 눈치챘는지, 아니면 내 눈시울이 촉촉해졌는지, 폴이 몸을 틀어 날 자세히 들여다보며 말했다. 「무슨 생각해?」

무심코 떠오른 단어는 뱉고 보니 일리가 있었다.

「집…….」

「가야 해?」

「아니, 여기. 너랑 같이 있는 게 집처럼 느껴져서.」

폴은 자세를 고쳤다. 어쩌면 좀 어색하게. 그 당시엔 이유를 몰랐다. 「여기선 못 살아.」 폴이 장난스럽게 말했다. 「남는 방이 없거든. 내 침대 밑도 괜찮겠어?」

나는 씩 웃었다. 「거긴 못 들어갈걸. 벽장 안이라면 모를까.」 엄청난 암시를 품은 말이었지만 난 자각도 못 했다.

하지만 폴은 아니었다. 폴은 웃었다. 「네 벽장이 훨씬 클 텐데. 집도 워낙 크니까.」

월요일에 간 학교는 역시 같으면서도 달랐다. 복도를 걸을 때 내 이전 생애들에선 그냥 지나쳤던 애들이 눈에 띄었다. 그리고 원만하게 지냈던 애들이 한심하고 거슬리게 느껴졌다.

이 세상의 내 친구들은 지난번과 비슷했다. 익숙함도 그렇고 외양도 그렇고. 새로운 친구도 몇 명 있었다. 내가 내심 우러러보는 애들이었다. 스스로 옳다고 믿는 것을 옹호하고 자기 생각을 주저 없이 말하는 애들. 내가 갖고 싶은 모든 자질을 갖춘 애들. 그리고 몇몇 친구들은 피부색 때문에 여전히 사라진 채였다. 그 상황이 가장 직면하기 어려웠다.

그게 날 분반 동아리로 이끌었다. 그 점심시간 모임은 내 성향과 욕구보다 시급한 문제가 있음을 일깨워 줬다. 자신에게 직접 영향을 미치지 않는 한 변화에는 관심 없는 사람이 많다. 나는 이제 더는 그런 사람이 될 수 없었다. 게다가 지난 금요일에 아빠한테 한 방 먹은 뒤로 그 어느 때보다도 더 반항이 하고 싶었다. 내가 옳다고 믿는 것을 옹호하고 싶었다. 내 원래 세상에서 우리 아빠는 인생의 쓴맛을 몇 번 맛봤다. 난 한 번도 그렇게 생각한 적 없지만 아마 자신을 실패자라고 생각했을 거다. 하지만 여기서 아빠는 성공을 발판 삼아 비열하게 오만해졌다. 안하무인이었다. 혹시 내 나이였을 때부터 원래 그랬는데 예전 세상에서는 기를 못 펴고 꺾인 걸까? 망치가 되느냐와 못이 되느냐는 한 끗 차이다.

내가 모임에 도착했을 때 폴은 이미 와 있었다. 나는 옆자리에 앉아서 공책을 꺼냈다.

「지금 이야기하는 게 뭐야?」 내가 물었다.

「무도회에서 틀 음악에 대해 논의 중이야.」

인종 화합의 무도회는 여전히 내가 제안한 것으로 되어 있었다. 11월 어느 수요일에 학교 사무처 지원으로 체육관을 대관하기로 했다. 나는 실제로 의미가 있기보다 자기들 기분 내기에만 좋은 이 행사에 열의가 생기지 않았다. 이들은 큰 그림을 보긴커녕 거기에 그림이 있다는 것 자체를 보지 못했다.

「너도 몇 곡 골라.」 내가 폴에게 말했다. 「안 그러면 앰버 웨이브랑 분더브레드만 남을 테니까.」

「너 앰버 웨이브 좋아하지 않았어?」

난 그저 어깨를 으쓱하고 신음을 삼켰다. 그래, 한때 그들의 음악을 즐겨 들은 기억이 있지만, 그것들은 〈반드시 진압해야 할〉 범주에 속했다. 나는 무도회 주최자들에게 끝내주는 음악 목록을 전달하고 싶었으나 안타깝게도 그 음악들은 내 머릿속에만 존재했다.

음악들을 떠올리다 보니 내가 요즘 작성 중인 더 중요한 목록이 생각났다. 나는 공책을 펼치고 잠시 펜을 두드리다가 몇몇 이름을 추가했다.

네이디어 윌리엄스…….

프레디 킹…….

카미샤 힉스…….

「누구야?」 폴이 물었다.

「무도회에 초대할 애들.」

폴은 약간 혼란스러운 표정이었다. 「여기에 내가 아는 애도 있어?」

나는 질문을 우회했다. 「이 학교엔 안 다녀.」 그리고 속으로 덧붙였다. 〈원래는 다녔지만.〉

리널 윌슨…….

키건 프라이…….

내 원래 세상에 있던 비백인 친구들과 동급생들이었다. 난 그들이 이 세상에도 있다고 믿어야 했다. 리오처럼. 어쩌면 리오와 알고 지낼지도 몰랐다.

마테오 수니가…….

호베르토 구스만…….

루스 델가두…….

흑인 애들은 동네 반대편에서 찾을 수 있을지 몰라도 라티노 애들을 찾을 가망은 없었다. 그들은 이미 다른 곳에서 다른 삶을 살고 있을 테고 아메리칸드림 같은 건 꿈도 안 꿀 터였다. 폴은 내가 작성하는 목록에 대해 더는 묻지 않았다. 오늘따라 말수가 적었다. 난 그저 모임에 집중하는 것이려니 했다.

각자 역할을 하나씩 맡았다. 나는 리오가 도와주길 바라며 흑인 공동체에 홍보하는 일을 자원했다. 하지만 이 모든 게 연극처럼 느껴졌다. 그야 세상이 원상태로 돌아가면 애초에 없을 일이니까. 폴은 총무를 맡았는데, 직책을 수락할 때도 딴생각에 빠진 것 같았다. 나는 또 한 번 대수롭지 않게 여겼다. 하지만 그러다가 오후 늦게 날벼락을 맞았다.

「애시, 이야기 좀 해.」

마지막 수업을 마치고 폴이 내 사물함 앞으로 찾아왔다.

「응, 그래. 무슨 이야기?」내가 말했다.

「우리 이야기.」

나는 혹시 누가 들었을까 봐 주변을 살폈다. 반사 작용이었다. 복도에는 사람이 꽤 많았다. 다들 자기 일에 바빠 보였지만, 그래도…….

「여기서?」

「응.」폴이 대답했다.

일단 좀 조용한 데로 가자고 말하기도 전에, 폴이 말을 이었다.「어제 네가 집처럼 느껴진다고 말한 뒤로, 계속 그 생각이 머리를 떠나지 않았어.」

「나도 그랬어.」 내가 말했다.

「애시, 집은 그저 마음의 거처가 아니야. 네가 있기로 선택하는 곳이야. 네가 계속 다른 곳에 있는 척한다면 언제 집에 있을 수 있겠어?」

「나도 내가 뭘 느꼈는지 알아.」 나는 최대한 소리를 죽여 말했다. 「내가 뭘 느끼는지.」

폴은 한숨을 쉬었다. 「애시, 근데 있잖아…….」

그때 알았다. 폴이 무슨 말을 하려는 건지. 그야 자신이 누구든, 누구와 사귀든, 누구와 사랑에 빠지든 〈근데 있잖아…….〉 뒤에 나올 말들은 단 하나로 귀결되니까.

「네 인생은 이미 마련돼 있어, 애시. 네 아빠처럼 풋볼 명문대에 가서 네 아빠처럼 프로에 입단하겠지. 거기까지 못 가더라도, 이미 넌 나와 다른 방향으로 가고 있어.」

「뭐…… 그게 무슨 말이야?」 나는 더듬거렸다. 「넌 공부 잘하잖아. 어떤 진로를 택하든 잘될 거야.」

「그런 말이 아니야…….」

그제야 폴이 무슨 이야기를 하는지 깨달았다. 나는 대꾸할 말이 없었다.

「애시, 넌 절대 벽장에서 못 나올 거야. 너도 알잖아. 앞으로도 넌 비밀스러운 단짝을 두고 겉으론 평범하게 살아가겠지. 그게 네가 선택한 삶이라면, 비난할 생각 없어. 네가 결정할 일이니까……. 하지만 나는 그렇게 살고 싶지 않아.」

내 안에서 무언가가 솟구쳤다. 강렬한 무언가가. 마지막으로 그런 감정을 느낀 게 언제였더라? 그건 바로 상실감이었다. 너무나 중요한 걸 잃어버렸을 때, 그 속은 이루 말할 수 없다. 내가 폴을 사랑하는 것 〈같다〉고 했나? 누가 누굴 속여? 나는 폴을 사랑했다. 나는 폴을 사랑한다.

「난 성 소수자 단체에 가입할 거야.」 폴이 말했다. 「가입하고, 공개할 거야. 네가 알아 둬야 할 것 같았어. 그 전에 먼저 나랑 거리를 두라고.」

눈물이 차올랐다. 막을 도리가 없었다. 「내가 너랑 거리를 두고 싶어 하겠어?」

내 눈물이 폴의 눈물을 촉발했다. 하지만 폴은 얼른 눈가를 훔쳤다. 「적어도 자신을 속이지는 마, 애시.」

그 말이 정곡을 찔렀다. 내 머리는 이미 탈출 경로를 짜고 있었다. 폴이 커밍아웃을 했을 때 나에게 닿을 의심의 눈초리를 막기 위해 어떻게 연막을 칠지. 일단 폴을 전적으로 지지하겠지. 그게 옳은 일이니까. 다만 멀찌감치 떨어져 지지를 보낼 거였다.

폴은 날 간파했다고 생각했을 거다. 그럴 수도 있지만, 아닐 수도 있다……. 왜냐면 그다음에 벌어진 일은 존재하는 줄도 몰랐던 내 안 어딘가에서 분출됐기 때문이다. 어쩌면 애초에 존재하지 않았는데 다중 우주를 거치면서 생겨났을지도 모른다.

나는 돌아서서 주위를 둘러봤다. 수많은 사물함이 열리고 닫혔다. 복도는 학생들로 붐볐다. 좋아.

「다들 잠깐만.」 나는 복도를 향해 말했다. 아무도 이쪽을 안 보기에, 나는 고함을 질렀다. 「다들 잠깐만! 한마디만 좀 할게!」

폴의 눈이 휘둥그레졌다. 「애시, 뭐 하는 거야?」

하지만 대답하면 용기가 사라질 걸 알았다.

그제야 호기심 어린 눈들이 나에게 집중됐다.

「다들 내가 누군지 알지?」 그야 이제 난 그저 풋볼 팀의 어떤 애가 아니라 풋볼 팀의 〈그〉 애였으니까. 날 모르는 사람이 없으니 이름을 말할 필요도 없었다.

나는 폴을 힐끗 돌아봤다. 「이럴 필요 없어.」 폴이 나직하게 말했다. 만약 폴이 정말 내가 멈추길 바랐다면 나는 그렇게 했을 거다. 하지만 폴의 얼굴에 어렴풋이 기대에 찬 미소가 어렸다. 즐거운 당혹감이.

나는 다시 주위를 둘러보며 제대로 시선을 끌었는지 확인했다. 여러 눈을 피하지 않고 받아쳤다. 「모두 잘 봐줬으면 해.」 내가 말했다. 그리고, 행동이 말보다 울림이 크기에, 나는 폴의 얼굴을 감싸고 며칠 전 우리 집 현관에서 한 것보다 더 부드럽게 키스했다.

주변에서 숨을 헉 들이켜고, 낄낄거리고, 속닥거렸다. 누군가는 핸드폰을 꺼내 들어 그 순간을 촬영했다. 손을 써야 했을지도 모르지만, 내버려 뒀다. 그 핸드폰을 빼앗아 부숴 버리고 싶은 마음은 다른 마음에 점령당했다.

나는 폴의 얼굴을 놓아 주고 구경꾼들에게 돌아섰다. 몇몇은 박수를 보냈고 몇몇은 그저 입을 벌리고 서 있었다. 또 몇몇은 재밌는 구경거리를 보듯이 웃고 있었다.

「이제 갈 길들 가.」 내가 말했다. 「끼리끼리 떠들든, SNS에 올리든, 언론에 제보하든, 알아서들 해. 안 말릴 테니까.」

그때 구경꾼들 사이에서 노리스가 다가왔다. 마치 자기

집이 싱크홀에 빠지는 걸 목격한 표정으로. 나는 녀석이 거기 있는 줄 몰랐지만, 알았어도 똑같이 했을 거다.

「야, 그런 거 아니지……?」

「그런 거 맞아. 받아들이든지, 꺼지든지.」내가 말했다.

말할 필요도 없지만, 노리스는 후자를 택했다. 녀석은 차에 치인 황소처럼 머리를 천천히 흔들며 멀어졌다.

나는 폴을 돌아봤다. 폴은 내 거대한 벽장이 폭발하는 바람에 약간 멍한 상태였다.

「방금 그건, 네가 살면서 한 일 중에 가장 멍청한 짓일 거야.」폴이 피식 웃으며 말했다.

「그래, 아마도.」내가 시인했다. 나는 폴과 주먹을 맞대려고 손을 들었다가, 마지막 순간에 손가락을 펼쳐 폴의 손에 깍지를 꼈다.

그렇게, 내 세상은 또 한 번 바뀌었다.

15
소를 몇 마리나

나는 웬만하면 풋볼 훈련을 거르지 않았다. 외계인에게 납치되거나 사망 선고를 받지 않는 한 훈련은 빼먹지 않는 것이 원칙이다. 하지만 나는 오늘 그 원칙을 깼다. 스물네 명의 노리스가 믿을 수 없다는 눈으로 날 바라보는 걸 감당할 자신이 없었다.

그 대신 폴을 집에 태워다 줬다.

「이렇게 될 줄 몰랐어.」 동네에 다다랐을 즈음 폴이 말했다.

「그래서 유감이야?」 내가 물었다.

폴은 잠시 대답을 망설였다. 「난 오늘 널 잃을 줄 알았어. 안 그래서 다행이야. 기뻐. 그래도, 이건 미지의 영역이야.」

「나도 그래. 함께 알아가 보자.」 내가 말했다.

폴은 싱긋 웃으며 나에게 짧게 입 맞추고 차에서 내렸다. 나는 우리 집으로 향했다.

앞으로가 두려웠지만, 조금은 흥분되고 조금은 안심됐다.

아니, 안심할 수 있는 순간이 올 것을 기대했다. 그래도 가장 큰 건 두려움이었다. 파멸을 앞둔 느낌이 계속됐다. 부모님이 새로 뽑은 차를 몰래 몰고 나갔다가 박살 낸 느낌이랄까? 머리가 지끈거렸다. 차원 이동으로 비롯된 두통이 아니라 진짜 두통이었다. 살면서 다양한 상황을 맞닥뜨릴 거란 건 알았지만, 원래의 나는 이런 건 상상도 못 했다.

집에 오자마자 나는 그리 절실하진 않았지만 두통 완화 목욕을 위해 물을 받으며 하늘이 무너지기를 기다렸다.

한 시간 정도밖에 안 걸렸다.

SNS의 마법으로 사건은 몇 분 만에 전교생에게 퍼졌다. 누군가가 우리 부모님에게 폴과 내가 키스하는 영상을 (아마도 익명으로) 보냈다. 그 영상은 이미 인터넷에 우후죽순으로 올라오고 있었다. 구글에 〈게이 사물함 키스〉라고 검색하면 맨 위에 떴다.

나도 우리 부모님의 반응에 놀랐다고 말할 수 있으면 좋겠다. 의외로 두 사람이 마음을 열고 함께 날 안아 주며 모든 게 괜찮을 거라고 다독여 줬다고 말이다. 종종 있는 일이다. 그럴 수도 있다는 걸 안다. 하지만 이 집에서는 아니었다. 내가 욕실에서 나오자마자 부모님이 아래층에서 나를 불렀다. 둘 다 집에 일찍 온 것이다. 엄마 아빠는 에둘러 말하지 않았다. 나에게 바로 앉으라고 했다. 내가 그냥 서 있겠다고 했더니, 두 사람은 영상에 관해 설명하라고 했다. 내가 정직하게 설명했더니, 장난이냐고 물었다. 아니라고 했더니, 진심이냐고 물었다. 난 질문 같은 질문을 하라고 했다. 그 후 아빠는 부엌을 서성거렸고, 엄마는 화강암 아일랜드 식탁에서 커피 잔을 내려다보다가 한 번씩 고개를 들어 허망한 눈으로 날 봤다. 마치 자기 눈앞에서 태어나지도 않은 손주들이 죽어 가는 걸 보는 듯했다.

알고 보니 아빠에게는 대책이 있었다.

「수습하자. 친구들한테 장난으로 찍은 영상이라고 말해.」

「장난 아니었어.」

「상관없어. 장난이었다고 해.」

「내가 왜?」

「전교생이, 팀 전체가 널 게이라고 생각했으면 좋겠어?」

「나 게이인데.」 내가 지적했다.

「그렇게 말하지 마.」

「말하지 않는다고 그 사실이 변하는 건 아니야.」

「그냥…… 듣고 싶지 않아. 오늘은. 당장은.」 하지만 물론 속뜻은 영원히일 거다.

그때 엄마가 입을 열었다. 「아들, 물론 너로선 오래 고민했겠지만, 우리에겐 하루아침에 받아들일 수 없는 일이야.」

아빠 핸드폰이 진동했다. 아빠는 화풀이하듯 무방비 상태의 핸드폰을 집어 거실에 내던졌다. 핸드폰은 탁자 위를 미끄러져 두 개의 도자기 촛대 사이를 통과한 뒤 바닥에 떨어졌다.

「골.」 내가 무덤덤하게 말했다. 아무도 웃지 않았다.

「이게 너한테 어떤 의미인지 알기나 해?」 아빠가 말했다.

「지금 더 중요한 건 아빠한테 어떤 의미냐인 거 같은데.」

「애시, 그럼 못써.」 엄마가 말했다.

삐걱 소리가 들렸다. 돌아보니 헌터가 계단에 앉아 지켜보고 있었다. 어디서부터 들었는지 궁금했지만 어차피 숨길 것도 없었다. 헌터도 이미 들을 건 다 들었을 테고 어쩌면 그 영상도 봤을 거다. 엄마 아빠는 헌터에게 방에 올라가 있으라고 했다. 헌터는 투덜거리며 자리를 떴다.

헌터가 사라지자 아빠는 의자에 앉아 한숨을 길게 내쉬고 엄마를 봤다. 〈이제 어쩌지?〉 아빠는 눈으로 말했다. 엄마가 어떤 시선으로 답했는지는 못 봤다. 엄마가 날 향해 돌아섰다.

「그 애랑은 거리를 두고 지냈으면 해.」 엄마가 말했다. 나는 이 현실에서 엄마가 아빠보다 이해심이 많은 줄 알았다. 엄마 말에 화가 치솟았지만, 소리를 지르지는 않았다. 그건 상황을 악화시킬 뿐이니까. 흥분하지 않고 되도록 충격받아 얼빠진 상태 그대로 머물러야 했다.

「그 애한테도 이름이 있어. 그리고 책임은 나한테 있으니까 폴을 탓하진 마.」

「그거 알아?」 아빠가 말했다. 「이제 상관없어. 네 멋대로 해. 네가 누굴 사귀든, 학교 홈커밍 파티에 웬 염소를 데려오든 신경 안 쓸 테니까.」

「로버트, 그만!」 엄마가 말했다.

아빠가 한 말은 지독했지만, 얼이 빠졌을 때 좋은 점은 감각이 마비된다는 거다. 고통은 나중에야 찾아온다. 내가 신랄하면서도 중요한 의견을 피력한 건 그때였다.

「기분 나쁘게 듣지는 마. 아빠는…… 진짜 개새끼야.」

아빠가 길길이 날뛸 줄 알았는데, 안 그랬다. 심지어 혐의

226

를 부인하지도 않았다.

「굳이 어려운 길을 선택하겠다면, 각오했길 바란다.」

그게 다였다. 적어도 당장은. 엄마 아빠도 내게 더 할 말이 없었고, 나 또한 부모님에게 더 할 말이 없었다. 여기서 이야기를 다시 나눈다면 더 좋게 흘러갈 수도 있었지만, 상황이 이미 나쁜 만큼 더 나빠질 수도 있었다. 나는 위층으로 올라가다가 문득 궁금해졌다. 원래의 엄마 아빠라면 어떻게 반응했을까? 아니, 내 원래 세상이라면 이런 대화 자체가 없었겠지. 차라리 내가 다른 우주에서 왔다고 말하는 게 나았을까? 거기서는 평범하게 여자에 환장하는 남자애였다고? 물론 내가 미쳤다고 여기겠지만, 어쩌면 내가 케이티와 리오에게 그랬듯이 엄마 아빠에게도 번뜩이는 기억의 조각을 심어 줄 수 있을지 모른다. 그런데, 나는 두 사람에게 일말의 만족감도 주고 싶지 않았다. 부모라면 자식이 어떤 사람이든, 어떤 감정을 느끼든, 누구에게 그 감정을 느끼든 모든 우주에서 지지해 줘야 한다. 엄마 아빠는 이 상황과 다른 현실이 존재한다는 걸 알 자격이 없었다.

나는 헌터의 방을 지나가다 멈칫했다. 헌터는 침대에 누워 천장을 보고 있었다.

「몇 마리야?」 문간에서 머뭇거리는 날 보고서 헌터가 물었다.

「뭐가 몇 마리야?」

「엄마 아빠가 소를 몇 마리나 낳았냐고.[22] 곧 목장이라도

---

22 〈소를 낳다〉라는 뜻의 〈have a cow〉에는 〈몹시 화를 내다〉라는 의미도 있다.

열 수 있지 않을까 해서.」

웃음이 나왔다. 오늘만큼은 무엇도 날 웃게 할 수 없을 줄 알았는데, 새로운 세상의 헌터가 가뿐히 해냈다.

「그래서, 넌 괜찮겠어?」내가 물었다.

헌터가 일어나 앉았다.「떠날 거야?」

「아니. 내가 왜 떠나?」

「잭 타이너 동생은 커밍아웃을 하고서 포틀랜드로 떠났다더라고.」

「걱정 마, 포틀랜드엔 안 갈 테니까.」

「가면 놀러 갈게.」

나는 희미하게 웃어 보였다.「넌 좋은 동생이야, 헌터.」

헌터가 날 위아래로 훑었다.「근데, 형은 게이라면서 패션 감각이 왜 그 모양이야?」

세상이 정상 범위 안에서 바뀌면, 그러니까 같은 우주 안에서 바뀌면, 최초의 충격 뒤에 어떤 무감각 상태에 빠진다. 아마 자기 보호 본능이 아닐까 싶다.

우주 간 이동과 달리 커밍아웃 같은 정상 범주 내에서 일어난 변화는 주변 모두가 알거나 적어도 모두가 알고 있는 것처럼 느껴진다. 그러면 진짜 우주의 중심이 아닌 사람조차도, 본의 아니게 우주의 중심이 된 듯한 느낌을 받게 된다. 학교 복도에서 들리는 낄낄거림과 쑥덕거림은 모두 나에 대한 것이다. 지나가는 사람이 날 힐긋 본다면 내 대변화를 알고 있기 때문이다. 인식 체계가 변한다. 나와 눈도 마주치지 않는 사람은 의도적으로 날 무시하는 게 틀림없다.

화요일 아침에 학교에 도착했을 때 내 상태가 딱 그랬다. 분명 어제 내가 커밍아웃한 것을 모르거나 관심 없는 애들도 많았겠지만, 내 안의 과대망상을 몰아낼 수는 없었다.

지금 돌이켜 보니 확실히 안 애들은 3분의 1쯤 되었던 것 같다. 그중 일부는 다정했고 일부는 비열했으며 일부는 어중간했다.

사물함에 이르기 전에 몇몇 애가 아는 척을 해왔다. 얼굴만 아는 한 여자애가 말했다. 「정말 용감했어, 애시.」 나는 이름을 모르는 걸 굳이 드러내지 않고 고맙다고 말했다. 이름은 나중에 알아내기로 했다.

불쾌한 비방도 있었다. 아무도 나한테 직접 말하지 않았지만 끼리끼리 모여서 충분히 내 귀에 들릴 만큼 크게 말했다.

「포지션을 바꿔야겠어, 타이트 엔드[23]로.」 누군가가 말했다. 마치 자기가 아주 기발하고 참신한 농담이라도 던졌다는 듯이.

근처에서 우연히 그 말을 들은 어떤 애가 날 보고 말했다. 「저런 애들한테 에너지 낭비하지 마. 지질한 놈들이니까.」

날 위한 말이었지만, 그냥 넘어가자니 피가 끓었다. 나는 심한 다혈질이라서 우리 부모님은 나에게 싸울 때를 가리라고 충고하곤 했다. 아이러니하게도 본인들을 상대로 가장 유용한 충고였다. 나는 오늘은 싸울 날이 아니라고 되새기며 더러운 조롱들을 그냥 흘려보냈다. 하지만 누가 뱉었는지는 기억해 뒀다. 그야 복수의 기회가 왔을 때 놓칠 수는 없

23 풋볼에서 공격 포지션 중 하나. 게이를 조롱하는 표현으로도 쓰인다.

으니까.

그동안 폴은 눈에 띄지 않았다. 오늘은 집에 머물기로 한 모양이었다. 나도 거의 그럴 뻔했는데 결석하면 눈에 더 띌 것 같았다. 게다가 어차피 다들 내 이야기를 할 거라면 내 눈에 보이는 데서 하는 게 나았다.

조시 이즐리, 리오 대신 내 단짝 자리를 차지한 와이드 리시버가 1교시 직전에 사물함을 여는 나에게 다가왔다.

「그래서, 사실이야?」 조시가 물었다. 「아니면 쇼야? 너희 아빠가 우리 아빠한테 그냥 쇼라고 했다던데.」

아빠가 그런 식으로 상황을 비틀려고 하다니 순간 울컥했다가…… 어젯밤 대화 전의 일일 수도 있겠다는 생각이 들었다.

「쇼 아니야.」 내가 말했다.

조시는 고개를 끄덕였다. 「아닐 거라 생각했어.」 그러더니 뭔가 탐색하는 표정으로 날 보며 덧붙였다. 「그럼…… 우린 아직 친구지?」

친구가 아니게 될지도 모른다고 생각했다니 기분이 묘했다. 「응, 물론이지.」 내가 말했다.

조시는 안심한 듯했다. 「그래, 다행이네.」 그러고는 더 어색해지기 전에 떠났다. 이때껏 조시가 리오의 자리를 차지한 것을 내심 원망했는데, 알고 보니 나는 이 세상에서조차 단짝을 잘 골랐던 것이다. 내가 돌아가려는 세상에 조시가 없을지도 모른다는 생각에 조금 쓸쓸했다.

나는 3교시 수업 도중에 학교 상담실에 불려 갔다. 그것도 교실 안 스피커를 통해 호출됐다. 이목을 끌고 싶지 않은 일로 이목을 끌고 싶지 않은 학생에게 이목을 집중시키고자 할 때 이보다 확실한 방법이 또 있을까.

우리 학교 상담사인 메츠 선생님은 날 앉히더니, 위로를 의도했으나 소름 끼치기만 하는 표정으로 어제 일을 알고 있다고 말했다. 그것참 놀라운 일이군. 그러더니 기껏 날 역사 퀴즈에서 빼내 와놓고는 그보다 더 짜증 나는 퀴즈 문제를 내기 시작했다. 마음이 좀 어떻니? 괜찮아요. 이야기 좀 할래? 아니요. 부모님과 이야기 좀 해봤니? 네. 부모님이 힘이 되어 주시니? 그건 나중에 말할게요.

나에게서 건질 것이 없다는 게 분명해지자 그는 〈너를 지지해!〉라는 제목이 적힌 총천연색 팸플릿 한 묶음을 건네주고 날 교실로 돌려보냈다. 〈너〉가 굵은 글씨로 강조되어 있었다.

물론 이날의 가장 큰 고비는 점심시간이었다. 두려웠다. 그야 복도나 교실과 달리 학교 식당은 사회적 역학 관계가 여실히 드러나는 장이니까. 나는 어디에 앉아야 할지조차 몰랐다. 평소 무리에 끼어야 할까? 그러면 너무 불편해지려나? 성 소수자 무리를 찾아서 함께 앉아야 하나? 아니면 요즘 늘 그랬듯이 혼자 앉아 있으면 누가 다가오려나? 그때 폴을 발견했다. 알고 보니 1교시 전 복도에서의 집중 공격을 피해 일부러 늦게 온 것이었다. 폴이 마침내 혼자 앉기를 선택한 걸 보고 나는 그쪽으로 갔다. 하지만 내가 맞은편에 앉자, 폴은 조금 불편해하는 것처럼 보였다.

「나 그냥 갈까?」내가 물었다.

「아니, 그런 거 아니야.」폴은 잠시 머뭇거리다 덧붙였다. 「그냥…… 오늘은 스킨십 같은 거 하지 말자. 적어도 여기서는.」

어차피 그럴 생각도 없었지만 듣고 나니 기분이 좀 그랬다. 「내가 커밍아웃을 하길 바란 건 너 아니야? 내가 준비가 안 됐다고 생각해서 나랑 헤어질 작정이었잖아?」

「맞아.」폴이 수긍했다. 「하지만 난 내 커밍아웃이 이런 공개적인 행사가 될 줄 몰랐어. 하루아침에 왕자님과 결혼한 아무개가 된 느낌이야.」

「아니, 난 왕자님이 아니야. 좋게 봐야…… 왕가의 망나니지.」

폴이 웃었다. 누군가는 웃어야 했다.

「애시, 공개하는 것과 공개되는 것은 달라. 넌 나한테 선택권을 안 줬잖아! 내가 문을 열고 나갈 준비가 됐다고 해서 네가 발로 차서 열어 주길 바란 건 아니야.」

「그래서 화났어?」

「그래, 화났어.」폴은 주저 없이 답했다. 「하지만 네가 미치게 자랑스럽기도 해. 지금은 그 두 감정이 섞여 있어. 너랑 내가 한동안 풀어야 할 숙제야.」

우리가 함께 있는 걸 본 애들이 다가와 응원의 말을 건넸고, 우리는 고맙게 받아들였다. 하지만 나처럼 폴도 그들이 그만하길 바란다는 걸 알 수 있었다. 문득 중학교 동창이 떠올랐다. 여름 방학 때 체중 감량 캠프에 가서 10킬로그램이나 빼고 돌아왔더니 마주치는 사람마다 보기 좋다고 칭찬하는 바람에 오히려 민망할 것 같아 보였다.

나는 예전에 늘 앉던 테이블을 건너다봤다. 노리스와 레이턴을 포함한 무리가 보였다. 아마 조시는 그 사이에서 날 두둔하려고 애썼을 거다. 그럴 필요도 없고 나도 바라지 않는 일이었지만, 어쨌거나 조시는 그랬을 거다. 내 원래 세상에서 이런 일이 일어났다면 리오도 똑같이 했을 테니까. 나는 정신이 다차원 순환 고리로 빠질세라 머리를 흔들었다.

　「너도 상담실에 불려 갔었어?」 내가 폴에게 물었다.

　폴은 한숨을 쉬며 주머니에서 구겨진 팸플릿을 꺼냈다. 성병 관련 책자였고 〈너를 보호해!〉라는 제목을 달고 있었다. 책자마다 〈너〉를 큼직하게 쓴 게, 행여나 당사자가 이 모든 게 남의 일이라고 착각하지 않도록 짚어 주는 듯했다.

　「그분도 자기 일을 하는 거겠지.」 폴이 말했다.

　그렇게 점심시간을 무사히 마칠 수 있을 줄 알았는데, 막판에 레이턴이 케이티를 대동하고 왔다. 녀석은 갑자기 친한 척하며 내 옆자리에 앉았다. 그야 이제 케이티를 두고 나를 견제할 필요가 없다는 게 분명해졌으니까. 그 태도에 녀석이 더 싫어졌다. 거기서 더 싫어질 수 있다니. 케이티도 레이턴 옆에 앉아서 폴을 보고 빙그레 웃었다. 레이턴의 미소보다 1백만 배는 더 진심 어리고 따뜻한 미소였다.

　「얘들아.」 레이턴이 폴과 나에게 말했다. 「난 그저 나랑 케이티가 너희 관계를 진심으로 지지한다는 걸 알아줬으면 해. 실은 우리는 이제부터 너희를 애시폴이라고 부르기로 했어. 맘에 들어? 애시폴? 괜찮지 않아?」

　나는 소름이 돋았고 폴은 날 쳐다보고 눈으로 그를 욕했다. 케이티는 몸을 비틀어 레이턴의 손아귀에서 벗어났다.

「우리라니, 언제 그런 걸 정했어? 날 왜 끌어들여.」케이티가
따졌다.

레이턴은 케이티를 보고 능청스레 웃었다. 「왜 정색하고
그래? 나한테서 이런 공감 능력을 기대한 거 아니었어?」

「네가 정말 공감 능력이 있다면 그렇게 얄밉게 히죽거리
지 않았겠지.」케이티는 그렇게 대꾸하고서 나와 눈을 맞췄
다. 「정말 잘됐어, 애시. 어려운 결정 한 거 알아. 난 전적으
로 네 편이야.」

「폴도!」레이턴이 입으로 방귀라도 뀌듯 외쳤다.

케이티가 열받아서 자리를 박차고 가버리자 레이턴이 뒤
쫓아 가며 외쳤다. 「내가 뭘 어쨌길래?」

이제 폴이 히죽거릴 차례였다. 「내가 6학년 때 잠깐 쟤 좋
아했었던 거 믿을 수 있어? 그러다 금붕어를 산 채로 삼켜서
회충에 감염되는 꼴 보고 바로 깼지.」

「그때 뇌까지 감염됐나 봐.」내가 말했다. 테이블 위에서
우리 손이 닿을 듯 말 듯 했다. 폴이 새끼손가락으로 내 새끼
손가락을 툭 쳤다. 나는 두 손가락을 얽었다. 스킨십 금지는
집어치우라지.

「괜찮아?」내가 물었다.

폴은 고개를 끄덕였지만 마지못해 끄덕인 것이었다. 「과
도기겠지. 근데 그냥…… 자는 사이에 지나가면 좋겠어.」

「나도 끼워 줘.」내가 은밀히 윙크하며 말했다.

폴이 정떨어진다는 표정으로 말했다. 「넌 레이턴만큼 악
질이야.」

풋볼 훈련도 즐겁지만은 않았다.

코치는 훈련 전에 우릴 한자리에 모았다. 「자, 좋아.」 코치가 특유의 활기찬 목소리로 말했다. 아마 다른 목소리를 내는 법은 모를 거다. 「오늘 우리에게 특수한 상황이 있다는 거 안다. 그리고 우린 그걸 곪게 놔두지 않고 이 자리에서 이야기할 거다.」

나는 눈에 띄게 반응하지 않으려고 애썼다. 앞서 말했듯이, 난 아직 무감각을 보호막처럼 두르고 있었다. 하지만 팀원들의 투덜거림이 안 들릴 정도는 아니었다.

「굳이요?」 노리스가 물었다.

「그래, 굳이.」 코치가 노리스를 놀리듯 따라 하고서 우리를 향해 말했다. 「이번 주에 너희의 친구이자 동료인 애시가 중대한 자기 고백을 했다.」 (〈중대한 자기 고백〉이라니, 맙소사. 얼마나 오래 고민해서 찾아낸 표현일까?) 「분명 쉽지 않았을 텐데, 우린 그 결단에 박수를 보내야 한다.」

이어진 침묵 속에서 누군가가 빈정거리듯 느리게 손뼉을 치자 코치가 매서운 눈초리를 날렸다. 코치는 범인을 가리키며 말했다. 「저런 게 바로 내가 용납하지 않는 행동이다. 애시는 이 팀의 중요한 일원이고, 괴롭히는 사람은 누구든, 그게 누구든 퇴출이라는 것만 알아 둬라.」

솔직히 좀 감명받았다. 모든 코치가 그렇게 강수를 두진 않을 테니까. 하지만 또 한편으로는 그렇게 규제를 해야 골 빈 팀원들에게서 날 보호할 수 있다고 생각하는 게 싫었다.

다들 몸을 꿈지럭거렸지만 좋든 싫든 생각은 속으로만 했다. 한 놈만 빼고. 데이브 리긴스. 내 원래 세상에도 존재했지만 거기선 1학년 때 팀에서 잘린 놈이었다.

「탈의실은 어떻게 해요?」 놈이 물었다.

「그게 뭐?」 코치가 물었다. 코치도 리긴스가 무슨 말을 하는지 알았지만 기어이 제 입으로 꺼내게 했다.

「그러니까, 혹시 제가 탈의실에 있다가 좀…… 뭐라고 하더라…… 대상화된 기분이 들면요?」

나는 그 질문에 스스로 답했다. 「괜찮아, 리긴스. 대상도 대상 나름이거든. 장담하는데, 넌 아무 걱정 안 해도 돼.」

한바탕 비웃음과 조롱이 이어졌다.

「그래그래, 아주 재밌네.」 리긴스가 말했다.

그게 다였다. 코치는 기본 규칙을 정했고, 팀원들은 따르기로 했다. 다들 실제로 안도한 듯했다. 그날 훈련은 평소 같았고, 탈의실에서는 아무도 날 괴롭히지 않았다.

어처구니없다고 생각하겠지만, 이 새로운 인생 문제가 뇌의 너무 많은 정신 영역을 차지해서 더 큰 문제, 세상을 바꾸는 문제는 뒷전으로 밀려났다. 그러고 보니 내가 새로운 현실에 순응하면, 그 현실이 날 지배하고 그 외 다른 세상들은 어떤 정신적 지평 너머로 멀어지는 듯했다. 그리고 멀어지면 멀어질수록 현실감이 떨어졌다. 나는 이따금 원래 나의 고향에서 몇 세상이나 떨어져 있는지 되새겨야 했다.

내 화려한 커밍아웃 사건의 후일담은 이만하고 싶은데, 이날 저녁 집에서 벌어진 상황은 짚고 넘어가야 할 것 같다. 내가 말했듯이, 부유해지고 나서 우리 가족이 함께 식사하는 일은 드물었다. 이날 저녁도 마찬가지였다. 우리는 각자의 일정에 따라 각자의 영역에서 포장 음식을 먹었다. 하지만 내가 음식을 가지러 부엌에 갔을 때 엄마 아빠가 식탁에 앉아 있는 게 보였다. 별 대화가 없는 건 평소와 같았는데 이 날따라 침묵을 견딜 수 없었다.

「할 말 있는 거 아니야?」 내가 물었다.

아빠가 날 바라봤다. 내가 예상했던 분노나 비난의 기색은 없었다. 단지 피곤해 보였다. 「우리가 어떻게 하면 좋겠니, 애시? 헌터의 기타를 꺼내 〈쿰바야〉²⁴라도 부를까?」

「난…… 그게 뭔지도 모르겠는데.」 내가 답했다.

아빠는 한숨을 쉬었다. 「좋아. 현재 상황은 우리 모두 익숙해질 거야. 익숙해지면 다 괜찮아질 테고.」 그러더니 아빠는 자기가 이메일로 보낸 〈너 같은 풋볼 선수들〉에 대한 기사들을 읽어 봤냐고 물었다. 나는 메일 보는 게 싫어 수신함을 열어 보지도 않았지만 읽었다고 대꾸했다.

「그냥 선수 생활에는 지장 없을 거란 걸 알려 주고 싶었어.」 아빠가 열의를 보이며 말했다.

「한 가지는 확실해.」 엄마가 말했다. 「이번 일을 통해 넌 계속 친구로 지내고 싶은 사람과 그렇지 않은 사람을 가릴 수 있을 거야.」

그 말은 반박할 수 없었다.

그냥 접시를 들고 자리를 떠날 수도 있었는데, 그러지 않았다. 아빠가 〈너 같은 풋볼 선수들〉이라고 말한 게 신경 쓰였다. 여전히 〈게이〉라는 단어를 입 밖에 내지 못하는 게.

「나한테 실망한 거 알아. 하지만 그건 내가 어쩔 수 없는

24 흑인 영가. 모닥불 주위에 둘러앉아 여럿이 함께 부르는 노래로 유명하다.

일이야.」내가 말했다.

두 사람은 잠시 어떻게 대답해야 할지 몰라 서로 눈치만 봤다.

「아니.」아빠가 말했다. 「만약 네가 학교에서 낙제한다면 실망하겠지. 파티에 갔다가 술에 취한 채 차를 몰아도 실망할 테고. 마찬가지로 네가 어제 우리한테 말한 게 사실이 아닌 척 행동한다면 그때 역시 실망할 거야.」

「사실이 아닌 척 애시가 행동하길 원한 건 당신 아니었어?」엄마가 일깨웠다.

아빠가 한숨을 쉬었다. 「정신을 차릴 시간이 필요했어.」그러고는 덧붙였다. 「아직도 좀 필요하고.」

「실망이란 건 사람이 한 행동에 대고 하는 거지, 본성에다 하는 게 아니야.」엄마가 말했다.

불현듯 내가 이 세상에서도 여전히 마약상이라는 사실이 떠올랐다. 부모님이 그 사실을 안다면 실망하고도 남을 거다. 만약 선택권이 있다면 아들이 마약상이 되는 것보다 게이가 되는 편을 택했을 거다. 이 상황에 왜곡된 위안이라도 좀 얻고 싶었지만, 문제는 이 세상에서 난 둘 다에 해당이 됐다.

「한 가지만 부탁하자.」아빠가 말했다. 「그저…… 폴을 집에 데려오지만 말아라.」

내가 반발하려는데 아빠가 한 손을 펼쳐 들었다. 「당분간, 한동안만. 우리에게 익숙해질 시간을 좀 주렴.」

「익숙해지긴 할 거야?」내가 물었다.

아빠는 잠시 대답을 심사숙고했다. 「그래. 다른 길을 걸을 순 없으니까.」

그 다른 길이란, 다들 알고 있듯이, 부모와 동성애자 자식이 감정적 벽을 쌓고 서로 남처럼 살며 삶에 중요한 일이 벌어져도 모르는 척하는 것이었다. 결론적으로 나의 부모님이 그 벽 쌓기를 거부했다니 기뻤다.

「폴은 추수 감사절에 초대할 거야.」엄마가 선언했다.

아빠가 엄마를 잠시 바라보다가 마지못해 고개를 끄덕였다.「그래. 추수감사절.」

「잘됐네.」언제나 그러듯 엿듣고 있던 헌터가 끼어들었다.「내 남자 친구도 데려와도 돼?」

엄마 아빠가 얼어붙자 헌터가 씩 웃으며 〈속았지!〉했다. 헌터는 나에게 하이파이브를 얻어 내고는 다시 위층으로 올라갔다.

그날 밤 나는 리오에게 전화해 이틀간의 드라마를 전했다. 리오는 진심으로 궁금해했고, 나는 누구하고도 하고 싶지 않았던 이야기를 자연스럽게 리오에게 털어놓았다. 왜일까? 다른 세상에서 리오가 내 단짝이라서? 어쩌면 그 반대일지도 모른다. 이 버전의 리오가 날 잘 몰라서 그런 이야길 해도 어색하지 않기 때문일지도. 어쨌거나 모든 세상에서 리오는 좋은 경청자였다. 내가 아는 많은 사람처럼 그저 듣는 척만 하지 않았다.

「금요일에 네 경기 보러 갈게. 펜스 반대편에서 지켜봐야 하더라도.」

「안 그럴 거야.」나는 확신하지도 못하면서 장담했다. 우리 모두를 고향에 데려다줄 만큼 세게 들이받아야 할 또 다른 이유였다.

　나는 금요일까지 다음에 뛰어들 세상을 위해 준비해야 한다고 생각했다. 수요일에 나가떨어질 줄 모르고.

16
제거, 적출 또는 제명

나는 헌터에게 더는 마약을 팔지 않겠다고 장담했고, 그약속을 지켰다. 일주일 넘게 단 한 번도 불법 약물을 팔지 않았다. 단골손님이 찾아올 때마다 더는 못 구한다고 말하고 무료로 비타민제를 한 병씩 줬다. 그리고 지난주에 가게를 지키다가 랠스턴이 평소처럼 합법 물건과 함께 불법 물건을 가지고 나타났을 때, 불법 물건을 거절했다.

「미안하게 됐어.」 내가 말했다. 「난 이제 정식 보충제만 팔아.」 그러고서 지난주에 그가 두고 간 모든 약을 돌려줬다.

「출구 전략도 없이?」 랠스턴이 물었다.

「당신 혼자 빠져. 그게 내 전략이야.」

랠스턴은 군말 없이 물건을 챙겨서 떠났다.

하지만 이번 주 수요일, 랠스턴은 동료들과 함께 도로 왔다. 마치 한때 했던 풋볼을 졸업하고 이제 보호 장비 없는 경기에 뛰어든 것처럼 보이는 남자 둘이었다.

협박을 일삼는 이들은 대체로 외양이 비슷하다. 그게 본

241

모습인지 유니폼처럼 걸친 건지는 모르겠지만 어느 쪽이든, 이 전문 양아치들도 그랬다. 한 놈은 즐거운 일을 앞둔 사람처럼 날 보고 씩 웃었고, 다른 한 놈은 얼굴에 큰 흉터가 있고 눈썹이 하나뿐이었다. 나는 놈들의 이름을 모르고 평생 모를 테니 편의상 1번과 2번으로 부르겠다.

무섭지 않았다.

그래, 거짓말이다. 사실 무서웠다. 하나라면 어떻게든 상대하겠는데, 둘은 확실히 무리였다. 아무래도 도망이 최선이었다. 내 특기가 공격 라인을 뚫는 것이니, 해볼 만했다. 단지 기회를 잡고 밀어붙여야 했다. 나와 그들은 가게 뒷골목에 있었다. 놈들의 왼쪽 아니면 오른쪽으로 빠져 나가야 했다. 탈출 경로가 두 개면 탈출 기회도 두 배였다.

「보아하니 당신 동료들이 나한테 뭔가 할 말이 있는 거 같네.」내가 랠스턴에게 말했다.

「이 친구들은 말하러 온 게 아니야.」랠스턴이 말했다.「그리고 이건 내 결정이 아니야. 권력 구조상의 문제지.」그러더니 고개를 비뚜름히 기울이고 잠시 생각에 잠겼다.「그들을 핵폭탄이라고 생각해. 네가 순순히 복귀하면 나도 도화선에 불을 붙일 필요 없어. 원만하게 해결할 수 있지.」

하지만 그런 일은 없을 테고, 우리 모두 그걸 알았다.

내가 꼬리를 내리지 않자 랠스턴은 한숨을 내쉬었다.「좋아. 이렇게까지 해야 하는 이유 알지? 네가 본보기가 되어야 하거든. 암초 지대를 경고하는 난파선처럼 말이야.」

그 말을 끝으로 랠스턴은 1번, 2번에게 눈짓했다. 지금이 기회였다. 나는 틈을 파고들어 돌진했다. 하지만 이곳은 잔디 위가 아니라 골목이었다. 스파이크 슈즈도 안 신은 나는 바닥의 오물을 밟고 그만 미끄러졌다. 놈들을 뚫고 나가긴커녕 놈들 품으로 뛰어들고 말았다.

순식간에 1번이 나를 붙들고, 2번이 팔을 휘둘렀다. 주먹이 쏟아졌다. 어떻게 보면 다행이라고 할 수 있었다. 칼이라도 들었다면 날 죽일 작정이었다는 뜻일 테니까. 주먹은 그냥 혼쭐을 내주겠다는 의미였다. 물론 죽을 가능성이 아예 없다고 생각할 만큼 난 멍청하지 않았다.

나는 힘껏 몸부림쳤다. 발길질하고 팔을 휘두르고 팔꿈치로 찍었다. 쉽게 당하지만은 않았다. 하지만 놈들에게 준 타격은 내가 배와 얼굴, 심지어 가랑이에 받은 응징에 비하면 아무것도 아니었다. 특히 가랑이 쪽은 대번에 나를 무력화했다. 나는 몸을 웅크렸다. 아파서 다리에 힘이 풀렸지만 1번이 다시 일으켜 세우고 2번이 계속 때렸다. 마침내 랠스턴이 놈들에게 그만하라고 말하자, 놈들은 정지 버튼이 눌린 것처럼 멈췄다.

「마지막 기회야.」 랠스턴이 말했다. 「불상사는 이쯤에서 끝내고, 모든 걸 원래대로 되돌려서 좋게 좋게 지내는 거 어때? 그럼 우리 모두 행복해질 텐데.」

나는 랠스턴에게 꽤 모욕적인 말로 응수했다. 노리스가 들었다면 키득거렸을 말인데, 그냥 심한 욕이라고만 해두자.

랠스턴이 다시 재생 버튼을 누르자, 놈들은 하던 일로 돌아가 날 건물 벽에 세게 밀쳤다.

벽에 부딪힌 순간, 뭔가 느꼈다.

찰나의 추위. 이쪽도 저쪽도 아닌 방향으로 빠지는 듯한 현기증.

　무슨 일인지 단박에 깨달았다.

　나는 또 이동하고 있었다.

　바로 옆 스타벅스의 바리스타가 골목에 홀로 쓰러져 있는 날 발견했다. 기억이 가물가물했다. 몇 초 사이의 일일 수도 있지만 시간이 한참 지난 듯 느껴졌다.

　「헉! 괜찮아요? 무슨 일 당했어요? 잠깐만요, 911 부를 게요!」

　「아뇨……. 됐어요…….」 떠듬떠듬 말했지만 이미 늦었다. 그는 911에 전화해 황급히 도움을 요청하고서 날 스타벅스 창고로 데려갔다.

　「아는 사람이 한 짓이에요?」 그가 물었다. 「아니면 강도를 당했어요? 분평들한테?」

　나는 얼굴을 찡그렸다. 아파서가 아니라 경멸스러운 호칭 때문이었다. 이 뜻밖의 탈선으로 고향에 조금도 가까워지지 않았다는 뜻이었다.

　별안간 토기가 치밀었다. 나는 그 바리스타와 커피 원두 자루들 위로 속을 와르르 게워 냈다. 앞으로 이 스타벅스는 멀리하자고 다짐했다.

　그래도 한바탕 쏟아 내고 나니 좀 괜찮아졌다. 적어도 구급 요원들이 도착하기 전에 일어나서 뒷문으로 내뺄 수 있을 만큼은 됐다.

　하지만 골목 어귀를 빠져나가기도 전에 가로막혔다.

　스케이드보드를 탄 다섯 쌍둥이에게.

「어떤 변화인지는 몰라도 포착됐고, 통제됐어.」에드가 말했다.

나는 폐점한 토이저러스, 즉 에드워드 쌍둥이들의 본거지에 앉아 얼음주머니를 눈가와 입술에 번갈아 대고 있었다. 어느 부위가 더 시급한지는 알 수 없었다.

최신 에드워드, 일명 테디는 가장 침착해 보였다. 다들 우왕좌왕하는 가운데 혼자 몇 안 되는 안락의자에 앉아 느긋이 상황을 받아들였다. 나머지처럼 흥분하지 않고 사색에 잠겼다. 나는 그가 다른 에드워드 쌍둥이들만큼 머리를 굴리되 좀 더 신중히 굴린다는 걸 알 수 있었다. 마치 시계의 톱니바퀴처럼. 그래서인지 더 눈길이 갔다. 내가 빌리고 싶은 평정심이 느껴졌다.

「통제는 좋은 거야.」에드가 늘 그러듯 긍정적으로 보려고 애쓰며 말했다. 「이건 현실을 바꾸기 위해 꼭 풋볼 경기를 치를 필요가 없다는 뜻이야. 이동을 유도할 수 있어.」

그동안 에디는 이 세상이 어떻게 다른지 알아내려고 소파에 앉아 쿼트를 붙들고 현실 간 차이를 찾아 헤맸다. 에드와 도는 한구석에서 내가 들어갈 탱크를 준비하고 있었다. 그야 내가 〈다른 어딘가〉에서 무슨 일이 일어났는지 정확히 기억하려면 내 머릿속에 접속해야 했으니까.

「적어도 이동이 일어나기 전에 뭘 하고 있었는지 설명해 줄래?」이미 인내심이 바닥난 더블디가 물었다.

나는 한숨을 쉬고 상황을 설명했다. 배달원의 감시하에 1번과 2번에게 흠씬 두들겨 맞았다고. 「벽에 부딪치는 순간 어딘가로 빠지는 느낌이 들었어. 놈들은 날 골목에 남겨 두고 떠났고.」

에드는 미간을 찌푸리더니 에디에게 말했다. 「그 비타민 배달원 이름 확인해 봐.」

「그 배달원은…… 게리야.」에디가 컨트롤러를 몇 번 조작하더니 대답했다.

「아니, 랠스턴이야.」내가 정정했다.

에드워드 쌍둥이들은 의료 사고를 낸 의사들처럼 서로를 번갈아 봤다. 테디는 느긋이 앉아 남들이 아직 파악 못 한 진실을 알고 있다는 듯이 묘하게 웃었다.

「이전 기록을 확인해 볼게.」에디가 쿼트를 조작하는 동안 우리는 기다렸다. 화면에 도형과 상징이 휙휙 지나갔다. 「찾았어!」에디가 마침내 말했다. 「본명은 랠스턴 클링스미스…….」그러고 나서 에디는 컨트롤러를 좀 더 조작했다. 「음…… 랠스턴 클링스미스.」에디가 반복하더니 손을 멈췄다. 「흠. 현재 실타래에선 못 찾겠어.」

「흥미롭네…….」테디가 만족한 듯 의자에 등을 기댔다. 하지만 다른 쌍둥이들은 그 소식에 만족하긴커녕 혼란스러워하는 듯 보였다. 에드가 내 옆에 무릎을 꿇더니 내 얼굴에서 얼음주머니를 떼고 나와 눈을 맞췄다. 「기억해 내야 해. 목욕할 시간이야.」

두통 완화 용액에 닿자 소금을 뿌린 것만큼 상처들이 지독하게 화끈거렸다. 하도 따가워서 긴장을 풀기 어려웠다. 이완이 억지로 되는 것도 아니거니와, 완벽히 고요하지도 않았다. 더블디가 밖에서 날 욕하는 소리와 에드가 말리는 소리가 들렸다. 더블디는 내가 부적격이라고, 재앙이라고, 블랙홀이 존재하는 이유라고 외쳤다.

나는 어둠 속에서 눈을 뜬 채, 아픈 신경 세포들 속으로, 내가 있고 싶지 않은 곳으로 상념들을 깊이 밀어 넣었다. 내 머리가 서로 상충하는 기억들로 점점 더 붐비고 있었기 때문이었다. 내 뇌는 더 이상 즐거운 곳이 아니었다. 사실 그랬던 적도 없긴 했지만 지금은 확실히 해로웠다. 그래도, 억지로 들어가야 했다.

랠스턴 패거리에 의해 〈다른 어딘가〉에 빠졌을 때의 느낌이 기억나기 시작했다. 아직 구체적인 건 없다. 그냥 느낌이다. 구타당하는 고통으로부터의 탈출. 안도. 그 느낌은 다른 감각으로 바뀌었다. 피 맛. 쓰레기 썩는 냄새. 그리고 구덩이.

나는 구덩이 가장자리의 미끄러운 경사면을 내달리고 있었다. 지난번 이동할 때 본 그 구덩이었다. 현실화되지 못해 안달 난 세상들이 날 둘러싸고, 어루만지고, 끌어당겼다. 하지만 이번에는 나 혼자가 아니었다. 다른 세 명도 구덩이 가장자리에서 달리고 있었다. 랠스턴과 그의 수하들. 그러다가 어느 순간부터 나는 그 구덩이를 맴돌고 있지 않았다. 완강히 버티고 서 있었다. 하지만 다른 세 명은 여전히 미끄러지고 있었다. 골목에서는 그들이 주도권을 쥐고 있었지만 여기서는 내가 권력자였다.

손을 뻗어 그들을 잡을 수도 있었다. 그러자 비로소 기억났다. 손을 뻗긴 뻗었다. 하지만 잡지는 않았다. 밀었다. 고의로, 기꺼이 밀었다.

세 사람은 구멍 안으로 빨려 들어갔다.

다음 순간 나는 다시 골목에 있었다. 메스껍고 욱신거리는 몸을 바리스타가 부축했다.

나는 기억을 떠나보내고 현재로 돌아왔다. 천천히 몸을 일으켜 탱크 밖으로 나왔다. 「무슨 일이 있었는지 알았어.」 내가 에드워드 쌍둥이들에게 말했다. 「내가 무슨 일을 저질렀는지.」

에드는 그것을 〈국소적 제거〉라고 불렀고 에디는 〈교정용 적출〉이라고 불렀다. 에드워드 쌍둥이들은 그 일에 뭐라고 이름 붙일지를 놓고 언쟁했다. 한 번도 접하지 못한 일이라 지칭할 말이 없었던 것이다. 하지만 난 그걸 뭐라고 불러야 할지 알고 있었다. 살인.

내가 그렇게 말했더니 더블디가 비웃었다. 「웃기지 마. 존재하지도 않는 사람을 죽일 순 없어.」

에디가 데이터를 확인하는 데는 몇 초도 안 걸렸다. 나는 세 명의 가해자를 모두 제거했다. 하지만, 더블디가 말했듯이, 난 그들을 죽이지 않았다. 그렇게 간단할 리 없었다.

「그럼…… 내가 그 세 사람이 존재하지 않는 세상으로 뛰어들었다는 거야?」 내가 물었다.

하지만 에디는 고개를 저었다. 「그 이상이야. 내가 볼 때, 넌 그들이 존재할 수 있는 모든 세상을 제거했어.」

쌍둥이들은 말 그대로 우왕좌왕했다. 〈전대미문의 사건〉이라느니 〈기막힌 결과〉라느니 한마디씩 던지며 서성거렸다. 이때까지 나는 그들이 자기가 뭘 하고 있는지 안다고 생각했다. 이제 그들은 나처럼 맹목 비행 중이었다.

그러는 동안 새로운 멤버, 테디만이 평정을 유지한 채 천천히 머리를 굴렸다.

결국, 에드워드 쌍둥이들은 그 일을 〈범차원적 제명〉이라고 부르기로 합의했고, 그것만으로 약간 홀가분해 보였다. 또다시 의사들이 연상됐다. 한때 우리 이모는 혈소판에 무슨 이상이 있어서 다리에 희한한 보라색 반점이 생겼다. 의료진은 이모에게 특발 혈소판 감소 자색반병이라는 진단을 내렸다. 몹시 어렵고 전문적으로 들리지만, 따져 보면 그냥 〈이유를 알 수 없는 보라색 반점〉이라는 뜻이다.

나는 두 손에 얼굴을 묻었다. 잔뜩 부은 얼굴이 손바닥에 느껴졌다. 내가 그렇게 두들겨 맞았던 세상을 제거했다면 상처와 멍도 사라져야 하지 않나?

「네 기억 같은 거야.」 에드가 내 물음에 답했다. 「너에게 남은 흔적들이지.」

「세상이 합리적 설명을 찾아낼 거야.」 테디가 장담했다.

하지만 그게 내가 한 일을 지워 주진 않았다. 난 완전 범죄를 저질렀다. 증거가 없을 뿐 아니라 피해자도 없었다.

「만약 내가 그들이 존재할 수 있는 모든 세상을 삭제했다면, 내가 있었던 세상, 내 원래 세상은?」 내가 말했다.

랠스턴이 내 원래 세상에서도 아빠 가게에 물건을 배달했나? 그러고 보니 내 원래 세상에서는 아빠가 보충제 사업을 하지도 않았다. 거기까지만 기억했는데도 머리가 너무 아파서 생각을 이어 나갈 수 없었다.

「만약 네가 네 세상에 돌아간다면, 거긴 네가 만난 적 없는 세 사람이 빠진 세상일 거야.」에드가 말했다.

알고 보니 랠스턴이 없었으면 난 마약을 거래하지 않았을 거다. 그가 먼저 나에게 접근했지, 내가 먼저 찾아 나선 건 아니었으니까. 마약 거래가 나 스스로가 아니라 외부 요인에 의해 이뤄졌다는 사실이 약간 위안이 됐다. 그래도 내가 세 사람을 제거했다는 사실은 여전히 찝찝했다. 물론 정당방위였지만……. 나에게 칼이 있었다면 찔렀을까? 총이 있었다면 쐈을까? 정당방위에도 허용선이 있다. 그들이 추잡한 쥐새끼라는 이유로 존재 자체를 지워 버리는 게 과연 정당한 처분일까? 그들을 사랑하는 어머니도 있었을 텐데. 하긴 이제 그 어머니들은 그들을 가진 적도 없으니, 그들은 어머니마저 잃은 것이다.

쓸모없는 감정들이 내 안을 어지럽혔다. 죄책감과 수치심. 마치 신의 찻잔에 오줌을 쌌는데 들키지도 않은 것 같았다.

17
결론 도출

다음 날 아침, 예상해야 했는데 예상치 못한 상황이 닥쳤다. 나는 시퍼렇게 멍든 눈가와 퉁퉁 부은 입술로 학교에 갔다. 애들이 빤히 쳐다보길래 적의에 찬 눈으로 되받아쳤다.

「문제 있어?」

「아니, 아니, 전혀.」

다들 허둥지둥 제 갈 길을 갔다.

폴이 내 사물함 앞으로 찾아왔다. 악명 높은 내 사물함. 지나가던 애들은 아마 우리가 또 키스할지도 모른다고 생각했을 거다. 오늘은 아니다. 입술이 너무 아팠다.

「어쩌다 그런 거야?」 폴이 내 얼굴을 보고 찡그리지 않으려고 애쓰며 말했다.

「별거 아냐. 가게 뒤에서 펀치기를 당했어. 그게 다야.」

내가 그렇게 말했을 때 폴이 날 바라보는 눈빛에 뭔가가 번득였다. 그 당시엔 그게 뭔지 몰랐지만, 곧 알게 될 터였다. 「그놈들이 너보다 심한 꼴이었으면 좋겠네.」

「맞아. 내가 다 정리했어.」나는 내가 그들을 얼마나 깔끔하게 정리했는지 떠올리며 씁쓸하게 웃었다.

2교시 도중에 또다시 메츠 선생님이 날 상담실로 호출했고, 이번에는 교장 선생님도 동석해 있었다. 결코 좋은 징조가 아니었다. 내가 문을 열고 들어가자 둘 다 일어섰다.

「앉으렴, 애시.」벤슨 교장 선생님이 말했다.

난 딱히 오래 있고 싶지 않아서 그냥 서서 물었다. 「무슨 일이에요?」

선생님들은 내가 앉길 기다렸지만, 계속 버티자 거두절미하고 본론을 꺼냈다.

「누가 너한테 이런 짓을 했는지 알려 주겠니?」벤슨 교장 선생님이 말했다.

「아무도 아니에요.」내가 말했다. 틀린 말은 아니었다. 이제 그 폭력배들은 정말로 더는 아무도 아니었으니까. 「노상 강도를 당했어요.」

메츠 선생님이 최대한 안쓰러운 표정을 지어 보였다. 「애시, 네가 이번 일을 조용히 넘기고 싶어 하는 거 알아. 하지만 이건 그냥 넘어갈 일이 아니야. 혐오 범죄라고.」

「혐오 범죄요?」

그제야 비로소 선생님들이, 폴이, 그리고 모두가 내 얼굴을 보고 무슨 생각을 했는지 깨달았다.

「애시, 적어도 자신을 속이지는 말렴.」벤슨 교장 선생님이 말했다. 「넌 최근에 커밍아웃을 했고, 같은 주에 구타를 당했어. 결론을 도출하긴 그리 어렵지 않아.」

고개를 흔들자 온 얼굴이 욱신거렸다. 「그저 운이 나빴을 수도 있죠!」

두 사람은 서로 시선을 교환하더니 다시 날 봤다. 벤슨 교장 선생님은 팔짱을 꼈다. 「강도를 당했다면 왜 경찰에 신고를 안 했니?」

나는 말을 하려다 입을 닫았다. 경찰에 신고를 안 한 이유는 두 가지뿐인데, 둘 다 용인될 리 없으니까. 하나, 가해자가 마약 공급책이라서. 둘, 가해자가 더 이상 존재하지 않는데 무슨 의미가 있나?

「애시, 네가 누굴 보호하는지 모르겠지만, 그들은 보호를 받을 자격이 없어.」 메츠 선생님이 말하자 벤슨 교장 선생님이 고개를 끄덕였다.

내가 계속 우길수록 사실을 부정하는 것처럼 들리리란 걸 알았다. 그래서 그들을 차단했다.

「이건 제 일이에요. 제가 처리할 테니까 그냥 (제기랄 좀) 내버려 두시면 감사하겠어요.」 어쨌거나 교장 선생님 앞이니 욕설은 암시만 했다. 그러고 돌아서 나왔다. 그때까지만 해도 그렇게 대충 넘어갈 수 있을 줄 알았다. 그러나 결론은 이미 도출된 상태였다.

점심시간에 케이티가 레이턴을 간신히 따돌리고 나를 빈 과학실로 데려가더니, 화장품 파우치를 꺼냈다.

「가만히 있어. 살살 할 테니까.」 그러더니 케이티는 화장품으로 내 멍을 덮기 시작했다.

「정말 이럴 필요 없는데.」 나는 그렇게 말하면서도 케이티를 말리지는 않았다.

「입방아에 오르기 싫다면 눈길을 끌지 않는 게 좋아.」케이티가 말했다.

「경험에서 우러나온 말이야?」

케이티는 내 얼굴을 두드리던 손을 멈췄다. 비록 잠깐이었지만. 「그건 이야기할 것도 없는데 왜 자꾸 물어?」케이티가 물었다.

「레이턴이 널 어떻게 대하는지 보이니까.」

「말로만 그러는 거야.」

「그래서 괜찮다는 거야?」

케이티가 화장품을 너무 세게 펴 발라서 나는 얼굴을 찡그렸다. 「미안.」케이티는 사과하고서 한숨을 내쉬며 평정을 되찾았다. 「애시, 너도 일을 크게 키우지 않을 이유가 있듯이, 나도 나만의 이유가 있어. 그냥 그렇게 두자.」

「하지만 내가 당한 건 남들이 생각하는 그런 게 아니야.」내가 말했다.

케이티는 다시 내 얼굴을 두드리며 잠시 뜸을 들였다. 「그런 게 아니더라도, 충분히 일어날 수 있는 일이긴 하잖아. 너한테 이런 짓을 할 만한 사람은 널렸어.」

나도 케이티가 옳다는 걸 알았다. 나는 그저 이 세상이 엉망진창이라서 그렇다고 합리화하고 싶었다. 내 원래 세상에서는 그렇지 않을 거라고⋯⋯. 하지만 그건 사실이 아니었다. 그런 편협함을 이 세상만 독점할 리 없었다.

나는 이 사태가 금방 잠잠해지리라고 자기 암시를 걸었다. 하지만 누가 누굴 속이겠는가? 난 그냥 게이 풋볼 선수가 아니라 동성애 혐오자들한테 두들겨 맞은 게이 풋볼 선수였다.

내 커밍아웃 사건이 인스타그램에 올라갈 만했다면, 이 새로운 사건은 뉴스거리가 될 만했다. 학교가 끝날 때쯤 나는 지역 신문 기자의 전화를 받았다. 그가 어떻게 내 번호를 알아냈는지 감도 안 왔다. 나는 바로 전화를 끊고 핸드폰 전원을 꺼버렸다. 내가 어디로 튈지 모르는 상황에 부닥친 건 자명했다.

나는 목요일 훈련에서 제외됐다. 물론 내가 요청한 건 아니었다.

「다들 한 번씩 쉬어 가기도 해야지.」 코치가 말했다. 내가 요즘 꽤 여러 번 쉬었는데도 말이다.

「내일 경기에는 못 빠져요! 전 꼭 뛰어야 해요.」 내가 얼마나 간절한지 코치는 절대 몰랐을 거다.

코치는 한숨을 쉬었다. 「네가 그렇게 원하는데 억지로 빼진 않을 거야. 그랬다가는 사람들이 실컷 물고 뜯을 테니까.」

지난주 아빠가 압박해 이뤄진 〈반성〉은 이번 주 커밍아웃 사건에 휩쓸려 사라진 듯했다. 나의 분반 동아리 가입은 갑자기 아빠의 우려 순위에서 밀려났다. 태세 변환이 놀라웠다. 아빠는 참 여러모로 꽉 막힌 사람이었지만, 자신이 이미 용인한 사안에 대해서는 관대했다. 어쨌거나 시야가 미세하게 넓어지고는 있었다. 아무리 딱딱한 물건도 압력을 가하면 구부러지기 마련이다. 그러지 않으면 아예 부러지게 되기 때문이다.

금요일이 되자 내 핸드폰은 언론의 요청으로 불이 났다.

내가 아직 17세 미성년자라는 사실도 그들을 막지 못했다. 내가 이제 특별한 상징이 되었기 때문이다. 나는 이제 우주의 중심이 아니라 논란의 중심이었다. 미디어에서 다룰 만한 소재. 우리 부모님에게는 물론이고 심지어 학교에도 전화가 왔다. 모두 나와 인터뷰를 하거나 어떤 성명을 발표하길 원했다. 그나마 집까지 찾아오지는 않았다. 그만큼의 뉴스거리는 아니라 다행이었다. 그래도 만일에 대비해 우리 가족은 커튼을 닫고 지냈다.

경기가 있는 금요일 저녁, 아빠가 다 함께 한 차를 타고 경기장에 가자고 했다. 매번 저마다 바쁜 일정에 따라 움직였기에 처음 있는 일이었다.

「우린 가족이잖아. 가족답게 행동하자고.」

「좋아.」 엄마가 동의했다. 「일찍 가면 좋은 자리 잡을 수 있겠네.」 보통 아빠가 상의 없이 일방적으로 결정을 내리면 엄마는 반발했지만, 그 뜻이 갸륵할 때는 기꺼이 따랐다. 나는 아빠에게 숨겨진 다른 의도가 있는지 궁금했다. 최근 버전의 아빠는 속이 시커멨으니까. 그건 분명 다른 버전의 나에게 영향을 미쳤을 거다. 리오 몰래 앤절라와 자고, 가게에서 은밀히 마약을 팔고. 부전자전이라는 말은 괜히 있는 게 아니다.

「덩컨 할아버지 장례식 이후로 다 함께 한 차에 탄 건 처음이네.」 학교에 가면서 헌터가 말했다. 비록 들은 바는 없지만, 덩컨 할아버지는 인종 차별주의자였을 뿐 아니라 극도의 동성애 혐오자였을 게 뻔했다. 팬데믹이 유행하는 기간에 치러진 다른 장례식들처럼, 할아버지의 장례식도 기묘했다. 우리 가족과 데니즈 이모네 가족은 서로 무덤 반대편에 한참 떨어진 채 서 있어야 했고, 목사님은 마스크를 쓴 채 웅얼거렸다. 나는 덩컨 할아버지와 조금도 친하지 않았다. 그의 죽음이 슬프지 않아서 오히려 그게 좀 슬펐다.

어쨌거나 그에게 폴을 소개하는 일은 상상도 할 수 없었다. 폴을 떠올리니 폴에게 연락하고 싶었다. 나는 폴에게 경기장에 올 거냐고, 경기 후에 보자고 문자 메시지를 보냈다. 폴은 늘 내 경기를 놓치지 않았지만, 월요일 커밍아웃 이후로 내키지 않을지도 몰랐다.

폴은 엄지 척 이모티콘 두 개와 스페이드 이모티콘 하나로 답했다. 참고로 스페이드는 뒤집힌 검은 하트 모양이다. 남이 문자 메시지를 훔쳐볼 경우를 대비한 우리만의 암호였다. 나는 똑바로 된 검정 하트를 보내고 나서 조금 머뭇거리다 대담하게 빨간 하트까지 투척했다. 폴은 노골적으로 곧추선 가지 이모티콘으로 화답했다. 나는 웃고 말았다.

엄마가 백미러로 나를 힐끗 봤다. 내 얼굴을 보고 누구와 연락하는지 눈치챈 듯했다. 「폴한테 우리랑 같이 앉아도 된다고 해.」

아빠는 아무 말도 안 했다. 아빠가 이 집안의 유일한 결정권자는 아니었다.

경기 때마다 만원인 주차장은 아직 이른 시간이라 공간이 넉넉했다. 아빠는 주차 후 시동을 끄기 전에 잠깐 멈칫하더니 나를 보고 말했다.

「평상시처럼 뛰어.」

「평상시에 내가 어떻게 뛰는데?」

아빠는 당황한 듯하더니 당연한 말을 하듯이 답했다. 「스타처럼.」 사실 라인맨은 딱히 빛나는 포지션이 아니다. 그제야 아빠가 나를 스타처럼 생각해 왔다는 걸 처음 알았다.

차 트렁크에서 장비를 챙겨 탈의실로 향하는데, 도착하기도 전에 입구에서 서성이는 기자들이 보였다. 지역 방송국에서 우리 경기를 취재하는 건 이상하지 않았지만, 이번에는 그저 티버츠빌 쪽 방송국 사람들이 아니었다. 탈의실 밖에 취재진 세 팀이 모여 있었는데 한 팀은 지붕에 안테나가 달린 중계 차량까지 대동했다. 순간 나 때문인가 했지만, 아무래도 고작 나 때문에 뉴스 취재진이 몰렸다고 생각하는 건 자의식 과잉인 듯했다. 하지만 먼발치에서 날 알아본 기자들이 곧장 카메라를 내 쪽으로 돌렸다. 처음 생각한 게 옳았던 거다.

거리가 어느 정도 가까워지자마자 기자들이 유명인에게 하듯 질문을 던지기 시작했다.

「애시 학생, 오늘 뛸 건가요?」

「부상 상태가 어떤가요?」

「누가 그런 짓을 했는지 아나요?」

「왜 도움을 요청하지 않았나요?」

「가해자는 몇 명이었나요?」

「다른 게이 선수들에게 하고 싶은 말 있나요?」

「성적 지향 때문에 공격받은 건 이번이 처음인가요?」

그냥 탈의실로 뛰어들고 싶었는데, 그러면 모양새가 안 좋을 게 뻔했다. 떳떳하지 않은 것처럼 보일 테니까. 그래서 나는 발걸음을 멈추고 기자들을 바라봤다. 내가 입을 떼자 질문이 멎었다. 문제는 내가 무슨 말을 해야 할지 전혀 몰랐다는 거다.

「저는 오늘 뛸 경기가 있거든요.」 내가 마침내 말했다. 「질문이 있다면 나중에 하시죠.」

그렇게 말한 것은 아마도 내가 곧 아무도 날 인터뷰하고 싶어 하지 않는 우주에 가 있을지도 몰랐기 때문이었다.

탈의실에 들어섰을 때까지도 나는 기자들 때문에 얼떨떨한 상태였다. 아주 오래된 일 같아도 커밍아웃을 한 지 고작 며칠밖에 안 되었기에 우리 팀과 나는 아직 꽤 서먹한 상태였고, 여기에 갑작스러운 언론의 관심은 도움이 되지 않았다.

팀원 중 몇몇은 내 커밍아웃을 선뜻 받아들였고, 몇몇은 시간이 좀 필요할 뿐이라고 말했고, 몇몇은 이제 막 새로운 언어를 배운 것처럼 해도 괜찮은 말과 해서는 안 되는 말을 구분하느라 애를 먹었다. 아무도 대놓고 시비를 걸지 않았지만, 그냥 무시로 일관하는 애들도 있었다.

노리스가 그중 하나였다. 나를 쳐다보지도 않으면서 내가 옆에 앉으면 비키지도 않았다. 그냥 같은 버스 안에 탄 낯선 승객처럼 굴었다.

우습게도, 신경이 안 쓰였다.

노리스가 내 친구였던 건 단지 오래전부터 친구였기 때문이었다. 신청하지도 않은 케이블 채널처럼 딸려 왔기에 그냥 받아들였을 뿐이다. 나는 노리스 없이도 아무렇지 않다는 걸 깨달았다. 그저 녀석이 먼저 벽을 친 게 좀 언짢을 뿐이었다.

그와 달리 조시는 자기가 진정한 친구임을 계속해서 표현했고, 늘 그랬듯이 반갑게 인사했다. 나는 조시가 내 원래 세상 어딘가에 존재하길 바랐다. 〈다른 어딘가〉에 처박히기엔 너무 괜찮은 녀석이었다.

「기자들하고 이야기할 거야?」 조시가 물었다.

「난 할 말 없어.」

「네가 하는 말은 뭐든 의미 있는 발언이 될걸.」

조시가 옳았고, 그게 짜증 났다. 「내가 게이란 이유로 흠씬 처맞았다고 해서 내가 빌어먹을 성 소수자 간디란 뜻은 아니야. 빌어먹을 우주의 중심도 아니고.」

아, 우주의 중심 맞지, 젠장. 나는 이게 다 주관적 중심부의 숙명인가 싶었다. 주심들은 뜻밖의 재위 기간에 어떤 식으로든 세간의 주목을 받게 되는 걸까?

그때 뒤에서 낮고 굵은 목소리가 들렸다. 「내가 너라면, 이 기회를 이용할 거야.」

나는 고개를 돌려 자비스 버크를 마주 봤다. 자비스는 오펜시브 라인맨 중 하나로, 별로 친하지는 않았다. 같은 라인맨이라고 해서 우리끼리 작은 그룹을 이루고 있는 건 아니다. 공격 라인과 수비 라인은 서로 다른 팀이나 마찬가지다. 가만 보니 자비스도 자기만의 문제를 품고 있다는 느낌이 들었다. 나의 문제와 같은 것은 아니지만, 뭐든 간에 자비스도 혼자 감내하고 있었다.

「어떻게 이용해?」 내가 물었다.

자비스는 어깨를 으쓱했다. 「네가 원하는 대로. 말할 가치가 있는 걸 말할 수 있는 스포트라이트가 널 비추잖아. 아무나 얻는 기회는 아니지. 그러니까, 써먹어 봐.」

그때 레이턴이 자기 의견을 들고 끼어들었다. 쿼터백이라면 모두의 일에 간섭할 권리가 있다는 듯이. 「내 말 기분 나쁘게 생각하지 말고 들어. 풋볼은 어디까지나 풋볼이어야지, 무슨 발언 기회가 되어서는 안 된다고 봐.」

나는 케이티를 생각했다. 케이티는 속은 어떨지 몰라도 밖에서는 환히 웃으며 우리를 응원하고 있을 터였다.

「뭐 문제 있어, 보면?」

나는 내가 레이턴을 빤히 보고 있는 줄 몰랐다. 아니, 노려보고 있었다는 게 더 정확한 표현이겠지만.

「눈빛으로 내 옷이라도 벗기려는 거야?」 녀석은 팀이 함께 웃어 주길 바랐지만 아무도 안 웃자 태도를 싹 바꿨다. 「에이, 장난이야. 오해는 마.」

레이턴은 나가는 길에 막역한 사이라도 되는 것처럼 내 어깨를 두드렸다. 그 손을 쳐내야 했는데 한 박자 늦었다. 내가 손을 들었을 때 레이턴은 이미 모퉁이를 돌고 있었다. 끝까지 우위를 차지하고 떠난 것이다. 문득 녀석을 좋은 쿼터백으로 만든 예측 불가능성, 민첩성, 상황 판단력 따위가 녀석이 쥐새끼처럼 잘도 치고 빠지는 이유와 상통한다는 생각이 들었다.

우리가 출전하자 우리 팀 응원단은 환호성을 질렀다. 나는 관중석을 한번 올려다봤다. 폴이 결국 우리 가족과 함께 앉았는지 확인하고 싶었다. 리오가 왔는지도 알고 싶었다. 에드워드 쌍둥이들도. 하지만 북적이는 인파 속에 내가 찾는 얼굴들은 안 보였다.

그보다 먼저 눈에 들어온 건, 홈 팀 쪽이든 원정 팀 쪽이든, 무지개 깃발을 흔드는 사람들이었다. 대다수는 아니어도 눈에 띌 만큼은 되었다. 레이턴이 그토록 반대한 〈발언〉이 될 만큼.

그 깃발들을 보고 내가 느낀 감정은 형언하기 어렵다. 발가벗겨진 듯하면서도 고양감이 들었다. 고립된 것 같으면서도 포용되는 것 같았다. 상반된 감정들이 공존을 넘어 공생했다. 오늘 경기의 관전 포인트는 풋볼이 아니라 나였다. 적어도 내가 대표하는 것. 끔찍한 기분이 들면서도 좋았다. 내가 뛰기엔 아직 버거운 리그에서 뛸 기회를 얻은 기분이었다. 아마 이 기분이 이날 필드에서 벌어진 일을 설명할 수 있을 거다.

우리의 적수인 듀이 파이선스는 내 원래 세상에선 당선된 적 없는 대통령의 이름을 딴 학교의 팀이었다. 우리 팀은 동전 던지기에서 이겼고, 킥 대신 리시브를 택했다. 레이턴과 공격 라인이 평범한 경기를 펼친 뒤 펀트로 공격권을 넘겼다. 나를 포함한 수비 라인이 나섰다.

나는 파이선스가 공을 잡을 때마다 뛰었다. 잘 뛰었다. 맹활약했다. 상대 쿼터백을 두 번 태클했고 여섯 번이나 공을 버리게 했다. 하지만 그 태클들, 그 들이받기들은 강력하지 않았다. 세상을 바꿀 만한 파괴적인 태클이 아니었다. 적절하고 노련했지만, 나에게 필요한 건 그런 게 아니었다.

2분 경고에 이르렀을 때, 나는 당황하기 시작했다. 이제 고작 몇 번의 플레이 밖에 안 남았다. 내가 뭘 어떻게 해야 하는지 알고는 있었지만, 머릿속이 너무 복잡했다. 그저 여섯 꾸러미의 기억 때문이 아니라 아까 경기장에 막 나왔을 때 느낀 것처럼 상충하는 희망과 두려움 때문이었다. 그 모든 걸 머릿속에서 떨쳐 낼 수 없었다. 나는 폴을 떠올렸다. 내가 원래의 나로 돌아간다면, 우린 끝이었다. 폴은 내게 수학 과외 선생님에 지나지 않을 거다. 나는 폴을 잃을 마음의 준비가 됐나? 잃는다면 다시 케이티에게 감정이 생길 터였다. 그런데 리오를 정상 궤도에 되돌려 놓지 못하고 앤절라를 무덤에서 다시 데려올 수 없다면, 내 개인적 문제 따위가 다 무슨 소용일까? 그리고 관중석에서 펄럭이는 저 깃발들은? 〈이〉 현실 속 사람들은 나에게서 무언가를 원했다. 무언가를 필요로 했다. 이 세상을 지우는 건 비겁한 짓일까? 난 그냥 도망치는 걸까?

플레이가 재개됐다. 나는 공격 라인을 뚫고 달렸다. 심판이 노란 깃발을 들고 호루라기를 불었지만, 멈추지 않았다. 쿼터백을 향해 전력으로 돌진했다. 그는 아직 공도 가지고 있지 않았다. 공이 스냅되기도 전이었다. 상관 안 했다. 나는 그를 세차게 들이받아 쓰러뜨렸다.

하지만 내가 이른 곳은 그저 맨땅이었다.

18
어제로 돌아가려면

「오늘은 너희의 날이 아니었다.」 코치가 말했다. 경기 후 팀 회의에서였다. 나는 그가 그냥 나를 콕 집어 혼내고 넘어 갔으면 했지만, 솔직히 오늘은 팀 전체가 형편없었다. 나 혼 자 망한 게 아니었다.

「너흰 하마터면 파이선스에 질 뻔했어! 절대 있을 수 없는 일이지.」 그러고서 코치는 마침내 나를 노려봤다. 이제 시작 이군. 「그리고 너, 보면, 대체 뭔 생각이었어?」

물론 뭔 생각이었는지 말할 수 없었다. 곧장 정신 감정을 받도록 보내질 테니까. 「집중을 못 했어요.」 내가 할 수 있는 말은 그게 다였다.

「우리 다 그랬죠.」 노리스가 날 보지도 않고 날 탓했다.

「너희 사생활에 무슨 문제가 있든, 필드에서는 잊어버려 야 해, 너희 모두.」

「풋볼은 어디까지나 풋볼이어야지.」 레이턴이 아까의 아 니꼬운 의견을 되풀이했다. 하지만 현재 맥락에선 아니꼬움

264

은 사라지고 그저 코치의 말을 거드는 것처럼 들렸다.

「그래. 쿼터백 말이 옳다.」코치가 말했다. 「오늘 너희 중에 레이턴만 빛났다. 종료 직전 레이턴의 헤일 메리[25]가 아니었다면 우린 파이선스에 졌을 거다. 다들 박수를 보내라.」

팀원들은 레이턴에게 박수를 치며 축하해 주었고, 레이턴은 주목을 원치 않는 척, 겸손한 척했다. 나는 놈이 이 경기의 영웅이라는 사실이 싫었다.

「지금 기자들 앞에서 이야기할 사람은 레이턴 아닌가.」누군가가 구시렁거렸다.

「그만!」코치가 다그쳤다. 「상관없는 일을 서로 연관 짓지 마라.」

나는 그 오프사이드 태클로 필드에서 퇴장당했을 뿐 아니라 우리 팀에는 20야드 패널티를, 파이선스에는 40야드 라인에서 공격권을 안겼다. 만약 그게 골로 이어졌다면 재앙이었을 거다. 헤일 메리도 우릴 구할 수 없었겠지. 그랬다면, 나는 단지 경기를 패배로 이끈 라인배커에 그치지 않고 경기를 패배로 이끈 〈게이〉 라인배커가 되었을 것이다. 이제부터 나는 언제까지나 〈게이 풋볼 선수〉일 터였다. 세상은 왜 꼭 이런 식일까? 왜 사람을 있는 그대로 내버려 두지 않고 꼭 꼬리표를 붙이는 걸까?

「보먼, 잠깐 이야기 좀 하자.」코치가 날 잡아 세웠다. 안 그래도 필드에서 저지른 일로 혼이 덜 났다고 생각했다.

「죄송해요, 코치님.」내가 말했다.

25 경기 막판에 승부를 뒤집기 위해 쿼터백이 아주 낮은 성공률에도 불구하고 적진 깊숙이 날리는 긴 패스.

「안다. 그리고 그런 실수를 하는 건 너답지 않다는 것도 알아. 솔직히 한 주는 출전 정지시켜야겠지만…… 그러지 않을 거다. 이미 충분히 심란할 텐데.」

나는 그의 배려에 놀랐다. 그렇게 공감 능력이 뛰어난 사람이라고 생각해 본 적 없었는데. 하긴 전에는 그런 생각을 할 이유조차 없었다. 선수의 고통에 공감하는 건 코치의 임무가 아니었다.

「밖에 아직 기자들이 있어.」코치가 말했다.「뒷문으로 빠져나가려면 그렇게 해라. 그런다고 실망하지는 않을 테니까.」

뭐, 코치는 그럴지 몰라도, 난 아니었다.

「괜찮아요. 그럴싸한 말 몇 마디 해주면 다들 그냥 넘어갈 거예요. 내일이면 어제 일이 되어 금방 잊힐걸요.」

코치는 모자를 벗고 머리를 긁적이더니 한숨을 내쉬었다. 「이게 어제 일이 되려면 시간이 좀 걸릴 거 같다, 애시.」

탈의실 밖에는 사람이 많았다. 가족과 친구가 우리가 나오길 기다렸다. 다들 아슬아슬하게 거둔 승리를 축하하려고 서성거렸다. 하지만 오늘은 매스컴 때문에 평소보다 더 북적거렸다. 취재진이 뭘 기다리는지 아는 사람들도 있었고, 그저 궁금해하는 사람들도 있었다. 오늘의 기삿거리에 대한 인간적인 호기심이었다.

리오는 군중 속에서 홀로 갈색 얼굴이었다. 케이티도 있었지만 이미 레이턴의 팔에 붙들린 채였다. 헌터도 자기 친구 몇 명과 함께 있었다. 물론 폴도 미소 지으며 엄지를 치켜세워 보였다.

부모님은 안 보였다. 누구 차든 얻어 타고 갈 테니 기다리지 말라고 미리 말해 뒀는데, 그래도 기다릴지도 모른다고 생각했다. 정신적 지지 차원에서. 어쩌면 나를 기다리던 기자들이 인터뷰에 끌어들일까 봐 일부러 피했을지도 모른다. 아빠는 나름대로 이 동네 유명 인사니까.

에드워드 쌍둥이들도 안 보였다. 그들은 날 기다릴 이유가 없었다. 여섯 번째 에드워드가 등장하지 않아서 아무 일도 일어나지 않은 걸 알았을 테니까. 내 차원 이동 실패로 실망했을까, 당황했을까, 난처했을까? 그들이 어떻게 반응할지 감도 안 왔다.

뉴스 취재진은 꽤 인내심이 있었다. 날 에워싸지 않고 내가 먼저 다가오길 기다렸다. 나는 기자들을 상대하기 직전에 레이턴과 눈이 마주쳤다. 녀석은 내가 한마디 하기도 전에 케이티를 데리고 돌아섰다. 자기가 등 돌리는 걸 똑똑히 보라는 듯한 태도였다. 나는 경기를 아슬아슬하게 구한 녀석이 마땅히 받아야 할 관심을 가로챈 것이 내심 통쾌했다. 어떤 기자도 레이턴에게 말을 걸지 않았다. 하지만 날 돌아보는 케이티의 표정은 지금도 잊을 수 없다. 레이턴의 팔 아래 갇혀 축 처지던 어깨도. 마치 레이턴과 함께 떠나는 것 외에 다른 선택의 여지가 없다는 듯이.

〈하지만 선택의 여지는 분명 있잖아, 케이티. 그걸 왜 못 봐?〉

기자들은 경기 전과 똑같은 질문을 던지기 시작했다. 나는 일단 멈춰 달라고 했다.

「그럼 정식으로 인터뷰에 응해 줄 건가요?」 한 기자가 물었다.

「그게 어떤 건지는 모르겠지만, 내킬 때까지는 대답하겠습니다.」 내가 말했다.

2016년 올랜도의 펄스라는 게이 나이트클럽에서 소총으로 무장한 괴한에 의해 거의 50명이 사망했다. 1998년 매슈 셰퍼드는 고문과 구타를 당한 뒤 울타리에 묶인 채 방치되어 죽었다. 단지 게이라는 이유로.

그리 생소한 이야기가 아닐 거다. 나도 내 원래 세상에서 간혹 들었지만 그런 이야기는 〈끔찍하긴 하지만 내 문제는 아님〉이라는 큰 상자에 분류됐다. 인정하건 안 하건 우린 모두 그 상자를 가지고 있다. 하지만 이 세상의 나에게 그런 사건들은 그저 낯선 곳에서 낯선 사람이 당한 일이 아니었다. 내가 당한 일이었다. 〈내가〉 고문당하고, 〈내가〉 구타당하고, 〈내가〉 총에 맞은 거였다. 내가 태어나기 전에 벌어진 일이라 해도 상관없었다. 여전히 나는 당사자였다. 왜냐면 동성애자가 보고 듣는 모든 비열한 동성애 혐오 행위는 자신을 향한 폭력이니까.

펄스 나이트클럽과 매슈 셰퍼드에 대해서는 그래, 내가 있던 우물보다 더 깊은 우물에 살던 개구리가 아닌 이상 들어 본 적 있겠지만, 집단 구타로 죽은 아서 워런은 잘 모를 거다. 목이 졸려 죽은 루비 오르데냐나도, 총에 맞고 불에 태워진 오거스트 프로보스트도, 칼에 20회 이상 찔린 블레이즈 번스틴도. 이 안타까운 행성의 곳곳에서 매일 동성애자, 성 전환자, 온갖 성 소수자를 대상으로 살인, 구타, 폭력이 수없이 발생하는데 대부분은 모르고 지나친다. 왜냐면 온라인의 뉴스 목록은 우리가 클릭할 만한 내용으로만 이루어지기 때문이다.

목소리를 내는 생존자들, 사랑하는 가족을 잃고 투쟁에 나선 유족들은 우리 주변에 많다. 정의뿐 아니라 관심을 요구하는 투쟁이다. 우리 근처에서 무슨 일이 일어나고 있는지 똑똑히 보고 신경 써달라는 외침이다.

그 사람들이 나보다 할 말이 더 많을 거다. 자격도, 설득력도 더 클 거다.

하지만 카메라는 당장 날 향하고 있었고, 자비스 버크의 말대로, 난 이 기회를 이용해야 했다. 잠시나마 내게 주어진, 약자의 목소리를 널리 알릴 수 있는 권한을 헛되이 쓸 수 없었다.

취재진은 질문의 답을 모두 알고 있었지만 내 입으로 듣길 원했다. 네, 골목에서 폭행을 당했습니다. 아뇨, 부상은 크지 않습니다. 아뇨, 그들을 지목할 수 없습니다. 물론 지목할 대상이 더는 존재하지 않기 때문이지만 그렇게 말할 수는 없었다.

「오늘 태클 반칙을 했던데요.」 누군가가 굳이 지적했다. 「폭행 사실이 오늘 경기에 영향을 미쳤다고 생각하나요?」

「네, 오늘 좀 제정신이 아니었어요.」 나는 순순히 인정했다. 「근데 진심으로 그 친구를 다른 차원으로 보내 버리려고 하긴 했죠.」

모두 웃음을 터뜨렸다. 언젠가 폴이 말했듯이, 다들 농담이라고 생각할 때 진실을 말하기 쉽다.

이번에도 한 기자가 나에게 다른 게이 선수들에게 하고 싶은 말이 있는지 물었다. 내가 하루아침에 무슨 무지개 리그의 대변인이라도 된 것처럼. 나는 이런 상황에서 어떤 말을 할지 고민해 본 적 없었지만, 나 자신에게 무슨 말을 하고 싶은지는 알고 있었다.

「공개했다면, 당당히 어깨 펴고 다니세요. 안 했다면, 자기 자신을 부끄러워하지 마세요. 숨기기로 했다면 그 선택은 스스로 준비됐을 때 바뀔 수 있고, 바뀔 거라는 걸 기억하세요. 언젠가 자기 안팎으로 떳떳해질 수 있을 겁니다.」

기자들은 딱히 감명받은 기색이 아니었지만, 솔직히, 나도 내 발언에 조금 놀랐다. 별로 머저리 같은 소리로 들리지 않았다. 거의 유창했다.

「이제 뭘 할 건가요, 애시?」

예로부터 스포츠 선수들이 그 질문을 받을 때 흔히 하는 대답은 〈디즈니랜드에 가려고요〉다. 미안하지만 여기서는 아니었다.

「미안해하지 않는 삶을 살 거예요. 누구든 거기에 불만이 있는 사람은, 엿이나 먹으라죠.」

마지막 부분은 뉴스에서 삐 소리로 처리될 게 뻔했다. 내 유창한 웅변도 여기까지였다.

기자들은 답변해 줘서 고맙다고 했다. 한 명은 혐오 범죄를 다룬 기사에 활용하겠다고 했고, 또 한 명은 인터넷 뉴스에 올리겠다고 했다. 중계 차량을 대동한 기자는 일요일 저녁 뉴스를 확인하라고 했다.

구경거리가 막을 내리자 인파는 흩어지기 시작했다. 헌터가 다가와 욕설이 끝내줬다고 말하고 친구들과 함께 떠났다. 폴과 리오가 서로 다른 방향에서 다가왔다. 갑자기 어색해졌다.

「그래서 이번엔 뭐가 달라졌어?」리오가 물었다. 「내 세상은 여전히 쓰레기 같은데.」

내가 현실 이동에 왜 실패했는지 따질 겨를이 없었다. 신경 쓸 게 너무 많아서 기가 빨렸다. 나는 이제 주관적 중심부가 아닌가? 다 끝났나? 이 세상은 이대로 남겨지는 건가?

「그래서 이번엔 뭐가 달라졌어?」리오의 질문이 우리 사이에 맴돌았지만 폴이 곁에 있어서 대답할 수 없었다.

「폴, 이쪽은 리오야. 내 친구.」

리오가 폴을 훑어봤다. 「이 친구가 그 친구야?」

「그래, 폴이야. 내 남자 친구.」〈남자 친구〉라는 말을 입 밖에 낸 건 이때가 처음이었다. 큰 걸음을 내디딘 뒤에도 뗄 작은 걸음이 많았다.

두 사람은 악수했다. 셀 수 있는 차원을 넘을 만큼 극도로 어색했다. 인생의 비밀이 또 다른 비밀을 만나는 것만큼 불편한 상황이 있을까.

「둘은 어떻게 아는 사이야?」폴이 물었다.

나보다 상황 판단이 빠른 리오가 대답했다. 「내가 학교 중퇴하기 전에 풋볼을 했다는 걸 듣고 애시가 진로 상담을 좀 해주고 있었어. 사회봉사 차원에서.」

나는 어깨를 으쓱했다. 「어, 나름대로 흑인 공동체랑 다리를 좀 놓아 보려고.」나는 분반 활동의 일환이라는 식으로 말했다.

리오는 잠시 우리를 번갈아 보더니 인정한다는 듯이 고개를 끄덕였다. 「잘 어울리네. 그리고 네가 기자들한테 한 말, 많은 사람이 감명받을 거야. 나는 확실히 그랬거든.」리오가 내 등을 두드렸다. 「나중에 이야기하자.」

그 말을 끝으로 리오가 돌아섰다. 몇몇 사람이 리오를 향해 못마땅해하는 눈초리를 던졌다. 정강이를 까주고 싶었지만, 아무에게도 득이 되지 않을 터였다.

폴이 나를 집까지 태워다 줬다. 알고 보니 폴은 관중석에서 우리 가족과 따로 앉았다. 아무래도 초대보다는 도전을 받은 기분이었을 테니까.

차 안에 폴과 함께 있으니 정서적 충족감이 들면서, 비로소 진실을 깨달았다. 오늘의 실패는 내가 현실 이동의 힘을 아직 지니고 있는지와는 아무 상관이 없었다. 그래, 쿼터백을 태클했지만, 그 순간에도 내가 충분히 세게 들이받지 않았다는 걸 알았다. 이전처럼 몸을 내던지지 않았다.

나는 실패하고 싶었기에 실패한 거였다.

이 버전의 나를 잃고 싶지 않았다. 그런 나에게 화가 났다. 내 욕망을 세상의 필요 앞에 내세우는 태도라니, 얼마나 이기적인가. 얼마나 무책임한가. 내가 일시적으로 우주의 중심이라고 해서 정말 우주의 중심처럼 굴 권리가 있는 건 아니었다.

「그 리오라는 애는 어떻게 만난 거야?」폴은 애써 아무렇지 않게 물었다. 「분명 나한테 안 한 이야기가 있는 거 같은데.」

폴은 정지 신호에 차를 멈췄다. 파란색. 예전에 무슨 색이 없는지 겨우 떠올렸을 때쯤 폴이 다시 액셀을 밟았다. 원래 세상에서 폴과 리오는 나를 통해 서로 알고 지냈다. 내 단짝과 수학 과외 선생님으로. 여기선 둘이 만날 일이 없었다.

「리오는 퍼블릭스에서 일해.」내가 말했다.「계산할 때 몇 마디 주고받았는데 그 일로 점장한테 깨졌나 봐. 내 잘못이라서, 뭐라도 도움을 주고 싶더라고.」모두 사실이었고, 폴은 뭔가 더 있을까 봐 걱정하면서도 수긍하는 기색이었다. 폴이 리오를 질투할지도 모른다고 생각하니 소름이 끼치면서도 웃겼다.

「장담할게. 네가 걱정할 만한 건 아무것도 없어.」내가 폴에게 말했다.

「누가 걱정했대?」

나는 이 모든 일에 폴을 끌어들일 수 있을지 고민됐다. 케이티와 리오가 날 믿었다면 폴도 설득할 수 있지 않을까? 폴도 알 권리가 있지 않을까?

폴이 날 흘낏 보고 내 속을 간파했다. 그 능력이 내가 폴에게 끌린 이유 가운데 하나였는데, 이 순간만큼은 부담스러웠다.

「뭔가 있는데. 기자들 때문만은 아니지.」폴은 그렇게 말하고 내 설명을 기다렸다. 하지만 어디서부터 어떻게 말을 꺼내겠는가? 근접 효과로 폴도 뭔가 느꼈어야 하는데, 그런 기미조차 없었다. 하긴, 폴은 분석적인 애다. 뭔가 느꼈더라도 비논리적이라고 여겼을 거다.

「뭔가 있다고? 월요일 이후로 뭔가 없는 게 더 이상하지 않아?」

「농담하지 말고.」

「없어. 힘든 한 주를 보내고 지쳤을 뿐이야. 너도 그렇지 않아?」

폴은 한숨을 쉬고는 고개를 끄덕였다. 「맞아, 나도 그래.」 폴이 손을 뻗어 내 무릎을 살짝 쥐다가 실수로 기어를 건드려 잠시 중립에 놓았다. 혹시 폴과 내가 이도 저도 아닌 상태라는 다중 우주의 암시가 아닐까? 빌어먹을 다중 우주, 그 무수한 방법으로 망했으면.

우리는 말없이 집으로 향했다. 나는 우리 사이의 침묵이 싫었다. 그래서 아주 소심하게, 진실의 문을 열어 보였다.

「어딘가에, 흑인과 백인이 같은 학교에 다니는 세상이 있어. 너희 집이 우리 집보다 부자고, 난 골목 뒤편에서 얻어맞지도 않았지.」

폴은 이 이야기가 어디서 나왔고 어디로 흘러갈지 궁금하다는 듯이 날 쳐다봤다. 「혹시 그 마법 같은 세상에서 너랑 나는 홈커밍 파티의 킹과 킹이야?」 폴이 물었다.

그 즉시 폴과는 진실을 공유할 수 없다는 걸 깨달았다. 폴의 마음을 아프게 할 테니까. 내 마음도. 그래서 난 거짓을 말했다. 그게 무엇보다 아팠다.

「당연하지. 왕관은 딱 우리 거야.」

19
지붕 위의 스케이트보더

폴이 집 앞에 세워 줬을 때쯤 머리가 욱신거리기 시작했는데, 목욕에 쓸 달걀 껍데기가 다 떨어진 상태였다. 무슨 상관이람? 온 세상 달걀 껍데기를 다 써도 내 기분은 나아질 리 없는데. 점프가 내 정신 건강에 악영향을 미치고 있다는 건 자명했다. 내 뇌는 쉴 새 없이 회전하며 풀가동하고 있었다. 차를 공회전 상태로 오래 두면 엔진에 과부하가 걸린다. 그렇게 엔진을 고장 낸 사람들이 우리 아빠의 주 수입원이었다. 한때는. 아니, 어딘가에서는 여전히. 그게 어느 세상이었는지조차 가물가물했다. 내 기억들은 추수 감사절 식탁에서 접시 위에 쌓이고 또 쌓여 만들어진 잡탕처럼 되어 가고 있었다.

문득 폴이 떠올랐다. 폴이 우리 가족의 추수 감사절 초대를 수락할까? 그렇다면 이번 추수 감사절은 볼이 미어터지게 먹을 일이 없는 날이 될 터다. 일이 잘 풀릴지 걱정하느라 먹을 정신이 없을 테니까. 아니, 내가 무슨 생각이었는지 모르겠다. 일이 계획대로 된다면 폴은 추수 감사절에 그 자리에 없을 텐데. 그 사실에 나는 지독한 양가감정을 느꼈다.

불안한 상태로 침대에 누워 비몽사몽 중일 때, 케이티에게서 전화가 왔다. 자정이 다 된 무렵이었다.

「전화하고 싶었는데 레이턴이 있어서 못 했어. 이제 말해봐! 뭐가 바뀌었어?」

「아무것도.」 나는 간단명료하게 답했다. 「아무 일도 일어나지 않았어.」

「하지만…… 우리 다 그 태클을 봤는데…….」

「그래, 아마 레이턴이 여태껏 내내 떠들었겠지. 내가 그 태클로 끝장낼 뻔한 경기를 자기가 겨우 구했다고.」

케이티는 부정하지도 인정하지도 않았다.

「그래서, 바뀐 게 전혀 없다는 거야? 조금도?」

「그저 평범한 태클이었어. 변화를 일으킬 만큼 세게 부딪치지 않았거든.」

「그럼 더 세게 부딪쳤어야지!」

케이티가 그렇게 나올 줄은 몰랐다. 케이티는 늘 〈다음엔 더 잘할 거야〉라고 하는 애였는데. 나는 혼란스러웠다.

「왜 네가 기억도 못 하는 세상으로 그렇게 간절히 돌아가고 싶은 건데?」 내가 물었다.

「그야 이 세상은 잘못됐으니까. 갈수록 그런 느낌이 들어. 너만큼 강하게는 아닐지 몰라도, 느껴진단 말이야!」

「케이티…… 예전 세상은 너한테 그리 다르지 않았어.」 내가 무슨 말을 하는지 케이티도 알았다. 「상황이 바뀌길 원한다면, 〈네가〉 바뀌어야 해.」

케이티는 잠시 침묵했다. 그 뒤 손에 든 핸드폰이 차가워질 만큼 냉랭한 목소리가 흘러나왔다.

「난 무슨 가르침을 받자고 전화한 게 아니야.」

그대로 전화를 끊지는 않았지만 케이티는 딱딱한 말투로 일관했다. 레이턴과 헤어지라는 암시가 선을 넘은 걸까? 내가 이성애자였을 때는 동기가 의심스러웠을지 몰라도, 이제는 케이티에게 최선을 바랄 뿐이었다. 그래, 물론 그건 케이티가 결정할 문제였다. 하지만 레이턴은 케이티를 학대했다. 신체적 학대는 아닐지라도 감정적 학대는 확실했다. 케이티를 자신의 일부처럼 대하는 방식 말이다. 마치 케이티가 스스로의 권리를 포기한 것처럼.

〈왜 누군가와 그런 관계를 유지해야 하는 걸까?〉 그렇게 생각한 기억이 난다. 〈그냥 끊어 내면 안 되나?〉

잠이 안 올 줄 알았는데 극도로 피곤했던 덕분에 곯아떨어졌다. 한 번도 안 깨고 숙면했다. 마침내 눈을 떴을 때는 8시가 조금 넘은 시각이었다. 나는 앞으로 뭘 해야 할지 갈피를 못 잡은 채 멍하니 누워만 있었다.

지난 몇 주 동안, 경기 다음 날 아침은 변화를 평가하고 수용하는 일로 벅찼다. 오늘은 새롭게 머리를 싸맬 문제가 없었다.

침대에서 벗어날 의지를 끝내 끌어 올리지 못한 적 있는가? 나는 언제나 행동파였지만 오늘만은 세상이 끝날 때까지 이불 속에 파묻혀 있고 싶었다. 나답지 않다고 말하고 싶지만 그건 틀린 말이었다. 나는 나였다. 단지 어떤 내가 진짜

나인지 모를 정도로 많은 내가 있을 뿐이었다. 내가 느낀 모든 감정, 내가 내린 모든 결정에는 내가 살았던 모든 세상에서 딸려 온 동기들이 있었다. 내가 하는 말과 행동을 더 이상 어떻게 믿을 수 있겠는가?

「내 경기 보러 올 거야?」

헌터였다. 방문 앞에 선 동생이 비로소 날 침대에서 일으켰다.

「당연하지. 항상 갔잖아?」

항상 갔던가? 그래, 적어도 이 세상에서는 그랬다. 주말마다 있는 헌터의 경기에 매번 갔다. 내 원래 세상에서 헌터와 나는 그리 친하지 않았다. 나는 헌터의 경기에 안 갔고, 헌터도 내 경기에 안 왔다. 만약 그곳으로 돌아간다면 바뀔 수 있을지, 아니면 그곳의 관성을 따르게 될지 궁금했다.

「가지 말까?」 내가 물었다.

헌터는 내 말에 놀랐다. 「왜?」

나는 괜히 말했다 싶어 어깨를 으쓱했다. 「혹시 네가 받을 관심을 가로챌까 봐. 방해물이 되긴 싫거든.」

「안 그럴 거야. 파파라치만 데려오지 않는다면.」

나는 한숨을 쉬었다. 「내가 원한 건 아니었어.」

「알아.」

헌터는 문간에서 서성거렸다. 할 말이 남은 눈치였지만 무슨 말일지 짐작이 안 갔다. 그게 뭐든 헌터를 무겁게 짓누르고 있었다. 「형도 세상의 모든 문제를 잊고 경기에 몰입하고 싶을 때 있어?」 헌터가 물었다.

「항상.」 내가 답했다.

헌터는 고개를 끄덕이더니 망설이던 말을 꺼냈다. 「다섯이더라.」

그저 둔해서일까, 나는 헌터가 하는 말을 바로 못 알아들었다. 「뭐가 다섯이야?」

「스케이트보더들. 그때 형이랑 같이 쌍둥이 찾아다녔잖아? 그냥 두 쌍둥이가 아니라 다섯 쌍둥이더라고. 다 똑같이 생겼던데. 형 경기 때 봤어.」

나는 어색하게 웃었다. 「그럴 수가 있나?」

헌터는 내 방에 들어오지도, 떠나지도 않고 머물렀다. 문지방은 묘한 곳이다. 어중간함 그 자체면서 지진이 일어나면 가장 안전한 장소란다. 이상도 하지.

「형, 무슨 일이야?」 헌터가 물었다. 「무슨 일 있잖아. 뭔가 예사롭지 않은 일. 내가 무서워해야 하는 일이야?」

그에 대한 답의 가짓수는 우주의 수만큼 많았다. 그래서 나는 그냥 질문을 회피하기로 했다. 「우린 이런저런 이야기를 좀 하는 편이지?」 그런 기억이 있지만, 아닌 기억도 있기에 물었다.

「형이 게이라는 이야기는 한 적 없어.」

「알아, 다른 이야기 말하는 거야.」

헌터는 어깨를 으쓱했다. 「나야 엄마 아빠한테 하기 싫은 이야기가 있으면 형을 찾긴 하지. 뭐 그런 거?」

「맞아.」

「형이 먼저 날 찾은 적은 없잖아.」

「그거야 형이니까 그렇지. 근데 언젠가 그럴지도 몰라. 그래야 할지도. 하지만…… 지금은 아니야.」

「그럼 나는 무서워할 필요 없어?」 헌터는 내가 잊길 바랐던 질문으로 돌아갔다.

「내가 네 몫까지 무서워할게.」

헌터는 잠시 내 말을 곱씹더니 고개를 끄덕이고 문지방에서 한 발짝 물러났다. 「경기는 정오에 시작이야.」 그러고는 떠났다. 순간 뒤쫓아 가서 모든 걸 털어놓고 싶었지만, 참았다. 몰라도 되는 것을 굳이 알게 해서 헌터에게 부담을 지우고 싶지 않았다.

아침은 평범한 일상의 그늘에서 이어졌다. 감사히 음미해야 할 텐데, 여전히 긴장이 안 풀렸다. 심신이 과잉 각성 상태였다. 내가 아래층에 내려왔을 때 아빠는 이미 집에 없었다. 티버츠빌의 거물들과 어울려 골프를 치러 간 거다. 그래 봐야 티버츠빌은 작은 동네다. 아빠는 아주 작은 물에서 노는 큰 물고기면서 덩치를 더 불리고자 했다.

엄마는 집에 있었지만 고객과 화상 미팅 중이었다. 어쩌면, 어쩌면 정말 평범한 하루가 될지도 모른다는 생각이 들었다. 그 후 나는 쓰레기를 버리러 나갔다가, 우리 집 뒤채 지붕에 누군가가 있는 걸 발견했다.

그런 게 있는 것만으로는 과시하기 모자란다는 듯이 엄마가 별채라고 즐겨 부르는 뒤채는 원래 세상의 우리 집보다 컸다. 부유한 버전의 우리 집은 언젠가 휴가를 떠나며 그곳을 에어비엔비에 내놓았는데, 웬 망나니들이 파티를 벌이며 난장판을 만들어 놓고 갔다. 그 후 그곳은 간혹 친지들만 묵고 가는 숙소가 됐다. 물론 그들도 망나니가 될 수 있지만, 적어도 우린 그들이 어디에 사는지 알았다.

그리고 지금, 그 지붕 위에 어느 에드워드가 있었다. 그는 지붕의 마룻대를 따라 드르륵드르륵 소리를 내며 스케이트보드를 탔다. 그 바람에 기왓장 하나가 화단으로 떨어졌다.

날 본 게 분명한데, 손을 흔들거나 부르진 않았다. 내가 자길 무시하고 싶어도 그럴 수 없다는 걸 아는 태도로 마룻대를 따라 왔다 갔다 했다. 체념한 나는 열쇠로 뒤채 문을 열고 들어가 발코니에서 지붕으로 올라갔다.

「대체 여기서 뭐 하는 거야?」 내가 물었다. 「나머지는 어디 있어?」

그는 스케이트보드를 차올려 두 손 사이에 끼웠다. 「오늘은 나 혼자야. 다들 데이터를 뒤지며 어젯밤에 일어나지 않은 일에 대해 걱정하고 있거든.」

「넌 아니고?」

「난 아니고.」

어떤 에드워드인지 알 수 없었다. 함께 있어야 서로 소통하는 방식을 통해 구별할 수 있었으니까.

「여기 경치 좋네.」 그가 앉으며 말했다. 「물론 이 언덕이 더 높았다면 더 좋았겠지만, 그러려면 수억 년 전의 지각 변동이 필요하겠지. 영겁쯤 걸리려나.」

「그냥 나무 몇 그루 베는 게 더 쉽지 않을까.」 내가 지적했다.

「그럴 수도 있고, 아닐 수도 있고.」 그는 의미심장한 미소를 지으며 말했다. 그제야 그가 누군지 알았다.

「테디!」 나는 스스로 알아냈다는 뿌듯함에 겨워 외쳤다.

「뭐?」

「어…… 그게, 네가 다섯 번째란 뜻이야.」 내가 나만의 작명법을 설명하자 테디는 웃었다.

「사실 우리도 이름이 있긴 해.」 하지만 테디는 그 이름이 인간의 혀 구조로는 발음할 수 없을 뿐 아니라 중간에 3초간 방사능을 뿜기에 말해 줄 수 없다고 했다. 아무래도 〈에드워드〉가 최선인 듯했다.

나는 떨어진 기왓장을 제자리에 끼워 넣으려고 손을 뻗었다. 「어제 일에 대한 해명을 들으러 온 거야?」

「딱히 해명할 필요는 없어. 우린 네가 수요일의 〈제명〉 이후로 어젯밤에 큰일을 할 기력이 없었다고 봐.」

「나도 그런 거 같았어.」 내가 말했다. 진실은 혼자 간직하기로 했다. 「그럼 여긴 왜 온 거야?」

「우리들은 본체는 같을지 몰라도, 항상 같은 마음은 아니야.」 테디가 말했다. 「우리의 목적 알지? 피해를 최소화하고, 점프를 제어하고, 주심을 출발지로 돌아가게끔 돕는 거.」 그러더니 테디는 특유의 잔잔한 미소를 지었다. 「그런데 가끔 놀랍도록 능숙한 주심이 있어.」

내가 실패를 거듭한 건 능숙함과 거리가 멀었다. 「이게 능숙한 거면 미숙한 건 상상도 하기 싫은데.」

내 말에 테디가 웃었다. 「네가 마지막 점프에서 뭘 했는지 감이 안 오지? 대부분의 주심이 다음 세상으로 그저 휘청거리며 넘어간다면 넌 〈다른 어딘가〉를 장악한 것처럼 솟구치지. 처음 몇 번은 감을 못 잡았지만, 마지막 두 번은? 넌 네 의지를 발휘했어. 네가 게임을 주도했지.」

사실 뭣도 주도한 것 같지 않았지만, 테디의 말도 이해가 안 가는 건 아니었다. 지난주 금요일, 나는 변화에 휩쓸리지 않고 변화를 집어삼켰다. 그리고 수요일엔…… 그래, 랩스턴 패거리를 제거한 것은 의지에서 비롯된 행동이었다. 좋든 싫든 내 선택이었다.

「넌 필드에서는 라인맨에 불과할지 몰라도, 우주적 관점에서는 쿼터백이야.」

난 그 말을 곧이곧대로 받아들이지는 않았지만 썩 달갑게 들린다는 걸 부인할 수 없었다.「왜 그렇게 생각하는데?」

「자신의 무게 중심을 알고 균형을 잡는 능력? 넌 스포츠를 통해 신체와 정신을 그렇게 단련했지. 그 능력이 〈다른 어딘가〉에서도 발휘되는 거야. 넌 그 안에서 비틀거리지 않고 행동을 감행할 수 있어.」

테디는 일어나더니 날 지붕 밖으로 확 떠밀었다.

「야!」내가 외쳤다.「무슨 짓이야?」

테디는 그저 미소 지었다.「봤지? 내가 힘껏 떠밀었는데도 넌 균형을 잃지 않았어. 발을 움직일 필요도 없었지.」

테디가 다시 다가오길래 나는 손을 들어 저지했다. 또 한 번 그 짓을 한다면 지붕에서 던져 버릴 작정이었다.

테디는 하하 웃더니 장담컨대 감탄하는 눈으로 날 바라봤다.「넌 세상을 원래대로 되돌리려고 애쓰고 있지만, 그 세상이 그렇게 좋은 곳은 아니란 걸 인정해야 해. 네가 더 잘할 수 있다면 어떡할래?」

더 잘한다니. 의미심장한 말이었다. 케이티도 내가 더 잘하길 원했다. 우습지만, 나는 이미 최선을 다하고 있다고 생각했다.

「세상을 고치라는 말이야?」

「〈고친다〉는 건 상대적인 말이지. 하지만 난 네가 최악의 사건들, 최악의 사람들이 존재하지 않았던 세상을 찾을 수 있을 거라고 믿어. 꼭 본전에 만족할 필요는 없어. 그보다 나은 세상은 무수히 많은걸.」

그 말에 균형감이고 뭐고 어질어질해졌다.

「관건은 시간 이동이야.」 테디가 말했다. 「만약 지구의 자전이 3초만 더 느리거나 빨랐어도 공룡을 포함한 생명체의 75퍼센트를 멸종시킨 소행성이 충돌하지 않고 지나갔으리란 거 알지?」

「그래, 하지만 난 시간을 이동할 수 없어.」

「해본 적 없다고 해서 할 수 없는 건 아니야.」

테디는 그 제안을 지붕 끝에 위태롭게 걸쳐 놓았다. 어느 쪽으로든 떨어질 터였다. 단호한 거절 또는 과감한 승낙.

「나머지 쌍둥이들은 어떻게 생각하는데?」

테디는 또 한 번 의미심장한 미소를 띠었다. 「꼭 다 끌어들일 필요는 없지 않을까?」

완벽한 세상의 조건을 꼽아 본 적 있는가? 산타의 무릎에 앉은 욕심 많은 어린아이처럼 말이다. 「제가 원하는 건 새 자전거, 광선 검, 세계 평화, 그리고 온종일 똥 대신 사탕을 싸는 강아지예요.」

이제 자신이 산타의 무릎에 앉은 정도가 아니라 자신이 산타고, 자신의 무릎에 앉아 있다고 상상해 보라. 물론 비유적으로. 그런 권력을 지니면 자신이 무엇을 원하는지뿐만 아니라 무엇을 줄 수 있는지도 알 수 있다. 그 무엇이 뭐건 간에.

산타가 실제로 똥 대신 사탕을 싸는 강아지를 준다면 어떻겠는가? 그저 신기할까, 아니면 평생의 트라우마가 될까?

나는 헌터의 경기에 갔지만 정신은 완전히 딴 곳에 있었다. 관중이 함성을 지를 때마다 나는 집중력을 경기장에 돌려야 했다. 헌터도 라인맨이었지만 공격 라인에 있었다. 그것도 쿼터백에게 공을 넘기는 센터였다. 센터는 경기에서 가장 존재감이 없는 포지션이다. 다들 쿼터백의 손에 공이 저절로 빨려 들어가기라도 하는 듯 쿼터백만 주시하니까.

내가 이제 전 우주적 쿼터백이라면 아마 테디가 센터로서 내 손에 공을 넘겨줄 테다. 어디로도 패스할 수 없는 공. 나 혼자 들고 달려 터치다운을 해야 한다.

그날 저녁, 나는 에드워드 쌍둥이들의 본거지를 찾았다. 그들이 한꺼번에 지붕에 나타날까 봐 불안해서였다. 다들 지친 행색인데 테디 혼자 여유로워 보였다. 테디는 아침에 나와 나눈 대화를 전혀 입에 올리지 않았다.

「점프를 다섯 번이나 했는데 조금도 가까워지지 않았잖아!」 더블디가 평소처럼 잔뜩 신경질을 냈다.

「그건 아니야.」 늘 이성적인 에드가 말했다. 「이제 마약 거래를 안 하잖아. 올바른 방향으로 한 발짝 뗀 거야.」

에드와도는 한쪽 벽에 공들여서 의사 결정 트리를 그렸다. 마지막 가지들은 대부분 해골 표시로 끝났다. 그리고 에디는 언제나 그랬듯이 큰 그림을 파악하려고 비디오 게임 중

독자처럼 쿼트를 조작했다. 화면에 뜬 화려한 효과는 〈충수형 벡터와 양자 미립자의 실시간 배열〉이라고 했다. 나는 에디에게 최종 보스를 잡으려면 불화살을 쓰라고 농담했다.

「우리가 막바지에 다다른 것 같아.」에드가 침착하고 엄숙하게 말했다.

「그게 무슨 뜻인데?」

「정정이 머지않았다는 뜻이지.」일전에 그들이 정정이란 개념을 언급한 적이 있었다. 즉, 지구가 상한 달걀로 간주되어 우주의 쓰레기 처리장으로 보내지는 일이다.

「무슨 근거로 그렇게 생각하는데?」

「오, 근거는 없어.」더블디가 다차원적 비아냥을 신랄하게 던졌다. 「그저 해왕성 궤도 너머로 암흑 물질이 모여들고 있을 뿐이야. 단지 몇조 개의 우주 끈이 진공청소기 선처럼 엉켰을 뿐이라고.」

에드와도는 가능성의 나무에 또 다른 선을 추가했다. 「우주가 뭔가를 준비하고 있는 것 같아.」

「준비하는 것과 단행하는 건 별개의 일이야.」에드가 말하더니 나를 한쪽으로 데려가 설명했다. 「주심이 시공간 구조를 자꾸 건드리면 우주는 그것이 가려워서 긁고 싶을 거야.」

「가렵다기보다 거슬리겠지.」에드와도가 덧붙였다.

「맞아.」더블디가 동의했다. 「우주를 거슬리게 하지 마!」

「요점은, 가렵거나 거슬린다고 해서 우주가 꼭 긁으리란 법은 없다는 거야.」

테디가 다가와 날 변호했다. 「애시가 좀 더 우주를 진정시키는 방향으로 움직인다면 괜찮을 거야.」

「좋은 지적이야.」 에드가 말했다. 「그건 다음 점프가 지금까지와 180도 달라야 한다는 뜻이야. 더 이상 어중간한 성공도, 실패도 있어선 안 돼. 다음 점프는 죽기 아니면 까무러치기야.」

「애시라면 해낼 수 있을 거야.」 테디가 나에게 슬쩍 윙크하며 말했다. 「이번 주에 내가 특훈을 담당하는 게 어떨까?」

한편 에디의 쿼트 화면에는 게임 오버처럼 보이는 수상쩍은 효과가 떴고, 에드와도는 또 다른 해골 표시를 그리며 한숨을 내쉬었다.

20
모든 쉬운 해답

우리가 흔히 쓰는 격언들이 있다. 삶의 중심을 찾도록 돕는 보편적 지혜들. 하지만 그런 근사한 말은 대개 겉으로만 그럴싸하다.

티끌 모아 태산이다? 틀렸다. 애초에 태산을 가지고 태어난 사람이 수두룩하다. 하루에 사과 한 알이면 의사가 필요 없다? 그래, 결국 병들어 죽을 때까지는.

그냥 툴툴대는 것일 수도 있지만, 나는 그럴 자격이 있었다. 왜냐면 이어진 주에 삶의 모든 쉬운 해답과 지혜에 대한 믿음이 깨졌기 때문이다.

착각 1: 공짜 선물에 트집 잡지 마라.

나쁜 격언이다. 왜냐면 선물처럼 보이는 것에 때로는 복잡한 조건이나 함정이 숨어 있을 수도 있기 때문이다. 적들이 떼로 매복해 있던 트로이아의 목마처럼.

일요일 밤, 전국 뉴스에 뜬 내 인터뷰가 수백만 가정에 전달됐고 월요일 아침, 전화의 물결이 쇄도했다. 새로운 인터뷰 요청, 대중 연설 초청, 심지어 자기 상품을 홍보해 달라는 회사들도 있었다. 그 전에도 내 삶이 이 이상 비현실적이 될 수 없을 거라고 생각했는데, 가능한 일이었다.

나는 이미 사기꾼이 된 기분이라 이 반짝 유명세가 어서 끝났으면 했다. 전화는 대부분 부모님에게 걸려 왔기에, 나는 모두 거절하라고 말했다.

「전부?」아빠가 물었다. 「몇 건은 검토해 보고 싶지 않아?」

그 말은 이미 과부하가 걸린 내 정신을 초토화했다. 며칠 전까지도 내 정체성에 대해 거짓말하길 원했던 아빠는 이제 나를 최고 입찰자에게 팔 준비가 되어 있었다.

「내 말은, 이 상황이 너에게 솟아날 구멍이 될 수도 있다는 거야. 예상치 못한 선물 말이야. 돈뿐만 아니라 명성도.」

「유명인은 아빠지, 내가 아니야.」 그렇게 말하고 보니, 아빠는 프로 리그에서 뛰는 동안 딱히 스포트라이트를 받은 적이 없었다. 나처럼 내내 라인을 지켰으니까. 열심히 뛰었으나 조명은 없었다. 그 말은 내가 일주일 만에 아빠보다 더 유명한 인사가 되었다는 뜻이다.

「네가 이 상황을 잘 활용하면, 아마 여러 대학에서 장학금 제의를 받을 수 있을 거야.」

「게이 풋볼 장학금도 있나?」

「꼭 그런 건 아니지만, 진보적인 대학은 널 간판으로 내세울 수도 있지.」

「난 간판이 되고 싶지 않은데.」

「지금 그 이야길 하는 게 아니잖아, 애시.」

아빠가 옳을지도 모르지만, 그 저의가 거슬렸다. 아빠가 원하는 게 내 명성인가, 자신의 명성인가? 이제 내가 아빠의 간판이 되었나? 이용 가치를 발견해서 내가 게이인 게 갑자기 괜찮아졌나?

「이건 기회야, 애시. 놓치지 마.」

그리고 이건 아빠에게도 기회였다. 나와 진정으로 가까워질 수 있는 기회. 아빠는 그 기회를 잡을까, 놓칠까? 나는 알아내야 했다.

「그럼 폴은 우리 집에서 환영받는 거야?」내가 물었다.

아빠는 당황한 기색이 역력했다.

「추수 감사절에 초대하기로 했잖아. 일정을 앞당기고 싶다는 거야?」

「일정 따윈 없어. 그저 진정으로 환영하느냐 아니냐의 문제지.」

「서두르지 말자. 계획대로 가자고.」아빠가 말했다.

나와 가까워지는 건 여기까지였다. 「좋아. 그 콘플레이크 광고 제의? 수락하고 싶다면 그렇게 해.」

「나한테 온 제의가 아니잖니.」

「내 말이 그 말이야.」나는 자리를 뜨면서 아빠에게 비수를 꽂았다.

착각 2: 가까울수록 소중함을 모른다.

분명 폴을 만난 적 없는 사람이 한 말이다. 나는 폴과 스물

290

네 시간 함께 있어도 질리지 않았다. 내가 아무것도 하지 않고도 만족할 수 있는 유일한 시간은 우리가 함께 있을 때뿐이었다. 그리고 함께 있을수록 더 함께 있고 싶었다.

월요일 점심시간, 분반 모임에서 폴과 나는 여느 때처럼 함께 앉았지만, 느낌이 전혀 달랐다. 우리가 손을 잡은 것은 아니었지만, 원한다면 잡을 수 있다는 사실은 거대한 차이를 만들어 냈다. 예전에 그랬다면 주변에서 먹던 음료를 뿜어 댔을 텐데, 이젠 아무도 눈 하나 깜짝 안 할 거다. 적어도 이 주변에서는.

모임은 시작과 동시에 중대한 국면을 맞이했다.

「이런 소식을 전하게 돼서 정말 유감이야.」 데버니 선생님이 말했다. 「학교 이사회에서 무도회 승인이 안 나서 사무처에서 체육관 대관을 못 해주겠다네.」

집단 쇼크로 교실 안의 전력망이 나갈 것 같았다. 나는 화가 났지만 놀라지는 않았다. 인종 차별주의자들은 비공식 정책과 사회적 타성 뒤에 숨는 걸 좋아한다. 안락의자에서 자행하는 테러다. 내 원래 세계에서도 그랬다. 여기선 더 증폭되었을 뿐이다.

다들 한마디씩 분노의 목소리를 내는 사이 폴이 몸을 기울여 나에게 속삭였다. 「오히려 잘된 일일지도 몰라.」

처음엔 무슨 소린가 싶어 당황했는데, 폴의 얼굴에 떠오른 짓궂은 미소를 보고서 그 의미를 깨달았다.

「넌 천재야.」 내가 말했다.

「소문 좀 내줘. 과외 신청 더 받게.」

나는 이목을 끌고자 일어서서 큰 소리로 말했다.

「그냥 해요!」 그러자 다들 입을 닫고 이쪽을 쳐다봤다. 「막을 테면 막아 보라고 해요.」

데버니 선생님이 안경을 벗었다. 「애시, 내 생각엔 ―」

폴이 그의 말을 끊었다. 「우릴 막기 위해 공권력을 동원한다면 일이 커질 테고, 떠들썩한 사건이 될 거예요. 언론이 아주 좋아하겠죠…….」

「그리고, 저한테 괜찮은 언론사 연락처가 좀 있어요.」 내가 덧붙였다.

잠시 침묵이 흐르고, 데버니 선생님에겐 좀 유감스럽게도, 다들 들썩이기 시작했다. 막상 이 일이 어떻게 진행될지는 폴도 나도 몰랐지만, 어쨌거나 우린 단숨에 분반 동아리를 빵 판매 동호회에서 혁명가들의 근거지로 만들었다.

다음 날 오후 훈련을 마친 나는 폴과 함께 리오의 집을 찾았다. 우리 계획에 리오를 끌어들이기 위해서였다.

「난 잘 모르겠는데.」 리오가 말했다.

「많은 사람의 관심을 끌 거야.」 폴이 말했다.

「우리가 관심을 원할 거라고 생각해?」

우리는 리오네 부엌 식탁에 앉아 무도회에 관해 이야기하고 있었다. 리오의 여자 친구 서리스도 함께였다. 서리스는 11킬로미터 상공에서 리오를 차지 않았다. 그야 가족과 함께 다른 곳에 정착할 기회가 없었으니까. 서리스와 리오가 아직 함께인 건 좋은 일이라고 할 수 있지만, 똥통에 동전 하나가 들어 있다고 그 통의 본질이 바뀌는 건 아니다.

「뭔가 좀 위험하게 들리는데…….」 서리스가 말했다.

「괜찮을 거야.」내가 말했다.

「너야 그렇게 쉽게 말하겠지. 총에 맞을 사람은 네가 아니니까.」리오가 말했다.

난 그 가능성을 부인하려다가 멈췄다. 아무리 같은 우주에 있다 해도 내 현실은 리오의 현실이 아니었다. 그게 리오가 늘 나에게 이해시키려고 했던 부분이었다.

폴은 실망을 감추지 못했다. 나는 그런 폴의 손을 꽉 움켜쥐었다. 폴에게는 이 세상이 전부라는 사실을 기억해야 했다. 원래 세상에서라면 폴도 미국에서 흑인으로 사는 게 어떤 의미인지 더 잘 이해했을 거다.

「너희나 너희 친구들을 위험에 빠뜨리진 않을 거야.」내가 리오와 서리스에게 말했다.

「그걸 네가 어떻게 장담해?」리오가 대꾸했다.

「못 하지.」폴이 동의했다. 「하지만 실내 장식에 쓸 예산을 사설 경호원을 고용하는 데 쓸 수 있어.」폴은 총무를 맡았으니 그건 빈말이 아니었다.

「경호원도 없고 목격자도 없으면? 그 다음 날도, 그 다음다음 날도?」리오가 물었다.

「네 말이 맞아. 위험은 너희 쪽에 있지.」내가 말했다.

「그러니까 우리가 하는 일은 우리 방식대로 해야 해. 백인 애들이 세운 무모한 계획대로가 아니라.」리오가 말했다.

그리고 한동안 침묵이 이어지다가 서리스가 리오의 냉정한 판단을 누그러뜨리려고 나섰다. 「물론 난 춤추는 걸 좋아해.」

리오가 눈을 흘겼다. 「넌 어떻게 한 번도 내 편을 안 들어 주냐?」

「물론 난 네 편이지. 단지 감싸 주기보다 긁어 주는 게 나을 때가 있을 뿐이야.」서리스가 손톱으로 리오의 등뼈 위를 쓱 긁자 리오는 강아지처럼 꼬리를 내렸다. 「주변에 물어볼게.」서리스가 말했다. 「관심 있는 애들이 있는지. 장담은 못 하겠지만.」

존슨 아주머니가 식료품을 한가득 안고 귀가했다. 폴과 서리스가 아주머니를 도우러 간 사이, 나는 리오에게 내가 그동안 적은 명단을 보여 줬다. 리오는 아는 이름들에 표시했다. 나는 표시된 이름에 안도감을, 표시 안 된 이름에 착잡함을 느꼈다.

「이런 게 소용이 있어, 애시?」리오가 물었다. 「네가 해야 할 그 일을 하기만 하면…….」

「대안이 필요해. 내가 망칠 경우를 대비해서.」내가 말했다.

「또다시 말이지.」

「또다시 말이야.」내가 순순히 인정했다.

「완전 새로운 세상 아니면 학교 무도회라. 대안이랄 것도 없네.」리오는 창밖을 힐끗 봤다. 폴이 양손에 장바구니 하나씩 들고 들어오고 있었다. 「쟤도 알아?」

나는 고개를 저었다.

「사랑해?」

나는 고개를 끄덕였다.

리오는 눈썹을 치켜들더니 한숨을 쉬었다. 「지금은 네 처지가 되고 싶지 않네.」나도 동감이었다.

한참 뒤, 나는 폴의 집 거실 소파에 텔레비전도 안 틀고 앉아 있었다. 그저 폴과 함께 있기 위해서. 폴은 나에게 기대고, 나는 한쪽 팔을 폴에게 두른 채였다. 서로의 심장 박동이 느껴질 만큼 가까웠다. 나는 폴과 심장 박동을 맞추려고 시도했다.

폴이 내 왼쪽 눈두덩이를 손가락으로 부드럽게 쓸었다. 「부기가 거의 다 가라앉았네.」 그러고서 폴은 고개를 틀어 내 눈가에 살짝 입 맞췄다.

「이제 좀 나아?」

「훨씬.」 내가 말했다. 별안간 슬픔이 밀려왔다. 이다음 점프에 우리 사이는 달라질 운명이었다. 나는 우리가 나눈 모든 게 흐지부지되지는 않으리라는 실낱같은 희망을 붙잡으려 애썼다. 폴이 내 얼굴에서 그 괴로움을 읽은 게 분명했다.

「네가 무슨 생각하는지 알고 싶어.」 폴이 말했다.

「네 생각 중이었어.」 내 말은 반쪽짜리 진실이었고, 폴도 그걸 알았다.

「내가 네 머릿속 어딘가에 있는 거 알아. 근데 오늘은 평소보다 어두워 보여.」

그때 폴의 엄마가 음료를 가지고 왔다. 나도 모르게 움찔했는데, 폴이 내 팔을 잡았다. 떨어질 필요 없다는 뜻이었다. 아주머니는 우릴 보고 다정하게 웃어 보일 뿐이었다. 폴을 초대하기 전에 의무적인 대기 기간을 둔 우리 집과는 딴판이었다.

더 머물고 싶었지만 나는 다차원의 존재에게 받을 특별 훈련이 있었다. 그래도, 이 순간이 더는 존재하지 않기 전에 최대한 음미하려고 미적거렸다.

착각 3: 훈련이 완벽을 만든다.

지나친 단순화다. 완벽이 능사는 아니다. 때로는 품위 있게 실패하는 것이 더 중요하다.

그 주 테디와 한 훈련이 좋은 예였다. 나는 다시 탱크에 들어갈 줄 알았는데, 테디에게는 다른 계획이 있었다. 다 쓰러져 가는 장난감 가게의 잡초 무성한 주차장에서.

「점프를 수동적으로 재현하는 것만으로는 한계가 있어.」 테디가 말했다. 「이제 네가 주도할 때야. 민첩성, 균형감, 결단력 있는 행동을 보여 줘.」

밤마다 테디는 나를 스케이트보드에 태우고 울퉁불퉁한 노면과 거친 잡초가 위협하는 장소를 내달리게 했다. 나는 살면서 한 번도 보드를 제대로 탄 적이 없었는데, 탈수록 묘하게 익숙한 느낌이 들었다. 몇 분 만에 그 이유를 깨달았다. 보드를 타는 것은 〈다른 어딘가〉의 미끄러운 비탈을 도는 것과 비슷했다. 의지에 따라 움직일 수 있었다. 처음에는 느리고 불안정했지만 점점 위험 요소들을 헤치고 달리는 데 자신감이 붙었다. 나는 그 자신감을 〈다른 어딘가〉에서 이어지게 하려고 노력했다. 만약 거기서 이만큼의 통제력을 느낄 수 있다면 반은 성공한 거나 다름없었다.

「내 생각에 넌 적어도 한 번, 어쩌면 두 번 더 점프할 수 있을 거야. 그러니 기회를 날리면 안 돼.」 테디가 말했다.

그래서 나는 내가 보고 싶은 세상을 상상하려고 노력했다.

내가 있던 세상보다 나은 세상을. 평등을 위해 투쟁할 필요 없이 이미 평화롭고 정의로운 세상을. 그리고 어쩌면, 정말 어쩌면 그 세상이 실제로 모습을 드러낸다면 내가 그걸 알아볼 수 있을지도 몰랐다.

그때 테디가 불쑥 내 눈을 가렸다. 내가 갑자기 잡초와 돌부리를 감지할 수 있었으리라고 생각한다면 오산이다. 나는 밤새도록 엉덩방아를 찧고 여기저기 긁혔다. 처음에는 짜증이 났는데, 알고 보니 핵심은 그저 맹목적으로 달리는 게 아니라 나자빠지는 걸 겁내지 않고, 몰입하고, 아무리 낯선 지형이라도 제대로 넘어지는 법을 배우는 것이었다. 이날 밤은 곤두박질을 견디는 게 전부였다.

「네가 〈다른 어딘가〉에 있을 때마다 그곳을 다르게 인식한다는 걸 알아.」테디가 말했다. 「하지만 그렇더라도, 일관된 부분들이 있을 거야. 공통점들을 생각해 봐.」

보드에서 또 한 번 아주 보기 좋게 나가떨어진 뒤, 나는 까진 무릎을 살피면서 테디가 한 말을 곱씹었다. 「〈다른 어딘가〉에 있을 때마다 나는 내 주위를 둘러싼 현실들을 느낄 수 있어.」내가 말했다. 「그 현실들은 아주 생생하고…… 굶주린 느낌이야. 거기 남겨지는 걸 두려워하는 것처럼. 무슨 말인지 이해가 돼?」이때 내 머릿속을 가득 채운 이미지는 야구 경기에 선수로 선발되길 기다리는 어린아이 한 무리였다. 아동기의 가장 혹독한 적자생존 관습이다. 제일 마지막에 선택되길 바라는 아이는 아무도 없다.

내 대답에 테디는 웃었다. 「넌 생명을 이분법으로 보고 있어. 살았거나 죽었거나 둘 중 하나로. 다른 상태가 있다는 생각은 안 해봤어? 〈존재하지 않는 것〉과 존재할 〈가능성〉을 벗어나는 것은 별개야. 후자가 훨씬 끔찍하지. 네가 존재할 가능성조차 전혀 없는 현실의 욕망을 느끼는 건 놀랄 일이 아니야. 너는 빛이라는 개념이 잊힌 곳에 든 한 줄기 빛이니까.」

테디는 보드를 도로 가져가며 이날 훈련이 끝났음을 알렸다. 「다른 현실들이 네 주위에 있다고 했지? 그게 무슨 뜻이야?」

나는 어깨를 으쓱했다. 「말 그대로 내 주위에 있다고. 좌우, 앞뒤…….」

「위아래는?」

입을 열었는데 할 말이 없었다. 나는 〈다른 어딘가〉에 있을 때 위를 올려다본 적이 없었고, 소용돌이치는 죽음의 심연을 느낀 것 말고는 아래를 내려다본 적도 없었다.

「글쎄…….」

테디는 씩 웃었다. 「이해해. 너는 경기장에서 뛰잖아. 너는 3차원 세계에 살지만 중력이 그걸 2차원 게임으로 만들지. 너, 경기 중에 잔디 아래나 머리 위에 뭐가 있는지 생각해 본 적 없지?」

「그건 경기와 상관없 ―」

「상관있다면?」

애써 상상해 봤다. 라인맨이 땅에서 솟아나 쿼터백을 끌어내리고, 패스한 공이 비행기 엔진에 빨려 들어가고, 러닝백 대신 플라잉백이 공을 받아서 날아다니는 장면을. 어깨 패드를 달고 하는 퀴디치[26]가 따로 없었다.

26 〈해리 포터〉 시리즈에 등장하는 가상의 스포츠.

「네 위에 있는 것들이 가능한 미래들일 거야.」테디가 말했다. 「그것들은 건드리지 마. 정정을 촉발할 테니까. 난 그보다 과거에 더 관심이 있어. 네 발아래 있는 것들 말이야.」

「나는 이미 과거의 일들을 바꿨어.」내가 지적했다. 「안 좋은 쪽으로.」

하지만 테디는 고개를 저었다. 「너는 특정 사건들을 바꿨지. 그건 현지 시각의 일괄적인 이동과는 달라.」

「그럼 나더러 어떻게든 과거를 건드려 시간을 멈추라는 말이야?」

「아니면 빨리 감거나. 만약 네가 역사의 적절한 순간을 적절한 길이로 조절한다면 넌 미래에 파문을 일으킬 어떤 한 사건을 바꾸는 게 아니라 그 순간에 지구에서 일어난 모든 사건을 바꿀 수 있어. 단순한 파문이 아니라 파도지.」

〈아니면 지진 해일.〉나는 생각했다. 우리 팀이 원래 세상에서 그렇게 불리지 않았던가?

「그러니까…… 내가 유전을 찾을 수 있는데 주유만 하고 있었다는 말이야?」

「빙고!」테디가 말했다.

「그래서 내가 어떻게 해야 하는데?」

테디의 답은 간단했다. 「두려워하지 말고 아래를 봐.」

착각 4: 시간이 지난 뒤에 돌아보면 모든 게 뚜렷이 보인다.

완전히 틀린 말이다. 돌이켜 본 일과 실제 일어난 일은 다

299

르다. 그저 밤에 발 뻗고 잘 수 있을 만큼 합리화하는 것이다. 회상은 유리병 너머로 사물을 보는 것처럼 지난 일을 왜곡한다. 범죄 사건에서 목격자 진술이 가장 못 미더운 증거라고 말하는 이유다. 자신이 봤다고 굳게 믿는 것이 실제로 본 것과 다른 경우는 허다하다. 그런 식으로 우리는 모두 자신만의 현실을 만들어 간다.

테디가 나에게 원한 건 왜곡된 회상의 메타 버전이었다. 세상에 대해 내가 아는 모든 걸 품고 과거로 돌아가서 미래를 바꾸는 것이다. 내가 모든 걸 집어삼키는 지진 해일을 일으키고 노아처럼 더 나은 세상으로 우릴 데려가는 거다. 물론 성경 속 대홍수 과정에서 수많은 생명이 죽었다는 점은 잘 알고 있었다.

나는 테디가 그저 허풍을 떠는 것이라고, 이건 기이한 희망 사항에 불과하다고 단정 짓고 싶었다. 하지만 에드워드 쌍둥이들은 내가 결코 지닐 수 없는 관점을 지니고 있었다. 게다가 주심이 정말 우주의 중심이라면 내가 우주를 내 멋대로 주무를 수도 있다는 뜻이었다. 내가 제대로 주무른다면 우주도 고마워하지 않겠는가? 우리 할머니는 하느님이 우리를 통해 일한다고 말하곤 했다. 그게 신의 방식이니까. 그렇게 보면 나는 전지전능한 힘을 훔치는 게 아니라 대의를 위한 통로가 되는 것이었다.

이런 생각이 며칠 내내 욱신거리는 머릿속을 가득 채웠다. 나는 수학 시간에 방정식을 풀면서, 내가 오답을 내더라도 우주의 물리 법칙 자체를 바꿔 정답으로 만들 수 있지 않을까 생각했다. 그것도 권력 남용일까?

권력 남용 하니까 수학 수업에서 두 자리 건너 앉은 레이턴에게 눈길이 갔다. 나는 녀석을 수학과 담을 쌓은 꼴통이라고 부르고 싶지만 사실은 그 반대였다. 타고난 건지 노력을 그만큼 하는지는 몰랐다. 내가 아는 건 녀석이 실수로 오답을 내고서 분통을 터뜨렸다는 것뿐이다. 수학에서 오답은 대개 단순한 실수에서 비롯된다. 언젠가 수십억 달러짜리 우주선이 화성 대기권에서 추락했는데 알고 보니 그 원인은 그저 어떤 수치를 미터법으로 변환하지 않은 데 있었다. 단순한 실수가 심각한 결과를 불러온 거다.

레이턴은 스스로뿐 아니라 주변 사람들에게도 완벽을 요구했다. 녀석의 눈엔 아무도, 아무것도 성에 차지 않았다. 모두 허점투성이고 가혹한 심판 대상이었다. 그 1순위가 케이티인 건 놀랄 일이 아니었다.

수요일, 수업 전에 둘이 나누는 대화를 우연히 들었다. 레이턴은 케이티의 머리 모양이 마음에 들지 않는다고 지적했다. 그리고 옷도 자기가 좋아하는 스타일로 입으라고 권유했다. 꾸지람에서 한 발짝 모자란, 잔소리에 가까웠다. 케이티가 알겠다고 할 때까지 들들 볶았다. 녀석은 자기가 어느 선까지 케이티를 압박하고 그냥 넘어갈 수 있는지 정확히 알고 있는 것 같았다.

케이티와 나는 레이턴이 듣지 않는 영어 수업을 같이 들었다. 이참에 케이티에게 내가 들은 것을 말하며 이전 세상에서 그랬던 것처럼 왜 레이턴과 헤어지지 않느냐고 물었다.

「애시, 난 레이턴을 사랑해.」케이티가 말했다. 「하지만 관계는 복잡해. 딴 사람은 몰라도 너는 알아야지.」

그래, 관계는 얼마든지 복잡하고 난해할 수 있지만, 어떤 관계는 불 보듯 뻔하다. 하지만 케이티는 언제나 그러듯이 내 말을 차단하고 대화를 거부했다. 마치 레이턴을 문제 삼는 사람은 누구든 그녀에게도 적이 되는 것 같았다. 왜 케이티가 녀석을 감싸고 그런 대우를 받는지 나로서는 이해할 수 없었다. 그때까지는.

21
처음 보고된 것보다 큰

해왕성의 궤도 너머에는 종잡을 수 없는 것들이 있다. 혜성과 소행성, 그리고 이도 저도 아니라서 반인반수의 이름을 따 켄타우로스로 불리는 천체들.

명왕성도 거기 떠돌고 있다. 그 바윗덩어리는 안타깝게도 2006년에 태양계의 아홉 번째 행성 지위를 박탈당했다. 하지만 어떤 과학자들은 실제로 제9행성이 우리 모르게 숨어 있다고 믿는다.

적어도 그들은 그걸 행성으로 여겼다.

몇 년 전, 제9행성이 빅뱅이 남긴 원시 블랙홀이라는 이론이 나왔다. 내가 지어낸 게 아니다. 진짜다. 물론 우리는 블랙홀을 볼 수 없다. 그저 주변 천체 궤도에 미치는 영향으로 그 존재를 추측할 수 있을 뿐이다. 그 어둠의 중심에는 지구 질량의 열다섯 배나 되는 초고밀도의 바윗덩어리가 있다고 한다. 고작 야구공만 한 크기의.

천문학자들은 이를 우주의 장엄한 측면으로 본다. 하지만 그들이 뭘 모르는 거다. 그것의 본질을…… 나는 안다.

그 천체의 신비를 다룬 기사가 목요일 아침에 내 SNS 피드에 떴다. 〈돈세탁으로 기소된 상원 의원 셋〉과 〈바보 같아 더 귀여운 강아지 모음〉 사이에 끼어 있었다. 헤드라인은 〈원시 블랙홀은 처음 보고된 것보다 더 클 수도 있다〉였다. 하지만 그 기사는 내가 클릭하기도 전에 피드에서 사라졌다. 그럴 때가 있다. 어떤 기사는 한번 사라지면 아무리 검색해도 못 찾는다.

〈원시 블랙홀은 처음 보고된 것보다 더 클 수도 있다.〉 오늘은 그저 과학 마니아들을 대상으로 한 낚시성 기사였다. 내일은 사상 최악의 과소평가가 될지도 몰랐다.

금요일 경기가 시시각각 다가오는 걸 느끼며, 나는 목요일 밤에 잠을 설쳤다. 생생하고 괴로운 꿈을 꿨다. 전부 기억 나진 않지만, 앤절라와 대화를 나눈 것만은 떠올랐다. 앤절라와 나란히 서서 그 애 무덤을 바라보고 있는데, 묘비명에 사망 날짜가 비어 있었다.

「내가 이 아래 묻힌 건 너 때문이 아니야.」 앤절라가 잠시 틈을 두고 덧붙였다. 「실은 너 때문이 맞아.」

나는 미안하다고 했다. 진실이고 진심이었지만, 앤절라는 들으려 하지 않았다.

「사과는 됐어, 애시.」 앤절라는 화를 내지 않고 단호하게 말했다. 「그래도 어떻게 좀 해봐.」

다음 순간 나는 몇 발짝 떨어진 무덤 앞에 리오와 나란히 서 있었다. 리오의 무덤이었다. 사망 날짜는 새겨져 있었지만 잡초에 가려서 안 보였다. 50년 후일 수도 있고, 다음 달일 수도 있고, 내일일 수도 있었다.

「네 이름이 남부의 흑인 노예 제도를 미화한 영화 속 인물의 이름을 따서 지어졌다는 게 마음에 걸린 적 없어?」

대답은 〈있어〉였지만, 나는 그 대신 내가 늘 합리화했던 말을 리오에게 했다. 「애슐리 윌크스는 전쟁이 먼저 일어나지 않았다면 자기 노예들을 해방하려 했다고 말했어.」 할머니의 강요로 장장 네 시간에 달하는 영화를 꼼짝없이 봐야 했기에 아는 내용이었다.

「하지만 해방은커녕 오히려 남부를 위해 싸웠잖아. 순 말뿐이었지.」

「난 그가 아니야!」

그러자 리오는 몸을 바짝 들이대며 이렇게 속삭였다. 「증명해 봐.」

그러더니 홀연히 사라졌다. 주위를 둘러보니 묘비들도 자취를 감췄다. 하지만 죽은 사람들은 여전히 그 아래 있었다. 이름 없는 무덤만 가득했다.

꿈이 모두 증발하고 눈을 떴을 땐 정신적 숙취로 가득 찬 우울한 금요일 아침이었다. 아래층으로 내려가니 헌터는 이미 부엌 싱크대 앞에서 콘플레이크를 한 사발 들이켜고 있었다.

「형, 이거 좀 봐.」 헌터가 한껏 가슴을 내밀었다. 티셔츠에 〈네 인생을 살아라〉라고 적혀 있었다.

「봤는데, 그래서?」

「형이 한 말인데, 기억 안 나?」

그 말을 듣고 나서야 알았다. 내가 기자들에게 한 말 중에 저런 대목이 있었다.

「어제 학교에서 무료로 나눠 주길래 몇 장 챙겼어. 하나 줄까?」

「아니!」 스스로 한 말이 적힌 옷을 입고 다닌다니, 거울 보고 자위하는 짓이나 다름없었다. 「누가 나눠 줬는데?」

「몰라. 성 소수자 모임 아닐까? 아무튼, 오늘 밤 경기에 입고 오라더라. 형을 지지하자고.」

어떤 감정을 느껴야 할지 몰라서, 나는 아무것도 느끼지 않기로 했다.

「오늘 상대는 슬레이백 고교지?」 헌터가 물었다.

「어, 왜?」

「지저분하게 플레이하기로 유명하다며.」

나는 애써 어깨를 으쓱했다. 「그래도 심판들이 잘 지켜보고 있을 거야.」

「심판들도 한계가 있어.」 그러고서 헌터는 콘플레이크 그릇을 내려놓고 나를 빤히 쳐다봤다.

「왜?」 내가 물었다.

「아무것도 아니야. 난 그냥…… 형은 걱정하지 말라고 했지만, 자꾸 신경 쓰여. 형은 요즘 형답지 않아 — 커밍아웃 이야기가 아니야. 뭔가 더…… 커다란 일이지.」

나답지 않다고? 웃음이 나왔다. 헌터는 자기도 모르게 정곡을 찔렀다. 나에게는 더 이상 구체적인 자아가 없었다. 그저 버전들이었다. 인간 운영 체제처럼.

「나다운 게 어떤 건데?」

그건 헌터도 몰랐다.「그냥 이따가 몸조심해.」헌터가 말했다.「왠지 이번 경기, 불길한 느낌이 들어.」

나는 천천히 심호흡했다. 물론 날 생각해서 한 말이겠지만 내 먹구름에 헌터의 먹구름이 합쳐지자 막막한 기분이 들었다.

「걱정할 거 없어.」내가 말했다.

「알아. 하지만 그래도…… 행운의 속옷이나 뭐 그런 거라도 입어.」

「땀투성이 가랑이를 감쌀 천 쪼가리 따위가 뭔 행운을 가져다주겠어?」

헌터는 의무적으로 킬킬거렸고, 우린 그렇게 대화를 끝냈다.

나는 멍한 상태로 등교했다. 세상은 말뚝에 묶인 줄도 모르고 평소처럼 굴러갔다. 에드워드 쌍둥이들은 이게 어딘가에서 늘 벌어지는 일이라고 했다. 아마 큰 그림을 모르고 사는 게 최선일 거다. 세상이 내가 아는 것들을 알면 어떻게 굴러가겠는가?

나는 수업을 듣고 싶지 않았다. 제대로 생각할 수도, 기능할 수도 없었다. 시간이 흐를수록 바깥 하늘은 어두워졌다. 마치 구름 너머로 블랙홀이 다가오듯이.

정오에 비가 내렸다. 그냥 내리는 게 아니라 쏟아졌다. 이대로라면 경기가 취소될 판이었다. 한편으로는 차라리 그래서 불가피한 일이 미뤄지길 바랐지만, 시간은 늘 내 편이 아니었다.

리오 생각과 세상의 종말에 관한 생각 사이의 틈을 케이티가 메웠다. 케이티와 레이턴은 이날 점심시간에 학교 식당에 없었는데, 나는 그게 자꾸 신경 쓰였다. 졸업반은 학교 밖에서 점심을 사 먹을 수 있었지만 둘은 여간해서는 교문을 벗어나지 않았다. 레이턴은 학교 식당을 자기 왕궁처럼 누비는 편을 선호하는 듯했다.

「뭐 하러 신경 써?」폴이 물었다. 「우리에겐 더 중요한 일이 있지 않아?」

폴과 나는 인종 화합 무도회를 위한 전략을 짜고 있었다. 학교 이사회 턱밑에서 그 일을 추진하는 것은 쿼터백이 러닝백에게 은근슬쩍 공을 넘기는 일과 비슷했다. 우리는 이제 그걸 〈와해 무도회〉라고 불렀다. 왜냐면 학교 이사회가 뿔뿔이 와해되어 곤죽이 되길 바랐기 때문이었다.

비록 다음 이동 전까지 얼마 남지 않은 시간을 폴과 보내고 싶었지만, 케이티가 괜찮은지 확인하기 위해서라도 레이턴과 케이티를 찾아 나서야 했다.

「알았어.」폴이 내 헛수고에 동참하길 거부하며 말했다. 「그 대신 네 푸딩 내가 먹는다.」

나는 북쪽 복도에서 케이티와 레이턴이 말다툼하는 모습을 발견했다. 눈에 띄지 않으려고 거리를 뒀는데 너무 멀어서 무슨 말을 하는지는 안 들렸다. 하지만 말투로 보아 케이티는 기분이 상했고, 레이턴은 케이티를 달래려고 노력하고 있었다. 늘 그런 식이었다. 레이턴이 졸렬한 말이나 행동을 해서 케이티가 화를 내면 레이턴은 태도를 싹 바꿔 아양 섞인 사과를 퍼부었고 지친 케이티는 그저 입을 다물고 고개를 끄덕거렸다. 레이턴은 만나는 애마다 고개를 끄덕이는 인형처럼 만드는 능력이 있었다. *끄덕끄덕, 끄덕끄덕.* 녀석이 제발 닥쳐 줬으면.

그때 케이티가 복도 끝에 있는 날 봤고, 그 시선을 따라 레이턴도 날 봤다. 나는 성큼성큼 걸음을 옮기며 그냥 지나가는 길이었던 척했지만, 내가 느끼기에도 부자연스러웠다.

이날 인생의 엄청난 착각을 하나 더 배웠다. 〈뿌린 대로 거둔다.〉

진실이라면 얼마나 좋을까? 모두가 마땅히 받아야 할 것을 받는다면? 하지만 진실이 어느 쪽인가 하면, 뿌린 것은 돌고 돌아 매번 뒤통수를 때린다.

학교가 끝날 때쯤 리오에게서 전화가 왔다. 무도회에 함께 갈 친구를 몇 명 섭외했다는 내용일 줄 알았다. 하지만 누누이 말했듯이, 리오의 세상은 내 세상과 달랐다.

「나한테는 이 한 통이 전부야.」 리오가 대뜸 말했다.

「한 통이라니?」 내가 물었다.

「단 한 통만 허락된 전화니까.」

내 아둔한 머리가 그 말을 해석하지 못해서 리오는 결국 자기가 체포됐다고 말해야 했다. 리오는 차마 부모님에게 연락해 상심을 끼칠 수 없었다. 서리스에게도 알리지 않았다. 내가 리오의 대체 현실에 무례하게 끼어들기 전까지 알고 지내던 사람 누구에게도 연락하지 않았다. 오직 나에게만 했다.

경기 전에 테디와 마지막 훈련을 하기로 했었고, 그게 장기적으로 리오에게 더 도움이 될 수도 있었지만, 나는 리오에게 가야만 했다. 당장 집에 들러 숨겨 둔 비상금을 긁어모으고 위조 신분증도 챙겼다. 18세가 넘어야 보석금을 낼 수 있으니까. 금수저인 나는 위조 신분증이 몇 개나 있어서 아직 17세라는 걸 들킬 리 없었다. 하지만 리오는 지난 8월에 생일을 맞아 정식으로 18세가 되었고, 사법 제도의 눈에 그는 엄연한 성인이었다.

알고 보니 돈을 얼마나 챙겼는지는 중요하지 않았다. 재판이 밀려서 리오는 판사가 보석을 허가하기 전에 하루에서 이틀 정도는 무조건 구치소에 있어야 했다. 원래는 훨씬 빠르게 처리되고 보석금도 합리적이어야 했다. 원래 세상과 이 세상의 차이점이라면, 이전 세상이 〈원칙상〉 더 나았다는 것이었다. 하지만 많은 경우 그렇지 않았다. 어떤 세상에서 살든 불공정함은 망할 케이크처럼 겹겹이 쌓여 있었다.

영화에서 많이 본 것처럼 리오와 나 사이에 유리 칸막이는 없었지만, 방 건너편에서 무장 교도관들이 우리를 주시하고 있었다.

「대체 무슨 일이야?」 내가 물었다.

「점장 코뼈를 부러뜨렸어.」

「때린 이유가 있을 거 아니야.」

「때린 거 아니야. 태클을 걸었을 뿐이지.」 리오는 말끝에 씁쓸한 웃음을 터뜨렸다. 「네 태클은 세상을 바꾸고 내 태클은 인생을 조지네.」

이윽고 리오는 자초지종을 이야기했다.

「마트 안에 노숙인이 들어왔어. 전에도 본 적 있는데, 좀 이상한 남자였어. 마약 중독자는 아닌 거 같은데, 약간 오락가락하는 느낌 알지? 그런데 어느 순간 제과 코너 쪽에서 웬 여자가 비명을 지르는 거야. 내가 계산대를 내버려 두고 달려갔더니 점장이 그 노숙인을 구석에 몰아넣고 있더라고. 그 남자는 겁에 질린 모습으로 칼을 들고 있었어. 알고 보니 점장이 총을 빼 겨누고 있는 거야. 그 노숙인, 겨드랑이에 뭘 끼고 있었는지 알아? 망할 통닭구이! 그리고 그 칼? 그냥 버터나이프였어. 노숙인은 단지 음식을 구하려 했을 뿐인데, 점장은 마치 그가 자기 엄마를 죽이기라도 한 것처럼 굴었어. 노숙인은 도망치려고 했고, 난 점장 표정을 보고 바로 알았지. 방아쇠를 당기려 한다는 걸. 그래서 그 전에 내가 점장한테 달려들었어. 그리고 바닥에 자빠뜨리자마자 총이 발사돼서 제과 코너 진열대가 와장창 깨졌지. 노숙인은 도망쳤고, 바닥에 피가 흥건하길래 누가 총에 맞았나 했는데 웬걸, 총알은 기껏 햄 덩어리에 박혔고, 그 피는 점장이 쏟은 코피였어. 바닥에 부딪치면서 코뼈가 부러진 거야. 그때 점장이 날 보는 눈이 어땠는지 알아? 만약 총을 놓치지 않았다면, 분명 날 쐈을 거야.」

리오는 눈에 고인 눈물을 훔치고 잠시 숨을 골랐다. 「그래서 그걸로 끝인 줄 알았는데, 계산대로 돌아가 보니 금고가 싹 털려 있었어. 내 줄에서 계산을 기다리던 누군가가 기회를 잡아 몽땅 들고 튄 거야. 그걸 점장은 내 탓으로 몰았어. 애초에 내가 다 계획한 짓이라고. 내가 그 노숙인이랑 돈 들고 튄 놈과 한패라고. 왜? 그야 그 노숙인이랑 내가 둘 다 흑인이어서지. 점장이 나보고 무능한 분평이라고 지껄이더라.」리오가 입술을 질끈 물었다. 「면상에 주먹을 갈겼어야 했는데, 이미 코뼈가 주저앉은 상태라 아쉽지 뭐야.」

「나라면 갈겼을 거야.」내가 말했다. 하긴 나야 그렇게 말하기 쉬웠다. 리오로서는 불가능한 방식으로 빠져나갈 수 있었을 테니까.

「몇 분 후에 경찰이 왔고 점장은 날 바로 넘겼어.」

「무슨 근거로! 네가 그 노숙인의 생명을 구했다는 거 말고 무슨 근거가 있어?」

「폭행.」리오가 말했다. 「코뼈는 부러졌고 사방에는 피가 흥건하잖아. 점장이 경찰한테 내가 자길 공격했다고 지껄였어. 난 그 자리에서 수갑 차고 끌려왔고.」

나는 분노가 치밀었다. 리오를 이 자리에 있게 한 인간들을 몽땅 패고 싶었다. 싹 다 불태워 버리고 싶었다. 「수갑 찰 놈은 점장 그 새끼잖아!」

「그래? 그럼 왜 내가 그 새끼 대신 여기 와 있는데?」

나는 마땅히 대꾸할 말이 없었다.

「내가 해결할게, 리오. 내가 바로잡을게. 아니, 더 낫게 만들게.」

그러자 리오가 갑자기 날 원수처럼 노려봤다. 내가 이 망할 세상의 일부라는 듯이.

「늘 그런 식이지. 위대한 백인 영웅이 세상의 모든 문제를 해결하는 레퍼토리. 그걸 믿은 내가 바보였어. 넌 날 속였어, 애시. 네가 날 속였어.」

「난 영웅이 아니야.」내가 말했다. 「너한테 이런 상황이 벌어지게 한 괴물이지. 내가 네 인생과 미래를 앗아 갔어. 네가 날 증오해도 할 말 없어.」진실은 쓰라렸지만 외면할 수 없었다. 내가 이 세상을, 이 모든 추악하고 황당한 현실을 만든 장본인이었다. 위대한 백인 영웅은 개뿔. 이 비참한 세상은 내 책임이었다.

리오는 내 앞에서 울지 않으려 했지만 더는 눈물을 참지 못했다. 「네가 있던 곳에선 다르다고 말해 줘.」 리오가 호소했다. 「네 세상이 완벽하지 않은 건 알지만, 그래도 이런 일은 일어나지 않는다고.」

그렇다고 말하고 싶었지만, 그래서 리오를 조금이라도 위로하고 싶었지만, 그럴 수 없었다. 왜냐면 여기에서만큼 거기서도 쉽게 일어날 수 있는 일이었으니까. 우리가 아무리 전진했다고 생각해도 막상 공은 한 뼘도 못 옮겼으니까. 무관심, 반대, 이기심이 발목을 잡았고, 헛발질은 셀 수 없이 잦았다.

그래서 나는 대답할 수 없었다. 리오가 듣고 싶어 하는 답을 줄 수 없었으니까. 테디가 떠올랐다. 테디는 내가 깊고 어두운 곳에 도달해 인류의 역사를 바꾸고 내가 출발한 세상보다 더 나은 세상을 만들기를 원했다. 내가 어떻게 그 바람에 끌리지 않을 수 있겠는가?

「맹세할게, 리오. 내가 망친 걸 고칠 거야.」

「못 고친다면? 망가진 채로 남는다면?」

「못 고친다면, 나는 시도하다가 죽을 거야.」

경기 직전에 레이턴과 마찰이 있었다. 경기가 시작되기 10분 전이었다. 나는 팀원들과 함께 장비를 착용하며 딴생각에 빠져 있었다. 내 손을 쳐다보고, 내 발을 쳐다보면서 내가 과연 테디가 준비시킨 대대적인 변화를 일으킬 능력이 있을까 생각했다. 사람들은 훨씬 덜 중요한 일을 위해서도 평생에 걸쳐 훈련하는데, 나는 훈련도 겨우 맛만 보았다. 마침내 고개를 들었을 땐 모두 나가고 탈의실에는 나와 레이턴 둘뿐이었다.

「그래서, 아까 실컷 엿들었어?」 레이턴이 물었다. 「남의 사적인 대화 엿듣는 걸 즐기나 봐?」

이제 그걸 신경 쓸 때가 아니었지만, 레이턴의 조롱을 그냥 무시할 수는 없었다. 나는 나도 모르게 녀석이 던진 미끼를 물었다.

「딱히.」 아무것도 못 들었다는 말은 덧붙이지 않았다. 레이턴이 초조해하는 꼴을 보고 싶었으니까. 「근데 아무리 귀를 막아도 들리는 게 있지.」

「글쎄, 남 일에 간섭하는 게 네 취미인 건 알겠는데, 나랑 케이티 사이의 일은 네가 상관할 바가 아니야.」

「그럼 누가 상관하는데? 넌 케이티를 보호하는 척 팔을 두르고 다니는데, 누가 너한테서 케이티를 보호하겠어?」

그러자 레이턴이 내 코앞에 얼굴을 바짝 들이밀었다. 화를 못 이겨서 하는 행동이 아니라 치밀하게 계산된 위협이었다. 「말 가려서 해라. 네가 누구 자식이건 간에 ㅡ」

「뭐, 때리게? 자, 어디 해봐. 기꺼이 맞아 줄게. 있는 힘껏 때려서 다음 주로 좀 보내 줄래? 거기 네가 상상도 못 할 일이 기다리고 있거든.」

「그게 뭔데?」

난 레이턴의 귓가에 속삭였다. 「제대로 때리면, 넌 거기 존재하지도 않을 거야.」

그 순간, 정말 그럴 뻔했다. 녀석을 〈다른 어딘가〉로 끌고 들어가 랠스턴 패거리처럼 망각의 구덩이로 밀어 넣을 뻔했다. 증거도, 흔적도 없이.

레이턴은 떨떠름한 얼굴로 물러섰다. 「잘 들어. 난 이제 너랑 상종 안 해. 케이티도 마찬가지고. 우리가 서로 사랑한다는 걸 네 둔한 머리로 받아들이고 더는 방해하지 마.」

「사랑? 그렇게 괴롭히는 게 사랑이냐?」

내 말에 레이턴은 역겹게 웃었다. 보기만 해도 식욕이 떨어지는 미소였다.

「혹시 질투해서 그러는 거야? 설마 케이티가 부러워서?」

다음 순간 노리스가 나타나지 않았다면 나는 놈을 갈가리 찢어 버렸을지도 모르겠다.

「야, 다들 밖에서 너희 기다리고 있어. 코치가 빨리 오래. 격려 연설 한다고.」

나는 폭발 직전이어서 몸이 부들부들 떨렸다. 그리고 내가 격분할수록 레이턴은 차분해졌다. 「기운 넘치네, 보면. 경기를 위해 아껴 둬.」 그러더니 녀석은 아무도 감히 자길 건드릴 수 없다는 듯이 거만한 걸음으로 자리를 떴다.

나는 사물함을 주먹으로 힘껏 쳤다. 경첩이 튕겨 나갔다.

「케이티 이야기야?」 레이턴이 사라지자 노리스가 물었다. 노리스가 상황을 짐작할 정도면 레이턴이 케이티를 대하는 태도가 누가 봐도 지나치다는 뜻이었다.

「그럼 뭐겠냐?」 나는 사납게 받아쳤다가 기세를 좀 누그러뜨렸다. 「누군가는 한마디 해야 하니까.」 노리스가 일주일 만에 처음으로 말을 건 것이라, 반겨 주진 못해도 어느 정도 장단은 맞춰 주려고 했다. 근데 그걸 노리스가 말아먹었다.

「글쎄, 케이티도 다 알고 만나는 거잖아. 어쨌거나 레이턴 같은 애랑 사귀면 얻는 게 많을 테니까. 자기가 괜찮다는데 너도 그냥 신경 끄는 게 낫지 않겠어?」

그 말보다 끔찍한 게 뭔지 아는가? 노리스는 즉흥적으로 말한 게 아니었다. 그 망할 결론에 도달하기 전에 나름대로 고민한 티가 났다.

「노리스, 네가 동경하는 놈은 네가 생각하는 그런 놈이 아니라는 걸 언제 깨달을래?」

노리스는 잠시 틈을 두고 대답했다.

「내가 동경하던 놈은 너야, 애시. 그리고 맞아, 넌 내가 생각하던 그런 놈이 아니더라.」

우리는 몇 분 후 익숙한 관중의 환호성과 솟구치는 아드레날린을 느끼며 필드로 달려 나갔다. 하지만 이날 내 아드레날린은 경기와 엇갈리게 흘렀다. 내가 필드에서 풋볼다운 풋볼을 한 게 언제였던가? 내 게임에는 훨씬 더 큰 판돈이 걸려 있었다.

양쪽 관중석은 가득 찼다. 남은 자리는 입석뿐이었다. 우리 경기는 늘 인기가 좋았지만 이 정도까지는 아니었다. 우리가 치팅 치타스라고 부르는 상대 팀이 우리 팀의 최대 맞수라서 그런 거라고 생각하고 싶었다. 매 시즌 가장 주목받는 경기이기도 했으니까. 하지만 그게 다가 아니었다.

무지개 깃발이 꽤 많이 보였다. 〈네 인생을 살아라〉 티셔츠도. 단순히 경기를 보러 온 관중이 대다수였지만 특별히 나를 응원하러 온 사람도 꽤 많았다. 난 그게 힘이 되기보다 거슬렸다. 이들은 내가 그저 라인맨인 걸 모르나? 라인맨은 관심의 중심이 되어서는 안 된다. 우리도 원치 않는 일이다. 그게 우리가 라인에 있는 이유다. 그러다 나는 문득 이게 공동 근접 효과 같은 게 아닌가 싶어졌다. 어쩌면 모두가 이유도 모른 채 이 경기의 〈중요성〉을 느꼈을지도 모른다고. 내가 더 나은 세상을 가져다주길 응원하는 거라고.

그래, 오만하게 들린다는 거 안다. 내가 너무 자기중심적으로 생각한 건지도 모른다. 하지만 무기를 휘두르려면 스스로 휘두를 수 있다고 믿어야 한다. 아서왕도 내심 자신이 특별하다고 믿지 않았다면 바위에 박힌 전설의 검에 손도 대지 않았을 거다. 그리고 의심할 여지 없이, 주심은 무기를 휘두르는 존재를 의미했다. 나는 이미 그 무기를 사용해 세 사람을 제거했다. 이제 나는 그 힘을 이용해 더 나은 세상을 얻어서 그간의 잘못을 만회해야 했다.

나는 관중석에서 에드워드 쌍둥이들을 발견했다. 다섯 명 모두. 그냥 눈에 띄는 정도가 아니었다. 주변에서 호기심을 보이고 목을 빼고 쳐다봤다. 한 에드워드가 엄지를 치켜세웠다. 테디인가? 알 수 없었다. 다른 에드워드 쌍둥이들도 내가 오늘 뭘 하려는지 알려나? 안다면? 내가 출발한 세상보다 더 나은 세상을 일궈 낸다면, 수단이야 어찌 됐든 목적을 이루면 그만이라고 생각하겠지?

폴은 안 보였다. 관중석 어딘가에 있을 텐데 인파 속에 묻혀 보이지 않았다. 그게 그 어느 때보다 신경 쓰였다. 이다음에 만났을 때 폴은 나에게 어떤 존재일까? 그 생각을 하니 가슴이 내려앉았고, 그런 나를 용납할 수 없었다. 이 일을 제대로 해내려면 개인적인 감정은 버려야 했다.

국가, 동전 던지기, 킥오프, 그리고 나는 수비 라인과 함께 출전했다. 내 상상일까, 아니면 조명이 평소보다 밝았나? 모든 게 더 선명하고 또렷해 보였다. 초현실적일 만큼.

물론 우리 팀에서는 아무도 그렇게 말하지 않았지만, 치타스의 쿼터백이 레이턴보다 뛰어났다. 대포 같은 팔을 지닌 그는 주변에 수비수들이 없는 것처럼 달렸다. 아니, 달릴 필요도 거의 없었다. 그 팀의 공격 라인은 철옹성이라서 그는 원한다면 백 필드에서 다과회를 즐길 수도 있었다. 하지만 내가 할 일을 하려면 그 성을 뚫어야 했다.

나는 출전할 때마다 최선을 다했다. 그 어느 때보다도 더 열심히 노력했다. 하지만 하프 타임까지 인간 장벽을 한 군데도 찌그러뜨릴 수 없었다.

스코어는 13 대 13으로 동점을 달리고 있었다. 각 팀이 터치다운 2회와 추가 점수 1점씩 획득했다. 그사이 상대 선수 둘과 우리 선수 하나가 다투다가 퇴장당했다. 아니나 다를까, 치타들은 야비했다. 백 필드 인 모션부터 홀딩까지 온갖 반칙 선언이 이어졌지만, 아랑곳하지 않고 계속 우리를 압박했다. 그 형편없는 스포츠 정신에 분노할수록 불리해졌다. 우리 팀은 이제 풋볼을 하고 싶지 않았다. 놈들을 두들겨 패고 싶었다. 내가 탈의실에서 레이턴에게 느꼈던 감정처럼.

「말려들지 마!」 코치가 하프 타임에 호통쳤다. 「그게 치타들이 원하는 거야. 전략이라고. 동요하지 마!」

하지만 나는 다른 게임을 하고 있었기에 치타들이 규칙을 따르든 말든 개의치 않았다. 내 목적은 돌파구를 여는 것뿐이었다. 그리고 들이받는 것. 강하게. 가야 할 곳으로 갈 수만 있다면 쿼터백의 등을 부러뜨려야 한대도 상관없었다.

치어리더들이 공연을 펼쳤다. 케이티는 속은 어떨지 몰라도 겉으론 활짝 웃고 있었다. 악단은 이 세상이 배출한 밋밋한 음악을 더 밋밋하게 연주했다. 후반전이 시작됐다.

이번에도 철옹성을 맞닥뜨릴 줄 알았는데, 3쿼터에 들어선 지 몇 분 만에 틈을 발견했다. 내가 라인에서 마주한 그쪽 센터가 공을 스냅하면서 휘청거렸다. 넘어질 정도는 아니었지만 잠깐 집중력이 흐트러질 만큼은 되었다. 센터는 순식간에 몸을 가누었지만, 그 찰나의 순간이 내게 필요한 전부였다. 나는 곧장 몸을 날려 센터를 밀치고 라인을 돌파했다! 너무 순식간이라서 쿼터백은 아직 공을 패스할 리시버도 못 찾은 상태였다.

나는 달리는 화물 열차로 변신했다. 누구도 막을 수 없었다. 나는 쿼터백을 쓰러뜨려 그들을 10야드 후퇴시킬 것이었다. 하지만 그보다, 나는 진정한 경기장으로 뛰어들 것이었다. 준비됐다. 자신 있었다.

그리고 모든 게 잘못되어 버렸다.

22
0.73

1백 분의 73초. 0.73초. 안정 상태의 심장이 한 번 뛰는 시간이다. 그 순간의 차이로 교차로를 질주하는 트럭에 치여 죽을 수도, 그 트럭이 몇 인치 비켜 지나가 살 수도 있다. 내가 첫 현실 이동 후 노리스와 함께 죽었다면 세상은 더 나은 곳도, 더 나쁜 곳도 아니었을 거다. 그저 정지 신호가 파란색일 뿐. 그래서 더 〈많은〉 사람이 교통사고로 죽을까? 아마 아닐 거다. 〈다른〉 사람이 죽을 수 있을지는 몰라도, 아무도 그 차이를 모를 거다. 죽은 당사자라면 알아챘을 수도 있지만, 어차피 죽었다면 그에게 무슨 의미가 있겠는가?

0.73초. 그건 나에게 아무 의미도 없었지만, 곧 세상의 모든 차이를 의미할 터였다.

필드에서 나를 박은 건 트럭이 아니라 치타였다. 상대편 하프백이 나에게 심각한 반칙인 클리핑을 먹였던 거다. 놈은 빠르게 라인을 돌파하는 나를 포착하고 내가 쿼터백을 쓰러뜨리기 전에 내 옆구리를 들이받았다. 가슴 보호대 아래로 세게. 갈비뼈에 금이 가는 느낌이 들었다. 날카로운 고통과 함께 얼음장 같은 추위와 어둠이 찾아왔다. 나는 또다시 미끄러지고 있었다. 〈다른 어딘가〉로.

나는 고통으로 균형을 잃고 휘청거렸다. 골목에서 패대기쳐졌을 때와는 달랐다. 그때는 충격에 대비했으니까. 불시에 덮친 충격에 눈앞이 빙빙 돌았다. 통제력을 되찾아야 했다. 모든 게 통제력에 달려 있었다. 하지만 내 머릿속은 리오, 케이티, 폴, 그리고 이 불가능하게 긴 순식간에 의해 영향받을 수많은 사람의 상충하는 얼굴들로 북적거렸다.

테디는 이때까지 내가 한 일이 모두 보잘것없는 일이었다고 했지만 나에겐 그렇게 느껴지지 않았다. 모두 중대한 결과를 낳았으니까.

〈두려워하지 말고 아래를 봐.〉

왜냐면 내 발아래엔 내가 상상할 수도 없는 아름다운 현실들이 있을 테니까. 사막이 되기 전의 비옥한 농지들. 다른 나라들, 다른 언어들.

「평화를 발산하는 현실에 도달해.」 테디가 말했었다. 「느낄 수 있을 거야. 바로 알게 될 거야.」

이윽고 아직 생명을 얻지 못해 굶주린 현실들이 내 존재를 자각했다. 그 현실들은 내가 고통스러워하는 걸 감지하고서 점점 대담해졌다. 나에게 먼저 닿으려고 서로 싸웠다. 날 집어삼키려고.

하지만 순순히 당할 내가 아니었다. 나는 고통을 이기고 주도권을 잡을 거였다. 그래서 내면의 모든 투지를 끌어 올려, 아래를 내려다봤다.

아래에는 끝없는 심연이 있었다. 내가 그 깊은 나락에 빠져 더는 존재하지 않기를 기다리고 있었다. 하지만 내가 두려움을 떨치면, 테디가 말하는 세상을 느낄 수 있을 터였다. 내 주변에 도사리는 현실들과는 확연히 달랐다. 그 현실들은 내가 이미 아는 현실들의 변형일 뿐이었지만, 내 아래에는 완전히 새로운 세상들이 있었다!

그래, 난 할 수 있어! 가장 평화롭고 고요한 기운을 뿜는 현실에 닿을 수 있어! 더 나은 세상을 움켜잡을 수 있어!

하지만 그 결정적인 순간에 나는 주저했다. 미지의 영역이 두려워서 성큼 내려가지 못했다. 그 대신 소심하게 발 바로 아래 세상을 건져 올렸다. 그래, 그 또한 변화의 세상이었지만 내가 진정으로 얻어 낼 수 있는 변화에 비하면 미미했다.

그 세상을 거머쥔 순간, 심장이 멈췄다. 한 번의 박동. 그리고 다시 너무 세차게 뛰어서 그 힘에 못 이겨 터질 것 같았다.

그게 끝이었다.

나중에 나는 내가 이 세상을 움켜쥐기로 선택했다는 걸 스스로에게 주지시켜야 했다. 내 일부는 그 선택이 어떤 결과를 불러올지 알고 있었을 거다. 그 일부가 적이었을까, 친구였을까? 지금까지도 모르겠다.

나는 〈다른 어딘가〉에서 뛰쳐나와 밝고 시끄러운 필드로 돌아왔다. 숨이 잘 안 쉬어져서 헐떡이고 쌕쌕거렸다. 옆구리의 통증이 극심해서 눈앞에 별이 번쩍였다. 방향 감각이 흐트러져서 위아래를 구별할 수 없었다. 안내 방송이 경기 중단을 선언했다. 그럴 만도 했다. 내가 폭력적인 클리핑을 당했으니까. 하지만 나는 그 조치에서 이상한 거리감을 느꼈다. 알고 보니 나는 필드 한복판에 있지 않았다. 내가 누운 곳은 사이드라인이었고, 사람들이 날 에워싸고 있었다.

「맙소사, 괜찮아?」

내가 모르는 여자애였다. 나는 아직 호흡이 가빠서 대답할 수 없었다.

그때 케이티가 얼굴을 내밀고 말했다. 「심호흡해, 천천히, 깊이.」

「좀 비켜 봐!」 귀에 익은 목소리가 고함을 질렀다. 레이턴이었다. 내가 가장 보기 싫어하는 놈. 그놈이 필드에 쏟아지는 불빛을 가리며 내 머리맡에 우뚝 섰다. 그러더니 무릎을 꿇었다.

「……자기야, 괜찮아?」

나는 놈을 멍하니 쳐다봤다. 〈방금 뭐라고? 뭐라고 지껄인 거야?〉

「애슐리한테서 떨어져!」 케이티가 외쳤다.

「저 망할 치타!」 레이턴이 소리 질렀다. 「죽여 버리겠어!」

「진정해.」 코치가 레이턴에게 말했다. 「공이 돌아올 거야. 네가 팀을 이끌어야 해.」

하지만 나는 케이티와 레이턴이 한 말에서 여전히 헤어나오지 못한 상태였다.

〈……자기야, 괜찮아?〉

〈……애슐리한테서 떨어져!〉

케이티가 날 일으켜 앉혔다. 다리가 서늘했다. 치마 차림이어서였다. 난 치어리딩 유니폼을 입고 있었다.

〈아니 아니 아니 아니 아니 아니 아니야!〉

「이건 아니야!」 나는 이전 세계에서보다 한 옥타브 높은 목소리로 외쳤다. 「필드로 돌아갈래.」 하지만 너무 아파서 일어설 수 없었다.

「구급차 부를게.」 치어리딩 코치가 케이티 옆에 무릎을 꿇고 내 손을 잡으며 말했다. 「괜찮아, 애슐리.」 그러면서 내 머리를 쓰다듬는데, 머리카락이 빌어먹게 길었다. 경기는 곧 재개됐다. 그야 선수가 다친 게 아니었으니까.

나는 숨을 깊게 들이쉬고 멈췄다. 또다시 깊게 들이쉬고 멈췄다. 그리고 고통과 생각을 억누르며 천천히 내쉬었다.

「나 좀 놔줘.」 나는 케이티에게 말하고 고통과 현기증, 내 몸의 이질성과 싸우며 몸을 일으켰다. 「구급차 취소하세요.」 나는 치어리딩 코치에게 말했다. 「털고 일어날 거니까.」

23
네가 내 거라서 정말 기뻐

　내가 아는 바는 이러하다.

　내 이름은 애슐리 보먼이다. 할머니뿐만 아니라 모두가 나를 그렇게 부른다. 나는 가을에는 응원단에서 활동하고 겨울에는 치어리딩 대회에 나가며 봄에는 육상 경기를 한다. 특기 종목은 멀리뛰기다. 내게는 헌터라는 남동생이 있다. 그건 변하지 않았다. 아빠는 여전히 프로 선수 출신이고 우리 집은 이 동네 최고 부잣집이지만, 이 세상에서 우리 부모님은 이혼했다.

　나는 그레이 디먼스의 스타 쿼터백인 레이턴 밴던붐과 사귀고 있다. 거의 1년째. 우리 관계는…… 복잡하다.

　「누군가 책임을 져야지!」 엄마가 나를 병원에 태워다 주면서 말했다. 구급차는 안 불렀지만 옆구리가 부어올라 응급실에 갈 수밖에 없었다. 사실 갈비뼈가 부러지면 저절로 붙을 때까지 놔두는 수밖에 도리가 없다. 물론 부러진 뼈가

장기에 구멍을 내면 이야기가 다르겠지만, 난 상태가 그렇게 심각하지 않다는 걸 알았다.

「누구 잘못도 아니야.」내가 말했다.

이 세상에서는, 치타스의 리시버가 패스를 받아 사이드라인을 따라 달리다가 우리 팀원의 태클로 경기장 밖으로 패대기쳐지면서 나를 덮쳤다.

나는 이 새로운 상황 속에서 방어적 무감각 상태에 빠졌다. 대담하게 내 몸을 더듬어 더 이상 그 자리에 없는 것과 새롭게 그 자리에 있는 것을 느낀 순간, 내 잠재의식은 모든 감정을 차단하고 뇌를 꽁꽁 싸맸다. 그럴 수밖에. 내 이번 생애에서 레이턴이 어떤 존재인지 실감하게 된다면 당장 응급실을 뛰쳐나가 달리는 차에 몸을 던지고 말 테니까.

나를 가장 괴롭힌 건 변화의 본질이었다. 나는 지난번처럼 세상을 내 안에 들인 게 아니었다. 이건 분명 전면적 변화였고, 그건 즉 나만의 변화가 아니라는 뜻이었다.

이때는 몰랐지만, 내가 한 일은 인간의 심장이 한 번 뛸 만큼의 시간을 지연한 것이었다. 별거 아닌 것처럼 들릴 수도 있지만, 그건 다른 정자가 우리 엄마의 난자와 수정할 수 있는 시간이었다.

물론 영향을 받은 건 나만이 아니었다.

이 0.73초는 국제 전화 할 때 나타나는 미묘한 시간차처럼 전 세계를 한순간 버벅거리게 했다. 인류 역사의 모든 일이 한 박자 늦게 일어났다. 그건 헤아리기 불가능한 방식으로 세상을 바꿨다. 거리와 상점의 이름이 바뀌었고, 심지어 몇몇 대형 빌딩도 바뀌었다.

하지만 인간의 변화에 비하면 아무것도 아니었다.

네 명 중 세 명은 똑같아 보였다. 이는 많은 운명이 대단한 관성을 지녔으며 변화하는 데 훨씬 큰 힘이 든다는 뜻이었다. 하지만 네 명 중 한 명은 나처럼 수정상의 변화를 겪었다. 그중 절반은 같은 성별을 유지하되 외양은 자신의 잃어버린 형제자매처럼 보였지만, 나머지 절반은 즉각적으로 생물학적 성이 전환됐다. 다시 말해 남자 여덟 명 중 한 명은 여자가 됐고, 여자 여덟 명 중 한 명은 남자가 된 것이다.

지금 거울을 한번 보라. 당신도 그 한 명일 수 있다. 하지만 걱정할 건 없다. 그렇다 해도, 당신은 끝내 모를 테니까. 좋은 꿈 꾸시길.

다음 날 아침 9시에 초인종이 울렸다. 8시 59분도 아니고 9시 1분도 아닌 정확히 9시에. 왜냐면 언젠가 엄마가 레이턴에게 아침 9시 전에 초인종을 누르는 건 예의가 아니라고 말한 적이 있기 때문이었다. 레이턴은 무슨 말이든 자기가 듣고 싶은 대로 들었다. 그것은 훨씬 더 큰 빙산의 일각이었다.

「애슐리는 아직 안 내려왔는데.」 엄마 목소리가 들렸다. 「들어와서 기다려도 돼.」

「감사합니다, 보먼 아주머니.」

이 세상에서 우리 부모님은 오래전에 갈라섰지만 엄마는 결혼 후의 성을 그대로 유지했다. 그야 그 이름이 이곳, 테일러빌에서 상당한 영향력을 지녔으니까. 엄마는 그 영향력을 이혼 합의금의 일부로 여겼다.

나는 어젯밤 응급실 의사가 너그럽게 처방한 수면제에 취해 자고서 막 깨어난 상태였다. 아직 이 세상에서 레이턴과 관련한 기억을 살펴볼 준비가 되지 않았다. 여자로서의 삶에 대한 감정 충만한 정보들을 받아들이느니, 차라리 에드워드 쌍둥이들의 감정 배제된 분석을 듣는 게 나았다. 하지만 솔직히 말하면, 그들을 대면할 자신도 없었다.

숨을 쉬기가 버거웠다. 의사는 한동안 멍이 더 심해질 거라며 충분히 휴식을 취하라고 했다. 나는 멍을 확인하려고 일어나 앉아 잠옷 윗도리를 걷었는데, 가슴에 가려 멍이 안 보였다.

〈그래, 이제 이게 있지.〉

봉긋한 가슴을 지닌 기억이 났다. 첫 월경의 기억도. 음경을 지닌 기억도 함께 떠올랐다. 이 세상에서 음경을 처음 봤을 때의 기억도. 나는 그것이 주름 자글자글한 노인의 큰 코 같다고 생각했다. 여자들이 그 물건을 실제로 어떻게 생각하는지 안다면 남자들은 훨씬 겸손해질 거다.

레이턴이 쉽게 떠나지 않을 걸 알기에, 나는 용기를 내 계단을 내려가기로 했다. 하지만 그 전에 해야 할 일이 몇 가지 있었다.

메신저를 통해 친구 목록을 확인했다. 케이티와 치어리더 동료 몇 명이 있었다. 이 세상에서만 아는 몇몇 동급생도. 헌터와 엄마는 있지만 아빠는 없었다. 내가 찾던 이름들이 나타나지 않아서 슬슬 불안해졌다. 스크롤을 한참 내렸을 때 마침내 폴이 목록에 등장했다.

폴이 보낸 마지막 문자 메시지는 3주 전 것이었다. 좀 늦을 거야. 그만큼은 과외비에서 뺄게.

따라서 폴은 다시 내 수학 과외 선생님으로 돌아왔다. 옆구리를 물들인 멍보다 그 멍이 더 아팠지만, 그래도 폴이 여전히 내 세상에 있어서 다행이었다. 하지만 리오는 흔적도 없었다. 리오는 문자 메시지보다는 전화를 선호하는 애였다. 혹시 이 세상에서도 감옥에 있나? 이 세상에 있기는 할까?

〈한 번에 하나씩 하자.〉 나는 스스로를 다독였다. 한 걸음 한 걸음 내디뎌야 했다. 빨간 매니큐어가 발린 발을.

우선 옷을 갈아입기로 했다. 옷장을 보니 이곳에서의 내 취향을 알 수 있었다. 약간의 레이스와 약간의 가죽. 반짝이는 것들은 그리 많지 않았다. 원색보다 파스텔 계열을 선호했고, 앤절라가 그랬듯이 분홍색에 가장 가까운 색은 연보라색 정도였다. 옷들을 보니 그 옷을 샀을 때와 입었을 때가 떠올랐다. 이 드레스는 내가 열여섯 생일에 입은 것이고, 저 블라우스는 내가 레이턴과 첫 데이트 때 입은 것이고, 저 치마는—아니, 저 치마는 생각하지 않을 거다. 절대로.

나는 옷장 문을 닫고 몇 번 숨을 몰아쉬었다. 〈난 이제 여자야. 그래서?〉 만약 이게 끝이라면, 결국 세상이 이대로 남겨진다면…… 아마 나는 적응할 것이다. 왜냐면 내가 이 거친 차원 이동 경험에서 배운 것이 있다면, 세상만사에는 나름의 전술이 있다는 것이었으니까. 게다가, 나에게 벌어진 일보다는 남들에게 벌어진 일이 더 걱정스러웠다.

나는 판다가 그려진 티셔츠와 주머니가 무의미하게 작은 청바지를 입고, 화장실에 가서 잠시 방황하다가 앉아서 볼일을 봤다. 그러고서 이를 닦고(이건 변함없었다), 머리를 빗었다(이건 변했다). 머리카락은 길 뿐만 아니라 남자일 때보다 부드러웠다. 나는 머리카락을 휙 뒤로 넘겼다. 찰랑대는 느낌이 썩 마음에 들었다.

화장실에서 나오니 복도에 헌터가 있었다. 이전과 똑같은 모습에 가슴이 탁 트였다. 다만 표정이 전에 없이 강렬했다.

「엄마한테 들었어.」헌터가 말했다. 「갈비뼈에 금 갔다며. 힘들겠지만 아마 1~2주 뒤에는 다시 치어리더 할 수 있을 거야.」

「의사는 3주라던데.」

「하루 세 번 냉찜질 온찜질 번갈아서 하면, 장담하는데 2주면 말짱해질 거야.」헌터가 말했다.

나는 씩 웃었다. 「감사합니다, 보면 박사님.」

「감사는 청구서 보고 나서 하시죠.」그러더니 헌터는 계단 아래를 힐끗 보고서 덧붙였다. 「내가 레이턴 형 데리고 나갈까? 누나 아직 잔다고, 뒷마당에서 나랑 공 던지기나 하자고. 그럼 한 30분은 벌 텐데.」

「고마워, 헌터. 근데 이건 내가 들고 뛰어야 할 공이야.」

「하! 언제부터 라인맨이 공을 들고 뛰었 ―」헌터는 말을 뚝 멈췄다. 맹세컨대 동공이 약간 수축했다. 「아, 아니야.」헌터는 얼버무렸다. 「내가 대체…… 무슨 생각을 한 건지 모르겠네.」

나는 헌터의 팔을 살며시 잡고 말했다. 「좋은 생각이었어, 헌터. 그리고 도와주려고 해서 고마워.」

헌터는 잠시 날 빤히 보더니 혼란을 가라앉힌 듯 씩 웃었다. 「천만에.」헌터는 화장실에 들어갔다. 나는 헌터가 혼란스러웠던 순간을 잊길 바랐다. 근접 효과로 괜히 겁먹지 않앉으면 싶었다.

아래층에 내려오니 레이턴은 식탁에서 우리 엄마와 별난 스포츠 부상 사례를 화제로 대화하고 있었다. 그리고 날 보자마자 벌떡 일어났다.

「애슐리!」

「안녕, 레이턴.」

레이턴을 마주하자 너무 복잡해서 해석할 수 없는 감정들이 밀어닥쳤다.

엄마가 우리를 위해 자리를 비워 줬다. 이 순간만큼은 내가 정말 원치 않는 것이었다.

「어젯밤부터 계속 문자 메시지 보냈는데.」 엄마가 떠나자 레이턴이 말했다.

「의사가 수면제 처방해 줘서 푹 잤거든. 방금 봤어.」 거짓말은 아니었다. 읽지 않았을 뿐이다. 문자 메시지가 아홉 통 왔다는 것만 확인했다.

레이턴이 다가와 내 허리를 감싸고 고개를 틀었다. 키스하려는 게 분명했지만, 나는 그 전에 레이턴의 품을 밀어냈다.

「하지 마, 아파.」 내가 말했다. 아프기만 한 건 아니었다. 애슐리라면 키스를 받아들였을 테지만, 애시는 생각만 해도 몸서리가 쳐졌다. 물론 이 상황을 타개하려면 애슐리를 믿어야 했다. 내 행동과 반응은 이전의 내가 아닌 지금의 내가 주도해야 했다. 애슐리가 나를 안팎으로 이끌어야 했다.

「얼마나 심각해? 보여 줄래?」 레이턴이 물었다.

나는 망설이다가 결국 티셔츠 옆 부분을 살짝 걷어 올렸다. 레이턴이 놀라서 멀찍이 물러날 줄 알았는데 오히려 그 반대였다. 「아아, 자기야.」 레이턴은 무릎을 꿇고 멍든 부위에 살며시 입 맞췄다. 「내가 다 낫게 해주고 싶다.」

나는 무심코 레이턴의 머리카락을 쓰다듬다가 소스라쳤다. 내가 레이턴 밴던붐의 신체 일부를 만지며 그 느낌을 즐기다니.

〈그만해, 애시. 넌 도움이 안 돼.〉 나는 속으로 중얼거렸다. 〈그래, 애슐리? 놈의 머리를 손으로 빗질하는 건 무슨 도움이 되는데?〉

「가기 싫으면 안 가도 돼.」 레이턴이 말했다. 「그냥 집에 있을래?」

어리둥절한 것도 잠시, 오늘 가을맞이 축제에 가기로 했던 게 떠올랐다. 회전 컵과 콘도그. 속이 다 울렁거렸다.

「그냥 집에 있을래.」 내가 말했다. 함께하자는 뜻은 아니었지만 레이턴은 그렇게 받아들였다.

그래서 우리는 커플의 정석대로 소파에 붙어 앉아 영화를 봤다. 이 세상의 우리 집에는 홈 시네마가 없었다. 홈 시네마는 아빠의 로망이었고, 이 세상의 아빠는 그걸 설치해야겠다고 생각도 하기 전에 집을 떠났기 때문이다. 다행이었다. 밖과 차단된 어둑한 극장에서라면 레이턴이 나와 붙어 있는 것 이상의 행동을 원할 수도 있는데, 나는 그걸 원치 않았기 때문이다. 그건 애슐리도 동의했다.

내 어깨를 감싼 레이턴의 팔이 무거웠다. 하지만 따뜻하기도 했다. 하지만 옥죄기도 했다. 하지만 위안이 되기도 했다. 하지만 갑갑하기도 했다. 이 모든 상반되고 시시각각 바

뛰는 감정을 이해하기는 불가능했다. 마치 가을맞이 축제에서 회전 컵을 타고 빙글빙글 도는 것 같았다.

「어젯밤 일은 절대 일어나서는 안 되는 거였어.」 레이턴은 고개를 숙여 애틋한 표정으로 날 보며 말했다. 그리고 내 뺨을 부드럽게 어루만지며 덧붙였다. 「그래서 항상 경기에 주의를 기울여야 하는 거야.」

남자였을 때 나는 레이턴을 뻔한 놈이라고 생각했다. 만화 속 악당처럼 여자 친구를 학대하는 풋볼 선수. 하지만 레이턴은 내가 생각했던 그런 단순한 괴물이 아니었다. 그보다는 아예 다른 종이었다.

레이턴은 나에게 주먹질이나 손찌검을 한 적이 없다. 아마 케이티에게도 마찬가지였겠지. 하지만 그렇다고 생각보다 괜찮은 녀석이라는 것은 아니었다.

레이턴이 어떤 애냐고? 어릴 때 크리스마스 선물로 받은 고양이를 얼마나 아끼는지 보여 주려고 있는 힘껏 껴안은 애였다. 고양이가 버둥거리자 길거리로 뛰어나갈까 봐 더 꼭 껴안았고, 발톱을 세워 할퀴자 발을 잡았고, 물려고 하자 턱을 쥐었고, 하악질을 하자 목을 비틀었다. 그의 손안에서 고양이가 죽은 것은 자기 탓이 아니었다. 왜냐면 자기는 단지 고양이에게 옳고 그름을 가르치려 한 건데, 고양이가 배우지 못했을 뿐이니까. 고양이는 왜 이렇게 멍청해요, 아빠? 왜요? 오, 이런…… 괜찮다, 우리 아들. 한 마리 더 사주마.

선의로 포장한다 해도 학대자들은 내심 통제와 소유욕이 사랑이라고 믿는다. 왜 안 믿겠는가? 지금까지 쓰인 모든 사랑 노래의 추악한 이면인데. 아니라고? 이 세상에 〈넌 내 거야〉라는 가사가 들어간 곡이 얼마나 많을까? 〈절대 못 보내〉는? 〈넌 내게 속해 있어〉는? 레이턴 같은 녀석은 곧이곧대로 받아들이기 마련이다.

그날 아침 레이턴과 함께 소파에 앉아 있자니 우리만의 추억이 새록새록 떠올랐다. 우리 관계가 끝없는 악몽일 줄 알았는가? 그렇게 말할 수 있다면 훨씬 간단하겠지. 하지만 내 기억은 혼란스러웠다. 어떤 기억들은 정말 뭉클했다. 절로 미소가 지어질 만큼. 하지만 그런 좋은 기억에 나쁜 기억이 총알처럼 박혀 있었다. 가장 친한 친구들과도 공유하기 어려운 껄끄러운 비밀들이었다.

우리는 흔히 학대자들을 장점이라곤 없는 인간으로 묘사한다. 여자를 그렇게 대하는 남자라면 뼛속까지 사악할 거라고 믿는다. 영화나 드라마에 나오는 학대자는 척 보면 안다. 얼굴에 나쁜 놈이라고 쓰여 있으니까. 그리고 순진하게도 그런 놈에게 빠진 가련한 여자를 향해 혀를 찬다. 왜 걸어 다니는 적신호를 못 보지? 머리에 문제가 있나? 그리고 우리는 그보다 훨씬 똑똑하다며 안심한다.

하지만 실제 현실은 그와 다르다.

왜냐면 학대자 대부분은 자기 아내에게 〈맞을 만하다〉며 주먹을 휘두르는 쓰레기가 아니기 때문이다. 그들은 당신이 좋아하는 밴드의 티셔츠를 입고 있다. 재미있고 매력적이며 진실하고 존경스럽다. 어느 시점까지는. 하지만 그 추잡한 본색이 드러날 때쯤이면 당신은 이미 올가미에 걸려든 뒤다. 그때쯤이면 학대자가 당신을 파악하기 때문이다. 당신의 약

점뿐만 아니라 상처도. 자기 의심으로 짓무른 구석도. 그들은 그곳을 찾아내 자신을 깊숙이 밀어 넣고 자기 뜻대로 주무른다.

고양이가 압살당했던 레이턴의 품에 갇힌 여자로서 내가 아는 게 하나 있다. 학대자들이 쉽게 눈에 띄지 않는 이유는 흔적을 크게 남기지 않기 때문이다. 그들은 핵무기가 아니라 방사능 구역이다. 토네이도가 아니라 폭풍 전야의 화창한 하늘이다.

레이턴은 자기가 좋은 사람이라고 굳게 믿었다. 정말 그럴 때가 있었으니까.

「어머니가 아침 만드시나?」 레이턴이 앉은 자리에서 물었지만 엄마는 이미 집을 나간 뒤였다. 「있어 봐, 내가 뭐 좀 만들어 줄게.」

레이턴은 부엌에서 부산스럽게 움직였다. 엄마가 있으면 손님답게 굴었지만 엄마가 없으면 자기 집인 양 휘젓고 다녔다. 요리를 잘하는 건 결코 아니지만, 한때는 요리하려 노력하는 것만으로도 다정하다고 생각했다. 그렇게 레이턴이 만들어 주는 음식은 늘 양이 턱없이 적었다. 「요즘 체중 조절하고 있잖아.」 설상가상 우리 엄마는 이렇게 말하곤 했다. 「그렇게 챙겨 주는 게 어디야.」

레이턴은 스크램블드에그를 해 왔다. 1인분과 0.5인분. 나는 다이어트를 강요했다는 이유로 레이턴을 내쫓지 않고 어차피 배가 별로 고프지 않았다고 합리화하면서 내게 주어진 몫을 먹었다.

정확히 11시에 레이턴은 떠나려고 일어났다. 「축제 데려가 준다고 동생한테 약속했거든. 안 지키면 단단히 삐질 거야.」

「가봐. 꼬박 두 시간 동안 아픈 여자 친구를 충실하게 돌봤잖아.」 나는 그렇게 말하자마자 후회했다. 그러면 레이턴이 할 말은—

「가지 말까?」

그건 내가 원하는 게 아니었다. 마음의 준비가 됐든 안 됐든 나는 에드워드 쌍둥이들을 상대해야 했다. 레이턴이 얼쩡거리는 상황에서는 어림도 없었다.

「동생 축제 데려가 줘.」 내가 말했다. 내 원래 세상에서도 녀석에게 동생이 있었던가? 「난 괜찮아. 어차피 좀 더 자야 하니까.」

나는 현관에서 레이턴을 배웅했다. 이번에는 레이턴의 키스를 받아들였다. 토하고 싶은 자아들을 성공적으로 제압했다. 안 그랬다면 레이턴은 기어이 머물렀을 테니까. 나는 애슐리가 느끼고 싶은 대로 느끼게 내버려 뒀다. 어차피 복잡한 감정이었다. 애슐리는 애시의 짐까지 떠맡을 필요가 없었다.

나는 레이턴의 차가 사라질 때까지 지켜보고 나서 내 차에 올라탔다. 빛나는 검은 BMW 대신 빛나는 청록색 미니 쿠퍼였다. 그리고 에드워드 쌍둥이들을 찾아 떠났다.

24
남쪽으로 가는 차들

머리와 가슴으로 온갖 생각이 뒤죽박죽되어서 운전에 집중하기 어려웠다. 몇몇 도로가 바뀌어서 더 그랬다. 이름뿐만이 아니라 지리 자체가 달랐다. 나는 이전 세상에서 쌓아온 감을 무시하고 이 세상의 기억에 의존해 길을 더듬어 나갔다. 그래도 몇 번이나 차를 세우고 다시 방향을 잡아야 했다. 창문에 날아든 새처럼 갈피를 못 잡고 방황했다. 기억되기 위해 싸우는 일곱 가지 생생한 현실의 압박으로 머리가 아팠다.

멍하니 앉아 있을 때 문자 메시지가 왔다. 케이티가 보낸 물음표 하나. 내친김에 어젯밤부터 온 문자 메시지를 하나하나 살펴봤다. 내 안부를 궁금해하는 사람은 생각보다 많지 않았다. 이 세상의 나는 친구가 별로 없었다. 치어리더 팀원과 동급생 중에 친구라 할 만한 애는 케이티가 유일했다. 나머지는 서서히 멀어졌다.

나는 괜찮냐고 묻는 애들에게 똑같이 답변했다. 〈괜찮아.

물어봐 줘서 고마워.〉 그 말에 아무도 이어서 답변하지 않았다. 애초에 의무적인 안부였던 모양이다. 서글펐다. 아니, 서글프다기보다는 서운했다. 잃어버린 무언가를 갈망하면서도 그게 어디에 있는지, 심지어 무얼 잃어버렸는지도 정확히 알 수 없었다.

그 안부들과 레이턴의 집요한 연락을 제외하면 모두 케이티가 보낸 것이었다.

〈그래서 뭐가 달라졌어?〉 이 문자 메시지를 시작으로 몇 시간 간격으로 관심을 끌기 위한 물음표가 이어졌다. 웃음이 나왔다. 이걸 문자 메시지 한 통으로 답변할 수 있으려나?

〈전부. 그리고 아무것도.〉 내가 마침내 답변했다.

〈그게 뭔 소리야?〉 몇 초 만에 케이티가 되물었다. 내가 망설이자 케이티가 덧붙였다. 〈지금 말 못 해?〉

나는 잠시 어리둥절했다. 말 못 할 건 뭔데? 그제야 나는 예전에 내가 케이티를 대했던 방식으로 지금 케이티가 나를 대하고 있다는 걸 깨달았다. 케이티는 내가 레이턴과 함께 있어서 말을 못 할 수도 있다고 생각한 거였다. 비록 나는 혼자였지만 지금 그 대화를 하기엔 머릿속이 너무 어수선했다.

〈월요일에 이야기하자.〉

한참 뒤에 케이티가 답장했다. 〈그래, 알았어.〉

토이저러스는 사라졌다. 철거됐나 싶었는데, 알고 보니 지어진 적도 없었다. 그 대신 무성한 잡초와 자갈길의 흔적만 남은 들판 한복판에 불이 났다가 방치된 교회가 있었다. 구식 판잣집 교회였다. 작은 건물의 삼각 지붕은 거의 철골만 남았고, 첨탑만이 온전하게 폐허 위의 묘비처럼 서 있었다. 검게 그을린 벽을 들여다보니 한때 하늘색이었다는 걸 알 수 있었다. 입구에는 빛바랜 간판에 마지막 설교 주제가 걸려 있었다. 성경의 인용구였다.

> 확고한 신념을 지니고 살라.
> ──「바르톨로메오의 복음서」5장 11절

나는 성서학자가 아니지만, 어제 오후까지는 어떤 성경에도 「바르톨로메오의 복음서」가 없었다는 것 정도는 알았다.

비록 지붕은 흔적만 남았지만 벽은 아직 서 있었다. 현관문도 녹슨 경첩에 꿋꿋이 매달려 있었다. 문을 밀어서 열어보니, 아니나 다를까, 에드워드 쌍둥이들의 새 은신처였다. 문이 삐걱거리는 소리가 그들에게 내가 왔음을 알렸다.

「이제야 나타나셨네.」누군가가 말했다. 목소리에 담긴 불쾌감으로 보아 더블디가 분명했다.

「이젠 딱히 상관없잖아.」다른 누군가가 말했다. 나는 에드와도라고 짐작했다. 에드는 피곤한 한숨과 함께 고개를 내저었고, 에디는 나를 본 척도 안 하고 쿼트만 두드렸다.

네드, 그러니까 여섯 번째 에드워드가 나에게 다가왔다. 「네가 무슨 짓을 했는지는 알고 있지?」그러고서 나에게 0.73초 변동의 여파를 설명해 줬다. 얼마나 많은 사람이 근본적으로 달라졌고 그게 세상에 어떤 영향을 미쳤는지.

「역사의 기본 흐름은 네 이전 세상과 같아.」에드가 설명했다. 「하지만 세부 사항은 다르지.」

어젯밤에 다친 뒤로 제정신이 아니어서 내 주위의 얼마나 많은 얼굴이 변했는지 알아차리지 못했다. 엄마, 헌터, 케이티, 레이턴은 내가 알던 모습 그대로였다. 하지만 그 외에는?

「리오는? 걔도 바뀌었어?」내가 물었다.

네드가 눈짓하자 에디가 쿼트를 두드려 알아냈다. 「보자, 광대뼈가 살짝 더 높고, 키가 살짝 더 크네. 그 외에는 거의 같은 사람이야.」

「그리고 여전히 구치소에서 재판을 기다리고 있지.」더블디가 비난하듯이 말했다. 가장 궁금한 사실이었지만 듣고 싶은 대답은 아니었다. 내가 리오의 상황을 더 악화시킨 건 아니었지만, 그건 위안이 되지 않았다.

「뭐, 적어도 너는 안 변했잖아.」에디가 나를 슬쩍 흘겨보며 말했다.

「뭐? 난 원래 남자였거든?」

에디는 또 한 번 힐끗했다. 「아, 맞네. 실수.」

「우린 네 내면만 보거든.」네드가 말했다.

똑같은 얼굴들 속에서 내가 가장 보고 싶은 동시에 가장 마주하기 껄끄러운 얼굴은 테디였다. 나는 테디가 원하던 변화를 일으키는 데 실패했다. 표적을 맞히긴커녕 과녁을 한참 빗나갔다. 내가 행방이 묘연한 에드워드를 찾아 두리번거리는 걸 보고 다들 더블디를 쳐다봤다. 마치 이제 더블디가 대장이라는 듯이. 그건 어느 모로 봐도 좋은 징조가 아니었다.

「무슨 일이야?」내가 물었다.

에드가 또 한 번 한숨을 푹 내쉬었다. 「나는 투표로 직위가 해제됐어. 이제 난 제1페르소나가 아니야.」

「저 친구가 통솔하면서 상황이 점점 틀어졌으니까 말이지. 넌 이제 내 지시를 받을 거야. 이제 내가 책임자야.」 더블디가 말했다.

「다섯 번째는 어디 있어?」 내가 물었다. 테디는 코빼기도 안 보였다.

내 말에 더블디가 한층 더 싸늘해졌다. 「둘이 작당한 건 위험하고 무책임한 짓이었어.」

「그래서 어디 있는데?」 내가 다시 물었다.

더블디는 교회 안쪽을 향해 손짓했다. 「직접 확인해 봐.」

강대상이 있던 곳은 이제 구덩이에 불과했다. 바닥이 내려앉으며 지하로 통하는 구멍이 뚫린 것이었다. 그 아래 테디가 의자에 묶인 채 앉아 있었다. 상태가 좋지 않았다. 여기저기 멍 들고 피가 나는 게, 골목에서 두들겨 맞았던 나와 비슷한 몰골이었다. 그는 씁쓸한 표정으로 날 올려다볼 뿐, 발버둥을 치거나 말을 걸지는 않았다. 패잔병 그 자체였다.

이제 보니 다른 에드워드 쌍둥이들에게도 싸움의 흔적이 있었다. 긁힌 볼과 부은 눈.

「너희끼리 치고받은 거야? 왜?」

너 나 할 것 없이 변명을 늘어놓을 줄 알았는데, 그들은 침묵했다.

「넌 진짜 아무것도 모르는구나?」 더블디는 치를 떨듯 고개를 흔들며 말했다. 「네가 재앙 말고 다른 걸 불러오리라 기대한 우리 탓이지.」

에드는 고개를 푹 떨구고 떠났다. 에디는 자기 장비로 돌아갔고, 네드는 그저 어깨를 으쓱했다. 다들 꺼리는 설명을 에드와도가 떠맡았다.

「넌 거기서 더 평온하고 평화로운 세상을 찾고 있었지. 그런 세상들을 느꼈어? 그 세상들이 너한테 손을 뻗는 걸?」

나는 고개를 끄덕였다. 「응…… 근데 갑자기 겁이 나서 한 발 뺐어.」

「넌 어떤 세상이 가장 평화롭다고 생각해?」

함정이 숨어 있는 질문이라고 생각했다. 답은 아주 간단했으니까. 「전쟁 없고, 고통 없고, 편견 없고, 비인간성 없는 세상.」

「그래.」 에드와도가 동의했다. 「비인간성이 없거나…… 아예 인간성이 없거나.」

그 말을 이해하는 데 시간이 좀 걸렸다. 「잠깐…… 그럼 그 말은—」

「사실 가장 평화로운 버전의 지구는 애초에 지적 생명체가 싹트지 않은 곳이지.」 네드가 말했다.

더블디가 팔짱을 끼고 덧붙였다. 「그러니까 네가 멍청할 정도로 순진해 빠져서 행성의 모든 생명을 제거할 뻔한 거야.」

지금이야 왜 몰랐나 싶지만 그 당시엔 끔찍하게 충격적이었다. 나는 눈 깜짝할 사이에 모든 걸 죽일 뻔했다. 평온하고 고요한 세상만 남기고 이 땅에 살았던 모두와 함께 사라질 뻔했다.

「넌 겁이 났다고 했지만…… 네가 느낀 건 두려움이 아니었어.」 에드와도가 말했다. 「직감이었지.」

나는 강단 자리에 난 구멍으로 돌아가 테디를 내려다봤다.
「그게 사실이야?」

테디는 내 눈을 똑바로 보지 않고 마지못해 대답했다. 「생명이 없는 세상을 택했다면 정정을 막았을 거야. 생명체는 다시 진화했겠지.」

「맞아.」에디가 맞장구쳤다. 「쿼트에 따르면 우리가 남겨 둔 박테리아가 진화할 거래. 네가 지금으로부터 몇억 년 후에 더 나은 세상에서 태어날지 누가 알겠어?」

더블디는 업신여기는 얼굴로 비웃으며 날 바라봤다. 「자기중심적이고 특권에 찌든 바보만이 인류 역사가 쌓이며 만들어진 문제를 혼자 해결할 수 있다고 생각하지.」더블디는 진저리를 쳤다. 「네가 할 수 있는 최선은 처음 출발했던 세계로 돌아가는 거였어. 너희 종이 스스로 낸 상처를 치유할 지혜를 찾을 수 있다는 희망과 함께……. 하지만 이제 다 소용없지.」

나는 그 말투가 마음에 들지 않았다. 「잠깐만, 그게 무슨 뜻이야?」

더블디가 보내는 시선의 온도가 기어이 영하로 떨어졌다. 「네 참견은 여기까지라는 거야! 넌 마지막 점프를 했고, 세상을 이대로 남겨 두라는 처분을 받았어. 이제 주심의 자리에서 해제될 때까지 몸을 사리고 점프가 일어날 만한 어떤 상황에도 끼어들지 마. 어차피 얼마 안 남았을 거야.」

하지만 나는 그 모든 걸 겪고도 협박에 굴하지 않았다.

「내가 명령에 따르길 원치 않으면?」나는 더블디에게 최대한 빈정거리며 물었다.

「날 도발하지 마, 애슐리.」더블디가 물러서지 않고 말했다. 「지구상의 온 생명을 끝내는 것도 정정을 막는 방법이긴 하지만…… 그보다는 너 하나를 끝내는 편이 더 쉬우니까.」

나는 반항적인 미소로 응수했다. 「허세 부리지 마. 넌 날 못 죽인다고 했잖아. 그건 네 본성이 아니라고.」

「맞아.」더블디가 말했다. 「하지만 이 세상엔 네 동족이 80억 명이 되고…… 너희 안에는 그런 본성이 확실히 있지.」

남의 장단에 놀아나는 게 어떤 기분인지 아는가? 진심으로 내가 잘되길 바라는 줄 알았던 사람이 한 말들이 모두 반쪽짜리 진실과 노골적인 거짓말이었다면? 애초에 진심이라곤 없었다면? 나를 속인 테디에게 화가 났다. 하지만 화가 나는 만큼 인정해야 했다. 흰개미를 박멸하거나 집을 버리거나 둘 중 하나를 선택해야 한다면 누구든 전자를 택하리란 걸. 그리고 우리는 지구라는 집의 흰개미다. 나는 테디의 속임수에 좌절했다. 내가 해낼 수 있을 거라 믿지 못했기에 테디는 날 속였던 거다. 그러니 내가 어떻게 날 믿겠는가?

나는 낡은 교회를 뛰쳐나왔다. 이제 그들과 상종하기 싫었다. 그런데 차에 막 도착하기 전에 에드가 날 붙잡았다.

「애슐리, 내 말 좀 들어 봐.」

「내가 왜 네 말을 들어야 해?」

「우리는 전에도 이런 일을 겪었어. 그래서 이 상황이 어떻게 될지 알아. 다들 너와 네 세상에 흥미를 잃고 포기할 준비를 하고 있지만, 나는 네가 세상을 출발점으로 되돌릴 수 있다면, 거기엔 지킬 가치가 있는 것들이 존재한다고 봐.」

「알겠어. 계속 이야기해 봐.」내가 말했다.

에드는 숨을 크게 들이마시고는 교회 쪽을 돌아봤다. 아무도 따라 나오지 않은 걸 확인하고 시선을 내게 돌렸다. 「상황이 여기까지 왔으니, 근본적인 희생이 필요해질지도 몰라.」

「그건 나도 알아.」

「모를걸.」에드가 말했다. 「그냥 죽는 게 아니라 아예 존재하지 않을 것까지 각오해야 해. 그런 헌신만이 정정을 멈추고 네가 아는 세상을 되찾을 유일한 방법일 수도 있어.」

「내 각오를 우주가 신경이나 쓸까?」

「내가 알기로 희생은 강력한 행위야. 모든 가능한 어제, 오늘, 내일에 여파를 미치지.」

하지만 아무도 지켜보지 않으면, 아무도 신경 쓰지 않으면 희생이 무의미해질 수 있다는 것도 나는 알았다. 모든 걸 집어삼킬 수 있는 치명적 위협이 도사리고 있지만, 그걸 누가 알고 신경을 쓸까?

「아무튼 네 말은 마지막으로 한 번 더 점프해서…… 다중 우주에 나를 제물로 바치라는 거지?」

에드는 고개를 끄덕였다.

「정정이 가까워졌는지 내가 어떻게 알 수 있어?」

「세상이 일관성을 잃을 거야. 모든 게…… 무너질 거야.」

「어떻게?」

「보면 알아.」에드가 수수께끼처럼 말했다. 「그리고 끝나기 직전, 북극광이 전 세계를 뒤덮을 거야.」

그날 저녁, 나는 정정이 다가왔다는 증거를 찾으려고 뉴스를 뒤졌다. 일본에서 약한 지진이 일어났다. 남반구에서 조수 간만 차가 비정상적일 정도로 커졌다. 하와이와 환태평양 지역에서 화산 활동이 증가했다. 이 모든 게 결정적 증거라고 보긴 어려웠다. 아마 우연의 일치겠지. 그런데 만약 우연이 아니라면? 인간이 가늠할 수 없는 먼 블랙홀에 의해 중력이 교란되고 있다는 증거라면?

어느 틈엔가 헌터가 내 방문 앞에서 얼쩡거리고 있었다. 헌터는 내 앞의 노트북 화면을 힐끔거렸다.

「누나도 그러고 있어?」 헌터가 물었다.

「뭘?」

「지구상에서 일어나는 일들 확인하는 거. 나도 그러거든. 이상하게 자꾸…… 그냥…… 주의를 기울여야 할 거 같아서. 무슨 느낌인지 알아?」

나는 그 말을 대단치 않게 받아들이려 애썼다. 「바깥세상에 주의를 기울이는 건 좋은 일이지.」

「그래, 알아. 근데 요즘 자꾸 안 좋은 느낌이 들어. 불길한 예감이. 그래서 밤에 잠도 잘 안 오고, 뭘 할 때도 집중을 못 하겠어. 뭔가 끔찍한 일이 일어날 것 같은 기분이 안 사라져.」 헌터는 내 침대에 걸터앉았다. 「누나가 걱정하지 말라고 했지만, 생각을 멈출 수가 없어. 아무래도 나한테 뭔가 문제가 있나 봐.」

나는 헌터의 느낌을 무시하고 싶지 않았지만 그게 자기 문제라고 생각하게 내버려 둘 수는 없었다.

「헌터, 그 느낌은 진짜고, 너만 느끼는 게 아니야. 혼자서

견뎌야 한다고 생각하지 마. 내가 항상 네 옆에 있을게.」

헌터는 숨을 훅 내쉬고 입꼬리를 끌어 올려 웃었다. 「고마워, 누나가 있어서 다행이야. 나도 항상 누나 옆에 있을게.」

나는 헌터를 안아 줬다. 이전 세상들에서는 한 번도 없던 일이다. 형제는 포옹을 잘 안 하니까. 헌터는 나보다 세 살 어리지만 여기서는 나보다 키가 컸다. 게다가 군살이 없고 근육도 더 뚜렷했다. 기억을 더듬어 보니 이 세상의 헌터는 쿼터백으로 길러지고 있었다. 심지어 고등학교에 들어가기 전에 동급생보다 덩치가 크도록 1년 늦게 취학했다. 자식 중 유일한 남자애여서 아빠는 풋볼에 관해선 헌터에게 전적으로 집중했다. 그리고 아빠의 관심을 유지하기 위해 헌터는 뛰어나야 했다.

헌터가 일어나서 방을 나서기 전에 내가 붙잡았다.

「헌터…… 넌 언젠가 이 동네 최고의 쿼터백이 될 거야.」

헌터가 다시 웃었다. 이번에는 입꼬리가 저절로 올라갔다. 「이미 그래. 아직 다들 모를 뿐이지.」

폴이 일요일 저녁에 방문했다. 예상했어야 했다. 우리는 모든 세상에서 일요일에 과외를 했으니까. 비록 최근 세상에서는 수학보다 우리 사이의 화학 반응에 더 집중했지만, 이젠 아니다. 오늘 폴은 좀 더 예의 바르고 사무적으로 수학 공식을 설명했다. 그게 매력적이면서도 거슬렸다. 내 머리는 포화 상태라서 뭘 더 집어넣기도 어려웠지만, 설령 한 귀로 듣고 한 귀로 흘리더라도 폴과 함께 있는 시간은 크나큰 위안이었다. 우리는 수영장이 내려다보이는 커다란 두 짝 유리문 옆 식탁에 앉아 있었다. 교재는 전자 패드가 아닌 종이책이었다. 수학 선생님이 대수학에는 늘 무게가 있어야 한다고 여겼기 때문이다.

「좋아, 첫 번째 문제는 별로 어렵지 않아.」 폴이 말했다. 「두 대의 차가 고속도로를 따라 남쪽으로 이동하고 있어. 첫 번째 차는 시속 80킬로미터로 달리고, 90분 후에 출발하는 두 번째 차는 시속 95킬로미터로 달려. 두 번째 차가 첫 번째 차를 따라잡으려면 얼마나 걸릴까?」

「두 차는 같은 우주에 있어?」 내가 물었다.

폴이 빙그레 웃었다. 「아마도.」

「무슨 색이야?」

「그건 문제랑 상관없어.」

「출발했을 때와 다른 색이라면 상관있지.」

폴은 내가 왜 이렇게 이상하게 구는지 알아내려고 날 빤히 봤다. 그러더니 식탁을 빙 돌아서 내 옆에 앉았다. 폴이 내 연필을 쥐더니 눈앞에서 천천히 방정식을 써 내려갔다. 「집중하지 않으면 군더더기에 정신이 팔리곤 해. 그것들을 모두 벗겨 내면, 간단한 방정식이 되지.」

하지만 내 시선은 숫자가 아닌 폴의 손을 좇고 있었다. 종이 위에서 자신감 있게 움직이는 손가락을. 폴이 아침에 사용한 샴푸 향이 났다. 코코넛과 체리. 그 냄새가 너무나 좋았다. 언젠가 폴에게 그렇게 이야기한 적이 있었지만, 그게 이 현실에서 나눈 대화는 아니었다. 여기서 나는 폴의 대학 학비 마련을 위한 수단에 불과했으니까. 나는 폴이 희망하는 대학들을 알고 있었다. 나도 그 대학들을 눈여겨봤지만, 장학금 입학이 아니고선 폴과 같은 대학에 들어갈 가능성은 희박했다. 그게 내 원래 세상 이야기던가? 아니, 아닌 것 같지만, 어차피 이제 나에겐 중요하지 않았다.

「봤지?」 폴이 방정식을 풀면서 말했다. 「숫자는 절대 거짓말을 안 해.」

나는 갑자기 눈시울이 시큰거렸다. 「할 때도 있어.」

폴은 당황했다. 「너…… 괜찮아?」 폴이 나를 빤히 들여다봤고, 나는 그 눈에서 눈을 뗄 수 없었다. 그 두 개의 원시 블랙홀은 내가 원하는 모든 곳으로 통하는 입구 같았다.

「혹시 지금 별로 때가 좋지 않으면 —」

그리고 난데없이, 그러니까 정말 뜬금없이, 나는 몸을 틀어 폴에게 키스했다. 나를 멈출 수 없었다. 너무 착잡하고 너무…… 심란했다. 폴이 마지막 이동 전의 폴이었으면 했다. 어리석었다. 폴은 그대로고 변한 쪽은 나니까. 입술을 들이박은 순간 깨달았지만 이미 엎질러진 물이었다.

폴은 몸을 뒤로 확 뺐고, 순식간에 얼굴이 벌게졌다.

「아, 음, 이건…… 예상 밖인데.」

「미안! 나도 왜 그랬나 모르겠어.」

「아니, 불쾌했다는 게 아니라…… 오해하지 마, 넌 정말 예쁘고…….」

내가 폴을 어떤 처지에 밀어 넣었는지 믿을 수 없었다. 폴이 이 세상에서 커밍아웃을 했는지 안 했는지 모르겠지만, 만약 했다면, 게이로서 자신이 가르치는 치어리더가 들이대는 걸 막아야 하는 상황은 모든 면에서 어색했다.

「나한테 그런 마음 없는 거 알아.」 나는 필사적으로 수습하려 했다. 「방금 일은 잊어버려. 다시 문제 풀자. 차 두 대가 남쪽으로 가고 있댔지? 간단한 방정식이라고.」

「어…… 그래.」 폴은 잠시 그 페이지를 들여다보며 연필을 탁탁 두드리더니 말했다. 「있잖아, 나 그냥 가야겠다.」

「아냐, 폴, 가지 마! 그건 실수였어. 미안하다고 했잖아.」

「알아. 근데, 역시 가야겠어. 오늘 과외비는 안 받을게.」

폴은 눈 깜짝할 사이에 자리를 떴다. 그리고 폴이 떠난 지 몇 초도 안 돼서, 상처에 소금을 뿌리듯이, 레이턴에게서 문자가 왔다.

〈좀 나아졌어? 잠깐 갈까? 지금 갈게.〉

그때 알았다. 만약 지옥이 정말 아홉 층이라면, 나는 레이턴과 함께 엘리베이터에 갇혀 층과 층 사이에 끼어 있는 상태라는 걸.

월요일 아침, 나는 온갖 화장품이 널린 거울 앞에 앉았다. 화장대 거울은 흔히 허영의 거울이라고 불린다. 우리가 쓰는 언어는 미묘한 멸시로 가득 차 있다. 이 사회에서 여자들은 미의 기준을 따르도록 압박을 받으면서 그 노력에 대해서는 비하를 당한다. 남자였을 때 나는 그게 딱히 비하라고 생각한 적 없었고, 생각했더라도 웃어넘겼을 거다. 뭐라고 부르든 상관없다고. 하지만 상관있다. 여성에게만이 아니라 모두에게. 언어는 알게 모르게 우리가 보지 못하는 수백 가지 방향으로 우리를 압박하고 찌른다. 말을 조심하려다 보면 아예 말을 할 수 없을 정도다.

나는 피부 위에 파운데이션을 얹고 예술가처럼 섬세히 펴

발랐다. 볼 터치를 한 다음에는 아이섀도로 눈가를 강조했다. 내 남성 자아는 여성 자아가 근육 기억을 따라 두드리고 펴 바르는 의식을 관찰했다. 내 투박한 남자 손은 이런 일을 할 기술도 인내심도 없었을 거다. 애써 봤자 피카소의 인물화와 비슷한 결과물이 나왔으리라.

아이라이너를 그리고, 마스카라를 발랐다. 그리고 잠시 거울을 보며 작품을 평가했다. 레이턴을 사귄 뒤로 화장이 더 두꺼워졌다. 지난 세상들의 케이티처럼. 그때는 멍을 가리기 위한 화장인가 싶었는데 지금은 그리 간단하지 않다는 걸 알고 있다. 왜냐면 나에게 화장은 다른 무엇보다도 나 자신을 숨기기 위한 수단이었기 때문이다.

「오늘 예쁘네.」 레이턴은 그렇게 말하곤 했다. 그게 사회가 여성에게 초점을 맞추는 부분이니까. 외모 말이다. 그리고 외모가 레이턴이 나에 대해 아는 전부였다. 나는 완벽한 가면 뒤에 숨어 있었기 때문이다. 그리고 내가 더 깊숙이 숨을수록 레이턴의 팔에 달린 빛나는 액세서리가 되기 더 쉬웠다. 레이턴의 모조 롤렉스 시계처럼. 그건 내가 아니라 내 가면일 뿐이니까. 여자애 노릇을 하는 정교한 모조품.

사실 어쩌다 한 번씩 멍이 들긴 했다. 얼굴에는 아니지만, 레이턴이 달아나려는 날 잡아챌 때는 팔에, 분위기가 격정적으로 치달을 때는 허리에 남곤 했다. 〈그만해〉라는 말은 브레이크 없는 화물 열차의 굉음에 묻히는 속삭임에 지나지 않았다.

레이턴은 내가 빈혈이 틀림없다며 철분제를 먹으라고 했다. 빈혈이면 멍이 잘 드니까. 자기 탓이라고는 상상도 못

했다.

딱 한 번 목에 멍이 든 적이 있다. 크게 싸운 날이었다. 나는 레이턴에게 이기적이고 자기애로 똘똘 뭉친 개자식이라고 욕했다. 내가 자신의 통제를 벗어나자 레이턴은 자제력을 잃었다. 내 목을 움켜쥐고 벽에 밀어붙였다.

멍을 숨기려고 화장한 건 그때가 유일했다. 만약 누군가가 레이턴에게 맞았느냐고 물어봤다면, 나는 아니라고 답했을 거다. 엄밀히 말해 목을 잡힌 건 맞은 게 아니었으니까. 그리고 나는 아무도 그 일을 모르길 바랐다.

그때 나는 레이턴과 끝내려고 했다. 털고 일어나는 대신, 털고 떠날 작정이었다. 그게 정답이니까. 하지만 그다음 주 내내 레이턴의 눈물겨운 참회를 피할 수 없었다.

〈자기야, 잘못했어. 내가 선을 넘었어. 내가 미울 만도 해. 하지만 용서해 줘. 난 널 사랑하니까. 그리고 앞으로는 그런 일 없을 거야, 절대. 진심인 거 알지? 난 널 사랑하잖아. 그리고 넌 누구보다 날 잘 알잖아. 네가 용서해 주지 않으면 나도 내가 뭘 할지 몰라. 제발, 애슐리, 뭐든 할게. 널 너무 사랑하니까.〉

몇 날 며칠에 걸친 애원과 구구절절한 사랑 타령 끝에 나는 결국 고개를 끄덕이는 인형이 됐다. 〈알았어, 레이턴.〉 〈용서할게, 레이턴.〉 〈한 번 더 기회를 줄게, 레이턴.〉 왜냐면 다른 모든 세상에서 레이턴을 싫어한 만큼 여기서는 사랑했기 때문이다. 내가 그를 사랑한다는 게 싫었는데도 말이다.

그리고 레이턴은 약속을 지켰다. 다시는 그러지 않았다. 하지만 그럴 필요도 없었다. 레이턴이 그럴 수 있다는 걸 알고 나니까 내가 알아서 몸을 사리게 됐다.

그래서 나는 매일 아침 의식을 마치고 허영의 거울에 비친 내 작품에 감탄했다. 나는 가면 뒤에 숨었다.

하지만 오늘은 가면도 날 보호할 수 없는 날이었다.

월요일 아침 첫 수업이 시작되기 전, 나는 고개를 푹 숙이고 복도를 지났다. 머리가 아파서만은 아니었다. 주변의 얼굴들을 판독하고 싶지 않았다. 누가 그대로고, 누가 새롭고, 누가 변했는지. 하지만 그때 사물함 앞에 있는 나를 포착한 노라가 달려들었다.

「금요일 사고는 정말 끔찍했어.」 노라가 말했다. 「관중석에서 봤거든.」

「보기보다 심각하진 않았어. 난 괜찮아.」 내가 말했다.

그 자리엔 케이티도 있었다. 조시와 손을 잡은 채였다. 조시는 외모가 좀 달라 보였지만 조시라는 걸 알아볼 수는 있었다. 조시와 케이티는 이 현실에서 커플이었다. 다행이었다. 내가 알기로 조시는 좋은 녀석이었으니까.

「솔직히 난 네가 못 일어날 줄 알았어.」 조시가 말했다. 「네가 너무 멍해 보였거든.」

「이 세상에 곤두박질친 것처럼 말이야.」 케이티가 윙크하며 말했다. 나는 윙크를 돌려주지 않았다.

「그만하길 다행이야.」 노라가 한쪽 입꼬리를 올렸다. 「사실 나라면 와이드 리시버 밑에 깔린 걸 내심 즐겼을 거야.」 그러더니 노라는 어떤 되다 만 아이돌처럼 생긴 남자애를 뒤쫓아 갔다.

케이티는 눈동자를 굴렸다.

「그러려니 해. 노라잖아.」조시가 말했다.

수업 시작종이 울리자 조시는 교실로 떠났지만, 케이티는 날 기다렸다.

「뭐가 바뀌었는지 이제 좀 말해 볼래?」케이티가 말했다.

나는 지나가는 얼굴들을 둘러보며 말했다. 「몇 명 꼽자면, 조지아, 맥스, 그리고 패티가 바뀌었네.」

「어떻게 바뀌었는데?」

「음, 일단은 원래 조지, 맥신, 패트릭이었어. 그리고 노라는…… 말도 꺼내기 싫다.」

케이티가 피식 웃었다. 「아주 재밌네.」그러더니 내 표정을 읽고 덧붙였다. 「농담 아니었어?」

나는 케이티가 이전의 나를 기억해 내길 바라며 케이티를 빤히 바라봤다. 하지만 인식의 빛은 떠오르지 않았다. 바로 그때, 이 순간까지 생각 못 한 무언가가 내 뒤통수를 때렸다. 「케이티…… 이 세상의 난 치어리더인데, 네가 어떻게 지난 이동들을 기억해? 내가 매주 사이드라인에서 태클을 당한 것도 아닌데…….」

갑자기 케이티의 동공이 수축했다. 내가 라인맨이었던 걸 기억한 헌터가 그랬듯이. 「어…… 몰라. 그냥 그랬다는 것만 알아. 이상하네?」

이상하다 정도가 아니었다. 에드는 세상이 일관성을 잃을 거라고 했다. 현실은 스스로 아귀를 맞추기 위해 애쓰고 있었다. 더는 무리일 때 아예 지워짐으로써 문제를 정정하고 해결할 터였다.

「너 원래…… 키가 더 컸지?」

「맞아.」

「레이턴이랑 사귀지도 않았고.」

「맞아…… 사귄 건 너였지.」 내가 말했다.

케이티는 주춤 물러나더니 머리카락에 붙은 벌레를 떼듯이 고개를 흔들었다. 「설마. 지어낸 이야기지? 나라면 개랑 절대 안 만나.」

하지만 이젠 내가 더 잘 안다. 왜냐면 아무리 자기가 견고한 토대에 서 있다고 생각해도, 알고 보면 유령의 집 함정처럼 언제 발밑이 쑥 꺼질지 모르기 때문이다.

「있잖아, 난 네가 개랑 헤어지겠다면 1백 퍼센트 찬성이야.」 케이티가 말했다.

「알아.」 나는 케이티가 레이턴이 얼마나 나쁜지 일일이 열거하기 전에 화제를 돌렸다. 「케이티, 오늘 오후에 나랑 어디 좀 가자.」 나는 케이티에게 리오의 상황을 설명했다. 리오는 아직 구치소에 있었다. 아직 보석이 허가되지 않았기 때문이다. 허가가 언제 될지, 되긴 할지 아무도 몰랐다.

케이티는 리오에게 벌어진 일에 분개했지만, 구치소 면회는 내키지 않는 기색이었다. 처음엔 케이티가 이 세상에 뿌리박힌 인종 차별에 물든 줄 알았는데, 알고 보니 그런 게 아니었다. 청소년 여자애 둘이서 카운티 구치소에 간다? 물론 우리는 터프한 여자애들이었지만 내가 남자였을 때도 좀 위축되긴 했다. 하지만 그 또한 케이티가 걱정하는 구석이 아니었다.

「레이턴이 알기 전에 괜찮은 변명거리 하나 만들어 놔.」

결국 돌고 돌아 레이턴이었다. 나는 화가 났지만, 화낼 대상이 케이티가 아니란 것도 알았다. 「그만해. 레이턴이 내 일거수일투족을 알아야 하는 건 아니야.」

「걔도 그렇게 생각해?」 케이티가 물었다. 「아무래도 아닌 거 같아서 말이야.」

학교가 파할 때까지 나는 셀 수도 없이 짜증이 났다. 내가 이 세상에서 여성으로 살아가는 것에 대해 배운 것의 절반은 이날의 경험으로 축약할 수 있다.

첫 번째는 역사 수업에서 내가 말할 때마다 계속 참견하는 남자애들이었다. 같은 남자가 말할 때는 끼어들지 않으면서, 여자의 의견은 자기들 의견만큼 중요하지 않다고 생각하는 게 뻔했다. 설상가상으로 여자인 선생님조차 그 녀석들을 나무라지 않았다. 그런 태도가 일상이다 보니 잘못된 걸 알아차리지도 못했다.

두 번째는 대학 진학 설명회 팸플릿이었다. 사진이 두 장 실려 있었는데 하나는 연구실에서 실험하는 남자의 모습이었고…… 다른 하나는 제인 오스틴의 소설을 읽는 여자의 모습이었다. 어이가 없었다. 그 팸플릿을 디자인한 사람은 아마 그 안에 어떤 의미가 숨겨져 있는지 몰랐을 테고, 그거야말로 오만과 편견의 결정판이었다.

하지만 아직 최악이 남아 있었다. 나는 점심시간 전에 복도에서 메츠 선생님을 마주쳤다. 학교 상담사와의 대화는 웬만하면 피하고 싶었다.

「금요일 밤에 다친 이야기 들었다. 좀 괜찮니?」 그가 말했다.

「괜찮아요. 좀 아프긴 한데, 금방 회복될 거예요.」 내가 말했다.

「아니, 그게 아니라,」 그는 목소리를 낮췄다. 「충격이 컸을 텐데, 어떻게 견디고 있는 거니?」

이상한 질문처럼 느껴졌다. 하지만 그건 또 내 내면에 있는 다양한 남성 자아들이 보일 만한 얄팍한 반응이기도 했다. 선생님은 내가 여자라서 감정적으로 더 연약하다고 생각한 걸까?

「괜찮아요.」 나는 좀 더 힘주어 말했다. 불편한 마음에 레이턴이 생일 선물로 준 목걸이를 무의식적으로 만지작거렸다. 내 탄생석인 황수정이 박힌 하트 목걸이였다. 남자였을 때 난 내 탄생석이 뭔지도 모르고 신경도 안 썼다.

「그래, 네가 괜찮다면 다행이지.」 메츠 선생님은 눈을 이리저리 굴리며 말했다. 「하지만 그 일로 불안감을 느끼거나 하면 알려 주렴.」

〈아무렴요.〉 나는 속으로 중얼거렸다. 그에게 〈외상 후의 너를 응원해!〉라는 제목의 팸플릿이 있을 것이 분명했다.

선생님이 떠나고 나서야 나는 대화 끝자락에 그의 시선이 내 가슴께에 맴돌았다는 걸 자각했다.

「뻔하지. 네 가슴 훑어본 거야.」 노라가 말했다. 점심시간에 내가 그 이야기를 꺼냈을 때였다. 「징그럽지만, 그게 남자들의 본능인걸.」

「아니면 그냥 네 목걸이를 본 걸지도 모르지. 네가 만지작거리고 있었다며? 저절로 눈이 갔을지도 몰라.」 노라의 되다 만 아이돌 남자 친구가 말했다.

나는 둘 모두에게 부아가 났다. 노라가 남자들의 본능 운운하며 그걸 정당화하는 태도도, 어쩌면 되다 만 아이돌이 옳을 가능성이 조금이나마 있는 것도 짜증이 났다. 그때 알았다. 성차별이 그토록 짜증 나는 건 뻔한 것뿐 아니라 애매한 것도 많아서다. 내가 전적으로 옳은지, 아니면 피해망상에 사로잡혔는지 의심하게 되는 그런 찝찝한 순간들. 그리고 그럴 때마다 내가 스스로 미쳤다고 믿게끔 가스라이팅을 당하는 일. 그런 불확실성을 안고 사는 게, 그런 불안감에 끊임없이 위축되는 게 얼마나 열받는지!

더 싫은 건 그렇게 분노를 억누를 때 남자 친구가 다정하고도 정중하게 혹시 그날이냐고 묻는 것이다.

말할 필요도 없이, 그날 학교를 나서면서 나는 싸울 준비가 되어 있었다. 그게 바로 카운티 구치소를 방문할 때 필요한 마음가짐 아닌가?

25

두 백인 여자 청소년이 구치소에 있는
흑인 남자 청소년을 면회하는 일

스포일러 주의: 그 일은 일어나지 않았다. 다만 그 대신 일어난 일 때문에 나는 이 세상에 정말로 〈정정〉이 필요한 것이 아닌가 싶어졌다.

카운티 구치소는 이전 세상과 똑같았다. 유리 창구 너머의 직원만 달랐다. 이번에 그 직원은 남자였고, 자신이 구치소 안과 밖 인간들의 접점인 것에 언짢아하는 기색이 역력했다. 그의 얼굴에는 세상엔 오직 두 종류의 사람만 있다고 쓰여 있는 것 같았다. 이미 잡힌 사람과 아직 잡히지 않은 사람. 케이티와 내가 직원에게 막 다가갔을 때, 레이턴이 늘 그렇듯이 타이밍 좋게 〈자기야〉 하고 문자를 보냈다. 풋볼 훈련을 막 끝낸 게 분명했다. 나는 하트 이모티콘을 보내 얼렁뚱땅 대답을 대신하고 구치소 직원에게 시선을 돌렸다.

「수감자 면회 왔는데요.」 내가 말했다.

「여긴 그런 식으로 안 돌아간다.」 그가 말했다.

지난주에 내가 남자였을 때만 해도 그런 식으로 돌아갔는데. 나는 굳이 따지지 않았다. 「그럼 어떤 식으로 돌아가는데요?」

「이름부터 시작하지.」

「리오 존슨이요.」

리오의 이름이 나오자 그는 아까보다 두 배는 더 수상쩍어했다. 「리오 존슨을 면회한다고?」

「네.」

「수감자와의 관계는?」

「친구예요.」

「친구.」 직원은 마치 쓰레기통에 껌을 뱉듯이 무미건조하게 내뱉었다. 「너희가 어떤 〈친구〉를 사귀는지 부모님은 아니? 너희처럼 착한 여학생들이? 너희는 리오 존슨하고 상종도 해서는 안 된다.」

그 목소리에 담긴 경멸과 못마땅함에 울컥해서 한 대 치고 싶었지만, 유리창이 가로막고 있었다.

케이티가 내 안에 끓어오르는 분노를 눈치채고 한 발 나서서 상황을 주도했다. 「좋아요, 굳이 아셔야겠다면, 저희는 『테일러빌 트리뷴』의 인턴 기자예요.」 케이티는 놀랍도록 설득력 있는 말투로 말했다. 「존슨 씨가 퍼블릭스에서 총을 맞을 뻔한 남성 노숙인을 구했다는 소식을 듣고 편집장이 당사자의 진술을 토대로 사건을 재구성해 보라며 저희를 보냈어요.」

그 말에 직원은 웃었다. 「첫째, 기사를 쓰려면 사건 정황부터 잘 알고 오렴. 남성이 아니라 여성 노숙인이란다. 둘째, 지역 검찰은 그 둘이 공범이라고 보고 있고, 셋째,『테일러빌

트리뷴』은 고작 애들 몇 명을 보내 그렇게 위험한 녀석을 인
터뷰하게 해서는 안 된다는 걸 잘 알고 있을 거다.」

　케이티는 언론의 자유를 들먹이며 분개했지만 나는 이 언
쟁에서 뭔가 꺼림칙한 느낌을 받았다. 뭔가 확실히 이상했
다. 어쨌거나 이곳은 카운티 구치소였다. 여러 수감자들이
들락날락하는 곳. 그런데 이 남자는 리오의 이름과 사건을
구체적으로 알고 있었다.

　「위험하다고요? 어떻게 위험하다는 거죠?」 내가 물었다.

　「존슨은 평화를 위협하는 존재야. 사우스테일러빌 전체가
녀석을 〈억압의 상징〉이라고 부르며 들썩이고 있다니까.」
그는 코웃음을 쳤다. 「그 녀석이 자기 여자 친구랑 같이 테
일러빌 고교를 상대로 모종의 행위를 조직하고 있다는 소문
이 있어. 분명 폭동을 주동하고 있는 거야!」

　한 박자 늦게 무도회 이야기라는 걸 깨달았다. 그마저 리
오에게 사용될 무기로 벼려지고 있었다.

　「인터뷰를 꼭 해야겠다면, 피습당한 퍼블릭스 점장하고
이야기해서 사람들에게 진실을 알릴 수 있는 기사를 써보는
게 어떻겠니?」

　나는 침착하게 있으려고 애썼지만, 쉽지 않았다. 「그 이야
기가 거짓이라면요? 리오의 말이 진실이라면요?」

　그러자 그는 잔뜩 빈정거리는 목소리로 이제까지 들어 본
적도 없는 불쾌한 말을 했다.

　「얘야, 리오 존슨처럼 질 낮은 분평은 뭐가 진실인지 분간
도 못 할 거야.」

인류 역사에서 서로가 서로를 같은 인간으로 받아들인 적이 한 번이라도 있었을까? 〈우리〉와 〈그들〉 사이의 경계는 결코 메울 수 없는 틈일까?

우리는 다른 이들의 다른 점은 비방하고 우리 사이의 다른 점은 미화한다. 우리는 〈그들〉을 한 상자에 넣고 나서 〈우리〉만의 상자들을 만든다. 규정되기 전에 우리를 스스로 규정한다. 우리 부류를 찾아 다른 부류로부터 방어한다. 하지만 인간의 정체성 욕구는 예로부터 양날의 검이었다. 모래에 선을 그으면 그을수록 선 너머에 있는 사람들을 모두 적으로 보게 되기 때문이다.

그 구치소 직원이 속한 유구한 상자가 있다. 바로 개자식 상자. 그만큼 무차별적인 상자도 없다. 온갖 인종, 신념, 정당, 지향의 사람들이 거기 들어 있다. 역대 대통령들을 모실 수 있을 만큼 거대하고, 동시에 추수 감사절 식탁에서 칠면조와 밥 삼촌 사이에 놓일 수 있을 만큼 조그맣다. 정말이지 위험한 상자다. 많은 것으로 위장할 수 있기에 내가 밀 상대로 싸우는지 확신할 수 없다.

문제는 그 개자식 상자가 인종 차별주의자 상자 안에 너무나 편안하게 자리 잡는다는 거다. 그렇게 되면 그건 아주 잘 먹인 기생충이 된다.

슬프게도 난 그 구치소 개자식이 모든 세상에 존재한다고 본다. 그에게 욕을 해봤자 달라지는 건 없다. 분풀이야 되겠지만 그가 세상에서 없어지지는 않을 거다. 우리가 먹이를 주지 않더라도 그 혐오스러운 기생충은 늘 다른 먹이 공급원을 찾을 거다. 그것과 싸우는 유일한 방법은 가차 없이 빛을 쏘아서 숨을 그림자를 찾지 못하게 하는 거다. 그러면 그것이 별수 없이 제 정체를 드러내겠지. 우리가 관심을 줄 가치조차 없는 작고 하찮은 생물이라는 정체를.

26
둔기

그래서 남은 의문. 착한 아이처럼 더블디의 말을 들어야 할까? 세상을 이런 비참한 상태로 남겨 두고 우주가 우리를 내버려 두기를 잠자코 바라야 할까? 아니면 원래의 불완전한 세상을 되찾기 위해 모든 걸, 말 그대로 모든 것을 걸어야 할까? 실패했을 때의 결과를 알면서도 위험을 감수하는 건 이기적이지 않은가? 아니면 고귀한 선택일까? 나는 모르겠다. 리오가 지적했듯이 내가 망가진 사회의 문제를 혼자 해결할 수 있는 영웅이라도 된 듯 구는 건 오만한 게 맞지만, 그래도 노력할 의무가 있지 않을까? 나뿐 아니라 우리 모두가?

에드워드 쌍둥이들에게 나는 더 이상 질서를 회복할 능력자가 아니었다. 나는 고삐 풀린 망아지였다. 이제 더블디가 지휘를 맡게 되면서 그들의 도움도 끊겼다.

그리고 나는 어디서 어떻게 클리핑을 당해야 할지 알 길이 없었다.

에드워드 쌍둥이들과 달리 나는 한 번에 한 곳 이상에 존재할 수 없다. 그래서 나는 내 등 뒤에서 어떤 음모가 꾸며지는지 전혀 몰랐다. 일이 벌어지기 시작한 건 내가 그 역겨운 구치소 직원과 대치할 때쯤부터였다. 내가 직접 본 건 아니지만, 아마 이렇게 흘러갔으리라 짐작한다.

레이턴은 풋볼 훈련 후 자기 차로 걸어가고 있다. 흔히 마법의 시간대라고 하는 일몰 직후지만, 고등학교 주차장에 마법 같은 구석은 없다. 낮과 밤의 이분법만 이해하는 주차장 가로등은 황혼의 양면성에 당황하며 깜빡거린다.

레이턴은 내가 어디에 있는지, 왜 꼬박 두 시간 동안 연락이 없는지 궁금해서 나에게 문자를 보낸다. 나는 하트 이모티콘으로 답한다. 레이턴은 그 하트를 회유라고 생각하지 않고 안심한다. 내가 겉과 속이 똑같은 투명한 애라서 자길 속일 생각조차 못 한다고 믿기 때문이다. 심지어 자기도 그렇게 진실하고 정직한 인간이라고 믿지만, 종종 얼마나 이기적으로 구는지는 전혀 모른다. 이야기가 잠시 옆길로 샜다. 주차장으로 돌아가자.

차에 거의 다다랐을 때, 뒤쪽에서 폴리우레탄 바퀴가 아스팔트 노면을 긁는 소리가 난다. 자기와 상관없는 일이려니 하고 무시하는데, 웬 낯선 목소리가 제 이름을 부른다.

「레이턴! 기다려!」

돌아보니 스케이트보드를 탄 누군가가 제 쪽으로 다가온다. 레이턴은 즉시 주머니를 더듬는다. 실수로 떨군 지갑을 보고 학교 인기남의 신임을 얻으려는 누군가가 주워다 주려는 거라 착각하고. 아니, 레이턴이라면 지갑을 훔친 놈이 현금을 털고서 찾아 주는 척하는 거라고 의심할 가능성이 더 크다. 의심이 버릇이니까. 하지만 지갑은 주머니에 있고, 차키와 핸드폰은 손에 있다. 그럼 무슨 일이지?

스케이트보더는 점점 가까이 다가오지만, 사실 전혀 움직이지 않는 것처럼 보인다. 오히려 세상이 그를 중심으로 움직이는 것 같다. 레이턴은 그걸 눈치챌 만큼 눈썰미가 있을 수도 있고, 없을 수도 있다.

「뭐 도와줄까?」 레이턴이 말한다. 속으로는 〈원하는 게 뭐야?〉라고 생각했지만.

「아니. 실은 내가 너한테 도움을 주려고.」 스케이트보더가 말한다. 「네가 보고 싶어 할 만한 게 있어.」

스케이트보더는 레이턴의 경계심을 감지하고 거리를 둔 채 핸드폰을 꺼내 든다. 그러고서 레이턴의 호기심에 불이 붙기를 기다린다. 그래야 이 만남이 계획대로 흘러갈 테니.

스케이트보더가 핸드폰에서 영상 하나를 재생한다. 내 영상을. 지난 현실에서 내가 공개적으로 커밍아웃을 하는 영상이 아니라, 이번 현실에서 나온 영상이다. 촬영되긴커녕 아무도 보지 말았어야 할 아주 사적인 순간. 잊히길 바랐건만, 오히려 기록으로 남았다. 에드워드 쌍둥이들이 지켜보고 있었기 때문이다. 진작 알았어야 했다.

영상 속 나는 우리 집 식탁에 앉아 있다. 때는 어제저녁이다. 촬영자가 누구든 창밖에서 찍고 있다. 폴이 내 옆에 앉아 방정식 풀이를 보여 준다. 온통 수학으로 가득했던 그때, 내가 별안간 몸을 기울여 폴에게 키스한다.

그걸 보자마자 레이턴의 온 정신, 온 정체성이 폭발한다. 레이턴은 굳은 얼굴로 씩씩거린다. 돌격 준비를 하는 황소처럼.

「넌 뭐야? 이건 누가 찍은 거야?」

「그건 중요치 않아.」스케이트보더가 말한다. 「네가 뭘 봤는지가 중요하지. 그리고 네가 뭘 할지가.」

「당장 내 앞에서 꺼져!」레이턴이 고함친다.

볼일을 끝낸 스케이트보더는 순순히 스케이트보드를 타고 주차장 밖에서 기다리고 있는 다른 스케이트보더들과 합류한다. 그들은 일제히 멀어진다. 레이턴은 그들이 놀라울 정도로 비슷하게 생겼다는 사실을 눈치챌 수도 있지만, 아마 그러지 못할 거다. 머릿속에 내가 폴에게 키스하는 장면만 맴돌고 있을 테니.

이때쯤 주차장의 모든 불이 켜졌지만, 레이턴의 마음속에 깃든 무시무시한 어둠을 몰아낼 수는 없었다.

하지만 난 아직 그 사실을 모르고 있었다.

그저 내 주변에서 눈에 띄기 시작한 일들을 이해하느라 바빴다. 에드는 우리가 정정에 가까워질수록 세상이 일관성을 잃을 거라고 했다. 케이티와 함께 차를 몰고 구치소를 떠나면서 그 퇴락의 증거가 내 눈에 똑똑히 보였다. 거의 길모퉁이마다 접촉 사고가 있었다. 마치 아무도 모르게 도로 규칙이 달라진 것 같았다. 사람들은 원인 모를 불안감에 서로 비난하면서 싸움을 벌였다. 아이들도 있었다. 곳곳에서 엄마 품에 안긴 아이들이 마구 울어 젖혔다.

다들 무언가 잘못되었음을 감지했지만 그게 무엇인지 아는 사람은 아무도 없었고, 집단적 긴장감은 전류처럼 윙윙거리며 내 머리카락을 쭈뼛 서게 했다. 마치 공포 영화를 보다가 중간에 나왔는데 여전히 그 안에 있는 것 같은 기분이었다.

　「오싹하네.」케이티가 말했다.

　힐끗 옆을 보니 케이티가 강박적으로 핸드폰 스크롤을 내리고 있었다.

　「뭐가 오싹해?」

　「뉴스 기사들. 파도가 높아졌다는 소식 들었지?」

　「범람 지역이 늘었어?」

　「맞아. 거기다 어젯밤에 범람한 곳들은 이제 해안선이 몇 킬로미터나 늘어났어. 해변에 밀려온 이 고래들 좀 봐.」케이티는 핸드폰 화면을 내밀었지만 나는 운전하느라 자세히 보진 못했다.

　「혹시 원인이 뭔지 알아?」내가 물었다. 나는 답을 알고 있었지만 혹시 다른 사람도 아는지 궁금했다.

　케이티는 불안한 얼굴로 어깨를 으쓱했다. 「기후 변화 때문이라는 사람들도 있는데, 다른 걸 의심하는 사람들도 있어. 더 심각한 거.」

　「조수 변화가 어제보다 더 커졌어?」내가 물었다.

　「내가 어떻게 알겠어?」그러더니 케이티는 나를 빤히 바라봤다. 「나한테 말 안 한 거 있어?」

　「예를 들어?」

　「모르지. 혹시 네가 지구의 자전을 바꿨다든가.」

「말이 되는 소릴 해.」

「말이 안 되면 네 손은 왜 떨리는데?」

떨림을 멈추려고 운전대를 꽉 쥐었더니 관절 마디가 온통 하얘졌다.

케이티는 내 얼굴을 좀 더 유심히 살피더니, 알고 싶지 않은 걸 알아챈 눈치였다. 좌석에 등을 푹 기대고 핸드폰을 치웠다. 「아마 그런 현상 중 하나일 거야. 허리케인과 지진은 한꺼번에 오잖아.」

「그렇겠지.」 나는 아직 끝이 아니라고 스스로 상기해야 했다. 이건 단지 경고 신호일 뿐이다. 정정은 일어날 때까지는 일어나지 않을 터였다. 내가 다른 걸 바꾸지 않았으니 상황은 치유될 가능성이 있다. 물론 끔찍한 흉터는 남겠지만.

「한 번 더 해야 해, 케이티.」 내가 말했다. 「마지막으로 한 번 더 해야 하는데, 어떻게 해야 할지 모르겠어.」

우리는 이제 비포장도로에 있었다. 반대 방향에서 차가 질주하며 다가왔다. 나는 수학 문제를 떠올렸다. 반대 방향으로 달리는 두 대의 차가 마주치는 순간을 떠올렸다. 나는 여전히 운전대를 꽉 잡은 채 달려오는 차를 지켜봤다. 그 차가 한 발짝 차이로 내 차를 스쳐 지나가면서 한 줄기 거센 바람이 느껴졌다. 나는 백미러로 그 차가 사라질 때까지 지켜봤다. 마침내 숨을 내쉬고 나서야 내가 숨을 참고 있었다는 걸 알았다.

「바보 같은 짓 하지 마.」 케이티는 나보다 먼저 내가 무슨 생각을 하고 있는지 알았다.

「노력할게.」 그 말이 내가 할 수 있는 최선이었다. 왜냐면 지금 내 앞에 있는 모든 문 뒤에는 호랑이가 있었으니까.

　케이티가 내린 뒤 나는 조용히 차를 몰고 집에 돌아갔다. 그런데 집 앞에 차를 세웠을 때 분노의 헤비메탈이 정적을 찢었다. 헌터가 위층 자기 방에서 기타를 치고 있었는데 그 소리가 창문 너머로 꽝꽝 울렸다. 특별한 점은 없었다……. 그 곡이 어떤 곡인지 깨닫기 전까진.

　나는 집 안에 들어서자마자 곧장 헌터의 방으로 가서 문을 열어젖혔다. 앰프 볼륨이 귀청을 찢을 만큼 컸다. 헌터는 기타 넥을 힘껏 움켜쥐고 손가락에 피가 나도록 연주하고 있었다. 손끝에 맺힌 피에 뭔가 이상한 구석이 있었지만 거기에 신경 쓸 때가 아니었다. 헌터의 눈에 초점이 없었다. 동공이 바늘귀만큼 작았다.

　「헌터!」 내가 소리쳐도 헌터는 연주를 멈추지 않았다. 나는 앰프 볼륨을 줄였다. 「헌터!」

　마침내 헌터는 나를 보고 무아지경 상태에서 빠져나오듯이 눈을 깜빡였다. 하지만 볼륨을 줄였음에도 손은 계속 움직였다.

　「연주를 멈출 수 없어.」 헌터가 중얼거렸다. 「계속 이 곡을 치게 돼…….」

　「헌터, 기타 내려놔.」 나는 달래듯이 말했다. 헌터도 그러고 싶어 하는 듯했지만 계속 그 곡을 연주하며 자기를 고문했다.

　「이게 뭐야, 누나? 이 곡이 왜 머릿속에서 사라지지 않는 거야?」

「그건 〈네 원래 모습 그대로 와〉라는 곡이야. 커닙션이라는 밴드의 곡.」

내 말에 헌터는 칼에 찔린 듯이 얼굴을 일그러뜨렸다. 「그게 누군데? 들어 본 적 없어.」

「이 세상에는 존재하지 않아서 그래.」

결국 나는 헌터의 손에서 기타를 비틀어 빼냈다. 기타는 단말마의 비명을 지르고 조용해졌다. 헌터는 기타에서 벗어난 순간 마법이 풀린 것처럼 등이 구부러지더니 상체를 축 늘어뜨렸다. 동공이 빛을 조금 더 받아들이기 위해 커졌다.

「아직도 머릿속에서 맴돌아…….」

「괜찮아질 거야.」

하지만 내 말은 헌터를 위로하려는 시도라기보다는 기만처럼 들렸다. 「안 괜찮을 거야. 절대! 괜찮아질 거라고 하지 마!」 이윽고 헌터는 훌쩍이기 시작했다. 「내가 왜 이러지, 누나?」

「네가 잘못된 게 아니야. 세상 탓이야.」 내가 말했다. 「하지만 장담하는데 이걸 바로잡을 방법이 있고, 내가 찾아낼 거야.」

그러자 헌터의 표정이 바뀌었다. 나를 바라보던 그 눈빛은 지금도 말로 표현할 수 없다. 잊고 싶은 기억이 많이 있지만, 그 순간 동생의 얼굴에 떠오른 무력하고 절망적인 표정만큼은 도저히 잊을 수가 없다.

「누나가 엉뚱한 데를 찾고 있다면?」

내가 할 수 있는 일은 헌터를 두 팔로 감싸 안아 주는 것뿐이었다. 헌터는 마침내 하나뿐인 누나에게 모든 걸 맡기고 내 품에 녹아들었다. 그 순간 나는 약속을 지켜야 한다는 걸 알았다. 어떻게든 〈다른 어딘가〉에 접속해서 우리가 출발한 곳으로 돌아가는 먼 길을 찾아야 했다. 그리고 그걸 위해 일주일이나 기다릴 수 없었다. 지금 알아내야 했다. 그리고 도착하게 되면, 헌터와 나 사이의 깨진 관계를 고칠 생각이었다. 왜냐면 나는 더 이상 예전의 내가 그랬던 것처럼 투박한 둔기가 아니었으니까.

27
기적 없는 세상

이제껏 현실을 번번이 휘청거리게 한 것은 강력한 들이받기였지만, 나는 더 이상 디펜시브 태클이 아니었다. 그렇다 해도 주심이 되는 게 체격과 근육의 문제일 리는 없었다. 단순히 신체적인 힘이 다가 아니었으니까. 세상을 바꾸는 건 의지에 달린 문제였다. 의지가 균형을 깨뜨리고 현실을 바꾼 힘이었다. 벽에 몸을 던지거나 손으로 서랍장을 내려치는 건 소용없었다. 믿어도 좋다. 이미 시도해 봤으니까. 그 일로 내 몸은 이미 그랬던 것보다 더 멍들고 욱신거리게 됐다. 심지어 반대의 경로도 시도했다. 뜨거운 두통 완화 욕조에 몸을 푹 담근 채 긴장을 풀어서 〈다른 어딘가〉에 접속하려고 시도했다. 그 시도는 내 지긋지긋한 두통조차 완화해 주지 못했다.

욕조에서 나왔을 때는 밖이 어두웠다. 해결책에는 조금도 가까워지지 않았다. 나는 헌터의 방을 열어 봤다. 헌터는 태아처럼 몸을 웅크리고 자고 있었다. 어떤 꿈을 꾸든 편안한 꿈이었으면 했다.

엄마가 집에 늦게 올 거라고 문자 메시지를 보냈다. 다른 도시에 고객을 만나러 갔다가 고속도로에 사고가 나서 길이 막힌다고 했다. 내가 아까 본 광경이 어떤 징후였다면 그건 단순한 사고가 아니었을 거다.

우주가 작동하는 방식을 우리가 당연하게 여기는 게 이상하지 않나? 톱니바퀴가 다 들어맞는 게? 하긴 그게 우리가 아는 전부이기에 다른 방식은 상상도 못 한다. 하지만 톱니바퀴가 더 이상 맞물리지 않게 되면 어떤 일이든 일어날 수 있다. 머피의 법칙이 중력의 법칙만큼이나 진짜가 된다. 만사는 필연적으로 잘못되기만 한다. 우리는 기적이 드물고 희귀하다고 생각하지만, 만약 진정한 기적이 우리가 날마다 겪는 수많은 간발의 차라면? 만약 그것들이 모두 태엽 장치의 핵심 요소라면? 그런 평범한 기적들이 없다면 모든 자동차는 충돌하고, 모든 비행기는 추락하고, 모든 다리는 볼트 1백만 개가 풀려 휘어지면서 우리가 아는 세상은 재앙 같은 천둥 한 번에 무너져 내릴 거다.

그게 지금 일어나고 있는 일이었다. 평범한 기적은 물리적 세계뿐 아니라 사회에서도 효력을 잃고 있었다. 우리를 하나로 묶어 주던 접착제가 사라졌다. 텔레비전을 켜보니 자연재해뿐 아니라 사회적 혼란도 심상치 않았다. 전 세계적으로 폭동과 반란이 일어나고 있었다. 나는 정정이 어떤 처벌이 아니라 정당방위였음을 문득 깨달았다. 우주는 기적 없는 세상으로부터 스스로를 보호하고 있었다.

핸드폰이 울렸다. 레이턴의 전화였다. 나는 레이턴과 말할 기분이 아니었다. 레이턴은 주의를 산만하게 했다. 날 일상으로 끌어당기는 무거운 팔이었다. 나는 전화를 받지 않을 뻔했다. 지금도 내가 이 전화를 무시했다면 무슨 일이 일어났을지 궁금해하지 않고 지나치는 날이 없다. 하지만 나는 결국 전화를 받았다. 그길로 다중 우주와 내가 벌이던 게임은 단판 승부로 치달았다.

「응, 레이턴.」

건너편에서는 한동안 말이 없었다. 계속 듣고 있자니 숨소리가 들렸다. 좀 무겁고, 가빴다.

「레이턴?」

「애슐리, 왜 그랬어?」

심장이 덜컥했다. 레이턴에게 알려져서는 안 될 일들을 속으로 헤아려 봤다. 하나부터 열까지 다였다.

「무슨 말이야?」

「얼마나 됐어. 애슐리? 언제부터야? 과외 시작할 때부터? 과외가 맞긴 해? 아니면 처음부터 거짓말이었어?」

흐릿했던 그림이 서서히 뚜렷해졌다. 「레이턴, 일단 진정 좀 해!」

「똑똑히 봤어!」 레이턴이 악을 썼다. 「어떤 놈이 자기 핸드폰에 가지고 있더라. 네가 폴한테 키스하는 모습! 어떻게 나한테 이럴 수 있어? 어떻게 우리한테!」

나는 에드워드 쌍둥이들 짓이라는 걸 바로 알았다. 그들은 차원 간 감시창을 통해 날 24시간 감시했다. 이 상황은 더블디가 제 손으로 문제를 해결하겠다던 위협을 이행한 것이었다. 녀석이 레이턴을 도구로 쓸 줄 알았어야 했는데!

「네가 생각하는 그런 게 아니야!」 내가 말했다. 정곡을 찔렀을 때나 하는 말이다.

「아니라고? 나 지금 여기 너랑 놀아난 앙큼한 과외 교사 데리고 있거든. 너한테 할 말이 있을 거야. 자, 말해 봐. 네가 얼마나 형편없는 쓰레기인지!」

핸드폰 너머에서 부스럭부스럭하는 소리가 나더니 그쪽 핸드폰이 바닥에 떨어진 듯했다. 두 사람이 싸우는 소리가 이어졌다. 폴이 주도권을 잡은 모양이었다. 핸드폰을 집어 든 쪽이었기 때문이다.

「애슐리, 이 자식 말 듣지 마! 제정신이 아니야!」

다시 난투가 벌어졌다. 이번에는 레이턴이 핸드폰을 집어 들었다.

「나무 앞에서 만나. 우리 나무.」 레이턴이 말했다. 「기다릴게.」

하지만 폴이 뒤쪽에서 소리쳤다. 「절대 가지 마, 애슐리! 이 자식 ―」

그리고 전화가 끊겼다.

시내 중심가를 향해 차를 몰면서 보니 밤하늘이 맑았다. 맑은 정도가 아니었다. 지평선 끝부터 끝까지 별이 가득했고 지구상의 한 조각 구름마저 증발해 사라진 듯했다. 눈꺼풀이 사라져 곧 다가올 파멸을 뜬 눈으로 봐야 하는 지구의 이미지가 떠올랐다.

나는 레이턴이 한 말을 단번에 못 알아들었다. 〈우리 나무〉. 그 기억은 다른 세상들의 기억에 묻혀 있었다. 심지어

이 세상에서조차 더 중요한 기억들에 자리를 내줬다.

그러다가 겨우 생각났다. 1년 전 막 사귀기 시작했을 때 우리는 공원을 걷다가 그 나무에 우리 이름의 머리글자를 새겼다. 옛날 흑백 영화 속 장면처럼. 그게 레이턴의 세계였다. 단순하고 분명한 세계. 승자와 패자뿐인 세계. 그 안에 사는 쿼터백과 치어리더 여자 친구. 레이턴은 미국적 가치, 홈커밍 파티의 왕족, 동화적 결말의 숭배자였다. 그 환상에 부합하지 않는 것은 부합할 때까지 모두 구부러지고, 옥죄이고, 깨져야만 했다.

우리 나무는 공원에 있었다. 놀이터와 벤치, 향기 나는 반려견 배변 봉투함이 곳곳에 비치된 공원이었다. 한복판에 놓인 분수대에는 아기 천사가 물이 끊임없이 흘러나오는 그릇을 들고 있었다. 아니, 그것도 작년에 때 이른 서리가 내려 수도관이 얼어 터지기 전까지다. 이제 그 분수대는 낙엽과 쓰레기 수집소가 됐다.

레이턴은 분수대 가장자리에 앉아 있었다. 옆에 놓인 야구 방망이가 눈에 띄었다. 가로등 불빛 아래 보니 핏자국이 있었다. 레이턴에게도 피가 튀어 있었다. 이 광경에는 이미 잘못된 것보다 훨씬 더 잘못된 구석이 있었다. 그게 뭔지 깨닫는 데 시간이 좀 걸렸다.

피가 파란색이었다.

헌터의 손끝에 맺힌 피도 그랬다.

피가 원래 파란색이던가? 나는 도무지 답을 알 수 없었다.

그리고 폴은 어디 있지?

레이턴이 날 보자 일어섰다. 야구 방망이가 바닥에 떨그럭 굴러떨어졌다. 야구는 끝났고 그다음 종목이 무엇일지 알 수 없었다.

「왔네.」레이턴이 말했다. 가까이 다가오자 얼굴이 멍들고 부은 게 보였다. 레이턴이 쿼터백의 위력을 지녔을지 몰라도, 폴도 약골은 아니었다. 레이턴에게 상당한 타격을 입힌 듯했다. 하지만 레이턴은 여기 있고 폴은 없었다.

나는 거리를 두고 우리 나무 옆에 서서 레이턴이 다가오게 했다. 「무슨 짓을 한 거야, 레이턴? 폴은 어딨어?」

레이턴은 자기 머릿속을 울리는 생각에 사로잡혀 내 말을 듣는 둥 마는 둥 했다. 이제 보니 동공이 헌터보다 작게 줄어들어 아주 미세한 빛만 받아들이고 있었다. 내가 그 좁은 시야의 초점이었다.

「너 때문에 다 망했어, 애슐리. 이래선 안 되는 거였어. 보면 모르겠어? 안 느껴져? 어떻게 우리 사이를 망칠 수가 있어?」

나는 아무 말도 하지 않았다. 일단은 그저 떠들게 내버려뒀다.

「널 믿은 내가 바보였어! 이거 보여?」레이턴은 나무를 가리켰다. 대충 판 하트 안에 새겨진 우리 이니셜이 보였다. 레이턴이 판 하트를 보고 지나치게 비대칭이라고 생각했던 기억이 났다. 「난 널 사랑해, 애슐리. 왜 내가 이런 짓을 하게 하는 거야?」

레이턴이 듣고 싶어 하는 말을 해주며 달랠 수도 있었지만, 나는 그러고 싶지 않았다. 만약 이대로 정말 세상이 끝난다면 나는 위엄 있게 내 빛을 꺼트릴 생각이었다.

「제기랄, 애슐리, 멍청히 서 있지만 말고 날 사랑한다고 말해!」

그래서 레이턴에게 내가 아는 최대한의 진실을 말했다. 날 위해서, 케이티를 위해서, 그런 무거운 팔 아래 억눌렸던 세상 모든 여자를 위해서.

「내 일부는 널 사랑해, 레이턴. 하지만 나머지 부분은 네가 상상하는 것보다 더 널 싫어해. 넌 날 가질 수 없어. 그럴 자격이 없으니까. 넌 모든 경기에서 이길 수 있고 모든 트로피를 가질 수 있고 모든 헹가래를 받을 수 있지만, 날 얻을 자격은 없어.」

진실처럼 들리는 말은 울려 퍼진다. 듣고 싶지 않은 사람에게도. 심지어 그 말에 정체성을 위협당하는 사람에게도.

레이턴은 내가 예상한 대로 반응했다. 분노를 못 이기고 길길이 날뛰었다.

「취소해!」 화난 아이의 말처럼 들렸지만, 이를 드러내고 입에서 침을 튀기며 으르렁거리는 모습은 광견병에 걸린 짐승에 가까웠다. 놈은 내가 더는 구부러지거나 옥죄이지 않으리란 걸 알았다. 더는 그 무쇠 같은 팔 아래 내 몸을 끼워 맞추지 않으리란 걸.

그래서 레이턴은 그 팔의 다른 용도를 찾았다.

나는 레이턴의 눈에서 결단한 순간을 볼 수 있었다. 그런 괴물이 되기로 선택하고, 떠안고, 받아들이는 순간을. 내 거부를 받아들일 수는 없기 때문이었다.

레이턴은 팔을 들어 올리더니 손등으로 내 얼굴을 퍽 내리쳤다. 그 힘이 어찌나 센지 나는 몸이 휙 돌아가 땅에 처박혔다.

한순간 나는 그 정도 타격이면 〈다른 어딘가〉로 갈 수도 있지 않을까 했지만, 레이턴이 그 어디든 내가 원하는 곳에 보내 줄 리 없었다.

그때 에드워드 쌍둥이들이 눈에 들어왔다. 그들은 공원 끝자락에 서 있었다. 여섯 명 모두. 만장일치든 아니든, 모두 이 상황을 적극적으로 방관하고 있었다. 모든 판단을 유보하는 냉정한 배심원단처럼.

그리고 레이턴은 재킷에서 총을 꺼내 들었다. 나는 그 총을 보자마자 레이턴이 그걸 사용할 의도가 충만하다는 걸 직감했다. 또 다른 괴물이 되어 마지막 단계를 밟을 준비가 되어 있다는 걸.

「이건 네 탓이야, 애슐리. 너랑 나…… 우린 서로에게 전부였어. 이제 우린 아무것도 아니야. 너 때문에.」

그 순간, 세 가지 세상이 선명히 그려졌다.

레이턴이 날 죽이고 도망치는 세상……. 레이턴이 입에 총구를 물고 내 눈앞에서 자기 뇌를 날려 버리는 세상……. 그리고 그 둘을 다 하는 세상……. 그 순간에는 뭐든 가능했고, 심지어 에드워드 쌍둥이들도 어떤 세상이 현실이 될지 몰랐다.

그런데 그때 네 번째 세상이 그 모든 세상을 앞질렀다. 나도, 레이턴도 예상치 못한 세상이었다.

폴! 그래, 폴이 레이턴 밴던붐 같은 놈에게 그렇게 쉽게 당할 리 없었다.

레이턴이 방아쇠에 막 손가락을 걸었을 때, 그 뒤에서 폴이 야구 방망이를 휘두르며 다가와 남은 힘을 다해 레이턴에게 휘둘렀다. 야구 방망이는 레이턴의 목덜미를 가격했다. 척추가 부러지는 소리가 났다. 레이턴은 총을 떨구고 땅바닥에 구겨지듯 쓰러졌고, 폴은 군데군데 파란 피를 뚝뚝 흘리며 총을 발로 차버리고는 자기도 완전히 지쳐 그 자리에 털썩 쓰러졌다. 레이턴은 옆에서 숨을 헐떡이며 경련했다.

「괜찮아, 애슐리.」폴은 그 모든 걸 겪고도 씩 웃어 보이며 말했다.「다 괜찮을 거야.」

하지만 폴은 내가 아는 것을 몰랐다. 저 높은 곳에서, 빛의 파동이 하늘을 가로질러 움직이기 시작했다. 북극광이 온 세상을 뒤덮고 있었다.

28
헤일 메리

살면서 누구나 승산 없는 게임에 모든 걸 걸어야 하는 순간이 찾아온다. 가능성은 희박하고 남은 것은 오로지 완수를 향한 의지뿐일 때. 풋볼에서는 〈헤일 메리〉라고 한다. 그 외에는 다른 수가 없는 최후의 플레이. 하늘에 실어 나를 날개 하나 없는 절박한 기도. 요동치는 북극광 빛 아래, 나는 에드워드 쌍둥이들에게 달려갔다.

「어떻게 멈춰? 거기 가만히 서서 기다리기만 할 거야? 어떻게 멈추냐고!」내가 따졌다.

「넌 아마 못 할 거야.」에드가 말했다.

「레이턴이 널 죽였다면 멈췄을지도 모르지.」더블디가 말했다. 「이제 너무 늦었어.」

「어차피 얼마 안 남았어.」에디가 하늘을 바라보며 말했다.

「위안이 될지 모르겠지만,」에드와도가 말했다. 「순식간이고 고통도 없을 거야. 진정한 불꽃놀이가 시작되기 전에 모두가 동시에 사라질 거야.」

「딱히 드문 일은 아니야.」테디가 말했다.

「더 도와주지 못해서 미안해.」네드가 말을 맺었다.

그러고서 나를 혼자 남겨 둔 채 하나둘씩 돌아서서 허공으로 사라졌다. 세상이 숨을 거두기 전에 탈출하는 것이었다.

나는 포기하지 않았다. 내가 그 어둠으로 들어간다면 나는 마구 발길질하고 악을 쓰며 지저분하게 싸울 셈이었다. 아무런 유감 없이 죽음을 불사할 셈이었다. 에드워드 쌍둥이들은 내가 근본적인 희생을 감수해야 한다고 했다. 난 기꺼이 감수할 작정이었다. 하지만 기회가 주어지지 않았다.

그때 트럭이 오는 걸 봤다.

그 트럭은 공원 저편에서 빠르게 달려오고 있었다. 내 평생을 걸고 맹세하겠다. 누구든 내 믿음을 바꾸거나 내가 틀렸다고 증명할 수 없을 거다. 그 트럭은 첫 현실 이동이 벌어진 밤 노리스와 내 목숨을 앗아 갈 뻔한 바로 그 트럭이었다.

나는 우주가 완벽한 순환 고리라고 믿고 싶었다.

그렇게 믿기로 했다.

그 트럭은 지금이 나만의 헤일 메리를 시도할 때라는 계시였다.

나는 자리를 박차고 달렸다. 옆구리도 아프고 얼굴도 아팠지만 상관없었다. 이제 할 일은 하나뿐이었다. 다른 걸 모두 벗겨 내면, 간단한 방정식이었다. 트럭의 속도 대 내 속도, 그리고 내가 접근하는 각도. 조금이라도 빗나가면 트럭은 지나가고, 난 기회를 잃을 터였다. 멀리뛰기를 위해 도약

하는 내 모습을 상상하며 나는 힘껏 속도를 높였다. 공원 가
장자리 덤불을 훌쩍 뛰어넘어 차도로 뛰어들었다. 운전자는
날 못 봤다. 내가 질주하는 트럭 앞에 몸을 날리는 순간까지
그는 속도를 줄이지 않았다. 그리고, 쾅!

충격.

고통.

공황.

그리고 나는 이제 도로 위에 있지 않았다. 〈다른 어딘가〉
의 견딜 수 없는 추위와 혼란 속에 있었다.

나와 함께 그곳에 갇힌 현실들은 나만큼이나 절박했다.
곧 정정으로 흔적도 없이 소멸하리란 걸 아는 듯했다. 지구
가 없다면 미래도, 심지어 현재도 없을 터였다. 사라지는 건
길고 긴 과거뿐이다. 기억할 이가 아무도 안 남을 테니.

〈엉뚱한 데를 찾고 있을 수도 있어……〉

헌터 말이 맞았다. 이제 어차피 볼 곳은 한 곳밖에 안 남았
다. 그동안 나는 구덩이를 멀리했다. 하지만 그곳이야말로
내 세상이 있을 곳이었다. 저 아래 망각을 향해 소용돌이쳐
멀어지는 곳. 나는 내 전부를 내던져야 했다. 그 소멸하는 어
둠 속에 뛰어들어 1조 개의 세상 가운데 오직 하나뿐인 내
잃어버린 세상을 건져 올려야 했다.

나는 나를 붙잡으려는 현실들에서 벗어나려고 애쓰며 더
깊이 미끄러졌다. 〈내 손을 잡아.〉 다들 속삭이는 듯했다.
〈내가 널 구해 줄게!〉 하지만 모두 거짓말이었다. 다른 어떤
세상도 정정을 막을 수 없을 테니. 그런데도 그들은 막무가
내였다. 내가 그중 하나를 선택한다면, 그 세계는 만물이 소

멸하기 전에 짧게나마 반짝이는 존재의 순간을 얻을 테니. 그게 잠재 현실들이 원하는 전부였다. 자신만의 순간. 그걸로 만족할 터였다. 나는 아니었다.

체감상 1백만 개의 손아귀를 물리친 듯했다. 나는 멈추지 않고 점점 더 깊이 곤두박질쳤다. 그리고 그 소용돌이 깊숙한 곳에 도사린 한 세상이 눈에 띄었다. 다른 것들과 달리 내 시선을 잡아끌었다.

〈혹시 네가 찾는 게 나야?〉 그 세상이 다정하게 말을 거는 듯했다.

나는 손을 뻗어 그 세상을 잡았다. 불완전하고 손상된 것 같은 감촉이었다. 가장자리가 거칠거칠하고 구석구석 묵은 때가 낀 듯했다. 그것의 강점은 나약함투성이였고 자신감은 자기 의심으로 가득 차 있었다. 치욕과 수치도 있었지만 그 안의 핵심은 태양보다 밝은 희망이었다. 그리고 무엇보다 왠지…… 친숙했다.

내가 그 결점투성이 세상을 꽉 움켜쥐자 나머지 세상들은 서서히 멀어졌다. 나는 그 세상이 나를 끌어당기도록 내버려 두고 그 품에 몸을 맡겼다. 그 세상이 내 귀에 속삭였다.

〈어서 와, 애슐리 보먼. 잘 돌아왔어.〉

29
새빨간

혈액 세포는 너무 작아서 육안으로 볼 수 없다. 현미경으로도 4백 배는 확대해야 보인다. 하지만 그 혈액 세포 없이 우리는 존재할 수 없다.

적혈구는 자신이 더 큰 유기체의 일부라는 것을 모른다. 단지 주어진 일, 제가 아는 우주의 끝까지 산소를 운반하는 일만을 안다. 만약 그것에 자의식이 있다면, 이미 그렇다는 걸 알지 못한 채 자신보다 더 큰 무언가의 일부가 되기를 갈망할 수도 있다. 이미 가장 숭고한 목적을 이뤘다는 걸 이해하지 못한 채 더 큰 목적을 꿈꿀 수도 있다.

우리도 그렇게 이동 중인 세포다. 자신이 훨씬 더 큰 무언가의 일부라는 걸 인식하지 못한 채 10억 개 중 한 장기의 동맥을 타고 이동하는 세포. 나는 그것이 사실이라는 걸 안다. 왜냐면 생명이 우리가 볼 수 있는 크기의 4백 분의 1 크기로 작게 존재한다면, 우리가 볼 수 있는 크기보다 4백 배 더 크게 존재할 수도 있어야 하기 때문이다.

우리는 그 모든 걸 아우르는 웅대한 완전체에 많은 이름을 붙였다. 그 이름 아래 선행도 하지만, 전쟁을 벌이기도 한다. 마치 다른 이들을 내쫓지 않는 한 그 안에 있을 수 없는 것처럼. 사실 보편적인 관점에서 보면 우리는 어리석다. 어떤 이름을 붙이든 그 본질은 변하지 않기 때문이다. 그 모든 선(線)은 지평선에서 함께 모인다.

우리는 늘 그 지평선을 보려고, 더 큰 그림을 이해할 수 있는 혜안을 얻으려고 노력하지만…… 우리의 시야는 절망적으로 좁다. 최선을 다해 봐야 단지 우주의 톱니바퀴 하나쯤 얼핏 볼 수 있을 뿐이다. 심지어 그때도 우리가 보는 게 뭔지 이해하지 못한다.

어떤 사람들은 그래서 의기소침해지지만, 나에게는 위안이 된다. 왜냐고? 모든 존재를 고작 인간의 정신이 전부 이해할 수 있는 거라면 이 얼마나 슬프고 한심한 우주겠는가.

내가 결코 알지 못할 모든 걸 받아들이는 순간이 나에게는 깨달음의 순간인 것 같다. 그리고 그것 때문에 편히 숨 쉴 수 있다. 나는 혈액 세포로 만족한다. 뇌로 산소를 운반하는 새빨간 생명체로.

30
새로운 균형

의식은 서서히 돌아오지 않았다. 눈을 떴을 때, 나는 깨어 있었다. 약 기운에 취해 몽롱하긴 했지만 말이다. 머리가 욱신거렸는데, 예전과는 다른 두통이었다. 다른 부위도 성치 않았다. 사실 몸 전체가 아팠다. 왼쪽 다리는 긁을 수 없을 만큼 깊은 곳이 심하게 따끔거렸다. 나는 다친 부위를 일일이 헤아리고 싶지 않았다. 이미 다른 누군가가 다 헤아렸을 테니까.

내가 있는 곳은 내 방의 어떤 세계 버전도 아니었다. 특징 없고 썰렁한, 병실이었다. 우리 부모님은 내 병상 옆, 앉기에도 불편해 보이는 의자에서 졸고 있었다. 그때 엄마가 눈을 떠 자신을 보는 나를 발견했다. 엄마는 아빠를 흔들어 깨웠다.

「일어나, 아들 깼어!」

〈아들.〉

그리하여 나는 다시 남자가 됐다. 사실 여자여도, 또는 성

별이 특정되지 않는 존재여도 똑같이 기뻤을 거다. 왜냐면 오늘 가장 중요한 것은 〈나〉와 〈우리〉였기 때문이다. 〈나〉는 살아 있었다. 그리고 〈우리〉는 아직 여기 있었다.

내가 아는 바는 이러하다.

10월 28일 월요일, 레이턴 밴던붐이 풋볼 훈련 뒤 나를 집에 태워다 주고 있었다. 내 구닥다리 도지가 학교 주차장에서 먹통이 됐기 때문이다. 차 라디오에서 커닙션의 곡이 흘러나왔다. 레이턴은 커닙션이 과대평가됐다고 투덜거리면서 시선을 내려 채널을 돌렸다. 그 바람에 빨간불을 못 보고 달렸다. 우리는 옆에서 달려오는 트럭에 들이받혔다.

나는 며칠 동안 혼수상태에 빠졌다. 피해는 막심했다. 경막밑 출혈이 있어 머리를 열어 피를 빼야 했다. 여기저기 출혈이 심했고 갈비뼈도 몇 대 부러졌다. 한쪽 다리는…… 보기 좋지 않았다. 하지만 그보다 나를 놀라게 한 것은 우주가 얼마나 깔끔하게 자기 상처들을 치료했는지였다. 톱니바퀴는 모두 완벽하게 맞물리고 태엽 장치는 제대로 돌아갔다. 모든 결과에는 논리적인 원인과 영향이 있었다. 모든 게 설명됐다.

며칠간 문병객이 꽤 많았는데, 약 기운에 몽롱해서 누가 언제 왔는지 뒤죽박죽이었다. 기억나는 대로 말해 보겠다.

존슨 가족이 왔다. 리오와 부모님, 그리고 앤절라도. 나는 앤절라를 보자마자 눈물이 터졌다. 그리고 약 때문에 호르몬 조절이 안 된다고 둘러댔다. 그건 여러 사람에게 사랑한다고 말할 수 있는 좋은 구실이었다. 리오도 포함해서.

「야, 이 얼굴을 봐라. 어떻게 안 사랑할 수 있겠냐?」 리오가 뻔뻔하게 받아쳤다.

나는 리오에게 서던 캘리포니아 대학에서 소식 없느냐고 물었다.

「12월 15일까지는 기다려야 해. 그날이 수시 전형 발표일이거든. 근데 스탠퍼드 대학에서도 입학 제안이 와서, 두고 봐야지.」

리오에게 하고 싶은 말이 너무 많았다. 하지만 말로 할 만큼 생각을 가다듬을 수 없었다. 어쩌면 그게 나을지도 모른다. 마음으로 알게 된 것들을 표현하기에 말은 부족하니까. 〈이제 알겠어〉라고 말하고 싶은데, 그건 사실이 아니었다. 나는 결코 충분히 알지 못할 거다. 결코 리오의 관점에서 세상을 볼 수 없을 거다. 하지만 이제 무지의 감염병에 걸린 보균자는 아니었다.

리오는 부모님과 여동생을 먼저 보내고 조금 더 머무르기로 했다. 병실에 우리만 남자, 차분하던 리오의 안색이 흐려졌다.

「아무래도…… 중요한 걸 잊은 것 같아.」 리오가 말했다. 「기억해 내려고 해도 뭔가 떠오르려고 하면 바로 속이 메스꺼워져.」 리오는 자기 가슴에 손을 댔다. 「너랑 관련된 일인데……」 리오는 내 눈을 들여다보며 답을 찾으려 했다. 「뭔지 알겠어?」

나는 고개를 끄덕였다. 「응.」

리오는 숨을 깊이 들이마셨다. 그게 어떤 의미인지 알 수 없었다. 자기만의 문제가 아니라는 걸 알고 안심했나? 아니면 충격받았나? 어쨌거나 리오는 길고 천천히 숨을 내쉬었다.

「뭔지 몰라도 그냥 잊어버릴래.」리오가 말했다.

「그게 최선일 거야.」내가 말했다. 기억하는 건 내 책임이지 리오의 책임이 아니었다.

리오는 씩 웃었다. 그 미소는 잠시 드리웠던 그늘을 쫓아버렸다. 「실없는 소리였어. 이 장소 탓이야. 앤절라가 아팠을 때 이후로 병원은 그냥 싫더라고.」

그늘이 다시 드리웠지만, 가장 밝은 낮에 뜬 작은 구름처럼 금세 지나갔다.

부모님이 헌터를 데리고 왔다. 헌터는 좀 뻣뻣하고 데면데면하게 굴었다. 그게 이 세상에서의 헌터였다. 이 세상에서의 우리였다.

「많이 아파?」헌터가 물었다.

「가끔. 지금은 괜찮아.」내가 말했다.

「뭐…… 안 죽어서 다행이네.」

나는 그 말에 웃었다. 씁쓸한 웃음은 아니었다. 「그렇게 말하는 게 최선이야?」내가 놀렸다.

헌터는 약간 발끈했다. 「이런 일이 생길 줄은 상상도 못 했단 말이야. 난 사실을 말한 거야. 형이 안 죽어서 진짜 다행이라고 생각해. 만약 죽었다면 열받았을 거야.」

나는 헌터를 빤히 바라봤다.

「왜?」헌터는 내 표정을 비난이라고 받아들인 모양이었다.

하지만 내 의도는 그 반대였다. 초대였다. 헌터는 아직 몰랐지만, 괜찮았다. 결국엔 내가 그 초대장을 열게 할 테니.

「아무것도 아니야. 네 얼굴 보니까 반가워서. 와줘서 고마워.」

그렇게 잠시 머물다가 헌터는 병원 식당으로 내려갔다. 헌터가 가고 나서 나는 부모님에게 우리 생일이 다가오고 있으니 원하는 게 있다고 말했다.

「내 선물로 헌터한테 기타 하나 사줘.」 그래야 평소에 둘로 나눠야 했던 돈을 하나에 투자할 수 있을 테니까.

아빠가 날 이상하게 봤다. 「쟤는 기타 사달라고 한 적도 없는데.」

「자기가 원하는지도 몰라서 그래.」 내가 말했다.

친구, 가족, 팀원이 오고 갔지만, 대부분은 카드와 꽃만 보냈다. 노리스는 핼러윈 풍선을 보냈다. 핼러윈 데이가 막 지난 뒤라 저렴했기 때문이다. 게다가 병원과 관련해 어떤 미신이 있다며 문병도 오지 않았다. 나도 차마 노리스가 그리웠다고는 못 하겠다.

그리고 폴이 찾아왔다.

늦은 감이 있었는데, 알고 보니 자기 문제와 싸워 이기느라 바빠서였다. 이 현실에서 레이턴은 폴을 찾아가지 않았고, 그 싸움과 폴이 얻은 상처들은 다른 방식으로 이 세상에 변환됐다. 레이턴과 내가 사고를 당한 날, 폴은 길에서 폭행을 당했다. 혐오 범죄였다. 가해자는 잡히지 않았지만 그 후 학교, 아니, 온 동네가 떠들썩하게 폴을 지지했다. 무지개 깃발과 폴의 발언(내 발언보다 훨씬 나았다)이 적힌 티셔츠가 넘실거렸다.

「하루아침에 티버츠빌의 성 소수자 대표가 됐지 뭐야.」폴이 말했다. 아이러니, 우스움, 불편함, 자부심이 섞인 목소리였다.

내가 미소 짓는 걸 보고 폴이 무엇을 읽었는지 이렇게 물었다. 「혹시 알고 있었어? 내가 커밍아웃을 하기 전에?」

「생각도 못 했어.」내가 말했다. 이 세상에서는 정말 그랬기 때문이다. 나는 손을 뻗어 폴의 손을 잡고 싶었다. 거의 잡을 뻔했다. 사실, 내 7분의 3은 폴을 사랑했다. 하지만 나머지는 폴을 친구로 봤다. 폴은 그보다 더 나은 방정식을 누릴 자격이 있었다. 따라서 우리가 나눌 수 있는 게 우정이 전부라면 진정한 우정으로 가꾸리라고 결심했다.

「저기, 혹시 추수 감사절에 딱히 할 일 없으면 우리 집 올래?」내가 말했다.

「고맙지만, 이미 선약이 있어. 남자 친구네 부모님 뵙기로 했거든.」

나는 무의식중에 번뜩이는 질투심을 억눌러야만 했다. 「내가 아는 친구야?」

「아니, 걔는 다른 학교 다녀. 아, 아마 같은 경기에서 뛰었을 수도 있겠다. 걔도 풋볼을 하거든. 너도 좋아할걸. 이름은 조시야.」

나는 싱긋 웃었다. 놀랄 필요는 없었다. 일관적인 우주에서는 아귀가 맞기 마련이다. 「꼭 소개해 줘.」

우리는 체스 게임을 했다. 폴은 체스가 뇌로 하는 풋볼이라며 회복하는 데 도움이 될 거라고 했다. 「체스보드는 풋볼 대형이랑 거의 똑같아.」 듣고 보니 정말 그랬다. 그동안 왜 몰랐나 싶었다.

두 판을 끝내고 나는 지쳐서 누웠다. 두 판 모두 졌다. 폴이 날 존중해서 적당히 봐주지 않았기 때문이다. 폴은 떠나면서 나와 주먹을 맞부딪쳤다. 나는 한 박자 늦게 주먹을 뗀 것 같다. 후회하지는 않는다.

알다시피, 빠진 문병객이 한 명 있었다.

「몇 번 왔다 갔어.」 엄마가 말했다. 「너 잠든 사이에.」

그럴 만하긴 했다. 사고 후 첫 주는 잠들어 있는 시간이 대부분이었으니까. 그렇더라도 타이밍이 이렇게 안 맞기는 어려웠다. 내가 잠들 때 찾아온 다른 사람들은 내가 깰 때까지 기다리곤 했다. 나는 그 인기척에 깨거나 엄마 아빠가 먼저 나를 깨워 주기도 했다. 그런데 케이티는 일부러 날 깨우지 않았다. 한 번도. 마치 나를 보고 싶어 하면서도 보고 싶어 하지 않는 것 같았다.

다음번에 부모님은 내 당부대로 케이티가 돌아간 직후에 날 깨워서 알려 줬다. 나는 잠깐 복도 끝까지 다녀오겠다고 했다. 사실 의료진도 적극적으로 권장하는 일이었다. 부모님은 휠체어를 밀어 주겠다고 했지만 나는 혼자 다녀오겠다고 고집했다.

「복도 한번 다녀오는 건데 뭐.」

케이티는 예상한 장소에 있었다. 레이턴의 병실. 나는 전날 일반 병동으로 옮겼지만 레이턴은 아직 중환자실에 있었다. 언제 나을 수 있을지 기약이 없었다.

휠체어를 타고 병실에 들어선 나를 케이티가 돌아봤다. 별로 놀란 기색은 아니었다. 케이티의 시선은 즉시 내 왼쪽 다리가 있던 붕대 감긴 절단면으로 향했다. 날 보러 온 사람은 다 그랬다. 어쩔 수 없는 일이었다. 케이티는 재빨리 눈을 돌렸다.

「안녕, 애시. 일어난 거 보니 좋네.」케이티가 말했다.

에드워드 쌍둥이들은 내가 근본적인 희생을 감수해야 한다고 했다. 그래서 그렇게 했는데, 사실상 우주가 대가로 요구한 건 얼마간의 뼈와 살이었다. 구체적으로는 4킬로그램 정도. 무릎 바로 아래서 절단된 다리의 무게다.

「레이턴은 좀 어때?」내가 물었다.

케이티는 침대 같지도 않은 병상에 누워 있는 레이턴을 바라봤다. 병상은 사람 모양 쿠키 틀에 가까워 보였다. 팔다리는 각각 폼 받침대가 떠받치고 있었고 머리는 롤러코스터 좌석 같은 고정 기구에 끼어 있었다.

「안정적이야. 가끔 깨긴 하는데, 정신은 흐릿해.」

눈꺼풀 아래 눈동자의 움직임이 보였다. 렘수면이었다.

「자기도 알아?」

「레이턴 부모님은 더 기력을 찾을 때까지 알려 주지 말자고 하셔. 하지만 레이턴도 알아. 어떻게 모를 수 있겠어?」

나는 다리를 잃었고, 레이턴은 목이 부러졌다. 경추 5번에서 척수를 절제했다. 스스로 숨 쉬고, 말하고, 삼키고, 팔 윗부분을 움직일 수도 있었지만, 두 번 다시는 걷거나 두 손을 사용할 수 없을 터였다.

케이티는 레이턴의 한 손을 잡았다. 붓고 창백한 그 손은 더 이상 케이티의 허리를 움켜쥘 수 없었다. 케이티는 잠시 나를 바라보다가 시선을 돌렸다.

「네가 이랬어?」 케이티가 물었다.

「운전은 개가 했어.」

「그 말 아닌 거 알잖아.」

나는 케이티의 눈을 똑바로 볼 수 없었다. 모든 세상에서 케이티는 무언가가 변했고 내가 변화시켰다는 걸 알고 있었다. 하지만 어떻게 변했는지 알 수 있는 기준은 없었다.

이렇게 만든 게 나인가?

책임을 돌리자면 대여섯 가지는 된다. 레이턴이 자초했다고 말한다면 그것도 틀린 말은 아니다. 하지만 손가락질해 봐야 무슨 소용이 있겠는가? 비난은 부러진 목에 반창고를 붙이는 행위나 다름없다.

「복잡해.」 내가 말했다. 케이티는 고개를 끄덕였다. 복잡함은 케이티가 잘 이해하는 성질이었다.

「그래서 뭐가 달라졌어?」 케이티가 물었다.

「전부. 우리가 출발했던 곳으로 돌아왔어.」 내가 말했다.

케이티는 날 보고 허탈한 표정을 지었다. 「여기가 출발점이라고? 그렇다면 세상은 아주 엉망진창이네.」

「맞아. 하지만 훨씬, 훨씬 더 나쁠 수 있었어.」

수평 유지 장치 위에 놓인 레이턴의 침상이 살짝 회전하면서 레이턴의 혈류를 조절하기 위해 비스듬히 기울어졌다. 그 움직임이 레이턴을 깨웠다. 레이턴은 신음하며 천천히 눈을 떴다.

「거기 누구야?」

「나야.」케이티가 말했다.「애시도 있어.」

나는 휠체어를 끌고 다가가 눈높이를 높이려고 애썼다. 레이턴의 시선이 나에게 닿았다.

「살아 있네.」레이턴이 꺼질 듯한 목소리로 말했다.「한동안 내가 널 죽인 줄 알았어.」

「멀쩡히 살아 있어. 뭐, 거의.」내가 말했다.

그때 레이턴의 표정이 바뀌었다. 불안해 보였다.「케이티…… 왜 너희 둘이 손을 잡고 있어?」

「아니야. 내가 잡은 건 네 손이야.」케이티가 맞잡은 손을 들어 올려 보였다.

「아.」레이턴이 힘없이 말했다.「미안. 멍청하게 착각했다.」

그러고서 눈을 감고 잠에 빠졌다.

케이티 눈에 눈물이 차올랐다. 내가 그 어깨에 살며시 손을 얹자 케이티는 슬쩍 몸을 빼냈다.

「지금은 아니야. 이해하지?」

나는 고개를 끄덕였다. 아무리 끔찍한 연인이어도 중환자실에 있을 때 떠나는 건 못 할 짓이다. 케이티는 적당한 시기에 레이턴과 헤어질 테지만,〈지금은 아니야〉가 케이티에게도 나에게도 영영 의미가 없다는 걸 알았다. 그 일이 있고 나서 케이티와 내가 함께할 수 있는 모든 세상은〈다른 어딘가〉에서 사라졌다.

나는 망가진 몸으로 누워 있는 레이턴을 바라보며 이것이 비극일까 업보일까 생각했다. 여자를 때리는 남자는 그 두 손을 영영 못 써도 싼가? 무슨 성경적 심판처럼? 아예 다른 현실에서 일어난 일로 몇 달 동안 집중 치료를 받아야 마땅한가? 레이턴은 이 현실에서도 분명 그런 학대를 할 수 있었다. 하지만 그럴 가능성이 있다고 해서 비난받을 수 있을까? 솔직히 모르겠다.

나는 저 광활한 너머와 한 번 더 접촉했다. 한밤중 병실에서였다. 약 때문에 밤마다 꿈을 들락날락하며 의식의 표면을 몽롱하게 부유했다. 그래서 꿈이 아니었다고 장담할 수는 없지만, 아마 현실이었을 거다.

눈을 떠보니 누군가가 침상 발치에 서 있었다. 처음엔 간호사가 상태를 확인하러 온 줄 알았다. 내가 한밤중에 번번이 몸을 뒤척이고 주삿바늘을 빼버렸기 때문이다. 방문자는 수술복 차림이었지만 의사나 간호사는 아니었다. 에드워드였다.

「베개로 질식시키기라도 하게?」 내가 물었다. 만약 그랬다면 큰 힘이 들지 않았을 거다. 나는 몸부림칠 만한 상태가 아니었다.

「그렇게는 못 한다는 거 알잖아. 할 수 있다 해도, 이제 그럴 필요가 없지.」

「너희 중 누구야?」

「우리는 하나야. 그저 다른 면들일 뿐이지.」

「또 다른 주심을 괴롭히려고 지구로 돌아온 거야?」

그는 고개를 저었다. 「아니. 현재 주심은 안드로메다 외곽에 사는 지각 있는 바이러스야.」 그는 신음했다. 「으, 말도 꺼내지 마.」

「그런데 여긴 또 왜 왔어? 용건이 뭐야?」

「사과하려고. 난 널…… 과소평가했어. 그 때문에 네 세상이 사라질 뻔했지. 보상으로 선물 하나 줄게.」

「난 너희한테 아무것도 받고 싶지 않아.」

「물건이 아니야. 너한테 유용할 수 있는 정보지.」

나는 됐으니까 꺼지라고 말하고 싶었지만, 내심 궁금하긴 했다.

「넌 전부 잊지 않을 거야. 모든 세상의 경험을 간직할 거야. 네가 살아온 모든 삶의 기억을. 그 기억들은 너에게 남들이 갖지 못한 삶의 관점을 갖게 할 거야.」

「두통도 말이지.」내가 지적했다.

「두통도.」 그는 동의했다. 「하지만 이건 알아 둬. 인류 역사에서 주심으로 살아남은 사람은 아홉 명뿐이었어. 그들의 이름은 너도 알 거야. 왜냐면 모두 비범한 삶을 살았으니까. 그들은 각각 자기만의 방식으로 세상을 더 나은 방향으로 바꿨어……. 그리고 네가 열 번째야.」

내 삶이 비범할 수 있다는 생각은 우스웠다. 나는 우주의 중심이었을 때조차 특별한 사람이 아니었다.

「그들이 누군데?」

내 물음에 에드워드는 능글맞게 웃었다. 「아, 참 좋은 질문이야. 잘 지내, 애시. 네 앞날이 어떻게 펼쳐지든, 즐겨.」

그러더니 에드워드는 밝은 달이 드리운 긴 그림자에 녹아들어 사라졌다.

나는 창가로 눈을 돌렸다. 달은 보름달에 가깝게 차올라 있었다. 그 익숙한 광경이 위안을 주었다. 달은 차고 기울 뿐

늘 우리 주위에 있다. 이 순간부터 내가 아는 어떤 것도 그 사실을 바꾸지 않을 것이다. 물론 원시 블랙홀도 저 어딘가 도사리고 있지만, 숲속의 말벌 둥지처럼 우리가 굳이 건드리지 않으면 우릴 건드리지 않을 거다.

내가 겪은 일로 내가 더 현명해졌는지는 직접 판단할 일이 아니다. 다만 겸손해졌다는 건 안다. 나 자신의 무지가 날 가르쳤다. 그건 부끄러운 일이 아니다. 우리가 모르는 현실의 깊이를 이해해야 세상을 망치는 오만함에서 벗어날 수 있으니까. 결국 중요한 건 그런 관점이다. 겸손해져야만 위대해지길 바랄 수 있다.

또 나는 인간성 자체와 마찬가지로, 내 여러 자아에 결코 받아들일 수 없는 부분들이 있다는 것도 안다. 메울 수는 없고 다리만 놓을 수 있는 틈새. 엔지니어라면 알겠지만, 다리를 튼튼하게 만드는 것은 케이블의 장력이다. 합쳐질 수 없는 것 사이의 긴장감을 믿어야 그 사이의 협곡으로 추락하지 않을 수 있다.

달이 구름 뒤로 숨었지만 병실 안은 어두워지지 않았다. 작은 불이라도 늘 켜져 있었다. 눈을 감았다. 몸이 아팠지만 많이 나아진 편이었다. 나는 왼쪽 다리의 공허감에 익숙해지고 있었다. 괜찮아질 거다. 적응할 거다. 그게 우리의 본성이니까. 우리는 적응하거나, 적응하지 못하고 죽는다. 그리고 나는 조만간 죽을 생각이 없다. 내가 살아갈 이 놀라운 삶을 두고서는 결코.

자, 내 이야기는 여기까지다. 믿거나 말거나 상관없다.

두 번 다시는 수비 라인에 설 수 없겠지만, 괜찮다. 나는

이제 훨씬 더 흥미로운 경기를 뛸 자격을 얻었으니까. 세상
이 나에게 뭘 던지든 들이받을 준비가 됐다.

그러니 어디 덤벼 보시라지.

감사의 말

이 책이 출간될 즈음에는 우리 세상이 여러 가지 면에서 정상 궤도에 올랐기를 바랍니다. 돌아갈 길만큼이나 새롭게 찾아야 할 길도 많기에 〈복귀했기를〉이라고 말하지 않겠습니다.

2020년에 있었던 사건들은 우리가 당연하게 여기는 것들과 사람들에 대해 다시 한번 생각하게 해주었습니다. 감사는 가장 영향력 있는 감정이라고 하는데 저에게는 감사할 분들이 정말 많습니다.

『게임 체인저』의 구상은 10년 전에 시작되었지만 대부분의 집필과 수정, 심도 있는 탐구와 성찰은 지난 4년간 이뤄졌습니다. 그 모든 과정은 편집자 로즈메리 브로스넌의 탁월하고 상냥한 지도 아래 이뤄졌습니다. 집필 여정 내내 그는 담당 편집자였을 뿐 아니라 자문 역, 도덕적 나침반, 친구, 때로는 상담가였습니다.

보조 편집자 코트니 스티븐슨, 디자이너 조엘 티피, 프로

덕션 편집자 캐서린 실샌드, 마케팅 및 홍보 담당자 마이클 디 앤절로와 애나 버나드, 판권 담당자 실라 하울리와 레이철 호로위츠, 학교 및 도서관 마케팅의 왕 패티 로사티, 물론 이 영광스러운 현실을 총괄하는 수전 머피까지 하퍼콜린스의 모든 분이 환상적인 도움을 주었습니다.

동료 작가 앨릭스 런던과 닉 스톤에게 진심으로 감사합니다! 두 사람의 사려 깊고 통찰력 있는 피드백은 제 초안에 긴요한 관점을 제시했고 큰 변화를 가져왔습니다. 이 책을 완성하는 데 정말 큰 힘이 되었습니다!

격려와 영감을 아끼지 않고 필요할 때마다 부드럽게 채찍질해 준 출판 대리인 앤드리아 브라운, 서류 작업을 미루는 저를 끈기 있게 참아준 해외 저작권 대리인 타린 페이거니스에게 감사드리며, 그 김에 제 책을 소개해 준 전 세계 모든 해외 출판사들에도 특별히 감사의 인사를 전합니다!

APA 에이전시의 엔터테인먼트 대리인 스티브 피셔와 데비 더블힐, 계약 변호사 셉 로즌먼과 케이틀린 디모타, 뛰어난 매니저인 트레버 엥글슨과 조시 맥과이어에게 다차원적 감사의 마음을 전합니다. 여러분 모두가 없었다면 제 경력은 〈다른 어딘가〉에서 사라졌을 것입니다.

이 글을 쓰는 지금 이 순간에도 『게임 체인저』는 넷플릭스와 함께 드라마로 제작 중이며, 그들의 아낌없는 지원에 감개무량할 따름입니다. 연출을 맡은 브라이언 요키의 선견과 탁월함도 빼놓을 수 없죠. 이보다 더 좋은 세상은 없습니다!

제 조수인 바브 소벨, 제 연구 보조 시몬 파월, 사회적 거리두기에 적응해 준 글쓰기 그룹 픽셔네어스, SNS 전문가

인 맷 루리, 바빠서 정신없을 때마다 건강을 잘 챙기라고 일깨워 주는 절친한 친구이자 개인 마케팅 천재인 키스 리처드슨에게 감사합니다. 그리고 올해 돌아가신 밀드러드 올트먼 이모에게도 슬픈 감사 인사를 올립니다. 제 책이 나올 때마다 읽고 손수 감상을 적은 편지를 보내 주셨죠. 이 책은 미처 읽지 못하셨습니다. 이모의 편지도 그립겠지만 이모가 훨씬 더 그리울 테죠.

　최근 우리 모두는 현실이 얼마나 초현실적일 수 있는지 알게 되었지만, 역경 속에서도 끝내 우리를 지탱해 주는 존재가 있기 마련이죠. 저에게는 제 자녀들이 바로 그런 존재입니다. 바로 옆방에 있는 에린과 지구 반대편에 있는 브렌던, 마드리드와 로스앤젤레스를 오가는 재러드와 소피, 캘리포니아 북부와 남부를 오가는 조엘과 네이선. 하지만 거리가 아무리 멀어도, 어떤 세상일이 끼어들어도 우리 사이는 끈끈합니다. 무엇이 중요한지 일깨워 줘서 고마워요! 우주의 중심까지 진심으로 사랑합니다.

옮긴이의 말
앎은 실천이 되고 실천은 변화가 된다

이 이야기는 비록 풋볼로 시작하고 끝나지만, 핵심은 그 사이에 일어난 일이다. 샌드위치 속에 들어 있는 정체불명의 고기와 비슷하다. 소화하기는커녕 삼키기도 어려울 거다. 우유라도 마셔라. 속을 달래 줄 테니.

소설 첫머리에 나오는 이 의미심장한 경고는 결코 과장이 아니다(한술 더 떠 저자는 주인공의 입을 빌려 〈온갖 잡탕이 올라올 테니 각오하시길〉 하고 덧붙이기까지 한다). 인종 차별, 성차별, 동성애 혐오 등 각각 다루기에도 굵직하고 무거운 주제들을 한 이야기에 몰아넣었으니 과연 독자의 머릿속이 더부룩할 만하다. 나름대로 꼭꼭 씹어 소화할 여유가 있는 나로서도 저자의 우려에 공감하는 바다.

닐 셔스터먼은 현대, 특히 미국 사회의 어두운 측면을 극대화하거나 미래에 투영해 현실을 날카롭게 비판하는 디스토피아 소설의 대가다. 장편소설을 40권 넘게 썼으며 전 세게 많은 독자가 계속 그의 작품을 기다린다. 그전에는 창의적이고 암울한 미래상을 주로 그렸다면 최근에는 기후 위기, 마약 오남용 등 한국 사회에서도 이미 빨간 경고 등이 켜진 현실적인 문제들을 다뤘다. 그 연장선에서 『게임 체인저』는 차별과 혐오라는 은밀하고도 뿌리 깊은 사회, 정서적 폭력들을 SF 소재인 다중 우주와 접목해서 그려 냈다. 그가 아무리 타고난 이야기꾼이라도 뜨거운 쟁점을 몇 가지나 정면 돌파하려면 상당한 결단과 노력이 필요했을 것이다.

번역을 시작하기에 앞서 현지 독자들의 반응이 궁금해서 영미권 최대 서평 사이트 굿리즈에 검색해 봤더니, 이 작품을 두고 작은 댓글 논쟁이 있었다. 너무 많은 것을 보여 주려다 보니 각 소재를 깊이 있게 다루는 데 한계가 있었다는 점과 무엇보다 백인 영웅 서사가 구태의연하다는 의견이었다. 그에 맞서 그게 이 책의 핵심이라는 의견이 있었다.

하긴 주인공 애시는 백인 남성 이성애자인 풋볼 선수다. 현대 미국에서 엄연히 특권 계층에 속하는 그가 말 그대로 우주의 중심이자 세상을 구할 유일한 존재라니, 전형적인 백인 구원자 서사에 질린 독자가 피로감을 느낄 만도 하다. 게다가 애시가 개인적인 경험을 통해서만, 즉 억압의 당사자가 되어서야 비로소 인종 차별, 성차별, 동성애 혐오가 어떤 것인지 이해하고 배운다는 점이 씁쓸하다는 지적도 있었다.

한편으로는 바로 그렇기에 세상을 바꾸려면 특권을 가진 이들이 무엇이 차별이고 무엇이 혐오인지 제대로 알아야 한다는 의견이 반론으로 제기됐다. 상대의 관점으로 자신의 특권과 책임을 인식하는 것이 출발점이라고. 나도 이에 동의한다. 안 보이던 것이 보이고 안 들리던 것이 들리려면 일단 무지의 장막부터 걷어 내야 한다. 말이 안 통해서 답답한 상대와 소통하려고 할 때 역지사지만큼 효과적인 전략이 있을까? 물론 애시처럼 완전한 역지사지를 체험하는 것은 소설이라서 가능한 일이다.

우리나라의 소설가 김영하는 소설을 읽는 이유에 대해 〈소설은 우리를 다른 세계로 데려가서 나와 전혀 다른 상황에 있는 인물에게 감정 이입을 하게 만든다〉라고 말했다. 일상의 타성으로부터 우리를 멀리 떨어뜨려 새롭게 바라보게 하고 상상력의 지평을 넓혀 주는 게 소설의 역할이다. 이 책에서 우리는 애시라는 인물을 통해 평범하고 당연하게 여겼던 기존 세계가 흔들리고 뒤집히고 확장되는 상황을 간접적으로 경험할 수 있다. 이 소설을 단순히 백인 소년이 인권 영웅이 되는 이야기로 본다면 작가의 의도를 반대로 읽은 것 아닐까?

표지판의 색은 사소한 요소다. 큰 틀에서는 중요하지 않은 세부 사항이다. 남의 집 건물 색처럼. 옆집이 무슨 색이냐는 질문에 확실히 대답할 수 있는 사람은 몇 없을 거다. 왜냐면 그런 정보는 우리의 레이더에 잘 안 걸리기 때문이다. 걸리면 안 되기도 하다. 더 중요한 것들에 신경을 써야 하니까. 정지 표지판 색은 문제가 되어서는 안 된다.

하지만 〈문제가 되어서는 안 된다〉와 〈문제가 아니다〉 사이에는 큰 차이가 있다. 그 차이를 몰라보는 게 바로 특권이다.

애시가 자기도 모르게 이동한 첫 번째 대체 현실은 정지 표시가 빨간색이 아니라 파란색인 세계다. 주변 모두가 파란색이라고 말하고, 자신도 보면 볼수록 파란색이 눈에 익다. 세상은 어떻게든 논리와 당위성을 찾는다. 애시는 이 색깔 문제를 〈이성적인 세상에 실밥처럼 튀어나온 이변〉이라고 치부한다. 그것 말고도 신경 쓸 일은 너무나 많으니까. 더 중요한 것들에 신경 써야 하니까. 하지만 얼핏 사소해 보이는 그런 요소들이 실은 사소하지 않다면?

〈피부색이 문제가 되어서는 안 된다〉는 흔한 말에는 피부색이 이미 문제라는 현실 인식이 깔려 있다. 얼핏 비슷한 말처럼 들리는 〈피부색은 문제가 아니다〉로 가려면 막상 한 세상만큼 큰 격차를 뛰어넘어야 할지도 모른다.

우리가 무심코 내뱉는 한마디에 의식의 소우주가 있다. 단어 하나에도 의도와 관점이 드러난다. 일상 속 혐오와 차별은 대부분 〈나쁜 의도 없는〉 무지에서 비롯된다. 그런데 때로는 무지가 의도보다 나쁘다. 그저 몰랐다거나 농담이었다는 이유로 쉽게 용서받거나 책임을 면하고, 도리어 문제를 제기한 쪽만 예민하고 피해 의식 심한 사람이 되는 경우가 많다. 하지만 의도가 있건 없건 차별과 혐오는 폭력이다.

〈적어도 노리스는 아니니까〉 식의 합리화는 그만둬야 한다. 자신의 말과 행동이 타인에게 어떤 의미로 받아들여질 수 있는지 인지하고 사과하고 개선해야 한다. 우리의 인지력은 불완전하며 자신이 가진 기존 프레임을 유지하고 보호하려는 관성이 있다. 관성에 따라 살면 그게 괜찮다는 틀에 갇히고 만다.

무언가를 알아 간다는 건 삶의 해상도를 높이는 거라는 말이 있다. 앎의 깊이만큼 높아진 삶의 해상도는 무심코 지나쳤던 틈새와 사각지대를 비춘다. 타인이 눈에 들어오고 타인의 삶이 눈에 들어온다. 그러면 자연히 나의 세계가 확장되고, 더 나은 선택을 하게 된다. 한번 넓어진 세계는 다시 좁아지지 않는다.

물론 그 과정이 즐겁기만 할 리 없다. 익숙하고 편안한 관성을 거스르고 뒤집어 생각하고 자신의 편협함을 인정하는 데는 노동에 가까운 노력이 들지도 모른다. 하지만 그 어느 때보다 다양성에 대한 존중과 공감이 필요한 시기에 별생각 없이 삶이 흘러가는 방향으로 끌려가다 보면 틈새는 계속 벌어지고 변화는 더욱 멀어지기만 할 것이다.

제목인 〈게임 체인저〉는 판도를 뒤바꿔 놓을 만큼 중요한 역할을 한 인물이나 요소를 뜻한다. 〈선의의 무지〉라는 전 세계적 감염병에 치료제가 있다면, 그것은 세상을 이해하고 타인을 이해하려는 태도일 것이다. 앎은 실천이 되고 실천은 변화가 된다. 조금 더 공감하고, 조금 더 친절하게 굴고, 조금 더 배려할 때 우리는 알게 모르게 조금씩 판을 움직일 것이다. 자신이 더 큰 유기체의 일부라는 걸 모르는 적혈구처럼. 거대한 태엽 장치의 톱니처럼.

2024년 2월
이민희

옮긴이 **이민희** 충실하게 듣고 능숙하게 전달하는 사람이 되고 싶다. 늘 가장 좋은 해석을 꿈꾼다. 『드라이』, 『하늘은 어디에나 있어』, 『태양을 너에게 줄게』, 『화장실 벽에 쓴 낙서』, 『차마 말할 수 없는 것들에 관하여』 등을 우리말로 옮겼다.

게임 체인저

발행일 **2024년 2월 5일 초판 1쇄**

지은이 닐 셔스터먼
옮긴이 이민희
발행인 홍예빈 · 홍유진
발행처 주식회사 열린책들

경기도 파주시 문발로 253 파주출판도시
전화 031-955-4000 팩스 031-955-4004
www.openbooks.co.kr

Copyright (C) 주식회사 열린책들, 2024, *Printed in Korea.*
ISBN 978-89-329-2403-8 03840